Goddess of Poison
Tödliche Berührung

Bibliografische Information der Deutschen Nationalbibliothek
Die Deutsche Nationalbibliothek verzeichnet diese Publikation
in der Deutschen Nationalbibliografie; detaillierte bibliografische
Daten sind im Internet über http://dnb.d-nb.de abrufbar.

MIX
Papier aus verantwortungsvollen Quellen
FSC® C014496
FSC
www.fsc.org

Titel der Originalausgabe: The Sin Eater's Daughter
Die Originalausgabe ist 2015 im Verlag Scholastic Children's Books, London,
erschienen.

Text: Melinda Salisbury
Übersetzung: A. M. Grünewald
Covergestaltung: © Rekha Garton, 2015
Illustration Landkarte: © Maxime Plasse
Verwendung von Cover und Landkarte mit freundlicher Genehmigung
von Scholastic Ltd

ISBN 978-3-8458-1513-8

www.bloomoon-verlag.de

Melinda Salisbury

GODDESS OF POISON
Tödliche Berührung

Übersetzung aus dem Englischen
von A. M. Grünewald

bloomoon

Für meine Großmutter,
Florence May Kiernan

Kapitel 1

Es sind keine Gefangenen hier, aber ihre Schreie höre ich dennoch. Wie Geister leben sie in den Mauern und das Echo ihres Wehklagens erklingt bei jedem Schritt. Wenn man tief genug in die Kellergewölbe des Schlosses hinabsteigt, wenn man auch noch die Unterkünfte der Wächter und den Raum der Weissagung hinter sich lässt, können sie einem in der tiefsten Stille begegnen.

Als ich das erste Mal dort hinabgeführt wurde, habe ich meine Wächter gefragt, was man mit ihnen anstellte, dass sie so schreien. Einer von ihnen, Dorin, schaute mich nur an und schüttelte den Kopf, die Lippen so fest aufeinandergepresst, dass sie ganz weiß wurden. Dann beschleunigte er seine Schritte auf den Raum der Weissagung zu. Ich erinnere mich, dass mich in diesem

Moment die Furcht packte, es müsse etwas wahrhaft Entsetzliches sein, wenn selbst mein ruhiger, starker Wächter es nicht laut auszusprechen wagte. Ich versprach mir, es herauszufinden, das dunkle Geheimnis aufzudecken, das so tief unter der Erde verborgen war. In meinem dreizehnten Erntejahr war ich noch naiv. Hoffnungslos naiv.

Als ich, vor vielen, vielen Monden, zum ersten Mal ins Schloss kam, machte es mich ganz ehrfürchtig: all der Schmuck und die Schönheit und der Reichtum. Hier liegen keine Binsen auf dem Boden, kein Stroh, in das Lavendel und Basilienkraut gemischt wurde, damit es nicht so streng riecht. Die Königin hat Teppiche, Vorleger und Läufer weben lassen, und so machen unsere Schritte kein Geräusch.

Die Mauern hinter den kostbaren roten und blauen Wandteppichen bestehen aus grauem Gestein, durchzogen von Katzensilber, das aufleuchtet, wenn die Dienstboten die Behänge beiseiteziehen, um die Wände zu reinigen. Gold ziert die Leuchter aus Hirschgeweih über meinem Kopf, die Kissen bestehen aus Samt und sind mit Quasten besetzt, und glänzen sie nicht mehr, werden sie sogleich ausgetauscht. Alles hier ist makellos, alles wird stets in Ordnung gehalten und gepflegt. Die Rosen in den großen Kristallvasen sind allesamt auf dieselbe Länge geschnitten, haben alle genau dieselbe Farbe und sind auf genau dieselbe Weise arrangiert. In diesem Schloss ist kein Platz für Unvollkommenheit.

Meine Wächter gehen aufmerksam an meiner Seite, halten sich streng aufrecht und wahren einen großen Abstand zu mir. Wenn ich einen Arm nach ihnen ausstrecken würde, würden sie entsetzt vor mir zurückschrecken. Wenn ich stolpern würde oder in Ohnmacht fallen und sie reflexhaft vorstürzen und mir helfen würden, dann wäre das ihr Todesurteil. Man würde ihnen als Akt der Gnade noch an Ort und Stelle die Kehlen durchschneiden.

Verglichen mit einem qualvollen Tod durch meine giftige Haut, wäre dies ein reines Glück.

Tyrek hat dieses Glück nicht gehabt.

Im Raum der Weissagung positionieren sich meine Wächter vor der Tür, und Rulf, der Herbalist der Königin, nickt ehrerbietig in Richtung des Hockers, auf dem ich Platz nehmen soll, bevor er mir den Rücken zukehrt und seine Gerätschaften überprüft. Die Wände sind gesäumt von Regalen, auf denen Gläser mit trüben Flüssigkeiten stehen, seltsame Puder und namenlose Kräuter, alle zusammengestellt ohne ersichtliche Ordnung. Nichts ist beschriftet, zumindest kann ich in der spärlichen Kerzenbeleuchtung nichts erkennen, so tief unter dem Schloss gibt es schließlich keine Fenster.

Anfangs fand ich es merkwürdig, dass etwas wie die Weissagung ausgerechnet hier stattfinden sollte, versteckt im Gewirr finsterer, unterirdischer Gänge, aber inzwischen verstehe ich es. Falls ich scheitern sollte ... dann besser nicht dort, wo der Hofstaat, wo das ganze Königreich es mitbekommen kann. Weit besser, wenn es in diesem geheimen kleinen Raum passiert, der genau auf halber Strecke zwischen den Kerkerverliesen und dem paradiesischen Glanz der Großen Halle liegt.

Während ich auf dem Hocker sitze und meine Röcke richte, schlurft der jüngere der beiden Wächter mit den Füßen über den Boden – ein zu lautes Geräusch in der steinernen Kammer. Rulf starrt ihn strafend an, und als er sich wieder abwendet, begegnen sich kurz unsere Blicke. Er bleibt völlig ausdruckslos, wenn er mich betrachtet, sein Gesicht ist nur eine Maske. Aber selbst wenn er nicht stumm wäre, hätte er mir in diesem Augenblick wohl nicht das Geringste zu sagen.

Früher hat er noch gelächelt und den Kopf geschüttelt, wenn Tyrek mir von den Bäumen erzählte, auf die er geklettert war, und von den Pasteten, die er aus der Küche stibitzt hatte. Er hatte mit der Hand gedroht, um Tyrek vom Aufschneiden abzuhalten, in seinen Augen aber hatte stets die Zuneigung zu seinem einzigen Sohn aufgeleuchtet. Auch wenn die Weissagung nur wenige Augenblicke dauert, bin ich früher immer eine ganze Stunde hier unten geblieben, manchmal sogar zwei, habe mich Tyrek gegenübergesetzt – zwei Armeslängen von ihm entfernt –, und dann haben wir uns Geschichten erzählt. Meine Wächter standen unweit parat, hielten aufmerksam ein Auge auf Rulf, während er seine Experimente durchführte, und das andere auf Tyrek und mich. Damals habe ich nach der Weissagung nirgendwo hingehen müssen, höchstens in meinen Tempel oder in mein Gemach, und niemand hat mich davon abgehalten, mir im Raum der Weissagung und unter der sorgsamen Beobachtung meiner Wächter diese wenigen Stunden zu nehmen. Aber jetzt ist alles anders, zurzeit habe ich andere Verpflichtungen.

Ich halte meinen Blick gesenkt, während Rulf die Weissagung durchführt, meinen Arm anritzt und einige Tropfen meines Blutes in einer daruntergehaltenen Schale auffängt, die er anschließend durch den Raum trägt. Er schüttet einen einzigen Tropfen in den Morgenandorn – ein tödliches Gift, für das es auf dieser Welt kein Gegenmittel gibt. Ich warte stumm und mit gesenktem Kopf, während er Blut und Gift miteinander verbindet und die Flüssigkeit in eine Phiole träufelt. Ich rühre mich nicht, während er sich mir nähert und mir die Phiole in den Schoß legt, dann hebe ich sie hoch. Die ölige Flüssigkeit schimmert kristallklar im Kerzenschein, und nichts deutet darauf hin, dass mein Blut in ihr ist. Ich ziehe den Stöpsel ab und trinke.

Wir alle halten inne und warten, ob das Gift mich dieses Mal töten wird. Es tut es nicht; ich spiele meine Rolle, wie man es von mir verlangt. Ich lege die Phiole auf das Tischchen neben meinem Hocker, streiche meine Röcke glatt und schaue meine Wächter an.

»Seid Ihr bereit, Mylady?«, fragt Dorin, der ältere der beiden, und sein Gesicht sieht im Licht seiner Fackel unheimlich blass aus. Die Weissagung ist vorbei, aber auf mich wartet noch eine weitere Pflicht, und ich spüre Rulfs hasserfüllten Blick im Nacken, als ich den Raum der Weissagung verlasse.

Ich nicke und wir gehen zur steinernen Treppe, Dorin zu meiner Rechten und mein zweiter Wächter, Rivak, links von mir. Und dann steigen wir in die Verliese hinab, in denen die Gefangenen warten. Auf mich.

Als wir vor dem Morgenraum ankommen, schrecken wir die Dienstboten auf, die dort gerade die Überreste der Henkersmahlzeit abräumen. Als sie mich sehen, drücken sie sich rasch gegen die Mauer, bevor sie mit gesenkten Köpfen und ihren schmutzigen Tellern und Kelchen davonhuschen. Dorin nickt Rivak zu und er betritt die kleine Kammer. Gleich darauf erscheint er wieder in der Tür und gibt uns zu verstehen, dass wir eintreten können.

Zwei Männer sitzen an einem kleinen Holztisch, beide von Kopf bis Fuß in schwarze Gewänder gehüllt, ihre Arme an die Lehnen der Stühle gefesselt. Ihre Augen heben sich langsam, begegnen meinem Blick, während meine Wächter sich mit gezogenen Schwertern an der Tür aufstellen, obwohl ich vollkommen sicher bin, selbst im Angesicht dieser Verbrecher, die Krone und Reich verraten haben.

»Als die Gottgleiche Daunen schenke ich euch meinen Segen.« Ich versuche, majestätisch und stark zu klingen und den Aufruhr in meinem Magen nicht zu beachten. »Eure Sünden werden nicht verspeist werden, wenn ihr tot seid, aber den Segen der Götter kann ich euch versprechen. Sie werden euch vergeben, wenn die Zeit kommt.«

Die Männer sehen nicht besonders dankbar aus und ich kann es ihnen nicht verübeln. Die Worte sind hohl, wir alle wissen das. Ohne die Totenspeisung sind sie verdammt, ob ich sie nun segne oder nicht. Ich warte, ob sie etwas sagen werden. Manche haben mich verflucht oder mich angefleht, ich möge mich für sie einsetzen, haben um die Gnade gefleht, durch das Schwert oder den Strick umkommen zu dürfen. Ein Verzweifelter bat sogar darum, von den Hunden zerfleischt zu werden. Aber diese Männer sagen kein Wort, halten nur ihren stumpfen Blick auf mich gerichtet. Einer von ihnen hat einen Tick: Die Braue über seinem linken Auge zuckt, aber das ist das einzige Zeichen, dass sie überhaupt zur Kenntnis nehmen, dass ich hier bin.

Da sie nichts sagen, nichts tun, neige ich den Kopf. Ich danke den Göttern für ihren Segen und nehme meinen Platz hinter den Verurteilten ein. Ich stelle mich zwischen sie, strecke meine Hände aus, lege sie den Männern in den Nacken. Ich kann spüren, wie unter der Haut das Blut in ihren Adern pulst. Als ich meine Augen schließe und warte, ist ihr Herzschlag im Einklang. Als sich ihr Puls beschleunigt, trete ich beiseite, lasse meine Hände unter meinen Ärmeln verschwinden und habe sofort das Bedürfnis, sie zu waschen.

Es dauert nicht lang.

Nur Augenblicke nachdem ich sie berührt habe, sacken sie auf der Tischplatte zusammen. Blut rinnt aus ihren Nasen und bildet Pfützen auf dem ohnehin von Flecken übersäten Holz. Ich sehe zu, wie ein dünner roter Fluss über die Kante läuft und auf die Bolzen spritzt, mit denen die Stühle am Boden befestigt sind.

Wenn diese Bolzen nicht wären und die Stricke, mit denen die Beine der Toten an die Stühle gefesselt sind, würden ihre Körper jetzt von Krämpfen entstellt zu meinen Füßen liegen. Der Morgenandorn ist ein brutales Gift.

Die Augen des Mannes, dessen Braue gezuckt hat, sind offen und starren mich an. Ich merke, dass ich zurückstarre, dass mir die Augen brennen. Es spielt keine Rolle, wie viele Männer, Frauen und Kinder ich schon hingerichtet habe, es reißt immer noch an meinem Inneren. Aber das ist wohl kein Wunder, denn bei jeder Hinrichtung kommt es mir so vor, als würde ich Tyrek noch einmal töten.

Tyrek war mein einziger Freund, einer von zwei Menschen auf dem Schloss, die sich immer freuten, mich zu sehen. Meine hohe Stellung am Hofe bedeutete, dass wir einander nie Gesellschaft leisten durften, außer in der kurzen Zeit, die ich im Raum der Weissagung verbrachte. Aber dort begegneten wir uns und unterhielten uns über alles, was wir erlebt hatten. Ich hatte nie jemanden wie ihn getroffen; er war furchtlos und hatte eine starke Meinung. Die Tage zwischen den Weissagungen kamen mir wie eine Ewigkeit vor. Sie schlichen nur so dahin, bis mich meine Wächter endlich wieder hinabführten. Und da war er dann, wartete schon in der Tür und strich sich ungeduldig sein blondes Haar aus dem Gesicht.

»Da bist du ja«, sagte er. »Beeil dich. Ich will dir unbedingt was zeigen.«

Als er älter war, wollte er einer meiner Wächter werden, und es machte ihm großen Spaß, sie zu Kämpfen herauszufordern – mit seinem hölzernen Übeschwert gegen ihren blitzenden Stahl. Und während sein Vater mir das Blut für die Weissagung entnahm, saß ich auf meinem Hocker und schaute grinsend ihren Albernheiten zu.

»Nimm das!« Er stieß sein Schwert auf Dorin zu, der den Schlag mit Leichtigkeit parierte.

»Das war Absicht!«, rief Tyrek. »Ich wollte dir schließlich nicht wehtun.«

»Natürlich«, sagte Dorin und ich musste lachen.

»Und dann vor und zurück und links und dann ... ha!« Er jubelte auf, als er es schaffte, Dorins Arm zu berühren.

Ich applaudierte und Dorin streckte dem Jungen sein Schwert entgegen. »Ich ergebe mich.«

»Seht Ihr, Mylady?« Tyrek wandte sich zu mir. »Ich wäre in der Lage, Euch zu beschützen.«

Am Tag, als meine Welt einstürzte, rief er mir nicht zu, ich solle mich beeilen, und er erzählte mir auch nicht, wie hart er geübt hatte. Er blickte mich überhaupt nicht an. Zum ersten Mal im Verlauf der zwei Ernten, die ich nun im Schloss war, grinste er nicht, als er mich sah, sondern verbeugte sich. Da hätte ich schon wissen müssen, dass Unheil drohte, aber ich begriff es nicht. Ich hielt es bloß für ein neues Spiel, bei dem wir besonders höflich miteinander umgingen. Auch ich verbeugte mich vor ihm, spielte die höfische Dame, war aber auf eine unerklärliche Weise aufgeregt. Selbst Rulfs Schweigen war anders als sonst. Bevor er mein Blut nahm, zog er Tyrek von mir fort und reichte ihm die Schale, damit er sie zum Weissagungstisch brachte.

Als die Tür aufgerissen wurde und die Gardisten der Königin hereingestürmt kamen, hielt ich es für einen Überfall und hob die Hände, um mich zu verteidigen. Etwas ging zu Bruch, als die Wachen an mir vorbeieilten. Ich drehte mich auf meinem Platz, rasch genug, um zu sehen, wie sie Tyrek ergriffen. Sein Gesicht war ganz grau vor Angst, sein Vater stand bewegungslos neben ihm.

»Was hat das zu bedeuten?«, rief ich, aber die Soldaten beachteten mich nicht, während sie meinen Freund zur Tür schleiften.

Ich sprang auf sie zu – das genügte, um sie zum Erstarren zu bringen. »Lasst ihn frei und erklärt euch«, forderte ich, aber sie schüttelten nur den Kopf.

»Die Königin hat Befehl gegeben, ihn unter Arrest zu stellen.«

Ich lachte. Die Vorstellung, dass Tyrek etwas angestellt haben sollte, kam mir völlig lächerlich vor.

»Unter welcher Anklage?«

»Hochverrat.«

Hinter mir ertönte ein Röcheln, und unwillkürlich wandte ich mich zu Rulf um, der sich mit der einen Hand an die Brust griff und mit der anderen an seiner hölzernen Arbeitsbank festklammerte. Als ich mich wieder umdrehte, hatten sich die Soldaten neuerlich in Bewegung gesetzt, und Tyrek, der zwischen ihnen hing wie eine willenlose Strohpuppe, schüttelte immer wieder den Kopf.

Ich wollte hinter ihnen her, aber Dorin war mit gezücktem Schwert zwischen mich und die Tür getreten.

»Mylady«, sagte er mit einer deutlichen Warnung im Blick. Also blieb ich stehen.

»Bringt mich zur Königin«, forderte ich und er nickte.

Doch das war nicht nötig, denn als wir den Raum der Weissagung verließen, stand sie im Gang, als hätte ich sie herbeigerufen. Ihr Gesicht war sanftmütig und ruhig und sie trug ein Gewand aus weißgoldener Seide. Sie sah wie eine Maifeuerbraut aus, unschuldig und engelsgleich, und ich war erleichtert, sie zu sehen. Bestimmt hatte sie bemerkt, dass hier ein Fehler passiert war, und nun war sie gekommen, um Tyrek persönlich zu begnadigen.

Als ich meinen Mund öffnete, um ihr für ihr Kommen zu danken, hob sie jedoch energisch die Hand, was mich zum Schweigen brachte. »Folge mir«, befahl sie. Sie glitt an uns vorbei, und wir mussten uns beeilen, um mit ihr Schritt zu halten. Als wir den Fuß der Treppe erreicht hatten, blieb sie unvermittelt stehen. Ich wäre beinahe gegen sie gestoßen, und ich hörte, wie mein Wächter hinter mir scharf Luft einsog, als er ebenfalls in letzter Sekunde abbremsen konnte.

»Verlasst uns«, befahl sie meinen Wächtern, die sich unverzüglich umdrehten und die Stufen wieder hinaufstiegen, über die wir gerade gekommen waren.

Ich schaute sie an und wartete, während mir kalte Schauer über den Rücken liefen. Das alles hatte nichts Gutes zu bedeuten.

»Zwei Ernten über habe ich vor dir verborgen, was deine Position bei uns beinhaltet, Twylla. Ich wollte sichergehen, dass du verstehst, welches Privileg dir zuteilgeworden ist, und dass du die Bürde, die es mit sich bringt, auch zu tragen weißt.« Sie hielt inne und musterte mich, bevor sie fortfuhr. »Denn dieses Privileg hat seinen Preis. Es hat seinen Preis, die Auserwählte zu sein. Bald schon bist du kein kleines Mädchen mehr, und nun ist es an der Zeit für dich zu handeln wie die Gottgleiche Daunen.«

Ich hatte meinen Blick nicht von ihr abgewandt, verstand aber nicht, was sie mit dem Preis meinte. Ich trank schließlich das Gift, wie sie es verlangte. Was war denn noch zu tun?

»Der Junge in der Zelle am Ende dieses Ganges hat sich des Hochverrates schuldig gemacht«, sagte sie und hob die Hand, damit ich sie nicht unterbrach. »Auch wenn ich weiß, dass du das nicht glauben willst, vertrau mir, wenn ich dir sage, dass meine sorgfältigen Nachforschungen keinen Zweifel zulassen. Was schwerer wiegt: Du selbst hast einen Anteil daran.« Sie ließ ihre Worte sacken.

»Er hat dich nach deinen Geheimnissen befragt – nach unseren

Geheimnissen –, hat sich um deine Freundschaft bemüht und deine Worte an unsere Feinde verkauft.«

»Niemals! Das ist unmöglich! Ich habe ihm nichts gesagt ... ich weiß doch von gar keinen Geheimnissen.«

»Du hast ihm Informationen gegeben, Twylla. Zum Glück hast du recht: Nur weniges, was von Bedeutung ist, ist dir bekannt. Aber du hast ihm von deinem Leben und von deinen Pflichten hier bei uns erzählt – von geheimen, heiligen Ritualen, die unser Innerstes betreffen. Deshalb musst auch du diejenige sein, die die Strafe vollstreckt. Dass du die Gottgleiche Daunen bist, heißt nicht nur, dass du singen und beten musst. Nicht nur der Morgenandorn ist deine Prüfung, es stehen dir noch andere bevor. Das Gift und du, ihr habt noch eine andere Bestimmung.«

Ich starrte sie an, versuchte zu verstehen. Was bedeutete das? Welche Strafe konnte ich vollstrecken? Dann überlief es mich eiskalt. Sie wollte, dass ich meinen Freund berührte.

Seit ich im Schloss angekommen war, hatte ich einmal in jedem Mond den Morgenandorn getrunken, um dem Königreich zu beweisen, dass ich die wiedergeborene Daunen war, die wahrhaft von den Göttern Erwählte. Das mit meinem eigenen Blut vermischte Gift zu trinken, bewies, dass ich gottgleich war, mehr als ein gewöhnliches Mädchen.

Ich glaubte, der Preis, den ich für mein neues Leben im Schloss zu zahlen hätte, sei es, niemals jemanden berühren zu dürfen, da das Gift, das ich bereitwillig trank, in meiner Haut blieb und jeden töten würde, der damit in Berührung kam – außer jene, die selbst von den Göttern gesegnet waren: die Königin, der König und der Prinz. Es schien kein allzu furchtbarer Preis, nie zu berühren und nie berührt zu werden; schließlich hatte ich den einzigen Menschen zurückgelassen, der mir je Liebe und Zuneigung gezeigt hatte. Aber ich hatte mich geirrt.

Der Preis war, dass ich andere berühren *sollte*, und zwar

absichtsvoll. Ich würde es auf Befehl tun, im vollen Wissen, dadurch zu töten. Es gibt kein Gegengift für den Morgenandorn, schon die flüchtigste Berührung meiner Haut genügt, um erwachsene Männer in Sekunden zu töten. Dies war also meine Rolle, der Preis, den ich dafür zahlte, von den Göttern erwählt worden zu sein. Ich würde zur Scharfrichterin werden, zur Mörderin. Zur Waffe.

»Ich kann das nicht«, sagte ich schließlich.

»Du musst, Twylla. Denn ich kann nicht dafür sorgen, dass du selbst vor dem Gift in deinen Adern sicher bist, wenn du dich deiner Pflicht gegenüber den Göttern verweigerst. Es ist ihr Wille, dass du dies für sie tust.«

»Aber sie werden doch gewiss ...«

»Genug, Twylla«, unterbrach mich die Königin barsch. »Das eben bedeutete es, die Gottgleiche Daunen zu sein. Jede zu uns zurückgekehrte Daunen ist Hoffnung und Gericht zugleich gewesen. Du bist hier, um dem Königreich zu zeigen, dass wir in einem gesegneten Zeitalter leben. Und du bist hier, um diejenigen niederzustrecken, die uns schaden wollen. Du wirst deine Pflicht erfüllen. Du willst doch nicht die Götter erzürnen, oder?«

»Nein.«

Die Königin nickte. »Dies steht dir wohl zu Gesicht, Twylla.«

»Nein, ich meine, ich kann das nicht«, hörte ich mich sagen. »Ich kann niemanden töten.«

»Wie bitte?«

»Ich glaube, ich kann nicht die Gottgleiche Daunen sein, wenn es das bedeutet. Ich bin nicht die Richtige dafür.«

Die Königin lachte, ein sprödes, heiseres Lachen. »Glaubst du, die Götter hätten die falsche Wahl getroffen? Glaubst du, dass es ein Irrtum ist, dass du bei jeder Weissagung den Morgenandorn überlebst? Und was ist mit deiner Familie, mit deiner kleinen Schwester? Willst du wirklich das Brot und die Münzen opfern, die ich ihnen schicke, nur weil dir der Pfad nicht gefällt, auf den die Götter dich gesetzt haben?« Sie schüttelte den Kopf. »Du weißt, dass du nicht zurückkehren kannst«, sagte sie sanft. »Die Götter würden es niemals zulassen. Sie haben dich in meine Obhut geben, in die von Lormere. Du kamst hierher ohne Aussteuer, hast uns keine Bündnisse gebracht. Und doch habe ich dich aufgenommen, weil dies die Bestimmung deiner Geburt ist, Twylla. Wir gehorchen den Göttern und du musst es auch tun.«

»Aber ...«

Ihr Blick ließ mich verstummen.

»Ich werde vergessen, dass du versucht hast, dich mir zu widersetzen«, sagte sie leise. »Ich werde vergessen, dass du meine Großzügigkeit und meinen Schutz abweisen wolltest. Ich werde vergessen, dass du undankbar warst. Ich werde Gnade walten lassen. Bete dafür, dass die Götter es ebenso halten werden.«

Ich tat, was sie befahl. Ich betrat den kahlen Raum, in dem mein bester Freund an einen Stuhl gefesselt worden war, sein Mund brutal mit einem dunklen Stück Stoff geknebelt, der ihm in die Wangen schnitt. Aus seinen Augen strömten Tränen, und seine Handgelenke waren wund gescheuert, weil er versucht hatte, sich von den Stricken zu befreien. Er hatte sich eingenässt; die Vorderseite seiner Beinkleider war dunkel von Urin. Ich wurde rot, weil mich seine Erniedrigung so tief erschütterte. Den Kopf riss er wie wild von einer Seite zur anderen, während ich mich ihm näherte. Er war fünfzehn, genauso alt wie ich.

Die Königin stand in der Tür und sah zu, wie ich meine Hände auf seinen Nacken legte, auf die einzige entblößte Hautstelle, die ich an seinem Körper sehen konnte. Als nichts passierte, glaubte ich, die Götter hätten eingegriffen, um zu beweisen, dass er unschuldig war. Doch dann schauderte er, sein Körper verkrampfte sich und begann zu zucken. Ich riss meine Hände zurück, aber es war zu spät. Blut tropfte aus seiner Nase und seinem Mund, und im nächsten Moment war er tot. Es hatte weniger als eine Minute gedauert, um ihn mit meiner Berührung zu töten.

Ich starrte ihn noch immer mit großen Augen an, ohne irgendetwas zu sehen, als die Königin sich räusperte.

»Du musstest diejenige sein, die es tut. Um zu verstehen, was es bedeutet, die Auserwählte zu sein. Du kannst es nicht zurücknehmen, jetzt nicht mehr. Dies ist deine Bestimmung.«

Zwei Ernten sind ins Land gegangen, seit ich meinen besten Freund hingerichtet habe. Vierundzwanzig Weissagungen. Vierundzwanzig Mal musste ich in den Raum hinabsteigen, aus dem Tyrek verschleppt worden war, und das Gift trinken, mit dem ich ihn getötet habe. Ich habe in diesen vierundzwanzig Monden dreizehn Verräter getötet, einschließlich der Männer heute und Tyrek. Für Lormere. Für mein Volk. Für meine Götter.

Denn ich bin Daunen, die wiedergeborene Tochter der Götter. Die Welt ist schon immer beherrscht worden von den zwei Göttern, von Daeg, dem Herrn der Sonne, der am Tage herrscht, und von seiner Gemahlin, Naeht, der Kaiserin der Dunkelheit, die über die Nächte gebietet. Und einst, vor unzähligen Zeitaltern, als Lormere nicht mehr war als eine Ansammlung sich gegenseitig bekämpfender Dörfer, entschied die gierige Naeht, dass es ihr nicht genügte, über die Nacht zu herrschen. Sie schmiedete einen Plan und verführte ihren Gemahl, laugte ihn so aus, dass er es nicht mehr schaffte, sich zu erheben. Dann übernahm sie die alleinige Herrschaft über die Himmel und tauchte die ganze Welt in vollständige Finsternis. Nichts lebte, nichts gedieh.

Überall war der Tod, nun, da der Herr der Sonne nicht da war, um die Welt zu erleuchten und den Menschen Wärme und Freude zu spenden.

Doch als Naeht Daeg verführte, empfing sie Daunen, ihre Tochter. Und als Daunen geboren wurde, weckte ihr Lied Daeg aus seinem Schlummer und er stand auf und nahm seinen Platz am Himmel wieder ein. Daegs Rückkehr brachte das Licht und das Leben zurück nach Lormere, und in seiner Dankbarkeit schwor er, wann immer Lormere in höchster Not sei, würde er den Geist seiner Tochter auf die Welt entsenden als Zeichen der Hoffnung. Erkennen würden die Menschen sie an ihrem roten Haar – das die Farbe des Sonnenaufgangs hatte – und an ihrer Stimme, die so wunderschön war, dass sie einen Gott erwecken konnte. Man würde sie die Gottgleiche Daunen nennen und sie würde ein Segen sein für das Land.

Doch Daunen war das Kind zweier Götter, das Kind von Licht und Dunkelheit, Leben und Tod. Als Daeg schwor, seine Tochter zurück in die Welt zu schicken, bestand Naeht darauf, dass Daunen auch sie widerspiegeln müsse. Und so ist Daunen das Gleichgewicht zwischen Gott und Göttin; für ihre Mutter muss sie der Tod sein und das Leben für ihren Vater. Einmal in jedem Mond muss Daunen sich in der Weissagung prüfen lassen, indem sie den Morgenandorn trinkt und trotzdem lebt. Und sie muss das Gift in ihrer Haut tragen, sodass ihre Berührung allen Verrätern den Tod bringt, so wie auch die Berührung ihrer Mutter tödlich ist.

Beinahe sofort nachdem die Königin mir befohlen hatte, Tyrek zu töten, gab einer der beiden Wächter seinen Dienst auf. Vorher aber erzählte er mir noch, warum die Gefangenen so laut schrien. Als Dorin fortgegangen war, um mein Abendessen zu holen, lehnte er sich näher, so weit er es wagte, und grinste gehässig.

»Ihr wollt wissen, warum sie so schreien?« Er wartete nicht auf meine Antwort. »Die Männer der Königin foltern sie nach Lust und Laune mit ihren stumpfesten Schwertern.« Er grinste. »Und in die offenen Wunden schütten sie Branntwein. Das brennt. Bei den Göttern, wie das brennt, kleines Mädchen. Trinkt man das Zeug, ist es flüssiges Feuer in der Kehle, in einer Wunde aber, in einer tiefen, offenen Wunde brennt es heißer als Daeg selbst. Das ist nicht schön. Gar nicht schön. Manchmal müssen sie es wieder und wieder tun, bei den ganz besonders schlimmen Verbrechern.«

Er machte eine Pause und leckte sich die Lippen, während er mein Gesicht musterte, um zu sehen, wie schwer mich seine Worte erschüttert hatten.

»Aber das ist nicht der Grund, warum sie schreien. Sie schreien Euretwegen. Denn ganz gleich, was die Folterer ihnen antun, es ist nichts im Vergleich zu dem, was sie von Euch zu erwarten haben. Also, kleines Mädchen, versteht Ihr nun, warum sie so schreien?«

Ich verriet nie jemandem, was er mir gesagt hatte, denn es wäre sein Ende gewesen. Ich habe schon genug vom Tod gesehen. Manchmal kann auch ich Gnade walten lassen. Genau wie die Königin.

Kapitel 2

Ich stehe in meinem Gemach und schrubbe meine Hände, spüle sie in der kleinen Waschschüssel ab, wieder und wieder, als es plötzlich an der Tür klopft.

»Herein.« Ich greife nach einem Tuch, um meine Hände abzutrocknen, auch wenn sie sich immer noch nicht sauber anfühlen, und wende mich meinem Besucher zu.

Dorin steht vor mir und deutet eine kurze Verbeugung an.

»Verzeiht die Störung. Eine Jagd ist einberufen worden, Mylady.«

»Jetzt?« Es gibt nichts, was ich in diesem Augenblick weniger gern tun würde, als ein unschuldiges Geschöpf durch den Wald zu hetzen. Ich reibe weiter meine Hände mit dem Tuch ab und hoffe, dass ich nicht mitzugehen brauche, dass er mich nur über die Pläne der Königin informieren will.

»Die Königin besteht darauf, dass Ihr teilnehmt, Mylady.«

Ich wende mich ab, schließe die Augen. Doch sofort starren mich die toten Männer an, also reiße ich sie rasch wieder auf. Warum veranstalten sie heute eine Jagd? Wir halten fast nie eine ab, und dann ausgerechnet heute ...? Eigentlich möchte ich in meinen Tempel. Ich möchte die Türen schließen und an nichts mehr denken. Ich möchte, dass sich meine Hände wieder sauber anfühlen.

»Ich verlasse Euch, Mylady, damit Ihr Euch bereit machen könnt«, sagt Dorin und zieht sich zurück.

Ich starre ihm nach und fühle, wie sich in meinem Magen ein Knoten bildet. Es hat keinen Zweck, darum zu bitten, dass ich zu meinem Tempel gehen darf. Sie weiß, dass ich kommen werde. Es spielt keine Rolle, ob ich heute Morgen einen oder hundert Männer in den Tod geschickt habe, ihrem Befehl muss ich in jedem Fall folgen. Meine Familie kann nicht auf das Geld und das Brot verzichten, das sie ihnen jeden Mond zukommen lässt. Wenn ich mich ihr widersetzte, würde sie es einbehalten – das hat sie schon einmal getan. Sie weiß, dass ich es nicht darauf ankommen lassen werde, dass meine Schwester meinetwegen noch mehr leiden muss. Sie weiß, wie schuldig ich mich fühle, Maryl zurückgelassen zu haben. Sie kennt mich genau und ich bin eine brave kleine Marionette.

Man muss nur wissen, welche Fäden man zu ziehen hat: den Faden, an dem meine Schwester hängt, wenn man meinen Gehorsam haben möchte. Aber selbst wenn das nicht der Fall wäre, spricht sie mit der Autorität der Götter. Es ist ihr Wille, dass ich Leben nehme. Und dagegen bin ich machtlos.

Als ich mit meinem Umhang um den Schultern den Raum verlasse, wartet nur Dorin auf mich.

»Wo ist Rivak?« Ich schaue mich nach meinem zweiten Wächter um.

Dorin verzieht den Mund. »Er hat einen neuen Auftrag bekommen, Mylady.«

Der heutige Tag wird immer besser, denke ich im Stillen, auch wenn es mich nicht überrascht. Beinahe alle meine

Wächter sind nach ein paar Monden im Dienst wieder verschwunden. Auch wenn die Männer, die die Königin für dieses Amt wählt, eigens dazu ausgebildet sind zu töten, und das rasch und ohne Gnade, kenne ich nur einen, der stark genug ist, in der Gesellschaft eines Mädchens zu bleiben, das ihn mit einer einzigen Berührung umbringen könnte ... Die übrigen bitten um Versetzung und sie wird ihnen stets gewährt. Ich bin davon überzeugt, dass es der Königin so lieber ist. Schließlich könnte ein Wächter, der lange an meiner Seite bleibt, die Angst vor mir verlieren, vielleicht sogar beginnen, mich zu mögen, und mir seine Gefolgschaft versprechen. Das könnte sie nie zulassen.

Nur einmal, einmal hat sie es erlaubt – auch wenn ich meine Zweifel habe, dass sie das bemerkt hat:

Dorin ist von Anfang an bei mir gewesen. Er ist älter als der König, mit grauen Strähnen in seinem sorgfältig gepflegten Bart und an den Schläfen. Er trägt sein Haar lang, zusammengebunden zu einem Zopf im Nacken, und seine Augen sind haselnussbraun und wachsam. Er ist der perfekte Wächter, ruppig und professionell, und ich weiß, dass wir keine Freunde sind. Aber etwas ist doch zwischen uns. Ich lebe in der ständigen Angst, dass auch er mir eines Tages genommen wird. Wir kennen inzwischen jede Bewegung des anderen, und es wäre schwer, ihn auf dem falschen Fuß zu erwischen. Wie ein altes Ehepaar wissen wir um die Eigenheiten des anderen, und ich muss keine Angst haben, dass er einen Fehler machen könnte.

»Das heißt, nun sind nur wir beide übrig?«

»Für den Augenblick, Mylady. Gestern wurde ein Probekampf abgehalten, und ich glaube, der neue Wächter wird sich noch im Laufe des Tages zu uns gesellen. Ich soll ihn in alles einweisen, während Ihr bei der Jagd seid. Die Gardisten der Königin werden Euch dort schützen, wie immer.«

»Wurde Rivak nach der Weissagung versetzt?«, frage ich und versuche, meine Stimme ruhig zu halten.

»Er hat schon vor einer ganzen Weile um eine Versetzung ersucht, Mylady, aber die Königin hatte noch keinen neuen Wächter für gut befunden. Soweit ich gehört habe, ist das jetzt anders.«

»Was meint Ihr, wie lange wird der Neue es wohl aushalten?« Ich lächle bitter.

»Nicht so lange, wie Ihr es verdient hättet, Mylady. Kommt, wir wollen die Majestäten nicht warten lassen.« Er lächelt freundlich, und ich spüre, wie sich der Knoten in meinem Bauch weiter zusammenzieht.

Er steigt mir voran die Treppe hinab, und ich halte mich in einigem Abstand, die Hände immer am Körper, während ich zu den Göttern bete, dass Dorin mir nicht genommen wird.

Die Jagdgesellschaft hat sich bereits versammelt. Die Damen tragen Grün und Silber, die Männer ihre blauen und goldenen Jagdkostüme und ich meinen scharlachroten Umhang. Die Königin hat es gern, wenn ich Rot trage; sie findet, dass es meine Rolle unterstreicht, und so sind die meisten meiner Gewänder und Umhänge rot. Die Hunde springen um den König herum, fletschen ihre Zähne. Ihre Blicke nur auf ihn gerichtet, wie es ihnen anerzogen wurde, warten sie auf sein Signal. Ich hasse diese Hunde, fast mehr als alles andere.

Sie sind anders als die Hunde in dem Dorf, in dem ich aufgewachsen bin. Sie ziehen nicht den Schwanz ein, wenn man sie zurechtweist, und drehen sich auch nicht auf den Rücken, wenn man etwas Freundliches zu ihnen sagt. Diese Hunde haben lange, muskulöse Beine und ihre großen Köpfe sind länglich und flach. Sie sind eine Kreuzung aus Alaunt, Mastiff und etwas Wilderem und Tödlicherem. Ihr Fell ist rau, fleckig und braungold gesprenkelt. Es würde mir keine Freude machen, sie zu streicheln, selbst wenn sie es zuließen. Sie scheinen hechelnd zu grinsen, und in ihre leeren Augen zu blicken, fühlt sich genauso an, wie in die Augen der Männer zu sehen, die ich an diesem Morgen hingerichtet habe. Sie sind stumpf, ohne Gewissen, ohne Seele.

Über Seelen weiß ich alles. Denn bevor ich zur Gottgleichen Daunen wurde, war ich die Tochter der Sündenesserin.

Der moschusartige, ranzige Geruch der Hunde erfüllt die Halle, ein Geruch nach Fleisch und Tod, und ich sehe, wie die Königin ihr Gesicht mit einem hauchdünnen Schal bedeckt. Die Hunde mögen kein totes Fleisch. Sie reißen es lieber direkt von ihrem noch lebenden Opfer, darum sind sie ganz versessen auf die Jagd. Sie wissen, was es bedeutet, wenn sie in diesen Saal geführt werden, und ihre Aufregung, ihr Hin- und Herwetzen lässt einen bitteren Geschmack in meinem Mund entstehen. Ich hoffe, dass sie heute ein Tier jagen sollen und keinen Menschen.

Als ich zum ersten Mal miterlebte, wie die Königin die Hunde auf einen Gefangenen hetzte – es war ein Dieb, der in eines der Herrenhäuser des Königs eingebrochen war –, hätte ich beinahe mein Frühstück auf den Boden der Halle erbrochen. Ich wusste auch damals schon, dass sie solche Strafen verhängt, das ganze Reich weiß, dass die Strafen der Königin ungewöhnlich grausam sind. Aber zu sehen, zu riechen, zu hören, wie sie den Mann zerfleischten, war zu viel. Selbst für jemanden wie mich.

Dorin hatte mich gedeckt, der Königin ausgerichtet, dass mir schon den ganzen Morgen über nicht wohl gewesen war. Mir wurde gestattet, mich auszuruhen; auch ein Heiler wurde nach mir geschickt, der mich mit einer Glasstange stupste und mir einen widerlich riechenden Tee einflößte. Seitdem quälen mich Albträume davon, wie die Hunde mich, meine Schwester, Tyrek, auch Dorin verfolgen. Ich wache schweißgebadet und zitternd auf und bin immer noch überzeugt, sie in meinem Zimmer riechen zu können. Kein Verbrechen rechtfertigt dieses Schicksal, ganz gleich, was die Königin sagt. Aber andererseits bin ich mir sicher, dass die Menschen dasselbe über das sagen, was ich tue, selbst wenn es Verräter des Reiches sind, die ich hinrichte.

»Twylla«, ruft die kalte Stimme der Königin, woraufhin ich mich sofort tief verbeuge. Wie eine Maus, die im nächsten Erdloch verschwindet, wenn sie den Ruf einer Eule hört. »Gesegnete Weissagung«, sagt sie und der Hofstaat murmelt es ihr nach. »Du darfst in den Tempel gehen nach der Jagd.«

Ich senke meinen Kopf daraufhin noch tiefer. »Ich danke Euch, Euer Majestät.«

Zwei ihrer Gardisten kommen zu mir herüber, halten aber einen geradezu peinlich großen Abstand. Nachdem sich die hölzernen Tore geöffnet haben, begeben wir uns zu den Pferden, die gesattelt bereitstehen; die Königin und ihre Garde, ich und meine Wachen und dann der Rest des Hofes.

Ich steige ohne Hilfe auf den breiten Rücken meines Pferdes. Der Wächter der Königin steht neben mir und sieht mir verstockt dabei zu, wie ich mich abmühe und dann mein Pferd antreibe, um mich dem Zug der Königin anzuschließen. Pferde sind immun gegen Morgenandorn, also lasse ich meine Finger durch die Mähne gleiten, die bis auf meinen Rock hinabreicht. Es ist so schön, etwas Warmes zu berühren, etwas, das lebt, und zu wissen, dass dieses Tier darunter nicht zu leiden hat.

Stumpfe Augen starren mich an, Blut tropft auf beflecktes Holz.

Ich schaudere, und meine Finger verkrampfen sich in der Mähne der Stute, aber das zieht die Aufmerksamkeit der Königin auf mich. Also lasse ich die Haare des Pferdes los und greife stattdessen nach den Zügeln.

Die Königin führt uns an, biegt jedoch in eine andere Richtung als der König mit den Hunden. Ich stoße einen erleichterten Seufzer aus, weil wir nicht den jagenden Männern folgen, und ich vermute, ich bin nicht die Einzige, der es so geht. Das geifernde Kläffen der Hunde verstört die Pferde noch mehr als ihre Reiter. Außerdem ist es schon vorgekommen, dass sie das Interesse an ihrer Beute verloren und stattdessen Pferd und Reiter angegriffen haben.

Ich blicke zu den Bergen hinüber. Das Land Lormere wird von ihnen begrenzt; sie behüten das Königreich wie eine Mutter ihr neugeborenes Kind. Die Stadt Lortune und das Schloss Lormere befinden sich am östlichsten Punkt des Landes, und Teile des Schlosses sind in den Berg hineingebaut worden, sodass es aussieht, als seien die weitgefassten Außengebäude aus dem Gebirge selbst erwachsen; aber auch ein wenig, als versuchten sie, ihm zu entkommen.

»Eine natürliche Festung«, wie meine Mutter einmal zu mir gesagt hat. »Schloss Lormere wird niemals fallen wegen dieser Berge.«

Wir haben Glück mit der Lage des Königreichs, zumindest heißt es das immer. Die Berge machen es unmöglich, uns zu erobern, und auch der gewaltige und dichte Westwald schützt uns. Der Wald wächst auf einer riesigen Steigung, die sich bis zu der Hochebene erhebt, auf der Lormere liegt, sodass wir immer auf unsere Feinde hinabblicken können.

Hinter dem Westwald liegt das Königreich Tregellan, das Land unserer früheren Erzfeinde. Vor hundert Ernten fochten wir einen blutigen Krieg gegen sie, einen Krieg, den die Tregellianer angezettelt hatten. Lormere ging jedoch siegreich daraus hervor und von unserer Königsfamilie und dem Rat von Tregellan wurde ein Friedensabkommen unterzeichnet.

Im Norden, am Fuße steiler, unüberwindlicher Klippen, liegt hinter dem Ausläufer des Tallithischen Meeres, der Meerenge von Aurmere, das untergegangene Königreich Tallith, das seit einem halben Jahrtausend mehr oder weniger verlassen ist. Nur noch kleine Ansiedlungen gibt es dort, die in endlose Fehden verstrickt sind.

Tallith war einst das wohlhabendste aller Königreiche, in jenen Zeiten, als Lormere aus nicht viel mehr als einigen herrschaftlichen Dörfern in den Bergen bestand, die von den Vorfahren der Königin regiert wurden. Aber nachdem die Königsfamilie von Tallith ohne Erbe geblieben und ihr letzter Vertreter gestorben war, lag ihr Land in Trümmern und die Menschen verließen es in Massen. Manche ließen sich in Tregellan nieder, und andere zogen weiter, bezwangen den Wald und die Höhenzüge und kamen bis nach Lormere. Es heißt, ein Viertel aller Menschen hier hätten das Blut der Tallithi in sich. Manchmal lassen sich die Eigenheiten auch erkennen, wenn ein Kind mit dem Göttermal oder dem graublonden Haar auf die Welt kommt, für die die Menschen aus Tallith berühmt waren.

Wir reiten schweigend, und auch der Wald um uns herum scheint zu verstummen, als unser Zug zwischen seine Bäume taucht. Lormere ist fruchtbar, aber wegen der Höhe eignet sich ein großer Teil des Landes am besten für die Viehzucht. Wir bauen Kartoffeln, Steckrüben, Pastinaken, Roggen und Bohnen an, aber Getreide gedeiht nicht gut bei uns. Wir müssen es aus Tregellan einführen, wo es ein Übermaß an Ackerland gibt. Alles, was uns an Fisch und Meeresfrüchten aufgetischt wird, stammt ebenfalls aus Tregellan, wo es von den Fischern, die es mit dem Tallithischen Meer aufnehmen, flussaufwärts gebracht wird. Das macht diese Speisen zu den kostbarsten, die es hierzulande gibt. Bevor ich ins Schloss gekommen bin, habe ich nie weißes Brot gegessen.

In den Bäumen rechts von uns ist ein Rascheln zu hören und wir drehen uns alle um. Die Männer der königlichen Garde ziehen ihr Schwert. Einen Augenblick später bricht ein Baummarder aus einem Busch und faucht wütend, während er den Stamm einer alten Fichte hinaufschießt. Eine der Hofdamen lacht leise, während die Gardisten ihre Schwerter mit verlegener Miene zurück in die Scheiden stecken. Die Königin reitet vor mir und die Garde formt einen Ring um uns. Ihr langes kastanienbraunes Haar schimmert im Sonnenlicht, das in einzelnen Sprenkeln durch das Dickicht aus Eichen, Linden und Fichten fällt.

Sie ist wunderschön, und wenn sie sich umwendet, um zu prüfen, ob der Tross ihr ordnungsgemäß folgt, offenbart sie ihr stolzes Profil. Ihre Haut ist blass und makellos, die Wangenknochen hoch und ihre Augen dunkel, wie bei allen Mitgliedern ihrer Familie. Alle sind sie dunkelhaarig und gut aussehend, ihr Blut setzt sich immer durch. Am Hof ist es Mode geworden, die königlichen Farben zu imitieren: Die Frauen mit den blonden Haaren färben es sich mit Mischungen aus Rinde und Beeren – was nicht immer gelingt. Und mehr als eine Hofdame ist beinahe erblindet beim Versuch, sich Tollkirschensaft ins Auge zu träufeln, um eine blaue oder hellbraune Iris zu verdunkeln. Neben ihnen sehe ich mit meinem roten Haar, den grünen Augen und den vielen Sommersprossen aus wie ein Geschöpf aus einer anderen Welt. Und das bin ich wohl auch.

Tief im Waldland nördlich des Schlosses wartet ein goldener Pavillon auf uns, mit Wimpeln auf jeder Spitze, die flattern, wenn ein Windstoß sie streift. Unter dem Dach krümmt sich ein langer Tisch unter dem Gewicht von Speisen – mehr als die Jagdgesellschaft je verzehren könnte: gebratenes Wildschwein, kandierte Ente, Lebkuchentaschen und dickes Gulasch, Brote und Desserts. Seidene Teppiche, die aus fremden, exotischen Orten stammen, bedecken den Waldboden, außerdem warten bequeme Schuhe auf uns. Als die Königin von ihrem Pferd steigt, tun wir es ihr gleich, tauschen unsere Reitstiefel gegen die weichen Pantoffeln und nehmen unsere Plätze ein. Als ich den Stuhl rechts neben der Königin so weit es geht von ihrem üppig geschmückten Platz wegschiebe, werfen mir zwei der Dienerinnen Blicke zu. Sie flüstern erregt miteinander und dann gibt die größere der anderen einen Stoß in meine Richtung. Ich schaue weg, sehe aber genau, wie die siegreiche selbstzufrieden grinst.

»Ein Glas Wein, Mylady?« Das Mädchen, das mich nun bedienen muss, steht in sicherer Entfernung vor mir und hält eine Karaffe in Händen.

»Nein«, sage ich. »Ich hätte gern etwas Wasser.«

Das Mädchen vollführt einen höflichen Knicks, eilt davon und kehrt kurz darauf mit meinem Wasser zurück. Als sie sich mir nähert, versteife ich mich, rühre mich nicht vom Fleck. Sie beugt sich so weit vor, dass sie beim Eingießen einiges auf den Tisch verschüttet. Ich kann nur zusehen, wie die Flüssigkeit in das goldene Tischtuch einsickert und die Seide ruiniert. Sie kümmert sich nicht um den dunklen Fleck, huscht nur eilig zurück zu ihrer Freundin und tuschelt wieder mit ihr.

Als ich damals aufs Schloss kam und man mir sagte, was passieren würde, wenn man mich berührt, kam ich mir wie etwas Besonderes vor, so mächtig wie die Königin. Niemand konnte mich je wieder schlagen oder mich kneifen oder mir etwas wegnehmen. Ich wurde bösartig. Wenn ich nicht bekam, was ich wollte, drohte ich den Dienern mit meinen Fingern und war hocherfreut, wenn sie blass wurden und sich gegenseitig umrannten, nur um meine Wünsche zu erfüllen. Damals glaubte ich noch, der Zweck des Morgenandorns liege bloß darin, meine gottgleiche Stellung zu beweisen. Doch die Dienstboten begriffen von Anfang an, dass ich eine Waffe war. Ich kann ihnen ihren Hass auf mich nicht verübeln; wäre ich nicht so naiv gewesen, hätte ich mich ihnen gegenüber bestimmt nicht so grausam verhalten. Aber es ist besser für sie, wenn sie sich von mir fernhalten, damit sie nicht Tyreks Schicksal teilen.

Die Königin spielt mit einem Fächer herum, öffnet und schließt ihn. Dabei lässt sie ihren Blick über den Wald schweifen, um den ersten blauen Jägerrock zu erspähen, und legt ihren Kopf schief, um das erste Schmettern der Hörner zu erlauschen, das die Ankunft ihres Gemahls ankündigen wird. Es ist ungewöhnlich, dass sie sich so sehr dafür interessiert, wo der König steckt, und die ganze Gesellschaft macht das nervös. Wir sitzen aufrecht und starr auf unseren Plätzen und atmen so flach wir können. Unauffällig schaue ich mich um, beobachte, wie die Königin mit ihrem Fächer herumfuchtelt und den Wald nach der kleinsten Bewegung absucht.

Wir wissen nie, wann die Jäger zu uns stoßen werden. Sie legen keine Pause ein, bis die Hunde etwas gerissen haben, und wenn Wild gejagt wird, kann man nie vorhersehen, wann es so weit sein wird. Unsere Aufgabe ist es, hier zu warten und bei ihrer Ankunft hübsch und malerisch auszusehen. Es ist der Königin wichtig, dass die Schreiber, wenn sie die Tage dieses Hofstaates in die Geschichtsbücher aufnehmen, von Eleganz und Schönheit und gewahrten Traditionen zu berichten wissen. Sie ist fest entschlossen, dass ihre Regierung als eines von Lormeres Goldenen Zeitaltern in Erinnerung bleiben wird, also muss alles vollkommen sein.

»Twylla, was wirst du heute für uns singen?« Die Königin wendet sich mir zu und winkt einen Pagen herbei.

»Wären Eurer Majestät ›Die Ballade von Lormere‹, ›Die Blaue Hirschkuh‹ und ›Carac und Cedany‹ genehm?«

»Sehr gut«, sagt sie.

Sie tut so, als würde ich die Lieder auswählen, aber davon kann keine Rede sein. Hätte ich »So schön und fern« oder »Die Lachende Magd« vorgeschlagen, hätte sie mich mit einem kalten, dunklen Blick gestraft und mit täuschend sanfter Stimme gefragt: »Und wodurch scheinen sie dir angemessen? Für eine Jagd, Twylla? Diese Lieder?«

Die Stücke, die ich gewählt habe, werden immer bei der Jagd gesungen, das weiß ich inzwischen. In der »Ballade von Lormere« geht es um den Urururururgroßvater der Königin, der einst das Königreich gegründet hat. »Die blaue Hirschkuh« ist ein jüngeres Lied. Es erinnert daran, wie die Mutter der Königin in ihrem blauen Gewand für eine magische Hirschkuh gehalten wurde, vom damaligen König gejagt und in letzter Minute von ihm gerettet wurde, bevor die geifernden Hunde sie reißen konnten. »Carac und Cedany« ist ein Kriegsgesang, der für die Großeltern der Königin komponiert wurde. Die Zeit ihrer Herrschaft gilt als das letzte Goldene Zeitalter von Lormere, und damals war auch die letzte Gottgleiche Daunen am Hofe. Es ist das Lieblingslied der Königin. Sie kann nicht oft genug hören, wie die Soldaten Lormeres die einfallenden tregellianischen Truppen zurückschlugen und das Volk der Tregellianer noch weiter dezimierten, obwohl es sich bereits ergeben und das Gold seiner Vorratskammern aufgegeben hatte.

König Carac und Königin Cedany forderten zudem, dass Tregellans Alchemisten ausgeliefert würden, damit Lormere in der Lage wäre, sein eigenes Gold herzustellen, so wie Tregellan es vermochte. Doch Tregellan weigerte sich und drohte, die eigenen Alchemisten hinzurichten, um ihre Geheimnisse zu bewahren.

Carac und Cedany willigten schließlich ein, auf die Auslieferung zu verzichten und sich stattdessen riesige Mengen alchemistischen Goldes überbringen zu lassen. Und so kam die

Bezeichnung »Goldenes Zeitalter« zustande. Es heißt, die Alchemisten Tregellans würden heute versteckt an geheimen Orten leben, aus Angst, wir würden sie verschleppen und dazu zwingen, für unser Reich zu arbeiten.

Bevor ich auf das Schloss kam, sang ich immer, was mir gerade in den Sinn kam. Ich erfand meine eigenen Lieder über den Himmel und das Meer und die königlichen Fischer. Als ich zum ersten Mal als Gottgleiche Daunen vor dem König und der Königin sang, trug ich ebenfalls eines dieser Lieder vor. Die Königin war nicht beeindruckt.

»Wer hat dir das beigebracht?«

»Ich habe es mir ausgedacht, Eure Majestät. Es ist mein eigenes Lied.«

»Dann schlage ich vor, du vergisst es wieder. Ich bin sicher, die Tochter der Sündenesserin kann derartigen Unsinn singen, aber für die Gottgleiche Daunen ziemt es sich gewiss nicht. Den Göttern würde das gar nicht gefallen.«

Ich nickte. Damals versuchte ich noch verzweifelt, ihr zu gefallen, mich ihr zu beweisen. Bevor ich wusste, was das bedeuten würde.

Ein schrecklicher Schrei ertönt aus dem Wald und wir alle wenden gleichzeitig den Kopf. Ich versuche, mir nicht die Brutalität auszumalen, mit der die Hunde ihre Beute zu Fall bringen. Ich hoffe, dass es schnell geht.

»Sie kommen.« Die Königin erhebt sich und klatscht in die Hände. »Bereitet das Festmahl.«

Es ist ein überflüssiger Befehl. Die Pagen haben lange bevor wir hierherkamen alles bereitgestellt, aber auf ihr Kommando bewegen sie sich sofort schneller, füllen die Weinkaraffen auf und stellen weitere Pasteten und gebratene Vögel auf den ohnehin schon unter seiner Last ächzenden Tisch. Wir nehmen eine entspannte Haltung ein, zwingen uns zu einem Lächeln und blicken mit gehobenen Augenbrauen und überaus aufmerksam zur Königin hinüber, als hätte sie gerade einen Scherz gemacht.

Das Horn erschallt und die Männer tauchen auf. Schwitzend, aber triumphierend steigen sie von ihren Pferden, während hinter ihnen die Hunde die Überreste ihrer Beute näher schleifen. Die vier größten scheinen darum zu kämpfen, fletschen die Zähne und ihr Knurren schallt unheilvoll über die friedliche Lichtung. Ich kann nicht hinschauen. Es wird nichts übrig bleiben von der Beute, keine Trophäen. Die Hunde werden alles verschlingen, selbst die Knochen. Für die Männer liegt die Freude sowieso nur in der Hetzjagd, und sie sehen aus, als seien sie ganz zufrieden mit ihrem Werk.

Wir erheben uns, als sich der König nähert, aber schon im nächsten Augenblick zieht sich mir der Magen zusammen. Der Prinz ist bei ihm.

Kapitel 3

Mir bleibt der Mund offen stehen; es verblüfft mich, dass er hier ist, dass er so groß geworden ist, dass er wie ein Prinz aussieht und nicht mehr wie der schlaksige, mürrische Junge, auf den ich früher auf meinem Weg zum Tempel dann und wann einen Blick geworfen habe. Seine Schultern sind breit, und seine dunklen Locken fallen über sein Wams, als er sich vor seiner Mutter verneigt. Er ist tatsächlich hübsch. Der mir versprochene Gemahl ist hübsch, trotz derselben grausamen Züge, die auch seine Mutter hat, trotz derselben wachsamen braunen Augen.

Dann überkommt mich Wut. Niemand hat mir gesagt, dass er zurückgekehrt ist, nicht einmal, dass er es vorhatte.

Als die Königin mich damals zum Schloss brachte, sagte sie, Naeht wäre ihr in einem Traum erschienen und hätte ihr die Verkörperung ihrer eigenen Tochter versprochen – mich – anstelle der verstorbenen Prinzessin, die ihr Sohn hätte heiraten sollen. Erst durch meine Vermählung mit dem Prinzen wird meine Rolle als Gottgleiche Daunen wieder von mir genommen, weil Naeht dies so will. Wenn ich vermählt bin, werde ich nicht mehr rein genug sein für diese Funktion. Dafür werde ich eines Tages die Königin von Lormere sein und auf dem Thron Platz nehmen, auf dem die Königin heute sitzt.

Der Hofstaat verbeugt sich, erst vor dem König und dann vor Prinz Merek. Zwei Ernten lang ist er nicht hier gewesen und hat auf Reisen seine höfische Erziehung abgeschlossen. Er hat entfernte Bezirke des Reiches besucht und Zeit mit den dortigen Herren verbracht, hat gelernt, wie das Königreich funktioniert und wie seine Geschichte verlaufen ist, hat Freunde gefunden und Bündnisse geschlossen. Ich weiß, dass er als Ehrengast auch Zeit in Tregellan verbracht hat. Ich meine sogar, einmal mitbekommen zu haben, wie zwei der Mägde gesagt haben, er wäre gerade in Tallith. Niemand hat mir direkt erzählt, wo er sich aufhält oder wann er wiederkommen würde, und ich war zu stolz, um zu fragen.

Prinz Merek nimmt den Platz mir gegenüber ein, und ich warte darauf, dass er mich begrüßt, während mein Herz hämmert wie verrückt. Als er es nicht tut, zieht sich mir wieder der Magen zusammen, und ich senke den Blick – verletzt, aber um ehrlich zu sein, nicht überrascht. Bei einer Zeremonie vor vier Erntejahren hat der Prinz seine Hand auf meine gelegt. Dann wurde ein rotes Band darumgebunden, um unsere Verlobung offiziell abzusegnen. Es war das letzte Mal, dass mich jemand berührt hat. Ich habe damals gehofft, dass wir anschließend Zeit miteinander verbringen, uns vor unserer Hochzeit anfreunden könnten, aber dazu kam es nie. Er sprach kein Wort mit mir und dann ging er fort. Nie hat er mir geschrieben und nie nach mir gefragt. Ich kann es ihm allerdings auch nicht verübeln. Wenn mich selbst schon krank macht, welche Pflichten ich als Daunen zu erfüllen habe, wie muss dies erst auf einen Prinzen wirken. Sich vorzustellen, eine Braut in sein Bett zu nehmen, die einen töten würde, wenn man nicht durch göttliche Gnade vor ihrem tödlichen Gift gefeit wäre.

»Hattet Ihr eine gute Jagd?«, fragt die Königin den König, als wir wieder unsere Plätze einnehmen, die beiden am Kopf der Tafel, ich zu ihrer Rechten, der Prinz mir gegenüber zur Linken des Königs und dann die anderen. Deren Position an der Tafel entspricht der Menge an Land, über die sie verfügen, oder dem Rang, den sie gerade in der Zuneigung der königlichen Familie einnehmen.

»Fürwahr, fürwahr«, sagt der König. »Dieser Teufel hat uns eine ganze Weile ein Schnippchen geschlagen – sein Geweih war bestimmt doppelt so groß wie Merek.« Er nickt seinem Stiefsohn zu. »Aber am Ende haben wir ihn erlegt und die Hunde hatten einen Festtag.« Ein scharfes Knacken ertönt von der Stelle, wo die Hunde sich an dem toten Tier laben, und ich zucke unwillkürlich zusammen.

Die Königin nickt. »Freut mich zu hören.« Sie wendet sich von ihrem Gemahl ab, und ihre Züge werden weicher, als sie ihren Sohn anblickt. »Merek, wie hat es dir gefallen?«

»Sehr gut, Mutter«, erwidert er, jedoch ohne ihre Wärme. Seine Stimme ist tief und weich, eine Freude für jedes Ohr. Ich beobachte verstohlen, wie er den Mund verzieht und sich in seinem Stuhl zurückfallen lässt. »Es war eine angenehme Abwechslung. Ich würde es wieder tun. In Tregellan haben wir manchmal Wildschweine gejagt. Sie haben ja keinen Hof, aber die höfischen Vergnügungen gönnen sie sich trotzdem.«

»Es wundert mich, dass sie dafür Zeit finden«, sagt die Königin trocken. »Ich hatte den Eindruck, sie würden den Großteil jedes Mondes damit verbringen, über ihre Entscheidungen zu diskutieren.«

Merek hebt eine Augenbraue. »Das ist wahr. Aber das ist wohl der Preis der Demokratie. Jede Stimme muss gehört werden. Es ist vielleicht nicht sonderlich effizient, aber es lässt sich nicht bestreiten, dass das System funktioniert. Zumindest für sie.«

»Für sie«, wiederholt die Königin barsch. Merek schaut rasch auf seinen Teller. Jetzt erinnert er mich wieder an den verlegenen Jungen, dem ich meine Hand versprochen habe. »Der Bau der Gläsernen Halle wird bald abgeschlossen sein«, sagt die Königin in einem versöhnlichen Ton. Das abfällige Zucken um Mereks Mund scheint ihr zu entgehen. »Wir haben sie genau dem Original in Tallith nachempfunden. Auch bei uns gibt es genug Vergnügungen.«

»Ich habe die Ruinen gesehen, als ich dort war. Sie muss sehr beeindruckend gewesen sein. Zu ihrer Zeit.«

»Ich bin mir sicher, du wirst feststellen, dass unsere Halle sie weit übertreffen wird. Sie ist zwar nach den tallithischen Entwürfen gebaut worden, ich habe aber noch einige Änderungen vornehmen lassen«, sagt die Königin. »Sie wird kein Relikt sein.«

»Aber sie wird doch gewiss nicht nur als Turnierplatz dienen, oder?«, fragt Merek.

»Es geht um eine weit exquisitere Unterhaltung.« Die Stimme der Königin ist zuckersüß. »Wir sind keine Wilden wie die Menschen aus Tregellan. Wir können uns mit delikateren Freuden amüsieren.« Als Merek nicht antwortet, wendet sie sich an uns alle. »Mein Sohn, der Weitgereiste. Ich hoffe, ihm werden in Lormere nicht die Beschäftigungen ausgehen.« Sie lächelt Merek liebevoll zu, will seine Hand ergreifen. Aber er zieht sie weg und schaut sie groß an, bevor er sein Messer zückt und es in eine gebratene Fasanenbrust sticht. Er hält ihrem Blick stand, als er das Fleischstück zum Mund führt und einen großen Bissen davon nimmt. Die Königin wendet sich ab, und auch ich schaue weg, tue so, als hätte ich seinen kleinen Akt der Rebellion nicht mitbekommen. Aber ich bin froh, es gesehen zu haben.

Die Königin lässt ihren Blick funkelnd über die Tafel schweifen und wir vertiefen uns allesamt rasch in unser Essen. Nach einem Augenblick zieht sie eine kleine Metallscheibe an einer Kette aus ihrem Mieder und beginnt, damit zu spielen. Merek legt sein Messer weg und schaut sie an.

»Du hast eine Kette daraus gemacht«, sagt er leise und betrachtet nickend den Anhänger, den die Königin zwischen ihren Fingern hält.

»Ich hätte die Münze wohl kaum in unsere Schatzkammern legen können.« Sie lächelt und zeigt sie ihm.

Er runzelt die Stirn. »Wo ist denn die Abbildung hin? Der Flötenspieler und die Sterne?« Er blickt mit zusammengezogenen Augen auf den Anhänger. »Hast du sie wegfeilen lassen?«

»Natürlich. Welchen Grund sollte ich haben, eine alte Münze mit einem Tallithi-Spieler darauf zu tragen? So ist es doch viel besser. Siehst du, die Mitte ist jetzt glatt, so sieht sie aus wie Naehts Mond. Und das Gold an den Seiten steht für Daegs Sonne. Ich habe sie lormerianisch gemacht.«

Merek schüttelt den Kopf. »Das war wahrscheinlich die letzte Münze auf der Welt, die von den Alchemisten aus Tallith hergestellt wurde. Sie ist über fünfhundert Ernten alt, ein unschätzbares Stück Geschichte.«

»Aber nicht unserer Geschichte, Merek. Mich interessiert nur unsere Geschichte. Außerdem ist es ja nicht so, als würde sie uns das Geheimnis der Alchemie verraten, oder? Es ist nur die nutzlose Münze einer Währung, die es nicht mehr gibt.«

Als sie den Anhänger wieder in ihrem Gewand verschwinden lässt, ruft Lord Bennel von seinem Platz weiter unten an der Tafel: »Habt Ihr den Schlafenden Prinzen gefunden, Euer Hoheit?«

Einige Höflinge lachen. Ich brauche eine Weile, bis ich darauf komme, was er meint. Ich erinnere mich gerade an die Legende des Prinzen, der durch einen magischen Spruch in den Schlaf versetzt wurde, als mir bewusst wird, dass die gesamte Gesellschaft verstummt ist. Prinz Merek sieht fast komisch aus, mit seinem halb geöffneten Mund. Er wollte wohl gerade antworten, doch die Königin ... Die Königin stiert mit böse funkelnden Augen über die Tafel hinweg zu Lord Bennel hinüber. Die Luft um sie herum scheint regelrecht zu surren vor Wut. Als habe Lord Bennel mit seiner Frage über ein altes Kindermärchen Merek absichtlich beleidigen wollen. Alle anderen sind bleich geworden und rühren sich nicht. Sogar der König sieht nervös aus, während wir darauf warten, dass irgendetwas die Spannung bricht.

»Vergebt mir, Euer Majestät und Eure Hoheit«, stößt Lord Bennel eilig hervor. »Ich wollte Euch nicht unterbrechen.«

Die Königin sagt nichts. Ich kann spüren, wie der Ärger von ihr weicht, dass sie aber immer noch bereit ist zuzuschlagen. Nach einem Augenblick lehnt sie sich in ihrem Stuhl zurück und unter den Höflingen macht sich eine gewisse Erleichterung breit. Sie heben Gläser an ihre Lippen, Messer scharren über die Teller, und die Diener nähern sich der Tafel, um benutztes Geschirr abzuräumen. Doch aus dem Augenwinkel kann ich erkennen, dass die Bewegungen der Königin steif und gezwungen wirken. Sie schiebt ihren Teller von sich und in ihren Augen ist das Unwetter noch nicht verzogen.

»Twylla, du wirst jetzt singen«, sagt sie.

Flankiert von den mir zugeteilten Gardisten, erhebe ich mich augenblicklich. Ich versuche, nicht zu rennen, sondern mich ganz ruhig ans entgegengesetzte Ende der Tafel zu begeben, wo sie und der König mich am besten sehen können. Mein Instinkt, vor der Königin zu fliehen, ist so stark, dass ich ihm kaum widerstehen kann.

Damals, als ich meine erste Weissagung über mich ergehen lassen musste, sagte die Königin zu mir: »Dir ist ein Segen zuteilgeworden, kleine Twylla. Du bist erwählt worden, in dieser Welt für Daunen einzustehen, und heute haben wir ihr dein Leben gewidmet. Lormere hat lange auf deine Rückkehr warten müssen. Du bist jetzt gesalbt, ein heiliges Gefäß, wie ich. Es ist deine Bestimmung. Vor den Augen der Götter bist du jetzt meine Tochter.«

Ich singe »Carac und Cedany«. Meine Stimme steigt hoch hinauf, während ich die Weise von Krieg und Blutvergießen und hart erkämpftem Ruhm anstimme. Aber plötzlich höre ich etwas, das sich daruntermischt, ein leises zischendes Getuschel. Lord Bennel flüstert Lady Lorelle am Tisch etwas zu. Stocksteif und mit weißem Gesicht versucht sie, das Wispern ihres Nebenmannes nicht zu beachten. Ihr Gemahl, Lord Lammos wendet sich so weit von ihnen ab, wie er kann. Ich schaue rasch weg, spüre aber, wie mir an den Schultern der Schweiß ausbricht. Als ich zum Refrain komme, singe ich lauter, um Lord Bennel zu übertönen, und werfe den Kopf in den Nacken, sodass das Licht auf mein Haar fällt.

Lord Bennel rutscht näher an Lady Lorelle heran, hört nicht auf zu murmeln, während sie nachdrücklich den Kopf schüttelt und in meine Richtung nickt. Seine Wangen sind gerötet, sein Blick geht ins Leere. Er muss betrunken sein, zu betrunken, um sich vorsichtig zu verhalten. Natürlich, wie hätte er sonst so dumm sein können, die Königin und den Prinzen bei ihrem Gespräch zu unterbrechen? Wieder hebe ich meine Stimme, breite die Arme aus und wende meinen Blick beim Singen dem Himmel zu, versuche mit aller Gewalt, die Aufmerksamkeit der Jagdgesellschaft auf mich zu ziehen.

Glas bricht splitternd entzwei und wir verstummen alle. Die Stimme bleibt mir in der Kehle stecken. Am Kopf der Tafel hält die Königin nur noch den Stiel eines Kelches in der Hand, mehr ist nicht übrig geblieben, nachdem sie ihn auf dem goldenen Tischtuch zerschlagen hat.

»Langweilt Twylla Euch, Lord Bennel?«

Mir wird übel, und mein Herz rast, als sich alle Augen Lord Bennel zuwenden.

»Langweilt Euch die Gottgleiche Daunen, Mylord?«

Rote Flecken bilden sich an Lord Bennels dickem Hals, als er mit lallender Stimme eine Antwort stammelt. »Vergebt mir, Euer Majestät, ich sagte bloß zu Lady Lorelle, wie glücklich wir sein können, in solchen Zeiten zu leben und die Gottgleiche Daunen unter uns zu haben. Es sollte ein Kompliment sein.« Er streckt eine Hand aus, will auf mich zeigen, stößt dabei aber seinen Kelch um, sodass sich roter Wein über die Seide ergießt.

»Eigentümlich. Ein besseres Kompliment wäre es gewesen, ihr zuzuhören und ihren Vortrag zu würdigen, wie wir anderen es auch getan haben. Lorelle schien es keine Mühe zu machen, das Lied zu würdigen, ohne darüber zu sprechen, oder etwa nicht?«

Von meinem Platz aus kann ich sehen, dass Lady Lorelle so angespannt die Falten ihres Gewandes ergreift, dass ihre Knöchel weiß hervorscheinen. Erst jetzt fällt mir auf, dass ich dasselbe tue und der Schweiß meiner Handflächen bereits die Seide meines Kleides befleckt.

»Nein, Euer Majestät.«

»Vielleicht kamen Eure sogenannten Komplimente also zur falschen Zeit?«

»Ja, Euer Majestät.«

»Vielleicht wäre es besser, Ihr würdet uns verlassen, damit wir die Geschenke der Götter ohne Euch genießen können?«

»Helewys ...«, setzt der König an, aber sie macht nur eine kurze Bewegung mit der Hand, um ihn zum Schweigen zu bringen. Der König blickt sie an, als würde ein Schatten über sein Gesicht ziehen, während sich sein Kiefer anspannt. Aber er sagt kein weiteres Wort, wendet sich nur ab und starrt zu den Bäumen hinüber.

»Ich ... Euer Majestät?«, sagt Lord Bennel.

»Geht. Ihr unterbrecht die Gottgleiche Daunen mit Eurem Geschwätz, wie Ihr zuvor mit Eurem Unsinn ein persönliches Gespräch zwischen mir und meinem Sohn unterbrochen habt. Und kommt mir nicht mehr unter die Augen, bis Ihr Manieren gelernt habt.« Die Königin lässt den Stiel auf den Boden fallen und greift nach einem neuen Glas.

Ein Teil meiner Anspannung fällt von mir ab. Einen schrecklichen Augenblick lang hatte ich befürchtet, sie würde sein Verhalten zum Hochverrat erklären und mich auffordern, ihn zu berühren. Ich hebe den Blick, warte auf das Signal fortzufahren und sehe zu, wie Lord Bennel einen Pagen anweist, ihm sein Pferd zu bringen.

»Ich denke nicht, dass Ihr reiten solltet, Lord Bennel. Ihr sollt gehen und die Zeit nutzen, Eure Ignoranz zu überdenken.«

Mein Herz hämmert gegen meine Brust. Wir sehen alle zu, wie er sich steif erhebt und dann damit zu kämpfen hat, die Pantoffeln gegen seine Reitstiefel einzutauschen. Als sich einer von ihnen an seinem Fuß verfängt, nehmen seine Wangen eine geradezu violette Farbe an.

»Fahr fort.« Die Königin nickt mir zu.

»Im Westen, in den Wäldern von Lormere, stand die schöne Cedany und rief ...« Ich komme ins Stocken, als ich sehe, dass die Königin den Hundeführer zu sich winkt.

»Sing weiter, Twylla«, stößt sie barsch aus. Was habe ich für eine Wahl? Ich kann es nur versuchen, auch wenn meine Stimme deutlich bebt, während ich zu einem Publikum singe, das alles geben würde, um in diesem Augenblick nicht hier sein zu müssen.

»Im Westen, in den Wäldern von Lormere, stand die schöne Cedany und rief: Voran, ihr Männer, für Lormere! Heut sollen Heiden

fallen …« Ich kann nicht hinsehen, als der Hundeführer zwei der kleineren Tiere von den mageren Überresten ihres Mahls wegzieht und sie zu Bennels Stuhl treibt. Lorelle kauert sich zusammen, als die Hunde um sie herumstreichen, ihr struppiges Fell gegen ihr Gewand streicht und sie die Fährte des Mannes aufnehmen, der eben noch hier gesessen hat. Im nächsten Augenblick sind sie auch schon verschwunden und die Welt hält den Atem an.

»Carac ritt in die Schlacht, das Schwert gezückt, es schrie nach Blut, und Tregellan fiel schnell, wie seine Liebste es gesagt.«

Kaum ein Augenblick vergeht, und die Luft ist erfüllt von Schreien und wildem Knurren.

»Fang von vorne an, Twylla.« Die Königin lächelt. »Ich kann dich hier draußen in der Natur kaum hören. Aber weniger theatralische Gesten diesmal, wenn ich bitten darf. Du bist die Gottgleiche Daunen, keine Dorfpriesterin.«

Lord Bennel war kein Verräter. Ich töte nur Verräter. Doch wenn man bedenkt, dass er sterben musste, weil er mich beleidigt hat, hätte ebenso gut ich ihn hinrichten können. Ein Blick auf den Hofstaat genügt, um festzustellen, dass alle es genauso sehen.

Am Ende meines Vortrags applaudieren alle völlig hingerissen, wobei es mir eiskalt den Rücken herunterläuft. Jetzt wollen die Höflinge unbedingt zeigen, wie sehr sie mich wertschätzen, aus Angst, die Königin könnte einen Mangel an Begeisterung persönlich nehmen. Mir wird ganz schlecht davon.

»Du darfst dich wieder hinsetzen, Twylla«, sagt die Königin freundlich.

Ich schaue sie an, während ich eine Verbeugung andeute, und in diesem Augenblick fällt mir der Prinz auf.

Er beugt sich mir entgegen, und den Kopf hält er schief, als würde er mich zum ersten Mal sehen. Sein eben noch ausdrucksloses Gesicht ist lebendig geworden. Ich spüre, wie meine Beine mich im Stich lassen, als würde er mir Kraft entziehen für den Sturm in seinen Augen. Vorhin noch wollte ich seine Aufmerksamkeit unbedingt auf mich ziehen, jetzt, da ich sie habe, lähmt sie mich.

Meine Wangen brennen, als ich zu meinem Platz zurückgehe und spüre, wie sein Blick mir den ganzen Weg über folgt. Niemand sonst würde es wagen, mich so lange anzusehen, aus Angst, die Königin könne daran Anstoß nehmen. Doch der Prinz muss nicht fürchten, sein Leben zu verlieren. Er ist der einzige Mensch auf der Welt, den die Königin nicht niedermetzeln würde, um ihren Willen zu bekommen, und das weiß er natürlich.

Die Desserts werden serviert, aber ich kann den Rosenpudding nicht herunterbekommen, der vor mir steht. Die Blüten, die obenauf liegen, sind blutrot. Ich rühre den Pudding rasch um, damit ich sie nicht länger sehen muss. Die Stimmung ist jetzt gedrückt; das Fest fühlt sich an wie eine Totenspeisung, als müssten wir alle Bennels Sünden auf uns nehmen, in der Hoffnung, die Königin auf diese Weise friedlich stimmen zu können.

Als ich meinen Löffel ablege, starrt der Prinz mich immer noch an. Ich habe das Gefühl, er hat nicht ein einziges Mal weggeschaut, seit ich das Lied gesungen habe. Und schlimmer noch: Nun blickt die Königin ihn an, ihr Mund bitter zusammengepresst, während ihre Finger das Medaillon an ihrem Hals umfassen. Die Sonne verschwindet hinter einer Wolke und das leuchtende Grün des Waldes erscheint plötzlich grau. Als sich die Königin erhebt, stehen alle anderen ebenfalls auf.

»Macht die Pferde bereit«, befiehlt sie. »Wir werden jetzt aufbrechen.«

Innerhalb weniger Augenblicke streifen wir uns wieder unsere Reitstiefel über; die Pferde werden so rasch herbeigeführt, dass man davon ausgehen kann, dass die Lakaien einen hastigen Aufbruch vorhergesehen haben. Wir besteigen unsere Reittiere stumm und beginnen unsere Prozession zurück zum Schloss. Ich bin dankbar, dass ich hinter der königlichen Familie reite, dass keiner von ihnen mich beobachten kann. Ich umklammere die Mähne meiner Stute, drücke mich fest an das Tier und ziehe den Kontakt so lange wie möglich in die Länge.

Die Königin reitet den Großteil der Strecke in eiligem Galopp. Ich frage mich, wie sie das schafft im Damensattel. Zum Glück fordert sie mich nicht auf, mit ihr mitzuhalten. Als ich am Hof ankomme und meine Stute zwischen den schweißgebadeten Flanken der anderen Pferde zum Stehen bringe, ist die Königin bereits abgestiegen und eilt mit schnellen Schritten das Portal hinauf ins Schloss. Ihr Gemahl und ihr Sohn springen ebenfalls von ihren Pferden und folgen ihr in einigem Abstand.

Im allerletzten Augenblick, bevor er die Schwelle überschreitet, dreht der Prinz sich noch einmal um und schaut mich an. Wieder lässt mich sein Blick erstarren. Drei aufgeregte Herzschläge lang schauen wir einander in die Augen. Dann wendet er sich ab, betritt das Schloss und lässt mich zitternd zurück.

Dorin nähert sich mir, um seinen Dienst als mein Wächter wieder aufzunehmen. Neben ihm geht ein Mann, den ich nicht kenne. Ich reiße mich zusammen und balle die Fäuste, sodass sich meine Fingernägel in meine Handflächen bohren.

»Guten Tag, Mylady.« Dorin verbeugt sich. »Darf ich Euch Lief vorstellen, der ab heute zu Eurer persönlichen Wache gehört?«

Ich werfe dem neuen Wächter einen kurzen Blick zu. »Guten Tag, Lief.«

»Mylady«, sagt er. Seine Stimme klingt melodisch und tief; es schwingt etwas Ausländisches in ihr mit. Er hebt die letzte Silbe des Wortes, und das bringt mich dazu, ihn genauer anzusehen. Seine Augen sind grün, dunkler als meine eigenen. Sein hellbraunes Haar ist im Nacken mit einem Band zusammengebunden, was nicht gerade üblich ist für einen Wächter. Würde er es öffnen, würde es ihm bis auf die Schultern fallen. Er scheint nicht viel älter zu sein als ich. Ich verspüre den Drang, ihm zu sagen, dass er gehen soll, sofort, solange er noch eine Chance hat. Stattdessen nicke ich ihm bloß zu und wende mich an Dorin.

Doch dieser starrt an mir vorbei und ich folge seinem Blick. Lord Bennels Pferd ist hereingeführt worden, ohne Reiter.

Dorin schaut mich mit zusammengepressten Lippen an. »Zum Tempel, Mylady?«, fragt er und verscheucht eine Biene, die um unsere Köpfe herumsurrt.

Ich nicke. »Ja. Kann ich Euch vorher einen Augenblick allein sprechen?«

»Warte dort drüben«, sagt er zu dem neuen Wächter, der sich verbeugt und mich dann breit anlächelt, sodass zwischen seinen Zähnen kurz seine Zunge schelmisch aufblitzt. Seine Heiterkeit ist offenbar ansteckend, denn ich stelle fest, dass ich das Lächeln erwidere, bevor Dorin sich räuspert und Lief uns verlässt.

Als ich sicher bin, dass er mich nicht mehr hören kann, wende ich mich an meinen ältesten Gefährten. »Er kommt nicht aus Lormere«, sage ich mit leiser Stimme.

Dorin schüttelt den Kopf. Auf seinem Gesicht taucht etwas auf, das man für väterlichen Stolz halten könnte. »Gut beobachtet, Mylady. Er ist Tregellianer.«

»Die Königin hat einen Tregellianer in Dienst genommen? Um mich zu schützen?« Ich versuche nicht einmal, meine Überraschung zu verbergen. Auch wenn Lormere den Krieg gewonnen hat und jetzt in Frieden mit Tregellan lebt, ist allgemein bekannt, wie sehr die Königin dieses Volk hasst. Ich habe selbst gehört, wie sie die Tregellianer als faul, falsch und schwach bezeichnet hat.

»Das hat sie. Er ist ...« Wieder schlägt er nach der Biene, doch die setzt sich auf seinen Unterarm. Er schreit auf, als sie ihn sticht, und beißt sich auf die Lippen, um seine Flüche zu unterdrücken.

»Ist alles in Ordnung?«, frage ich.

Er zuckt mit den Schultern und starrt die kleine Wunde an. »Keine Sorge, Mylady.«

»Ist der Stachel noch drin? Ihr müsst ihn herausbekommen, und zwar schnell.«

Er untersucht die Rötung rund um den Stich, zieht mit seinen Fingernägeln den Stachel heraus und lässt ihn angewidert zu Boden fallen.

»Ihr solltet einen Umschlag darumlegen.«

»Es ist schon in Ordnung, Mylady. Ich werde ein Auge darauf haben.«

Ich will gerade protestieren, als er fortfährt. »Was ich sagen wollte: Er ist ein guter Mann – trotz seiner Herkunft. Er hat alle Wachen der Königin geschlagen und ...« Er hält inne. »Und auch mich, Mylady. Er ist schnell. Und er behauptet, Tregellan nicht zu lieben. Die Königin sagt, er sei in der Lage, Euch zu schützen, und dass sie in diesem Wissen besser schlafen wird – ob er nun aus Tregellan kommt oder nicht.«

»Ich schlafe gut, wenn *Ihr* vor meiner Tür wacht«, sage ich kopfschüttelnd, und er lächelt kurz, bevor er seine dienstlich ernste Miene aufsetzt.

»Habt Dank, Mylady.« Er verneigt sich und reibt geistesabwesend seinen Arm. »Komm, Lief«, ruft er, worauf der junge Wächter zu uns eilt wie ein übereifriger Hundewelpe. Das macht mich traurig, denn es erinnert mich daran, wie ich selbst war, als ich hierherkam.

Kapitel 4

In meinem Tempel angekommen, schließe ich die Türen. Doch statt vor dem Altar zu knien, laufe ich voller Beklemmung auf und ab. Lord Bennel, der törichte Lord Bennel – wie konnte er sich nur so betrinken? Warum hat er nicht den Mund gehalten? Was hat er sich nur dabei gedacht, so einen Fehler zu begehen, nachdem die Königin bereits aufgebracht war wegen seiner dummen Frage nach dem alten Märchen? Und der Prinz – warum bemerkt er mich plötzlich? Warum starrt er mich an?

Während die sinkende Sonne die Schatten über die Wand wandern lässt, entzünde ich den Weihrauch und gehe vor dem Altar in die Knie, bitte Naeht und Daeg, mir dabei zu helfen, all das zu verstehen.

Ich will nicht undankbar sein, sage ich. Wirklich nicht. Ich weiß, dass sie mich gesegnet haben. Und haben sie mir nicht eigentlich genau das geschenkt, wonach ich mich gesehnt hatte? Ich wollte hierherkommen, und nun bin ich hier. Ich wollte einen guten Mann finden, und nun werde ich einen Prinzen heiraten. Sie haben meine Gebete erhört, und nun lebe ich das Leben meiner Träume. Ich habe Glück. Ich wurde erwählt.

Ich bin ein Werkzeug, ein Messer.

Ich schaue zum heiligen Bild der Götter auf, zu der großen metallischen Skulptur, die darstellt, wie die Sonne den Mond verdeckt oder – je nach dem Licht im Raum – der Mond die Sonne. In der einen Hälfte des Tages bezwingt das Gold das Silber, doch wenn das Licht sich ändert, übernimmt das Silber die Vorherrschaft.

»Werde ich den Menschen im Reich helfen?«, habe ich die Königin gefragt, nachdem ich zum ersten Mal gesalbt worden war. Ich hatte mir vorgestellt, wie ich auf einem Podium stand und vor dem Königreich sang, wie mir Blumen zu Füßen geworfen wurden, während ich die Menge segnete, und wie meine Schwester mit stolz leuchtenden Augen zu mir heraufschaute. »Werde ich zu ihnen gehen und für sie singen?«

»Warum solltest du?«, hat sie gefragt.

»Damit sie wissen, dass sie gesegnet sind.«

»Twylla, so wie du die Gottgleiche, wiedergeborene Daunen bist, sind der König und ich die weltlichen Vertreter von Naeht und Daeg. Das Volk weiß, dass es gesegnet ist, weil wir existieren. Deine Gabe ist nur für den Genuss von wenigen Auserwählten bestimmt, denn nur wenige Auserwählte können sie verstehen. Davon abgesehen ...«, sie hielt inne und schaute mich mitleidig an, »... müssen wir dich schützen. Die Menschen da draußen werden dein Glück mit Missgunst betrachten, werden es dir neiden, dass du von den Göttern erwählt wurdest, um die Gottgleiche Daunen zu werden und eines Tages unsere Tochter. Es ist besser, wenn du im Schloss bleibst, wo deine Wächter und ich dich vor ihnen beschützen können.«

Zeit vergeht und schließlich erhebe ich mich. Meine Knie sind ganz steif vom langen Beten. Ich zünde Kerzen an und gehe auf und ab, um mich zu wärmen, während das Licht schwächer wird. Hier ist es kühler als im eigentlichen Schloss und die Wände sind mit weißer Tünche versehen. Vor mir stehen Bänke, auf denen Menschen Platz nehmen können, aber außer mir kommt nie jemand hierher. Die Wände sind mit gestickten Bildern geschmückt. Auch wenn ich keine gute Handarbeiterin bin, versuche ich mich hin und wieder daran, also hängen hier zahllose Stoffe mit Sonnen und Monden darauf. Ich würde gerne Blumen sticken, wilde Blumen, aber damit wäre die Königin nicht einverstanden. Kultivierte, teure Blüten als Motiv würde sie vielleicht akzeptieren, aber die fand ich nie so schön wie die Blumen, die in der Nähe meines früheren Zuhauses wuchsen.

Vor zwei Jahren ritten wir aus zu einem Picknick, um das siebzehnte Erntefest des Prinzen zu begehen. Es war das letzte Mal, dass ich ihn vor seiner großen Reise sah. Es war ein wunderschöner Spätfrühlingstag und so warm, dass wir unsere schweren Umhänge zurücklassen und bereits unsere leichten Sommergewänder tragen konnten. Während wir durch die Küchengärten ritten, umgab uns plötzlich ein weißer Nebel: Aus dem Löwenzahn waren Tausende Pusteblumen geworden, deren Flugschirmchen sich durch das Donnern der Hufe gelöst hatten und um uns herumschwirrten. Es war wie ein Zauber, wie ein Schneefall zur falschen Jahreszeit, wie Sturm bei Sonnenschein, und ich musste zum ersten Mal seit einer Ewigkeit laut auflachen. Sie weich an meiner Wange zu spüren und nur noch das weiße Gestöber um mich herum zu sehen! Als der Blick wieder frei war, sah ich das strahlende Gesicht des Prinzen, das er der Sonne zugewendet hatte. Kurz fing er meinen Blick auf, und wir lächelten einander an, glücklich darüber, dies erlebt zu haben.

Später wurde jedem Gärtner der Zeigefinger der rechten Hand

abgeschlagen, weil sie es zugelassen hatten, dass Löwenzahn in solch hoher Zahl in den Küchengärten wuchs; und die Köchin verlor ihre beiden kleinen Zehen, weil sie vorgeschlagen hatte, die Königin könne doch die Blätter und Wurzeln der Pflanzen in ihrem Salat zu sich nehmen oder sie als Tee trinken. Die Königin hatte ihr die Daumen abschlagen wollen, aber dann hätte sie ihre Arbeit nicht mehr ausüben können. Die Königin nannte es einen Akt der Gnade. Wieder einmal.

Durch die nicht ganz geschlossene Tür höre ich, wie Dorin draußen vor dem Tempel den neuen Wächter in seiner neuen Rolle prüft.

»Wer ist Mylady?«

»Sie ist die wiedergeborene Daunen und verkörpert die Tochter der Götter.«

»Wann findet die Weissagung statt?« Dorin stößt ein keuchendes Husten aus.

»Geht es Euch gut?«

»Beantworte die Frage, Lief. Wann findet die Weissagung statt?«

»Am letzten Tag des vollen Mondes«, erwidert Lief.

»Was ist die Weissagung?«

»Eine uralte Zeremonie, um zu prüfen, ob Mylady tatsächlich in der Lage ist, den Göttern zu dienen. Und um zu beweisen, dass sie ihr auserwähltes Gefäß ist. Mylady opfert einen Tropfen ihres Blutes, der mit dem Morgenandorn vermischt wird, und trinkt dann die Mixtur als Beweis ihres Glaubens und um zu zeigen, dass die Götter sie begünstigen.«

»Wann darfst du Mylady berühren?«

»Niemals. Es würde mich sofort töten.«

»Wem ist es gestattet, Mylady zu berühren?«

»Der Königin, dem König und dem Prinzen, nach göttlichem Recht.«

»Und wem noch?«

»Niemandem. Nur die Gesalbten können die Berührung von Mylady überstehen, ohne dass der Tod sie ereilt.«

»Das genügt für den Augenblick«, sagt Dorin missmutig.

Ich muss lächeln, aber dann rümpfe ich die Nase. Der Weihrauch, der um mich herumwabert, stinkt nach Jasmin. Ich schnippe die kleinen Kohlenstücke aus der Feuerschale und zertrete sie unter meinen Füßen. Irgendjemand muss die falsche Sorte gebracht haben; hier erlaube ich nur Wachsblume, nicht Jasmin, niemals Jasmin.

»Twylla.«

Ich wirble herum und stelle erstaunt fest, dass der Prinz auf der Schwelle meines Tempels steht und mich dabei beobachtet, wie ich wütend auf dem Weihrauch herumtrete. Schnell verbeuge ich mich tief. Mir ist ganz schwindlig, als er eintritt und auf mich zukommt.

»Störe ich dich?«

Ich bin zu erschüttert davon, dass er mich in meinem Tempel aufsucht, um gleich zu antworten. »Nein, Euer Hoheit. Ganz und gar nicht«, bringe ich nach einem Augenblick hervor.

»Dann habe ich dich nicht bei deinen Gebeten unterbrochen?«

»Nein, Euer Hoheit. Ich habe nicht gebetet. Ich war ...« Meine Stimme verliert sich.

Er nickt, und es sieht aus, als würde er ein gehässiges Grinsen unterdrücken, bevor er sich im Raum umschaut. »Hast du die alle gemacht?« Er nickt in Richtung der Stickereien.

»Ja, Euer Hoheit.«

»Ermüdet es dich nicht, immer dieselben Motive anzufertigen?«

Ich schaue zu den Handarbeiten hinüber und er beobachtet

mich mit klugen, dunklen Augen. Bevor ich mich zu einer Antwort durchringen kann, fährt er fort: »Mir hat dein Vortrag gestern gut gefallen.«

»Vielen Dank, Euer Hoheit.«

»Und ich wollte auch noch sagen, dass ich deine ... *theatralischen Gesten* sehr wohl zu schätzen wusste.« Die Art, wie er die Worte betont, schnürt mir die Kehle zu. »Es ist zwar nicht so ausgegangen, wie ich gehofft hatte, aber es ist doch erfreulich zu sehen, dass manches sich geändert hat, seit ich weg war. Nicht viele sind mutig genug, um *theatralische Gesten* zu machen, wenn die Umstände es verlangen. Ich freue mich, dass du zu den wenigen gehörst.«

Wieder bin ich sprachlos. Er sagt *theatralische Gesten*, genau wie die Königin es getan hat, aber ohne Vorwurf. Warum? Er hat keinen Finger gekrümmt, um Lord Bennel zu retten, warum sollte er sich also darüber freuen, dass ich es versucht habe? Als ich ihn anschaue, hat er fragend die Augenbrauen erhoben. Aber ich weiß nicht, was ich sagen soll, das sich nicht wie Verrat oder wie ein Vorwurf anhört.

»Wann wirst du wieder singen?«, fragt er schließlich.

»Wenn es mir befohlen wird, Euer Hoheit.« Mir wird zu spät klar, wie aufmüpfig ich mich anhöre. Bevor ich etwas Höflicheres hinzufügen kann, ergreift er wieder das Wort.

»Die Gottgleiche Daunen singt also nur, wenn der König es wünscht?«

Ich verstehe ihn nicht. »Ich singe zum Vergnügen des Königs und der Königin.«

Er nickt, schaut wieder zu den Wänden hinüber und runzelt die Stirn. »Du solltest Blumen sticken. Pusteblumen habe ich immer besonders gern gemocht«, sagt er, was mich erneut verblüfft. Dann wendet er sich unvermittelt ab und marschiert zur Tür hinaus. Ich habe nicht mal mehr Zeit, mich zu verneigen, so schnell hat er den Tempel verlassen.

Ich starre ihm mit offenem Mund nach. Er hat mich aufgesucht. Er ist in meinen Tempel gekommen. Warum? Wegen Lord Bennel? Und um mir zu sagen, ich solle Pusteblumen sticken. Erinnert er sich? Ich schaue zum heiligen Bild hinüber, hoffe vergeblich, dort meine Antworten zu finden.

Unzufrieden und verwirrt setze ich mich auf eine der Bänke und versuche, meine Gedanken in Ordnung zu bringen. Als ich bemerke, dass die Nacht hereingebrochen ist, gebe ich auf. Ich murmle den Göttern noch einen raschen Dank zu, dann rufe ich meine Wächter herbei und kehre in meinen Turm zurück.

Doch sobald ich mein Gemach betrete, wird mir klar, dass hier neuerliche Aufregung auf mich wartet.

Als ich bemerke, dass ein Eindringling hier gewesen sein muss, bleibe ich in der Tür stehen und schnappe nach Luft. Ich erschrecke nur kurz, doch Dorin bemerkt es.

»Tretet beiseite, Mylady. Lief, sichere den Eingang des Turms.«

Lief eilt die Stufen hinab, während Dorin sein Schwert zückt und den Raum unter die Lupe nimmt, hinter die langen goldenen Vorhänge blickt und unter das Bett. Er schaut hinter dem Schirm nach, der meinen Badebereich begrenzt, und in meinen Schrank. Meine winzige Garderobe enthält keine Gefahr. Er kann dort nichts finden, was mich erschreckt haben könnte.

Was daran liegt, dass der Eindringling längst nicht mehr hier ist. Nur eine Mappe hat er auf meinem Tisch hinterlassen, was Dorin aber nicht bemerkt.

Er hebt die Augenbrauen, als ich mit ruhigem Lächeln auf den Lippen eintrete. »Verzeiht, ich glaubte ... ich glaubte, einen Schatten am Fenster zu sehen ... vielleicht ein Vogel? Eine Eule?«

Er lässt sich nicht täuschen, schaut misstrauisch aus dem Fenster. Mein Gemach nimmt den zweiten und höchsten Stock eines kleinen Turms im Westflügel ein. Er ist nur mir vorbehalten, und es besteht auch keine Möglichkeit, von außen hinaufzuklettern und hineinzugelangen; die Mauern sind kahl und rutschig.

»Mylady ...« Dorin schaut vom Fenster zu mir. Ein leichter Schweißfilm liegt auf seiner Stirn. »Ist wirklich alles in Ordnung?«

Ich nicke und lächle so gut ich kann, doch sein Gesicht verdüstert sich. Er weiß, dass ich lüge, aber er würde mich nie bedrängen, also nickt er ebenfalls.

»Ich bin draußen, Mylady. Wenn Ihr irgendetwas braucht. Ganz gleich, was.«

»Danke«, sage ich leise.

Nachdem sich die Tür geschlossen hat, warte ich fünf Herzschläge, bevor ich zu meinem Tisch hinübergehe, die Mappe hochhebe und sie aufschlage. Jetzt rast mein Puls. Es ist keine Nachricht darin, nichts, was verraten würde, wer mein heimlicher Wohltäter ist. Aber ich weiß es.

»Du solltest Blumen sticken«, hat er gesagt.

Die Mappe ist voller Bilder von Blumen, den Lieblingspflanzen seiner Mutter: Rosen, Mohn, Iris, die alle in den gepflegten Gärten des Schlosses wachsen. Aber ganz hinten findet sich eine kleine, zarte Zeichnung einer Pusteblume, auf einem einzelnen Stück Papier, das nicht größer ist als meine Handfläche. Ich betrachte es lange und streiche es glatt. Es sieht aus, als sei es viele Male gefaltet und wieder geöffnet worden. Ich habe nicht gewusst, dass er so gut zeichnen kann. Aber im Grunde weiß ich ja kaum etwas über meinen zukünftigen Gemahl. Ich frage mich, ob das ein Befehl sein soll oder ein Test, und weiß nicht, was ich nun tun soll.

Ich nehme die Zeichnungen, lege sie auf mein Bett und bestaune ihren Detailreichtum. Will er, dass ich sie behalte, oder leiht er sie mir nur aus? Ich trage sie zurück zu meinem Tisch, lege dünnes Pergament über die einzelnen Zeichnungen und versuche sie, so gut ich kann, abzupausen, wobei ich mir bei der Pusteblume besonders viel Mühe gebe. Ich werde die Mappe auf meinem Tisch liegen lassen, dann kann er sie sich holen, wann immer er will.

Später, nachdem ich zu Abend gegessen habe, hole ich meine Seidenfäden hervor und beginne, sie zu sortieren. Für die Rosen will ich einen zart rosafarbenen benutzen, von der Farbe, die die Fingernägel meiner Schwester gehabt haben, als sie einen Tag alt war. Ein tiefes Indigo für die Iris. Und gedämpftes Rot für den Mohn, kein erschreckendes, blutiges Rot. Und Weiß – Schneeweiß für die Pusteblumen. Ein Weiß, das so blass ist, dass man es gegen die Sonne oder ein Kerzenlicht halten müsste, um die Blume zu sehen.

Ich lege die Farben nebeneinander und streiche über sie. Ich werde einen Stoff mit diesen Blumen besticken, als würden sie nebeneinander wachsen, uneingeschränkt und kreuz und quer, wie es ihnen so selten gestattet ist. Und zwischen jeder von ihnen verstecke ich eine Pusteblume. Die Königin würde das hassen. Und auch wenn ich weiß, dass sie diese Arbeit nie zu Gesicht bekommen wird, macht mich der Gedanke froh. Wie durch ein Wunder schlafe ich gut in dieser Nacht, träume von Blumen und von dunklen Augen.

Am nächsten Morgen mache ich mich für meinen Besuch beim König bereit. Die Weissagung findet am letzten Tag des zunehmenden Mondes statt, zu einer Zeit, die für das Ende und den Tod steht. Am Tag darauf, am ersten des neuen Mondes, pilgert die Königin mit ihren vertrautesten Hofdamen stets zur geheimen Quelle am Fuße des Ostgebirges, wo sie den ganzen Tag verbringt, von Sonnenaufgang bis Sonnenuntergang. Das Wasser sprudelt dort aus dem Berg hervor und füllt den kleinen Teich, dem Lormere seinen Namen verdankt. Es heißt, das Wasser in diesem Teich helfe Frauen, Kinder zu bekommen, auch wenn dies nie so offen ausgesprochen wird. Der neue Mond ist die Zeit für neues Leben. Für neue Anfänge.

An diesem Tag gehe ich immer zum König und singe für ihn, genau wie damals, als wir uns zum ersten Mal begegnet sind. Die Königin weigert sich, daran teilzuhaben. Sie findet, es sei eine frivole Verschwendung meiner Gabe. Aber der König bittet sie nicht oft um etwas, also gestattet sie es ihm – soweit ich weiß, die einzige Wohltat, die sie ihrem zweiten Gatten gönnt.

Ihr erster Mann, der frühere König, war der leibliche Bruder der Königin, eine Ehe, die die Tradition zusammengefügt hatte. Lormere muss immer von einem König und einer Königin regiert werden. Niemals darf es einen Alleinherrscher geben, ein Edikt, das nie gebrochen wurde. Deshalb werden seit Generationen Brüder und Schwestern miteinander vermählt, um das königliche Blut und die Erbfolge rein zu halten. Es gibt kein Gesetz, das die Herrscher zwingend Geschwister sein müssen, aber es hat sich so durchgesetzt. Also muss jedes Königspaar mindestens einen Sohn und eine Tochter zur Welt bringen, um nicht als gescheitert zu gelten.

Bei uns im Dorf kannten wir die Gefahren, die so etwas mit sich bringt. Wir haben die Kätzchen und Ferkel gesehen, die aus solchen Verbindungen entsprangen. Manche waren entstellt und blind, andere wie rasend und ohne jeden Verstand. Der Preis für die Reinhaltung des Blutes ist hoch. Blut sollte vermischt werden, wenn man vorzeitigen Tod und Wahnsinn vermeiden will.

Als Prinzessin Alianor noch vor ihrem dritten Erntefest starb, verloren die Königin und der erste König also nicht nur ihre

Tochter, sondern auch die zukünftige Braut des Prinzen. Und wie immer, ganz gleich, wie hoch oder niedrig geboren der Verstorbene ist, wurde meine Mutter gerufen, die Sündenesserin von Lormere, um die Sünden der toten Prinzessin zu verzehren.

Meine Mutter ist eine fette Frau. Das Verspeisen all der Sünden, die die Toten begangen haben, hat sie schrecklich dick gemacht. Es sind Mahlzeiten, die für sie zubereitet und ihr serviert werden, als sei sie Königin für einen Tag. Für eine solche Totenspeisung bedecken die Trauernden den Sarg mit Broten und Fleisch und Bier und weiteren Köstlichkeiten, wobei jeder Bissen für eine Sünde steht, von der man weiß oder von der man vermutet, der Verstorbene habe sie begangen. Sie verspeist sie alle. Sie muss – denn nur so kann die Seele gereinigt werden und ins Ewige Königreich aufsteigen. Die Mahlzeit nicht bis zum letzten Krumen aufzuessen, bedeutet, die Seele dazu zu verdammen, für immer auf dieser Welt umgehen zu müssen. Wir alle kennen die Geschichten der Geister, die im Westwald umherschwirren, weil Menschen, die weniger pflichtbewusst waren als meine Mutter, die Speisung nicht geschafft haben.

Und so saß sie auch vor dem winzigen Sarg der Prinzessin und verspeiste ihre Sünden. Sünden, die gewürzt waren mit Granatapfel und Muskat und Zucker, Sünden, die viel zu reichhaltig und dekadent waren, als dass sie zu einem kleinen Mädchen gepasst hätten. Derweil trauerten der erste König und die Königin um ihr totes Kind, auch wenn sie bereits planten, ein weiteres zu zeugen. Schließlich brauchte der achtjährige Prinz nach wie vor eine Braut, wenn er je dazu in der Lage sein sollte, den Thron zu besteigen. Doch keine zwei Monde nach Alianors Tod wurde der erste König krank und verstarb ebenfalls.

Die Königin war nun Witwe und der Prinz zu jung, um die Herrschaft zu übernehmen, zudem hatte er keine Braut. Daraufhin stürzte das Königreich in Chaos und Unsicherheit. Ich weiß noch, dass meine Mutter zwei Männer aus dem Dorf bezahlte, damit sie uns, bewaffnet mit Sensen und Kurzschwertern, auf dem Weg zu den Totenspeisungen schützten. Selbst sie fürchtete sich davor, wie rasch die Gesetzlosigkeit um sich gegriffen hatte, und wenn meine Mutter sich fürchtete, wollte das einiges heißen.

Aber schließlich wurde eine Art Lösung gefunden; die Königin heiratete ihren ersten Cousin, der damit zum König wurde. Keine übliche Wahl, aber immerhin hatten sie dasselbe Blut, denn seine Eltern waren die Geschwister der Eltern der Königin. Doch als wirklich rein wird ihre Verbindung nicht angesehen. Zwar sind sie in derselben Kinderstube aufgewachsen, stammen aber nicht aus demselben Mutterleib, und so ist ihr Blut nicht unbefleckt genug. Es heißt, deshalb habe die Königin auch immer noch keine weitere Tochter für ihren Sohn zur Welt gebracht, trotz vieler, vieler Besuche an der heiligen Quelle von Lormere.

Den jetzigen König habe ich zum ersten Mal bei der Totenspeisung für den toten König gesehen und ich habe ihn sofort gemocht. Als Lehrmädchen meiner Mutter war es meine Aufgabe, sie bei ihrem Ritual genau zu beobachten, mir die Reihenfolge einzuprägen, in der die Sünden verzehrt werden müssen, und die Zeit, die man für die Verdauung jeder einzelnen anrechnet, je nach Schwere der Missetat.

Es dauerte nicht lange, bis ich es leid war, ihr bei ihrem scheinbar endlosen Mahl zuzusehen. Als sie also den Rauschzustand erreicht hatte, der bei einer ausgedehnten Speisung stets eintritt, machte ich mich heimlich davon, erkundete das Schloss und sang vor mich hin. Ich hatte nicht bemerkt, dass der zukünftige König mir gefolgt war und mir zuhörte. Er klatschte in die Hände, und erschrocken wollte ich zu meiner Mutter zurückrennen.

Aber er hielt mich auf und bat mich, ihm noch ein weiteres Lied vorzusingen. Ich sonnte mich regelrecht in seiner Aufmerksamkeit, sang mir für ihn die Seele aus dem Leib und genoss seinen Applaus über alle Maßen, bevor er schließlich meine Hand ergriff und mich zur Speisung zurückführte.

Nachdem wir das Schloss verlassen hatten, fragte ich meine Mutter, ob er mein Vater sei. Ich habe meinen Vater nie gekannt. Auch nicht den meiner Brüder und Schwestern – ich bezweifle nämlich, dass es derselbe Mann war. Als ich erfuhr, wie Kinder entstehen, fragte ich mich bei jeder Totenspeisung, ob der Verstorbene wohl mein Vater gewesen war und ob eine der Sünden, die meine Mutter verspeiste, womöglich mit mir zu tun hatte. Ich musterte die Gesichter der Verwandten, ob sie vielleicht dieselben Augen hatten wie ich oder dieselbe Haarfarbe, aber nie fand ich eine Ähnlichkeit. Auch nicht im Gesicht des Mannes, der nun König werden sollte. Aber ihn hätte ich gern als Vater gehabt. Ich stellte mir vor, dass ich seine lange verschollene Tochter war und wie man mich aufs Schloss holte, um die tote Prinzessin zu ersetzen. Ich sah schon vor mir, wie ich in die traurigen Augen der Königin ein Lächeln zurückbrachte.

Meine Mutter versetzte mir eine derartig schallende Ohrfeige, dass ich einen meiner Milchzähne verlor. Dann sagte sie, ich dürfe nie wieder die Worte »mein Vater« aussprechen.

Vor vier Jahren schließlich hielt eine große Kutsche vor unserer Hütte, umgeben von hochgewachsenen Gardisten auf pechschwarzen Pferden. Es war die Königin selbst, die Königin von Lormere, gekleidet ganz in Blau, die an unserer Tür nach *mir* fragte. Ich glaubte, all meine Träume würden auf einen Schlag in Erfüllung gehen.

Denn die nächste Sündenesserin hatte ich nie werden wollen. Ich wollte unbeschwert aufwachsen, heiraten und glücklich sein. Ich wollte nicht unnahbar und geheimniskrämerisch sein und nur an meine Aufgabe denken. Ich wollte nicht allein und wegen meiner Rolle von allen anderen Menschen abgegrenzt leben. Ich wollte ein normales Leben.

In all den Jahren, seit wir bei der Speisung für den ersten König gewesen waren, hatte ich nicht aufhören können, an das Schloss zu denken: so viel Licht und Schönheit. Kein Vergleich zu der dunklen, schäbigen Hütte, in der ich aufgewachsen war. Ich stellte mir vor, dass im Schloss jeder sein eigenes Gemach und sein eigenes Bett hatte. Dort wurden nicht vier Kinder in ein und denselben Raum gequetscht, während ihre Mutter sich in ihre Kammer zurückzog. Im Schloss verbrachten alle ihre Tage gewiss gemeinsam lachend, bevor sie in juwelenbesetzten Kleidern an ausschweifenden Festen teilnahmen.

Dorthin berufen zu werden, von der Königin persönlich, um eine Lady zu werden, schien unvorstellbar. Und doch: Hier stand sie und wollte, dass ich ihr Mündel wurde.

»Und was ist mit ihren Pflichten als Sündenesserin?«, fragte meine Mutter, während ich ehrfurchtsvoll zu den Gardisten hinüberschaute, deren Rüstung so blank poliert glänzte, dass ich mein Spiegelbild darin erblicken konnte. Ich hätte nur zu gern die kostbaren Samtumhänge berührt, die von ihren Schultern flossen. »Was ist mit ihren Pflichten gegenüber dem Reich?«

»Sie hat weit größere Pflichten gegenüber dem Reich«, sagte die Königin und legte mir eine Hand auf den Kopf.

»Sie wird hier gebraucht«, entgegnete meine Mutter. »Sie muss ihre Rolle lernen und sie muss auf ihre Geschwister aufpassen. Sie wird die nächste Sündenesserin sein. Das ist die Bestimmung ihrer Geburt.«

»Und ich sage Euch, die Bestimmung ihrer Geburt ist eine andere«, erwiderte die Königin schmeichlerisch. »Sie muss für ihre Königin und für ihr Land eine Pflicht erfüllen. Ihr werdet selbstverständlich entschädigt. Aber warum fragen wir nicht Twylla, was sie möchte?«

Ich schaute von der Königin und ihrer goldenen Kutsche zu meiner Mutter. Hinter ihr stand Maryl, die die Königin mit runden, leuchtenden Augen anschaute. Ich wusste, dass ich genauso aussah. Ich schaute meine kleine Schwester an in ihrer schäbigen Kleidung und dann den feinen Spitzenschal der Königin.

Die Königin musste meinem Blick gefolgt sein, denn sie schüttelte sich den Schal von der Schulter wie einen vergessenen Gedanken und reichte ihn Maryl. Und als meine Schwester vorschoss und ihn sich schnappte wie ein kleines wildes Tier, zuckte sie nicht einmal zusammen. Das Bild von Maryl mit ihrem struppigen Haar, wie sie sich in hauchdünne Spitze schmiegte und übers ganze Gesicht strahlte, war alles, was ich brauchte.

»Meine Pflicht liegt bei der Königin und meinem Land«, sagte ich, was mir ein Lächeln der Königin einbrachte. Meine Mutter aber schlug mir die Tür meines Zuhauses vor der Nase zu.

Ich starrte die Tür wie unter Schock an, bis mich die Königin bei der Hand nahm und mich zur Kutsche führte.

»Wir müssen dir neue Kleider schneidern lassen.« Ihre Lippen verzogen sich verächtlich, als sie meinen schlichten schwarzen Rock musterte. »Du wirst etwas brauchen, das deiner zukünftigen Stellung besser entspricht. Magst du Rot, Twylla?«

Ich mochte Rot. Damals noch. Heute kann ich es kaum ertragen. Seit ich auf dem Schloss lebe, ist die Liste der Dinge, die ich nicht ausstehen kann, immer länger geworden. Heute kann ich Dinge nicht ausstehen, von denen ich vor vier Ernten nicht einmal gewusst habe, dass es sie gibt.

Aber nur etwas gibt es, das ich *hasse*. Die Königin.

Kapitel 5

Ich ziehe mich um und stecke mir die Haare hoch, bevor Dorin und Lief kommen, um mich zu meiner Audienz beim König zu führen. Die königlichen Privatgemächer nehmen den gesamten Südturm ein, so wie ein großer Teil des Westturms mir zur Verfügung steht, auch wenn der meine nur durch den einen Korridor erreichbar ist. Die südlichen Gemächer dagegen sind durch die königlichen Türen in der Großen Halle zugänglich oder über den Weg, den wir heute nehmen – durch die lange Halle und durch die Galerie, in der die Höflinge ihre Zeit mit Tratsch und politischen Ränken verbringen. Sie verstummen, als wir an ihnen vorbeikommen. Alle wissen, dass die Gottgleiche Daunen heute ihre Verabredung mit dem König hat, und sie verbeugen sich vor mir mit noch mehr Elan als sonst. Niemand will Lord Bennels Schicksal teilen.

Mein Erscheinen wird gemeldet und die Männer der königlichen Garde öffnen die Tür zu den herrschaftlichen Privatgemächern. Der König erhebt sich von einem mit Damast bezogenen Stuhl und begrüßt mich.

»Twylla.« Er lächelt, während meine Wächter sich für ihre paar freien Stunden davonmachen und mich in dem goldglänzenden Gemach zurücklassen. Es ist rund, hat genau die Form des Turmes, in dem es sich befindet. Überall sind Sessel und Liegen und breite Eichenbänke voller Kissen kunstvoll arrangiert, mit quastenbesetzten Fußbänkchen und kleinen Tischchen, auf denen kristallene Karaffen und Kelche warten. Außerdem findet sich hier ein Esstisch mit vier Stühlen, die aufwendige Schnitzereien zieren, genau wie die, die zu den Jagden mitgenommen werden. Es gibt Regale voller Schmuckschatullen und in Leder eingebundene Bücher in allen erdenklichen Farben. Es ist ein Raum, in dem alles von Reichtum und Luxus kündet und darüber hinaus von einer gewissen Privatheit. In einem Schloss, das sich für mich nie wie ein Zuhause angefühlt hat, gibt mir dieser Raum noch mehr als die meisten anderen das Gefühl, eine Außenseiterin zu sein. Dies ist der heilige Rückzugsort der Königin, und überall hängen Bilder von ihr und dem ersten König, die uns streng zu überwachen scheinen. Meine Füße versinken bis zu den Knöcheln in den dicken Teppichen, als ich auf den König zugehe.

»Euer Majestät.« Ich verbeuge mich und lächle ihn an. Ich mag den König; das war schon immer so, und insgeheim finde ich, dass er in diesem Raum ebenso fehl am Platz wirkt wie ich.

»Wie geht es dir heute? Du siehst gut aus.«

»Mir geht es gut, Sire, vielen Dank. Darf ich mich auch nach Eurem Befinden erkundigen?«

»Du findest mich in bester Stimmung, Twylla. Ich freue mich auf mein bevorstehendes Vergnügen. Es ist stets der Höhepunkt meiner Tage, dich singen zu hören.«

Dieses Gespräch führen wir jedes Mal, wir können unsere Rollen auswendig. Wenn man bedenkt, dass ich auch wegen meiner Stimme verehrt werde, ist es erstaunlich, dass ich so selten dazu komme, sie zu benutzen. Deshalb ist es eine Freude, hierherzukommen – reden und singen zu dürfen. Außerdem ist der König stets freundlich und fröhlich, wenn ich mit ihm alleine bin.

Ich nehme meinen Platz vor dem Buntglasfenster ein, sodass der schwere Brokat der Vorhänge mich einrahmt, während ich die »Ballade von Lormere« anstimme. Meine Stimme steigt auf, erfüllt den Raum. Nun bin ich nicht mehr nur das Gefäß der Gottgleichen Daunen. Ich bin Twylla. Die Königin, das Schloss, all die Schrecken fallen von mir ab. Dies ist der einzige Teil meines Lebens, den ich liebe – wenn ich singen und vergessen darf. In diesem Augenblick könnte ich auch jemand anderes sein und irgendwo anders. Wenn ich singe, bin ich frei.

Ich will gerade mit »So schön und fern« beginnen, als die Tür aufgeworfen wird und unversehens der Prinz eintritt. Während die Gardisten sie eilig hinter ihm schließen, macht mein Herz einen Satz. Deshalb wollte er unbedingt wissen, wann ich das nächste Mal singe. Er wollte dabei sein.

»Merek, mein Junge. Ich freue mich, dass du dich uns anschließt. Twylla wollte gerade mit ›So schön und fern‹ beginnen.«

Mereks Blick huscht zu mir herüber, aber er runzelt die Stirn. »Das kenne ich gar nicht.«

»Einer meiner Lehrer hat es mir beigebracht, als ich noch jünger war, als du es jetzt bist, und ich wiederum habe es Twylla gelehrt.«

»Soso.« Merek schaut wieder mich an. »Könntest du vom Fenster wegtreten, Twylla? Im Gegenlicht kann man dich gar nicht sehen.«

Ich schaue zum König hinüber. Er nickt, also trete ich beiseite und lehne meinen Rücken gegen das kurze Stück Mauer zwischen den Fenstern.

»Besser«, sagt Merek und lässt sich auf einen der Sessel fallen. Er streckt seine langen Beine von sich und überkreuzt sie an den

Fußgelenken, die Arme hält er lässig über der Brust verschränkt. »Bitte fahr fort.«

Ich habe Angst, unter seinem Blick ins Stocken zu kommen. Aber meine Stimme lässt mich nicht im Stich. Ich schaue sie einfach beide nicht an, halte meine Augen fest auf die Mauer hinter ihnen gerichtet und singe, als hinge mein Leben davon ab. Wenn ich mit einem Lied fertig bin, ruft der König mir rasch den Titel eines weiteren zu, ohne Merek die Gelegenheit für Applaus oder einen Kommentar zu geben. Als die Zeit für eine Pause gekommen ist, bin ich bereits völlig erschöpft. Merek erhebt sich und verlässt den Raum, ohne mit einem von uns zu sprechen. Es kommt mir vor, als könne ich erst jetzt wieder frei atmen. Mir war nicht aufgefallen, dass ich die Luft angehalten hatte, bis die Tür hinter ihm ins Schloss gefallen war.

»Es stört dich doch nicht, dass er hier war?« Die Stimme des Königs klingt sanft. »Ich hatte nicht geglaubt, dass er sich uns anschließen würde.«

»Es freut mich, dass er hier ist, Sire.«

»Ich würde sagen, wir können uns geschmeichelt fühlen, dass er unsere Gesellschaft als seiner würdig empfindet, was?« Er lacht, aber es klingt hohl. »Er ist ein guter Junge – wohl eher ein Mann, muss man jetzt sagen. Verzeih, wenn ich so offen bin, aber ich fürchte, das Schloss wird ihm wie ein Käfig vorkommen nach seiner Zeit draußen im Reich. Vielleicht wäre es etwas anderes, wenn er Gleichaltrige um sich hätte. Kinder brauchen Geschwister, nicht wahr? Hattest du Brüder und Schwestern?«

»Hatte ich, Sire. Zwei Brüder und eine Schwester.« Ich spüre einen scharfen Stich in meiner Brust. Ich würde alles darum geben zu wissen, wie es meiner Schwester geht und ob sie sich an mich erinnert. Ich sehe sie wieder vor mir, eingewickelt in den feinen Schal, der inzwischen bestimmt zerschlissen ist. Zur Gottgleichen Daunen zu werden, bedeutete, mein altes Leben vollständig hinter mir zu lassen, einschließlich meiner Familie. Und das war mir damals, als ich meine Entscheidung getroffen hatte, alles andere als klar gewesen. Nachdem sie mir die Tür vor der Nase zugeschlagen hatte, war ich davon ausgegangen, dass meine Mutter froh war, mich los zu sein, und dass unsere Beziehung beendet sei, aber Maryl ... Ich hatte geglaubt, sie würde mir bleiben. Ich hatte geglaubt, wir würden immer noch eine Rolle im Leben der anderen spielen, zumindest in irgendeiner Weise: dass wir uns gegenseitig besuchen würden, ein paar abgezweigte gemeinsame Stunden, wenn auch nur selten.

Aber die Königin meinte, es zieme sich nicht für mich, mit meiner früheren Familie in Verbindung gebracht zu werden, dass es die Götter verärgern würde, wenn ich mein neues Leben verschmähte und an meinem alten festhielte. Hinzu kam noch die offenkundige Tatsache, dass die Königin meine Mutter ebenso verachtet wie der Rest des Königreichs. Immerhin, da die Frauen in meiner früheren Familie ihre Funktion als Sündenesserinnen schon sehr viel länger innehaben, als diese Königsfamilie auf dem Thron sitzt, toleriert sie sie wenigstens. Schließlich hält meine Mutter den Schlüssel zum Ewigen Königreich in ihren fleischigen Händen. Im Augenblick wenigstens. Eines Tages wird Maryl zur Sündenesserin werden und ich zur Königin, und dann wird uns niemand mehr davon abhalten können, Schwestern zu sein.

Meine Gedanken fliegen in der Zeit vor und zurück, und von der Gegenwart bekomme ich überhaupt nichts mit, bis mir plötzlich klar wird, dass mir der König eine Frage gestellt hat und auf meine Antwort wartet. Ich werde rot. Es ist mir schrecklich peinlich, so unhöflich gewesen zu sein zu einem der wenigen Menschen, die mich hier freundlich behandeln. »Vergebt mir, Euer Majestät, ich habe mich für einen Augenblick vergessen.«

Der König schaut mich besorgt an. »Geht es dir gut? Soll ich jemanden rufen, brauchst du etwas?«

»Nein, Euer Majestät. Mir geht es gut. Ich war bloß in Gedanken versunken. Vergebt mir, es war unhöflich von mir, mich nicht zu konzentrieren.«

»Das passiert den besten von uns.« Er lächelt. »Ich habe dich nur gefragt, ob du noch viele Erinnerungen an Prinz Merek vor seiner großen Reise hast.«

»Nicht viele, Euer Majestät.«

»Ich habe das auch schon zu Helewys gesagt, weißt du. Dass du und er mehr Zeit miteinander verbringen solltet. Sie vergisst, dass sie und ich, ebenso wie Rohese, in derselben Kinderstube aufgezogen wurden, du und Merek aber nicht. Ich ...« Er hält inne, scheint sich zu besinnen. »Nun, zumindest beschäftigt er sich. Er wird einen guten König abgeben.«

»Wenn die Götter es wollen, werdet Ihr und die Königin dem Land ja noch eine lange Zeit dienen«, sage ich freundlich.

»Wenn die Götter es wollen.«

Merek kehrt zurück, als ich gerade erneut ansetze zu singen. Seine Miene ist immer noch undurchdringlich, und ich muss meinen Blick abwenden, weil ich fürchte, dass man in ihm zu viel erkennen könnte. Ich verstehe diesen Prinzen nicht. Mit Worten spricht er kaum, dafür sind seine Augen umso beredter, auch wenn ich ihre Sprache nicht verstehe. Ich weiß nicht, was er von mir erwartet.

»Twylla wird noch drei weitere Lieder singen.« Die Stimme des Königs ist streng. Ihm muss aufgefallen sein, wie unbehaglich mir die musternden Blicke seines Stiefsohnes sind.

»Wie schade«, sagt Merek. »Ich hatte gehofft, ihr einige der Lieder beibringen zu können, die ich auf meiner Reise gehört habe.«

»Ein anderes Mal«, entgegnet der König. »Für heute hat sie hart genug gearbeitet.«

Mereks Blick wandert zwischen mir und dem König hin und her. »Vielleicht würde Twylla das ja gerne selbst entscheiden?«

Der König schaut mich erwartungsvoll an, aber ich zögere. Wie soll ich mich zwischen dem Mann entscheiden, den ich heiraten soll, und dem König, unserem Herrscher?

»Neue Lieder kann ich so rasch nicht lernen«, sage ich leise. »Ich würde ihnen in solcher Eile nicht gerecht werden. Aber ein anderes Mal, wenn ich ihnen meine volle Aufmerksamkeit widmen kann, würde ich es gern tun. Sehr gern sogar.«

»Eine vollkommene Lösung«, sagt der König.

Merek schweigt, beachtet seinen Stiefvater überhaupt nicht. Sein Blick bleibt an mir haften. Schließlich nickt er. »Ein anderes Mal«, sagt er, und mir wird zu spät bewusst, dass ich mit meinen Worten eigentlich nur das wiederholt habe, was der König vorgeschlagen hat.

Ich atme tief ein und singe die verbliebenen Lieder, ohne den Blick von der Wand hinter meinen Zuhörern abzuwenden. Als mein Konzert beendet ist, erhebt sich Merek und nickt mir lebhaft zu.

»Sehr gut, Twylla. Sehr hübsch. Es ist doch immer eine Freude, einen Nachmittag zu verbringen, an dem keine theatralischen Gesten nötig sind, findest du nicht auch?«

Er rauscht so eilig aus dem Zimmer, wie er gekommen ist, während der König mich nur verwirrt anstarren kann. Meine Hände sind feucht vor Schweiß, ebenso mein Nacken. Trotz seiner Worte werde ich das Gefühl nicht los, dass er mich geprüft hat. Und dass ich nicht bestanden habe.

Am nächsten Tag würde ich am liebsten in meinem Gemach bleiben. Ich schäme mich, es zuzugeben, aber ich habe Angst, zu meinem Tempel zu gehen, weil der Prinz dort auftauchen und mir noch weitere merkwürdige Fragen stellen könnte. Aber ich bin ihm als seine zukünftige Gemahlin versprochen, also reiße ich mich zusammen und gehe doch, singe leise vor dem heiligen Bild, entferne den Staub von dem Seidentuch auf Naehts Brunnen und arrangiere meine Stickereien um.

Als es Zeit ist, in meinen Turm zurückzukehren und etwas zu essen, sage ich Dorin und Lief, dass ich beschlossen habe, durch die Gärten zurück ins Schloss zu gehen. Wo das Sonnenlicht es schafft, durch die Wolken zu brechen, ist der Garten hell, aber auch der Herbst rührt bereits mit zarten Fingern in den Schatten. Es wird nicht mehr lange dauern, bis alle Helfer auf die Felder hinausziehen werden, um mit der Ernte zu beginnen.

Wieder einmal frage ich mich, was in meinem alten Zuhause jetzt passiert, wie es meinen Brüdern, sogar wie es meiner Mutter geht. Aber wie immer kreisen meine Gedanken hauptsächlich um Maryl. Wie ist es möglich, dass es schon vier Jahre her ist, seit wir uns das letzte Mal gesehen haben? Sie ist jetzt elf, und es kann gut sein, dass ihr Haar sich verdunkelt hat, nicht mehr weißblond ist, sondern eine Maisfarbe angenommen hat. Sicher ist sie nicht mehr so kindlich und weich wie früher, und ich stelle mir vor, wie sie gewachsen sein muss; es könnte sogar sein, dass sie inzwischen genauso groß ist wie ich. Gertenschlank und anmutig begleitet sie meine Mutter, so wie ich es immer getan habe, und lernt, Sündenesserin zu sein.

In Lormere können nur Frauen Sündenesser werden, da es eine Frau war, die die erste Sünde begangen hat. Naeht hat Daeg verführt, ihm den Himmel geraubt und damit dem Land den Tod gebracht. Um für Naehts Verfehlung zu büßen, hat Daeg bestimmt, dass eine sterbliche Frau die Bürde aller Sünden der Toten zu tragen hat – eine Töchter-Generation nach der anderen, die sich mit immer mehr Gewicht beladen muss. Die Sünden werden in unserer Familie weitervererbt wie die Krankheiten innerhalb der königlichen Familie. Nun wird also Maryl die

Verantwortung übernehmen, wenn meine Mutter stirbt. Ihre erste Handlung wird es sein, die Sünden meiner Mutter zu verspeisen. Ich glaube nicht, dass das ein besonders üppiges Mahl geben wird.

Es ist friedlich im Garten, und ich bin ganz in meinen Gedanken versunken, bis ein lautes Geräusch mich herumwirbeln lässt. Dorin ist auf dem staubigen Boden gestürzt. Er presst eine Hand auf seinen Arm, und als er seinen gepanzerten Handschuh von sich reißt, kann ich sehen, dass die Haut darunter rot ist. Mitten auf seinem Unterarm hat sich eine wütende, große Blase gebildet.

»Warum habt Ihr mir das nicht gesagt?«, stoße ich aus. »Warum habt Ihr nicht gesagt, dass Ihr Schmerzen habt?«

»Es geht mir gut, Mylady«, sagt er, aber es ist eindeutig, dass das nicht stimmt. Ein feines Geäst aus Adern leuchtet rot rund um die Wunde unter seiner Haut und sein Gesicht ist bleich.

»Lasst Euch sofort einen Umschlag machen«, dränge ich, aber er schüttelt den Kopf. »Ihr müsst! Lavendel und Sauerhonig. Kommt, ich bringe Euch sofort. Bitte.« Bei uns im Dorf hat ein Kind einmal schlimm auf einen Bienenstich reagiert und am Ende ist es daran gestorben. »Dorin, wir müssen gehen. Ihr habt bereits zu lange gewartet. Ich befehle Euch, zu den Heilern zu gehen. Sofort!« Ich schaue Lief an. »Helft mir!«

Als Lief vortritt, um Dorins gesunden Arm zu ergreifen, winkt der ältere Wächter ab. »Nein. Ich werde gehen, Mylady. Lief kann bei Euch bleiben. Du …« Er wendet sich an Lief. »Du streckst jeden nieder, der versucht, ihr etwas zuleide zu tun. Du bleibst dicht bei ihr und achtest darauf, dass sie jederzeit sicher ist.« Lief nickt feierlich. »Mylady, ich werde, sobald ich kann, zurückkommen.«

»Das weiß ich.« Ich versuche zu lächeln. »Jetzt geht. Und ruht Euch aus, wenn man es Euch sagt. Ich besuche Euch bald.«

Er verneigt sich mit verzerrtem Gesicht, und dann hat er sich auch schon abgewendet und mich mit meinem neuen Wächter zurückgelassen. Wir sehen Dorin hinterher, bis er durch das Tor ins Schloss eintritt. Einen kurzen Augenblick lang würde ich am liebsten hinter ihm herrennen, ihm selbst helfen, damit er mir nicht von der Seite weichen muss. Ich spüre ein schlechtes Gewissen – es hätte mir früher auffallen müssen; ich hätte ihn sofort zu den Heilern schicken sollen. Wollen mir die Götter damit sagen, dass ich keine Blumen sticken soll? Soll ich das als eine Warnung verstehen?

Ich setze mich in Bewegung, aber Lief folgt mir nicht. Als ich mich umwende, starrt er zu einer dichten schwarzen Rauchwolke hinüber, die hinter den Ställen aufsteigt. Mich schaudert es. Ich weiß, was dieser Rauch bedeutet.

Er sieht mich fragend an, neigt dann leicht den Kopf. »Verzeiht meine Aufdringlichkeit, Mylady, aber wird dort ein Feuer gemacht?«

»Nein. Das ist ein Scheiterhaufen. Lord Bennel ... ist vor Kurzem gestorben.«

»Ah. Vergebt mir, Mylady. Ich wusste nicht, dass man die Toten in Lormere verbrennt.«

Ich nicke. »Früher haben wir sie begraben, aber es gab ... Die Winter hier sind manchmal sehr streng. Sie lassen den Boden hart werden, und es ist zu grausam, die Menschen bis zum Frühling warten zu lassen, bevor sie ihre Lieben zur Ruhe legen können.«

Lief nickt, und ich warte, ob er nachhaken wird. Es war keine Lüge. Im Winter ist es tatsächlich unmöglich, ein Grab auszuheben; der Boden friert und wird so hart, als würden die Berge versuchen, das Land zurückzugewinnen, indem sie sich, während wir schlafen, unter unseren Füßen immer weiter ausbreiten. Die Mutter der Königin starb in einem Winter, damals, als die Toten noch begraben wurden. Nach der Totenspeisung wurde ihr Sarg in ein Außengebäude getragen, wo der Leichnam nicht stinken würde, bis der Boden wieder weich genug war und sie bestattet werden konnte.

Doch lange bevor der Frühling kam, fanden sie die Hunde. Zwar bevorzugen sie lebende Beute, bei ihrer Besitzerin aber machten sie eine Ausnahme. Erst als König Kyras den Ehering seiner Gemahlin fand, in dem noch immer ihr Finger steckte, bemerkte er, was passiert war. Was von ihr übrig geblieben war, wurde verbrannt, und so wird es seitdem mit allen Toten gemacht, unabhängig von der Jahreszeit.

»Ich hoffe, dass Lord Bennel nicht gelitten hat, Mylady.«

Mein Magen dreht sich kurz um, und ich muss mich zusammenreißen, bevor ich antworten kann. »Er hatte einen Unfall. Es ging schnell.«

»Mein Beileid, Mylady.«

Ich nicke, setze meinen Weg zum Turm fort und muss an Dorin denken. *Es wird ihm bald besser gehen, ganz bestimmt. Ich werde im Tempel für ihn zu den Göttern beten. Ich werde sie um Vergebung für meine Sünden bitten. Ich werde dankbar sein und auf sie vertrauen.* Ich wiederhole dieses Mantra in meinem Kopf, bis Lief mich erneut anspricht.

»Mylady, verzeiht mir. Was für eine Art Unfall war es denn?«

Wieder bleibe ich stehen und schaue ihn an. Er hält meinem Blick stand und hat den Kopf fragend schief gelegt. »Er hat die Königin verärgert«, erwidere ich nach einer langen Pause.

Mit erhobenen Augenbrauen schaut er mich an, und ich warte auf die nächste Frage, aber sie kommt nicht. Stattdessen schaut er nachdenklich zum Rauch hinüber. Dann verneigt er sich kurz und ich gehe weiter.

Später sitze ich an meinem Stickrahmen und versuche, den Umriss einer Blume zu zeichnen. Ich habe immer noch nichts von Dorin gehört, und als die Tür auffliegt, erwarte ich Lief mit Nachricht. Es *ist* Lief. Er ist schneeweiß, aber rasch wird er vom ernsten Gesicht und dem waldgrünen Gewand der Königin verdeckt. Die Kohle, mit der ich eben noch gezeichnet habe, fällt zu Boden und rollt davon, während ich mich tief verbeuge.

»Du darfst dich erheben, Twylla«, sagt sie, nachdem sie die Tür selbst geschlossen und Lief damit ausgesperrt hat, sodass wir unter uns sind.

Ich tue, wie mir geheißen. Aber ich spüre, wie alle Kraft aus meinen Beinen weicht, sodass ich unter meinem Kleid meine Knie strecken muss, um nicht zu fallen. Sie hat mich hier noch nie aufgesucht. Wenn sie mich sehen will, werde ich zu *ihr* gerufen. Niemals umgekehrt. Erst der Prinz und nun sie.

Ich halte den Kopf gesenkt, während ich dabei zusehe, wie sie mein Gemach inspiziert, wie ihre elfenbeinweißen Finger erst über die goldene Überdecke meines Bettes fahren und dann über die hölzernen Pfosten, die den Baldachin stützen. Schließlich geht sie zu meinem Schreibtisch hinüber und betrachtet die Skizzen, die darauf verteilt liegen. Sie schürzt die Lippen.

»Was ist das?«

»Ich möchte eine neue Stickerei beginnen, Euer Majestät.«

»Mit Blumen? Nicht mit Sonne und Mond?« Sie legt den Kopf schief, aber ihre Augen bleiben hart.

»Es ... es war eine Anregung des Prinzen, Euer Majestät.«

Sie blickt mich scharf an. »Und wann hast du mit dem Prinzen gesprochen?«

»Vor zwei Tagen, Euer Majestät.« Ich erwähne lieber nicht, dass er auch dabei war, als ich meine Audienz beim König hatte. »Er kam in den Tempel.«

»Ach ja? Das sind seine Zeichnungen, oder nicht?«

»Ja, Euer Majestät. Er hat sie mir geliehen, um mir zu helfen.«

Die Königin starrt mich an. »Gut. Es wird Zeit, dass ihr beiden euch miteinander vertraut macht. Es wird eure Ehe leichter machen, wenn ihr einander nicht völlig fremd seid.« Sie lächelt gezwungen. »Wir wollen uns setzen, Twylla. Ich komme wegen deines Wächters.«

Ich warte, bis sie auf meinem Stuhl Platz genommen hat. Wieder rast mein Herz, aber ich knie mich vor sie.

»Ich bin immer gut zu dir gewesen, oder nicht?«, fragt sie.

Mir sinkt der Magen in die Kniekehle. »Euer Majestät?«

»Habe ich nicht immer getan, was das Beste für dich ist? Habe ich dich nicht hier hergebracht und dich in deiner Rolle als Dienerin der Götter eingewiesen? Kümmere ich mich etwa nicht um deine frühere Familie? Habe ich dich nicht in meine Familie aufgenommen und dir meinen Sohn zum Geschenk gemacht?«

»Doch, Euer Majestät. Ihr seid zu freundlich zu mir gewesen.« Ich versuche, nicht zu zittern, auch wenn jedes ihrer Worte mir alle Haare zu Berge stehen lässt. Es droht immer Unheil, wenn sie mich daran erinnert, wie viel ihr an mir liegt.

»Ich kann nicht zulassen, dass du nur mit einem einzigen Wächter im Schloss herumwanderst, Twylla. Das wäre nicht sicher.«

»Ich verstehe, Euer Majestät. Ich werde nirgendwo mehr hingehen, nur noch in den Tempel«, entgegne ich pflichtschuldig.

»Nein, Twylla, du verstehst mich falsch. Ich möchte, dass du diesen Raum nicht mehr verlässt, bis dein zweiter Wächter gesund genug ist, um zu seinem Dienst zurückzukehren.«

»Aber Euer Majestät ... die Götter ... der Tempel ... meine Pflichten ...«

»Die Götter werden verstehen. Du musst sie nicht dort anbeten, um ihren Segen zu empfangen. Du bist die Gottgleiche Daunen. Du kannst ihnen überall dienen. Der König und ich verbringen ja auch nicht unsere gesamte Zeit im Tempel, nicht wahr? Ich habe dir schon einmal gesagt, dass du ihnen Ehre erweist, indem du mich erfreust, so wie ihre Tochter sie erfreut.«

»Euer Majestät, vergebt mir, aber gibt es denn niemand anderen, den Ihr zu meinem Wächter berufen könnt, solange Dorin krank ist? Gibt es denn niemanden, der mich schützen könnte?«

Die Königin sieht mich mitleidig an. »Komm, Twylla, so naiv bist du nun auch nicht. Dein Verschleiß an Wächtern ist so groß, dass es immer schwieriger wird, Männer zu finden, die sich für diesen Dienst eignen. Warum glaubst du wohl, habe ich es einem Tregellianer erlaubt, dein Wächter zu werden? Er war der Einzige, der bereit war, die Position anzunehmen. Es ist dein Glück, dass er mich durch sein Geschick überzeugen konnte, dass er dazu in der Lage ist, dich zu beschützen. Aber ich würde niemals nur einem Mann diese Aufgabe zuweisen. Du weißt, wie wichtig du mir bist, was ich alles auf mich nehme, um für deine Sicherheit zu sorgen. Mir zuliebe wirst du hier in diesem Raum bleiben, wo du sicher bist. Und damit genug.«

Sie sagt das so unverblümt, dass mir kalte Schauer über den Rücken laufen. Mir wird klar, wie oft sie mich an meine Mutter erinnert. Beide manipulieren gern, um Kontrolle über andere auszuüben. Die Königin ruft mir ins Gedächtnis, dass alles, was sie tut, zu meinem Besten ist, und wie undankbar es von mir wäre, es zurückzuweisen. Meine Mutter war ganz genauso, appellierte immer an meine Schuldgefühle, um ihren Willen zu bekommen. Sie hatte vielleicht nicht die uneingeschränkte Macht der Königin, aber doch eine ihr eigene Autorität, und mit der drohte sie wie mit einem gezückten Messer, wann immer sie es für richtig hielt.

Es ist bekannt, dass die Seele noch drei Tage und drei Nächte nach dem Tod beim Leichnam bleibt. In diesem Zeitraum muss die Totenspeisung stattfinden, damit die Seele aufsteigen kann. Wenn nicht, zieht sie hinüber zum Westwald, um sich ihren verdammten Brüdern und Schwestern in den Bäumen anzuschließen. Und wenn es auch keinen Punkt in Lormere gibt, der weiter als eine Tagesreise vom Schloss entfernt wäre, zögerte meine Mutter manchmal absichtlich ihre Abreise hinaus, um sich an einer Beleidigung zu rächen, die man ihr zugefügt hatte. Einmal, als eine Frau ein totes Kind zur Welt gebracht hatte, kam meine Mutter zur anberaumten Speisung und stellte verärgert fest, dass ihr nur eine einzige Tasse Bier angeboten wurde.

»Es war ja nie in dieser Welt«, sagte der Vater des Kindes flehentlich. »Es kannte ja gar keine Sünde.«

Meine Mutter akzeptierte mit eisiger Verachtung eine Silbermünze als Entschädigung und zog wieder ab. Am nächsten Tag schickte der Mann einen Boten, um uns in sein Haus zurückzurufen. Seine arme Frau, die unfähig oder unwillig gewesen war, ohne ihr Kind weiterzuleben, war in der Nacht verstorben. Meine Mutter hörte sich die Nachricht an und bedankte sich bei dem Boten.

Dann ging sie in ihr Zimmer und schloss die Tür.

Zwei Tage und Nächte blieb sie dort und rührte sich nicht, während ich immer wieder an ihre Tür klopfte und zusehends unruhiger wurde. Erst in der allerletzten Minute verließen wir unsere Hütte und reisten zu dem Bauernhaus.

Und diesmal war das Festmahl viel, viel üppiger.

Kapitel 6

Ja, ich weiß genau, wie weit die Königin gehen würde. Wie meine Mutter spielt sie nur, um zu gewinnen. Aber mit der Zeit habe ich gelernt, damit umzugehen. Ich bin sogar sehr gut darin geworden. »Ich verstehe, Euer Majestät«, sage ich. »Ihr habt recht. Ich bin dankbar für Eure Sorge.«

»Du bist meine Tochter, Twylla, oder zumindest beinahe. Wie sollte es da anders sein?«

Ihre Worte, zu nahe an meinen eigenen Gedanken, bringen meine Haut dazu, sich zusammenzuziehen. »Habt Dank, Euer Majestät.«

Sie nickt und erhebt sich, da sie meinen Dank bereits akzeptiert und von sich abgeschüttelt hat. Schnell verbeuge ich mich tief, um die Wut auf meinem Gesicht zu verbergen, und bleibe so, bis sich die Tür hinter ihr geschlossen hat.

Sobald sie fort ist, eile ich zu meinem Bett, um die Decke glatt zu streichen und so die Vertiefung auszulöschen, die ihre Finger hinterlassen haben. Aber es klopft erneut an der Tür, und panisch drücke ich meine eigenen Finger in die Decke, damit sie nicht sehen kann, was ich getan habe.

»Herein.«

Ich atme erleichtert auf, denn es ist nur Lief. Doch auch auf seinem hübschen Gesicht spiegeln sich noch immer Angst und Sorge. »Die Königin sagt, Dorin wird eine ganze Zeit wegbleiben und dass nun die Aufgabe allein bei mir liegt.«

»Ja.«

Er schaut mich an, bevor er langsam nickt. Sein Mund öffnet sich, schließt sich aber rasch wieder. Schließlich spricht er doch: »Sehr wohl, Mylady. Soll ich jetzt Eure Kerzen entzünden? Soll ich Euer Abendessen aus der Küche holen?«

»Nein, eine der Mägde wird es an die Tür zum Turm bringen, Eures wie meines. Das Klopfen werdet Ihr hören. Aber die Kerzen dürft Ihr anzünden.«

Wieder nickt er und verbeugt sich. Ich weiche hastig zurück, als er sich mir nähert, ohne darauf zu warten, dass ich beiseitetrete.

»Mylady?«

»Ihr dürft ... Ihr dürft nicht so nah an mich herankommen.«

Er lächelt. »So nah bin ich doch gar nicht, Mylady.«

»Doch, das seid Ihr«, sage ich zitternd. »Ihr müsst immer eine Armeslänge zwischen uns halten. Immer.«

Als ich noch einen weiteren Schritt zurücktrete, nickt er.

»Natürlich, verzeiht.«

Als er sich abwendet, schnappe ich seinen Duft auf, leicht scharf und zitronig: Leder, ein Hauch von Holzrauch. Irgendwie beruhigt mich dieser Geruch. Ich atme tief ein, lasse ihn in meine Lunge dringen und halte ihn dort fest, während ich zuschaue, wie Lief sich im Raum hin und her bewegt. Er nimmt ein Zündholz vom Kamin und entflammt es, dann trägt er es behutsam von einer Kerze zur anderen, bis der ganze Raum von Licht erfüllt ist, weit heller, als ich es gewohnt bin. Das Zündholz brennt rasch herunter, und er muss es ausschütteln, um sich nicht die Finger zu verbrennen. Er geht zurück Richtung Tür, bleibt aber vor mir stehen, macht zwei Schritte zurück und misst mit seinem Arm den Abstand zwischen uns. Als ich zusammenzucke, runzelt er die Stirn und senkt ihn wieder.

»Ich werde Euch Euer Abendessen bringen, sobald es geschickt wird. Wäre das alles?«

Ich nicke, und er lächelt mich an – wieder mit jenem breiten Grinsen, bei dem sogar seine Zunge kurz hervorlugt, bevor er sich verbeugt. Sobald er die Tür geschlossen hat, laufe ich zu meinem Spiegel hinüber und probiere, auch so zu lächeln. Ich sehe aus wie eine Närrin.

Mein Abendessen bleibt unberührt. Das Fett, das sich auf dem Fleischeintopf abgesetzt hat, erhöht nicht gerade meinen Appetit. Mein altes Leben bei meiner Mutter hat bestimmte Gerichte mit einer zusätzlichen Bedeutung versehen, und auch wenn ich den Unterschied zwischen einem Abendessen und einer Totenspeisung sehr wohl kenne, kann ich nichts dagegen tun: Im Stillen muss ich bei jedem Bissen an die entsprechende Sünde denken, wenn es sich um etwas handelt, das mir bei den Totenfeiern begegnet ist.

Die meisten Mahlzeiten, die hier im Schloss gegessen werden, sind sehr speziell – die Königin würde nie die Gerichte des gewöhnlichen Volkes zu sich nehmen –, aber dann und wann wird etwas aufgetischt, das ich von früher kenne. Ein Kanten Saatbrot steht für eine Lüge; ein Stück Hartkäse für unbezahlte Schulden. Fleischeintopf steht für Eigensinn. Ich frage mich, ob die Königin ihn mir deshalb hat schicken lassen.

Lief tadelt mich, als er die Schale abräumt. »Ihr habt ja gar nichts gegessen, Mylady.«

»Nein.«

»Kann ich Euch etwas anderes bringen?«

»Ich habe keinen Hunger.«

»Aber ... das ist doch ein furchtbare Verschwendung.«

Ich schaue ihn überrascht an. »Man wird es den Schweinen geben. Es wird nicht verschwendet.«

Er erstarrt. Als er sich verbeugt und das Tablett nimmt, ist sein Blick ganz versteinert. Er sagt nichts mehr und verlässt mit einer Verachtung den Raum, die sogar die Königin beeindrucken würde. Als die Tür hinter ihm schwungvoll ins Schloss fällt, gehen im Luftzug einige der Kerzen aus. Mit offenem Mund starre ich ihm nach. Ich hatte geglaubt, ich wäre längst immun gegen Missbilligung.

Meine Haut fühlt sich zu eng an und Erinnerungen an meine Mutter überfallen mich. Ich muss an die Ringe unter ihren Augen denken, durch die sie selbst aussah wie die Leichname, für die sie Abbitte leisten musste. An den Klang ihrer Stimme, wenn sie mich in ihr Zimmer rief, in dem es immer dunkel war. Die Fenster hatte sie stets mit dicken Wolldecken verhangen, sodass die Luft schwer und süßlich war und erfüllt von ihrem eigenen, strengen Geruch. Sie verbrachte Stunden damit, sich zu waschen, eine rituelle, aber auch zwanghafte Reinigung, bei der sie ihre Achseln und die Leisten und ihren Hals mit Jasminöl einrieb. Immer ließ sie in ihrem Zimmer ein Feuer brennen, Tag und Nacht und zu jeder Jahreszeit. Wenn ich auf meinem kleinen Hocker saß, glaubte ich umkommen zu müssen vor Hitze, während sie in ihrem Bett lag und mir die Worte und Riten erklärte, die wir auszuführen hatten. Der Jasminduft nahm mir alle Luft zum Atmen, während sie in ihrer engen Hölle saß und schwitzte und mir sagte, dass ich es eines Tages ganz genauso tun sollte. Sie schaute von oben auf mich herab, mit ihren kalten Augen, als wisse sie schon im Voraus, was für eine Enttäuschung ich eines Tages für sie sein würde.

Jetzt gehe ich zu meinem Fenster hinüber und lehne mich hinaus, atme tief die reine, frische Luft ein, während meine Finger auf dem kühlen Mauerwerk ruhen. Heute bin ich Daunen. Ich bin die Gottgleiche Daunen.

In dieser Nacht lasse ich die Fensterläden offen.

❦

Der Schlaf überfällt mich in Schüben. Manchmal nur ganz leicht, sodass sich mein Körper entspannt und ich vor meinen geschlossenen Augen ein Feuerwerk tanzen sehe. Dann wieder stürze ich in dunkle Tiefen, aus denen ich hochschrecke und, verstrickt in meine Laken, nach Luft ringe. Es dauert furchtbar lange, bis die Sonne aufgeht, und ich kann es nicht abwarten, die Nacht hinter mir zu lassen. Ich wasche mich, ziehe mich an und warte auf mein Frühstück. Ich spiele mit dem Gedanken, es augenblicklich wieder zurückzuschicken, nur um Lief zu zeigen, dass ich mich nicht von ihm herumkommandieren lasse, als er auch schon an die Tür klopft.

Doch alle Gedanken, ihn mit dem Essen zu verscheuchen, fallen von mir ab, als er eintritt und das Tablett vorsichtig auf einem Arm balanciert. Statt Haferbrei, Brot und Käse ist knuspriges, buttriges Gebäck darauf, das mit Feigenmarmelade bestrichen wurde. Daneben ein kleiner Napf mit goldgelbem Honig und frisches, weiches Weichbrot – kein Vergleich zu dem trockenen Saatbrot, das ich zu Hause immer essen musste. All meine Lieblingsspeisen. Er stellt das Tablett ungerührt auf Mereks Zeichnungen ab und wendet sich mir zu. Mit einem schüchternen Lächeln auf den Lippen zieht er einen leicht eingedrückten Blumenstrauß aus seiner Tunika und hält ihn mir entgegen.

»Es tut mir leid, Mylady. Ich habe mich gestern Abend unziemlich verhalten.« Er verbeugt sich und reicht mir die Blumen.

Einen Augenblick lang kann ich in meiner Überraschung nur blinzeln. Dann komme ich wieder zu mir. »Das soll also eine Entschuldigung sein?«

Er nickt und weist auf das Tablett. Nun sehe ich auch, dass neben dem Messer ein Stück Papier liegt.

»Meine Mutter hat mir immer gesagt, ein feiner Herr entschuldigt sich stets in schriftlicher Form«, sagt er. »Damit die Dame weiß, dass er es nicht zurücknehmen kann.«

Ich ziehe den Zettel vom Tablett und lasse meine Augen darübergleiten. Es ist mir peinlich, dass ich ihn nicht lesen kann, will es ihn aber auf keinen Fall merken lassen. Ich tue so, als würde ich mir die Buchstaben genau anschauen. Mein Blick gleitet über die langen Striche und runden Schlenker, aber nichts davon ergibt für mich irgendeinen Sinn. Aus seinem leicht eingebildeten, erwartungsvollen Gesichtsausdruck kann ich nur schließen, dass ich hier einen wortreichen Vortrag über das Übel der Verschwendungssucht in der Hand halte, der sich als Entschuldigung tarnt. Eine Bitte um Vergebung, die keinerlei Schuld von seiner Seite einräumt. Als ich spüre, wie mein Gesicht sich erhitzt, lege ich den Brief zurück auf das Tablett. Und als er auf der Marmelade landet, zucke ich mit keiner Wimper.

»Feine Worte. Ich bin sicher, Eure Mutter wäre stolz auf Euch.« Ich lasse den Ärger über mich selbst in meine Stimme einfließen. »Aber ich benötige Eure Entschuldigung nicht, Wächter. Ihr habt ein Recht auf Eure eigene Meinung bezüglich meiner Verschwendungssucht. Aber ich muss sie nicht vorgetragen bekommen, weder ausgesprochen noch auf dem Papier. Ich bin nur den Göttern gegenüber zur Rechenschaft verpflichtet und nicht Euch.«

Er will gerade etwas einwenden, als in seinen Augen ein Funken aufleuchtet. Er schaut erst den Brief an, dann mich und spricht dann mit sanfter Stimme. »Vielleicht würdet Ihr mir gestatten,

Euch meinen Brief vorzulesen? Manchmal ist es schwer, etwas Geschriebenes zu verstehen, wenn der Tonfall dazu fehlt ... Mylady.« Den Titel fügt er noch verspätet an.

Wieder steigt Scham in mir auf. Ich habe den Inhalt des Schreibens falsch eingeschätzt, und er weiß, dass ich es nicht gelesen habe, dass ich es nicht lesen kann. Als ich zögere, tritt er vor, die Hand nach dem Papier ausgestreckt. Schnell weiche ich gegen die Wand zurück. Er hält inne, die Hand vor sich ausgestreckt. Langsam, ganz langsam bewegt er sich auf mich zu, während ich wie erstarrt dastehe, den Atem anhalte und unfähig bin, den Blick von ihm zu wenden. Dann ist er nur noch einen Fuß von mir entfernt, nur wenige Zentimeter, greift an mir vorbei nach dem Brief – und mir bleibt das Herz stehen. Ich spüre, wie es kurz aussetzt in meiner Brust. Der Augenblick zieht sich in die Länge und dann ist er vorüber. Er tritt einen übertrieben großen Schritt zurück und schaut mich an, während er das Papier auseinanderfaltet.

»Lady Twylla, ich erbitte Eure Vergebung. Mein Verhalten am gestrigen Abend war unhöflich, unnötig und unverdient. Ich weiß, dass ich kein Recht habe, Euch zu kritisieren, und ich entschuldige mich von ganzem Herzen für das Ungemach, das ich verursacht habe. Ich weiß, dass dies allein meine Handlung nicht ungeschehen machen kann, doch bitte erlaubt mir, dies zur ersten vieler Gesten zu machen, die meine Ergebenheit beweisen sollen. Ich bin nichts, nur Euer bescheidener Diener, Lief.«

Er faltet das Papier wieder zusammen und legt es auf meinen Tisch, bevor er beiseitetritt. Er betrachtet mich aufmerksam, und ich muss mich abwenden, um mir Zeit zu verschaffen. Denn immer noch schlägt mir das Herz bis zum Hals, und ich muss mich davon erholen, dass er mir so nahe gekommen ist. Der Brief selbst war doch weniger außergewöhnlich als gedacht.

»Warum?«, frage ich schließlich, da mir durchaus bewusst ist, dass er mich immer noch erwartungsvoll anschaut.

»Warum was, Mylady?«

»Warum hat es Euch so sehr gestört, dass ich mein Abendessen nicht wollte? Ihr seid hier als mein Wächter, nicht als mein Erzieher. Was kümmert es Euch, wenn ich nicht esse?«

Seine Wangen verfärben sich. »Ich ...«

»Ja?«

»Vergebt mir noch einmal, Mylady. Es ging mir nicht um Euren Appetit, nur um die Verschwendung.«

Schon wieder dieses Wort. Ich schaue ihn böse an und er fährt fort.

»Es hat mich wütend gemacht. Nein, nicht wütend – traurig. Dass ein so gutes Mahl den Schweinen vorgeworfen werden soll. Ich hätte mich so nicht aufführen dürfen, das war falsch, aber meine Schwester ... Bei uns zu Hause haben wir nicht viel. Deswegen bin ich hier im Dienst. Und als Ihr gesagt habt ...« Seine Stimme verliert sich. Er sieht unglücklich aus und ich kann ihn verstehen.

Ich hatte auch einmal eine Schwester und ein Zuhause, in dem es nicht viel zu essen gab, auch wenn ich weiß, dass sie heute, dank mir, gut versorgt ist. Aber doch muss sie endlose Stunden bei Festmählern verbringen, an denen sie nicht teilhaben darf. Aber ich habe keinen Augenblick an sie gedacht, als ich mein Essen fortschickte, im sicheren Wissen, dass es für mich immer Nachschub gibt. Ich hatte vergessen, dass ich den Hunger nicht mehr fürchten muss. Ich hatte sie vergessen.

»Es tut mir leid«, flüstere ich.

Er schüttelt den Kopf, weil er glaubt, ich würde mich bei ihm entschuldigen. »Nein, nein, bitte. *Mir* tut es leid. Es ist nicht Eure Schuld. Deshalb musste ich mich doch auch entschuldigen, Mylady.« Er streckt seinen Arm aus. »Bitte nehmt diese Blumen als Geschenk.«

Ich wehre mit beiden Händen ab. »Ihr könnt sie auf den Tisch legen.«

»Wollt Ihr sie nicht von mir entgegennehmen, Mylady?«

»Lief, Ihr wisst, ich kann nicht ...«

»Ihr müsst mich doch nicht berühren, Mylady.«

»Ihr versteht nicht ...«

»Streckt Eure Hände aus, dann lasse ich sie hineinfallen.«

Ich schüttle den Kopf. »Bitte hört auf damit, Lief. Bitte legt sie einfach auf den Tisch.«

Er sieht so traurig, so niedergeschlagen aus, dass ich es kaum ertrage. Im Gegenzug für sein Geständnis möchte auch ich ihm etwas geben.

»Ich habe auch eine Schwester«, platze ich hervor. Er hält inne, schaut mich an. »Maryl. Ihr Name ist Maryl.«

»Wie alt ist sie?«, fragt er nach einem Augenblick.

»Elf Ernten alt«, erwidere ich. »Ich habe sie nicht mehr gesehen, seit sie sieben war. Seit ich hierhergekommen bin.«

»Überhaupt nicht?«

»Ich darf nicht. Es würde die Götter verärgern«, sage ich. »Um die Gottgleiche Daunen zu werden, musste ich alles hinter mir zurücklassen.«

»Aber Ihr vermisst sie?«, fragt er leise. Ich nicke. »Ich bin mir sicher, sie vermisst Euch auch, Mylady.«

»Wenn sie sich überhaupt noch an mich erinnert«, sage ich so leise wie er. »Mit sieben ist man noch sehr jung. Und ich kann mir nicht vorstellen, dass in meinem alten Zuhause oft über mich gesprochen wird. Ich glaube nicht, dass es dort viele Erinnerungen an mich gibt.«

Lief schaut mich eindringlich an. »Die Menschen vergessen nicht, wie es sich anfühlt, geliebt zu werden«, sagt er schließlich. »Ganz gleich, wie alt oder jung man ist oder wie lange es schon her ist, man erinnert sich immer daran, wie es ist, geliebt zu werden. Sie erinnert sich an Euch.«

Er verbeugt sich, will gehen, aber ich muss ihn doch zurückhalten.

»Wartet.« Ich schlucke den Kloß in meiner Kehle hinunter. Dann strecke ich meine Handflächen aus, versuche, sie ruhig zu halten, nicht zu zittern. Er schaut mir direkt in die Augen, als er die Blumen hineinfallen lässt. Stiele von Malven, Anemonen und Lavendel regnen sanft herab, bis er nur noch eine einzelne Lavendelblüte an ihrem Stiel festhält. Seine grünen Augen richten sich kurz auf die Blume, dann wieder auf mich, als er sie mit Daumen und Zeigefinger umfasst und mir entgegenhält.

Ich nehme sie ihm ab.

Alle anderen Blumen lasse ich in meine linke Hand gleiten und umfasse sie, als würde mein Leben davon abhängen. Das alles ist dumm und gefährlich und mein Herz flattert in meiner Brust wie ein gefangener Vogel. Doch wenn ich auch weiß, wie falsch es ist, fühlt es sich richtig an. Er wollte Abbitte leisten für seine Sünde der Wut. Mein Geständnis und dass ich die Blumen annehme, ist meine Abbitte für meine Arroganz und Undankbarkeit. Es muss immer ein Gleichgewicht geben, für jede Sünde muss Abbitte geleistet werden. Jetzt stehen wir auf derselben Stufe.

Als er den Stiel schließlich loslässt, schaue ich die Lavendelblüte voller Staunen an. Er aber verbeugt sich und macht sich bereit, mich mit dem Frühstück allein zu lassen.

»Ihr werdet mir nichts tun«, sagt er leise, als er meine Tür öffnet. »Ich weiß das genau.«

Als sich die Tür hinter ihm schließt, muss ich an Tyrek denken.

Kapitel 7

Die erste Woche meines Hausarrests ist zu ertragen, ich habe ja reichlich Übung darin, mich selbst zu beschäftigen. Auch wenn ich nicht singe, die Umrisse für meine Stickereien zeichne oder bete, weiß ich meine Zeit zu füllen. Solange ich dem Fenster immer meinen Rücken zuwende, den Kopf gesenkt halte und mich so angestrengt wie möglich auf meine Aufgaben konzentriere, kann ich so tun, als wäre alles in Ordnung.

Doch nach der ersten Woche schleicht sich die Langeweile in mein Gemach, zupft an meinen Röcken, und ich finde es immer schwerer, meine Gedanken von dem fernzuhalten, was sich außerhalb meines Turms abspielt. Ich vermisse es, im Garten herumzustreifen oder durch die Säle zu gehen. Ich vermisse meinen Tempel, seinen Frieden und seine Einfachheit. Und mehr als alles andere vermisse ich, dass er sich immer so anders angefühlt hat als das Schloss. Ich habe gebeten, dass man mir das heilige Bild bringt, und nun hängt es an der Wand gegenüber von meinem Bett. Aber hier in diesem Raum bewegt sich das Licht nicht auf dieselbe Weise über die Skulptur, und die Sonne verdeckt jetzt immer den Mond. Ich würde das gern für ein Zeichen halten, für ein gutes, aber ich weiß, dass es nur mit dem Licht zu tun hat. Ich kann hier nicht vernünftig beten, kann mich nicht konzentrieren und fürchte, dass die Götter, trotz der Worte der Königin, wütend darüber sein werden, dass ich sie vernachlässige.

Lief und ich haben jetzt eine Art Waffenstillstand geschlossen, auch wenn das Wort vielleicht nicht ganz zutreffend ist. Irgendetwas Unausgesprochenes liegt zwischen uns, seit ich die Blumen aus seiner Hand angenommen habe; nicht wirklich Freundschaft, eher Kameradschaft. Ich stelle mir vor, dass Waffenbrüder so für ihre Mitsoldaten fühlen. Als wüssten wir beide, dass wir ein großes Risiko auf uns genommen, aber überlebt haben, und das hat uns zusammengebracht.

Jeden Tag frage ich ihn, wie es um Dorin steht, und jeden Tag sagt er mir dasselbe, dass es ihm weder besser noch schlechter geht. Der Heiler scheint der Ansicht zu sein, der Stich habe seine gesamten Körpersäfte aus dem Gleichgewicht gebracht. Das sei der Grund, warum er immer noch so schwach und empfindlich ist, obgleich die eigentliche Wunde scheinbar gut verheilt.

Ich würde ihn gern besuchen, aber das ist mir ja nicht möglich. Also schicke ich Lief mit Nachrichten zu ihm, in denen ich ihm ausrichte, dass ich für seine baldige Genesung bete. Und das tue ich auch, nicht zuletzt, weil seine Rückkehr das Ende meiner Gefangenschaft bedeuten wird. Aber dann fühle ich mich selbstsüchtig und muss noch einmal beten, diesmal um Vergebung.

Zum ersten Mal ist es mir aufgefallen, als er mich wegen meiner Verschwendung gescholten hat, aber jetzt ist es wirklich offensichtlich: Nie zuvor hat Lief als königlicher Wächter gearbeitet, und er hat auch keine Ahnung, wie er sich verhalten soll, wenn

Dorin ihm kein Beispiel setzt. Er hat keinen Sinn fürs Protokoll; ständig vergisst er, mich »Mylady« zu nennen, und er ist viel zu sehr darauf bedacht, mit mir zu sprechen, als es seiner Stellung angemessen wäre. Dorin würde Derartiges niemals tun, obgleich er mich schon seit vier Ernten kennt.

»Wie wird nur diese Farbe hergestellt, sie leuchtet so stark.« Er steht im Türrahmen und deutet auf die Indigo-Fäden, die ich von der Spule wickle. Ich habe mich entschieden, das Skizzieren aufzugeben und einfach freihändig loszusticken.

»Ich weiß nicht, ich habe nie gefragt«, erwidere ich leicht gereizt, aber das scheint er nicht mitzubekommen. Er zuckt nur mit den Schultern und sieht dabei zu, wie ich die Fäden voneinander trenne. Ich beachte ihn nicht weiter, aber da ich genau weiß, dass er mich beobachtet, gelingt es mir nicht, die Seide in die Nadel einzufädeln. Erst als ich laut aufstöhne, besinnt er sich und lässt mich allein.

Als er mir später das Abendessen bringt, sagt er: »Sie wird aus Meeresschnecken gemacht, Mylady.«

»Was?« Erschrocken lasse ich den Löffel in meine Schale mit Brühe fallen und er muss lachen.

»Die Farbe, Mylady. Die Fäden werden mit den Häusern von Meeresschnecken eingefärbt.«

»Woher wisst Ihr das?«, frage ich, denn nun ist meine Neugier tatsächlich geweckt.

»Ich habe gefragt.« Er grinst, verneigt sich frech vor mir und schlendert zur Tür hinaus.

Und so geht es weiter. Aus der ersten wird die zweite Woche und er verbringt immer mehr Zeit in meinem Türeingang. Da steht er dann und nimmt meine Erkundigungen nach Dorins Genesung zum Anlass, mich nach den Blumen auszufragen, die ich sticke: welche ich am liebsten mag, ob ich sie alle auch schon mit eigenen Augen gesehen habe oder nur auf Bildern.

Er erklärt mir, wie meine anderen Seidenfäden gefärbt werden, und fragt sich laut, was wohl passieren würde, wenn man sie vermischte. Er erzählt mir ausführlich von tregellianischen Blumen und Pflanzen, bis ich ihn eines Tages frage, ob er eigentlich gelernter Herbalist sei. Aber das bringt ihn zum Schweigen. Eine Falte taucht zwischen seinen Augenbrauen auf, und er findet rasch einen Grund, sich zu verabschieden. Den Fehler, ihn nach seinem früheren Leben zu fragen, mache ich kein zweites Mal, denn die beklemmende Stille, die nach seinem Abgang in meinem Raum herrscht, macht mir schwer zu schaffen.

»Dorin sagt, ich soll unsere Ersatzschwerter zum Schmied bringen, damit er sie schärfen kann«, erklärt er mir eines Morgens. Er bleibt noch eine Weile bei mir, wie es seine Angewohnheit geworden ist, nachdem er die herunterbrannten Stummel gegen frische Kerzen ausgetauscht hat.

»Sehr schön«, sage ich, während ich mich nur halb auf seine Worte konzentriere und meinen Blick auf den gestickten Garten vor mir richte.

»Keineswegs, Mylady. Der Schmied ist tot.«

Jetzt hat er meine volle Aufmerksamkeit. »Tot?«

»Offenbar war die Königin der Ansicht, er hätte ihr Pferd schlecht beschlagen.«

Ich widme dem Schmied ein stummes Gebet.

»Stört Euch mein Reden, Mylady?«, fragt er vom Türrahmen aus, wo er sich die Fingernägel mit einem kleinen Dolch säubert.

»Nein, gar nicht.«

»Ihr müsst es mir sagen, wenn es so ist. Ich werde nicht beleidigt sein.«

»Ihr stört mich nicht, Lief.«

Er lächelt. »Das freut mich. Also, wo soll ich denn jetzt die Ersatzschwerter hinschicken?«

Meine Tage zerfallen in ein immer wiederkehrendes Muster: Frühstück, dann ein Gespräch – wobei ich hauptsächlich Lief zuhöre –, dann Singen, dann ein Mittagsmahl und Arbeit an der Stickerei, bis es Zeit ist, zu Bett zu gehen. Aber selbst so einen festen Ablauf zu haben, genügt nicht. Wenn ich Lief am Nachmittag fortschicke, damit ich beten kann, stelle ich fest, dass ich keinen Frieden mehr finde. An den Abenden greife ich zur Nadel, lege sie aber gleich wieder ab. Dann werfe ich Lief einen Blick zu, während er in der offenen Tür sitzt und immer dasselbe zerschlissene Buch liest. Nach zwei Wochen fordere ich ihn auf, mir daraus vorzulesen. Wie sich herausstellt, handelt es sich um einen veralteten Almanach, in dem Wettervoraussagen stehen, die zwanzig Herbste zurückliegen.

Das Schlimmste ist, dass genau dies mein liebster Teil des Tages wird und ich immer häufiger die Nadel sinken lasse, wenn er mir in seinem typischen Singsang vorliest.

Ich frage mich, ob es auch so geworden wäre mit Tyrek als meinem Wächter, und der Gedanke setzt mir zu. Lief erinnert mich an Tyrek – wie er immer wieder vergisst, was ich bin, oder es ihm einfach egal ist. Er ist ebenso furchtlos, wie Tyrek es war, und ebenso ungestüm. Ich weiß, ich sollte ihn nicht ermutigen, und ich hätte ihm auch nicht von Maryl erzählen und auch nicht seine Blumen akzeptieren dürfen. Ich möchte nicht eines Tages in der Zwangslage sein, meine Hände auf Liefs Nacken legen zu müssen, weil ich womöglich zu viel gesagt habe, insbesondere zu einem Tregellianer, ob er nun seinem Hof gegenüber treu ist oder nicht.

Wieder und wieder sage ich mir, dass nichts Falsches daran sein kann, was wir tun. Solange wir nicht über das Reich oder das Schloss sprechen, kann ich die Königin und unser Land ja kaum verraten. Aber trotzdem finde ich keine rechte Ruhe und kann nicht wirklich sagen, warum. In mir ist etwas, das sich bemerkbar macht, als würde es mich jucken. Aber ich komme nicht an die Stelle heran, und es amüsiert Lief immer, wenn er bei mir eintritt und ich wieder einmal auf und ab gehe.

»Eines Tages werdet ihr noch ein Loch in den Boden laufen, Mylady.« Er setzt wieder sein breites Grinsen auf und tut so, als würde er den kalten Steinboden unter die Lupe nehmen, während ich bloß die Augen verdrehe. Er lächelt so leicht, als wäre sein Gesicht dazu gemacht, sich in zwei Teile zu teilen und der ganzen Welt seine Zähne zu präsentieren.

Als Lief mit dem Frühstück mein Gemach betritt, drei Wochen nachdem die Königin mich zum Arrest verurteilt hat, bin ich noch im Bett. Ich sitze aufrecht gegen die Kissen gelehnt, die ich mir in den Rücken gestopft habe. Ich habe versucht, seinen Brief zu lesen, aber das einzige Wort, das ich erkennen kann, ist mein eigener Name. Ich habe versucht, die Buchstaben darin auch in anderen Worten wiederzufinden, aber es gibt immer noch zu viele darum herum, die ich nicht kenne. Es ist so frustrierend. Als Lief klopft, schiebe ich das Schreiben rasch unter meine Kissen.

»Heute also Frühstück im Bett, Mylady?«

»Ich muss verschlafen haben«, sage ich. »Wenn Ihr mir einen Augenblick gebt, werde ich mich ankleiden.«

»Vergebt mir, Mylady, aber Ihr hättet doch die Zeit, einfach im Bett zu bleiben und dort zu essen, wenn Ihr wolltet. Ihr müsst doch nirgendwo hin.«

»Die Götter würden meine Faulheit gewiss nicht gerne sehen.«

»Selbst die Götter müssen sich dann und wann mal ausruhen.« Er grinst.

Erstaunt stelle ich fest, dass ich zurückgrinse.

Er hält inne und neigt den Kopf zur Seite. »Ihr solltet öfter lächeln, Mylady. Das steht Euch.«

Mein Magen schlägt einen Purzelbaum, also wende ich schnell den Blick ab.

»Vergebt mir, das war allzu vorwitzig. Ich werde jetzt still sein.« Er bewegt sich ganz langsam, und ich rühre mich nicht, während er das Tablett behutsam auf meinem Schoß platziert. Er schaut mich an und ich nicke. Ich streiche weichen Käse auf ein weißes Brötchen und suche, sobald er den Raum verlassen hat, unter den Kissen nach dem Brief. Während ich esse, versuche ich, mir weiter einen Reim darauf zu machen.

Erneut öffnet sich die Tür – es ist sicher Lief, der kommt, um das Tablett zu holen. Rasch verschränke ich die Arme, um das Schreiben zu verbergen.

Doch das Gesicht, das um die Vorhänge an meinem Bett herum späht, gehört nicht Lief – sondern dem Prinzen.

Unverzüglich springe ich auf, um mich zu verbeugen, verheddere mich dabei aber zu allem Unglück im Laken und lande mit dem Gesicht nach unten auf dem Boden.

Prinz Merek steht vor mir und um seinen Mund spielt ein Lächeln. Schnell beißt er sich auf die Lippen, um es nicht noch breiter werden zu lassen.

»Twylla«, sagt er und nickt mir zu, nun wieder ernst. »Soll ich deinen Wächter rufen?«

»Nein«, erwidere ich rasch, werfe mir meinen Umhang um die Schulter und richte mich vor ihm auf. »Euer Hoheit, vergebt mir. Ich war nicht vorbereitet.« Meine Wangen sind rot vor Scham.

Der Prinz mustert mich von Kopf bis Fuß und seine Augen leuchten vor Vergnügen. »So tief hättest du dich nun auch nicht vor mir verbeugen müssen. Ein Nicken mit dem Kopf genügt. Hast du dir wehgetan?«

»Nein, Euer Hoheit«, sage ich mit fester Stimme, auch wenn meine Miene mich verrät. Hat er gerade einen Scherz gemacht? »Mir geht es gut.«

Seine Lippen zucken erneut und er wendet sich ab. »Ich bin gekommen, um mir die Fortschritte deiner Stickerei anzuschauen. Meine Mutter hat mir erzählt, du hättest bereits ein Bild entworfen. Wie geht es voran?«

Ich wickle den Umhang eng um mich und wünschte, mein Haar würde mir nicht ungebunden den Rücken hinabfallen. Überhaupt wünschte ich, ich wäre rechtzeitig aufgestanden und nicht vor ihm auf den Boden gefallen. Er betrachtet die wenigen ersten Stiche meiner Handarbeit und schaut dann mit erhobener Augenbraue wieder zu mir herüber.

»Ich habe bis jetzt noch keine rechte Zeit dafür gefunden, Euer Hoheit«, sage ich probeweise.

Wieder dieses Zucken seiner Lippen, ein weiteres verstecktes Grinsen. »Ich verstehe. Das ist eine Schande. Das heißt, du konntest meine Zeichnungen nicht gebrauchen?«

»Oh doch. Natürlich, habt vielen Dank.« Ich zögere, bevor ich zu meinem Tisch hinübergehe und die Mappe mit den Bildern hole. Als ich sie ihm reichen will, runzelt er die Stirn.

»Sie waren für dich gedacht, Twylla. Als Geschenk.«

Zum zweiten Mal schießt mir die Röte ins Gesicht und ich zucke zurück. Ich wünschte, mein Körper hätte sich besser im Griff. »Ihr seid zu freundlich, Euer Hoheit.«

»Iss später mit mir zu Abend«, sagt er plötzlich so schnell, dass ich nicht sicher bin, ihn richtig verstanden zu haben.

»Euer Hoheit?«

»Heute Abend. Ich möchte, dass du mit mir isst. Oder besser gesagt werde ich kommen und mein Abendessen mit dir einnehmen. Ich weiß, dass meine Mutter dir befohlen hat, hier im Turm zu bleiben, bis du wieder beide Wächter hast.«

Mir bleibt der Mund offen stehen, sodass ich mich noch mehr zum Narren mache als ohnehin schon. Ich suche stammelnd nach Worten, mit denen ich ihm danken kann, finde aber keine. Nur mein Herz schlägt zu schnell. Ich kann meinen pochenden Puls von den Ohrläppchen bis zu den Zehen spüren.

»Ich komme also am Abend zurück«, sagt er, als hätte ich ihm geantwortet. Als er nickt und einen Schritt beiseitetritt, verneige ich mich rasch – dankbar für die Gelegenheit, mein verwirrtes Gesicht verbergen zu können. An der Tür angekommen, dreht er sich mit einem spöttischen Funkeln in den Augen noch einmal zu mir um.

»Es ist nicht nötig, dass du dich für unser Essen ankleidest, wenn du es nicht willst«, sagt er, und bevor er sich abwendet, kann ich sehen, wie seine Mundwinkel sich zu einem weiteren Grinsen verziehen.

Ich starre ihm mit offenem Mund hinterher. Nur wenige Sekunden später tritt Lief mit gerunzelter Stirn ins Zimmer. Er mustert mich, bevor er sich wieder der Tür zuwendet.

»Geht es Euch gut, Mylady?«

»Ja. Ja, mir geht es gut.«

»Ihr seht ein bisschen ...« Seine Stimme verliert sich und er gestikuliert vage mit den Händen.

»Ich hatte ihn nicht erwartet.«

»Das dürfte ihm nicht entgangen sein.« Er nickt vielsagend.

»Lief!«, protestiere ich. Doch dann fällt mir auf, dass er bereits der zweite Mann ist, der mich in meinem nicht zurechtgemachten Zustand zu sehen bekommt. »Dreht Euch um! Nein, geht hinaus! Und schickt nach den Mägden, ich brauche heißes Wasser. Und zwar jede Menge. Und könnt Ihr herausfinden, wo mein rotes Kleid ist, das schwere aus Brokat? Und meine silbernen Kämme, die wurden zum Polieren geschickt.«

»Gehen wir irgendwo hin?«, fragt Lief.

Ich schüttle den Kopf. »Nein, ich speise heute Abend mit dem Prinzen. Hier.«

»Ihr sollt mit ihm vermählt werden, sagt Dorin.«

»Das stimmt.«

»Speist er denn öfter hier, Mylady?«

»Nein«, sage ich langsam. Der Prinz wusste, dass ich hier eingesperrt war, und er hat doch fast einen gesamten Mond gebraucht, um zu mir zu kommen. Warum gerade jetzt?

Lief schaut mich seltsam an, als würde er mir dieselbe Frage stellen.

»Der Prinz ist sehr beschäftigt«, sage ich. Auch wenn ich keine Ahnung habe, ob das stimmt oder warum ich ihn verteidige.

Lief starrt mich weiterhin an, mit geschürzten Lippen, bis er schließlich auf das Essen deutet, das sich auf meinem Bett verteilt hat. »Kann ich Euch etwas anderes bringen? Wenn es nicht Euer Geschmack war, hättet Ihr es ja sagen können. Ihr musstet es ja nicht gleich in der Gegend herumwerfen.« Er lächelt über seinen Witz.

Ich verdrehe die Augen. »Der Prinz hat mich überrascht«, sage ich. »Aber, nein, vielen Dank. Ich habe schon etwas Brot und Käse gegessen, bevor er kam. Ihr könnt das Tablett abräumen und die Mägde bitten, mein Bettzeug zu wechseln, während ich bade.«

»Wie Ihr wünscht.«

Das Lächeln, das er mir zuwirft, spiegelt sich nicht in seinen Augen wider, und ich schaue ihm verwirrt dabei zu, wie er das Tablett abräumt.

Das Bad gibt mir die Zeit, die ich zum Nachdenken brauche. Das süß duftende Wasser, in das ich tief eintauche, beruhigt meine Nerven, während meine Haare im Wasser treiben. Wir haben noch nie zuvor zusammen zu Abend gegessen; wir haben überhaupt noch nie eine längere Zeit zu zweit verbracht. Aber es sind nur noch gute sechs Monde, bis er zwanzig wird. Also muss er sich wohl so langsam auf unsere Hochzeit vorbereiten. Der Gedanke macht mich beklommen, obwohl ich ja wusste, dass es so kommen würde. Unsere Hochzeit: Ich werde eine Ehefrau sein. Ich kann mir das überhaupt nicht vorstellen. Und nicht nur das, eines Tages werde ich zudem Königin sein. Mereks Königin. Mutter der Thronerben. Mein Magen zieht sich zusammen bei diesem Gedanken. Ich setze mich eilig auf, sodass jede Menge Wasser auf den Boden schwappt, und umklammere den Rand der Wanne. Damit ist die Ruhe des Bades dahin.

Den ganzen restlichen Nachmittag knie ich vor dem heiligen Bild, starre es abwesend an, bis die Sonne untergeht. Dann ziehe ich mir das rote Kleid an und stecke mir die Kämme ins Haar. Da ich sonst nichts zu tun habe, bis der Prinz auftaucht, wende ich mich noch einmal meiner Handarbeit zu, bin sogar in der Lage dazu, mich darauf zu konzentrieren.

Als der Prinz schließlich angekündigt wird, habe ich mich fast beruhigt.

»Twylla.« Er begrüßt mich und ich verbeuge mich tief. »Ich hoffe, dir geht es gut. Ich habe die besondere Erlaubnis der Königin eingeholt, dich in die Ahnengalerie führen zu dürfen, während die Diener dein Gemach vorbereiten. Dein Wächter wird hierbleiben, um sie zu beaufsichtigen.«

Mir fällt schon wieder die Kinnlade herunter, und der Prinz muss sich auf die Lippe beißen, bevor sich sein Mund erneut zu einem Grinsen verzieht. Ich schaue ihn blinzelnd an – unsicher, ob ich ihn richtig verstanden habe.

»Twylla?«, sagt er, da ich ihn weiterhin ehrfurchtsvoll anstarre. »Bist du bereit?«

»Ja.« Ich nicke zittrig und reiße mich zusammen. Er bietet mir nicht seinen Arm, stattdessen bedeutet er mir, vor ihm den Raum zu verlassen. Ich zögere, da ich nicht so unhöflich sein will, ihm den Rücken zuzukehren, aber er nickt.

»Es ist schon in Ordnung, Twylla. Geh nur.«

Nur er ist in der Lage, die Königin davon zu überzeugen, dass ich ohne Wächter mein Gemach verlassen darf.

Mir ist ganz schwindlig, als ich vor ihm zur Tür hinaustrete. Liefs Blick begegnet dem meinen, und einen kurzen Augenblick bin ich davon überzeugt, dass er mir zuzwinkert. Aber dann starrt er schon wieder ausdruckslos und mit angespannten Schultern geradeaus, während Merek mir folgt. Als ich die Tür am Fuß des Turms erreiche, wird mir klar, dass ich zu große Angst habe, um hinauszutreten. Ich drehe mich um und wieder nickt der Prinz mir zu.

»Geh ruhig, Twylla. Die Königin hat ihre Einwilligung erteilt.«

Ich öffne die Tür und trete in den Westflügel des Schlosses, zum allerersten Mal ganz ohne Wachen, begleitet nur von Prinz Merek.

Der Prinz geht rechts von mir, wo sonst Dorin sich befindet, und der freie Platz zu meiner Linken gibt mir das Gefühl, halb nackt zu sein. Selbst wenn ich keinen Arrest habe, begebe ich mich nur selten in diesen Bereich der Festung, und der für mich neue Weg verstärkt das Gefühl der Unwirklichkeit. Es ist, als würde das alles gar nicht wirklich stattfinden. Meine Blicke huschen durch die Korridore, suchen nach Zeichen dafür, dass sich etwas verändert hat in den Wochen, in denen ich nicht hier sein durfte. Aber nein, wenn ich es nicht besser wüsste, könnte ich schwören, dass ich an denselben Vasen mit denselben weißen Rosen vorbeigegangen bin an dem Tag, an dem Dorin gestochen wurde. Es ist, als wäre die Zeit stehen geblieben, als habe das Schloss in einem magischen Schlaf gelegen.

Ich muss an den Schlafenden Prinzen denken und an Prinz Mereks Interesse an mir nach der Jagd. Und daran, wie es wieder abgeflaut ist, nachdem ich in seinem Beisein für seinen Stiefvater gesungen hatte. War das der Grund, warum er so lange gebraucht hat, um mich aufzusuchen?

Ich schaue den Prinzen an und sehe, dass sich sein glühender Blick auf die Türen vor uns richtet. Sein Profil erscheint ebenso stolz wie das seiner Mutter. Er spricht kein Wort, während wir zur Ahnengalerie gehen. Ich folge seinem Beispiel, richte meinen Blick stur auf unser Ziel und frage mich, was seine Einladung am heutigen Abend ausgelöst hat. Und ob sie von ihm selbst ausging oder vielleicht von der Königin.

Ich brauche eine Weile, bis mir klar wird, dass ich nicht die Einzige bin, die kein Gefolge bei sich hat. Als alleiniger Erbe eines gefährdeten Thrones ist seine Sicherheit entscheidend; auch er wird, genau wie ich, unentwegt vor Bedrohungen geschützt. Zwei Mal drehe ich mich um, blicke mich nach Wächtern um, die ihn womöglich heimlich aus der Entfernung im Auge behalten, sehe aber niemanden. Am liebsten würde ich fragen, wo sie stecken, welche Strippen er ziehen musste, um uns scheinbar unbewacht durchs Schloss laufen zu lassen.

Wir betreten die Galerie, und sofort verschwinden die beiden Wachposten am anderen Ende des Raumes durch die Tür. Ich kann mir nicht helfen, ich muss mich dem Prinzen zuwenden und fragend die Augenbrauen hochziehen.

»Ich habe darum gebeten, dass wir unsere Ruhe haben«, sagt er, tritt beiseite und wendet sich den Porträts an der Wand zu.

Er hat um Ruhe gebeten. Und sie wurde ihm ganz einfach gewährt. Ich beneide ihn, bis auch mein Blick auf die Wände fällt.

Es muss unheimlich sein für ihn, diese Vorfahren zu betrachten, denen er so ähnlich sieht. Die Frauen zu sehen, denen seine Schwester vermutlich ebenso sehr gleichen würde, wenn sie noch am Leben wäre. Ich bin schon einmal hier gewesen, in meinen frühen Tagen. Damals führte der König mich herum, zeigte mir ein Porträt nach dem anderen und erklärte mir, wer die darauf abgebildeten Menschen waren. Ich erkenne Carac und Cedany aus dem Lied. Beide recken streng das Kinn in die Höhe.

Das größte Gemälde an der gegenüberliegenden Wand stellt den Vater des Prinzen dar, König Rohese. Merek tritt näher heran, aber ich bleibe hinter ihm, starre stumm zu seiner Familie hinauf. Sollte es zu Lebzeiten irgendwelche Deformationen in ihren Gesichtern gegeben haben, dann haben die Künstler sie klugerweise in ihren Werken ausgelassen. Jedes einzelne Porträt strahlt nur Stolz aus und Eleganz. Ich stelle mich neben den Prinzen vor das Bild seines Vaters.

»Erinnerst du dich an meinen Vater?«, fragt er.

»Nein, Euer Hoheit. Ich hatte nie die Freude, ihn zu treffen.« Ich erinnere mich an gewürztes Bier und an mit Nelken gespickte Orangen, an roten Pfeffer und Forelle. Ich erinnere mich an das, was meine Mutter bei seiner Totenspeisung gegessen hat – Stolz, Eitelkeit, Wut und Eifersucht –, aber lebend bin ich dem Mann nie begegnet. »Ich war damals hier. Mit meiner Mutter. Bei seiner Totenspeisung.«

Er nickt. »Ich erinnere mich. Du hast gesungen ...« Er hält inne, wendet sich mir zu. »Du hast gesungen, während mein Vater tot dagelegen hat.«

»Euer Hoheit, es tut mir so leid«, murmle ich beschämt.

»Du warst noch ganz klein«, fährt er fort. »Ich weiß noch, dass ich mich gefragt habe, ob Alianor, wenn sie gelebt hätte, auch so klein gewesen wäre. Dein Haar war feuerrot. So etwas hatte ich noch nie gesehen. Du warst das erste Kind, das ich jemals zu Gesicht bekommen habe, abgesehen von meiner Schwester.«

Ich muss blinzeln, als ich begreife, was er meint. Er muss damals seinem Stiefvater gefolgt sein, mich ebenfalls beobachtet haben.

»Meine Mutter hat nicht bemerkt, dass ich nicht mehr bei der

Feier war. Ich glaube nicht, dass sie dich gehört hat. Aber ich schon. Ich habe dich gehört. Ich habe dich gesehen. Du warst ganz anders als ich«, sagt er, bevor ich etwas einwerfen kann. »Du konntest singen und lächeln und frei herumlaufen und ich musste trauern und königlich sein. Ich war acht Jahre alt und hatte bereits zwei Monde in Trauer um meine Schwester verbracht. Ich wollte spielen und herumrennen, vielleicht sogar singen, aber nicht schon wieder trauern. Ich kannte meinen Vater kaum; seine Geschäfte mit dem Königreich hielten ihn aus unserer Kinderstube meistens fern. Es ist schwer, um einen Vater zu trauern, der bloß eine Idee war.«

Dass er sich nach vier Jahren des Schweigens danach sehnt, sich mir so offen anzuvertrauen, verunsichert mich. Ich weiß nicht, wie ich ihm antworten soll und ob er es überhaupt von mir erwartet. Ich würde ihm gern sagen, dass ich selbst auch nicht frei war, dass ich für meinen kleinen Ausflug in die Korridore des Schlosses bezahlen musste, als wir in unsere Hütte zurückkehrten. Aber er gibt mir keine Gelegenheit, stattdessen wendet er sich wieder dem Porträt zu.

»Ich sehe ihm ähnlich, nicht wahr? Natürlich sehen wir alle gleich aus – du weißt ja, warum. Meine Schwester, Alianor«, er deutet auf ein sanftes Porträt eines kleinen Mädchens, das ausdruckslos von der Leinwand herabspäht, »hätte wie unsere Mutter ausgesehen, wenn sie am Leben geblieben wäre.«

Als er innehält und seinen Blick zwischen dem Bild seiner Schwester und dem seines Vaters hin- und herwandern lässt, finde ich endlich meine Stimme wieder. »Ihr müsst sie sehr vermissen, Euer Hoheit.«

»Ich kannte sie in Wahrheit kaum. Sie war ein kränkliches Kind, und die meiste Zeit wurde sie von allem ferngehalten, was ihr hätte schaden können. Ich hatte eine ziemlich einsame Kindheit. Wie alt warst du damals, Twylla?«

»Sechs, Euer Hoheit. Es war das Jahr meiner sechsten Ernte.«

»Und jetzt hast du deine siebzehnte Ernte?«

»Ja, Euer Hoheit.«

»Twylla ...« Er wendet sich mir zu. »Würdest du etwas für mich tun?«

»Natürlich, Euer Hoheit.«

»Hör auf, mich Euer Hoheit zu nennen, wenn wir unter uns sind. Schließlich sind wir miteinander verlobt.« Mein Herz setzt kurz aus, aber er schenkt mir ein halbes Lächeln. »Ich heiße Merek. Manchmal fürchte ich, meinen eigenen Namen zu vergessen, weil ich ihn so selten höre. Bitte nenn mich Merek.«

Ich nicke nur, aber er hebt erwartungsvoll die Augenbrauen. »Merek.« Ich koste seinen Namen. Er schmeckt nach den Pfirsichen, die ich als Kind gestohlen habe, wie die Sahne, die man aus der Schüssel leckt, wenn gerade niemand hinschaut. Verboten.

»Besser.« Er nickt. »Das nächste Jahr markiert meine zwanzigste Ernte, wie du weißt. Nicht, dass das Erntemaß in diesem Schloss viel zu bedeuten hätte. Ich habe nicht geholfen, die Ernte einzufahren in meinem achtzehnten Jahr. Das bedeutet wohl, dass ich immer noch kein wahrer Mann bin.«

Er wendet sich wieder ab, geht die Galerie hinunter und nach einem Augenblick folge ich ihm. Noch einmal bleibt er vor einem kleinen Porträt stehen. Die junge Frau darauf sieht Alianor unheimlich ähnlich.

»Das ist meine Großmutter, die Tochter von Carac und Cedany. Sie hatte das Glück, ihre Kindheit zu überleben – man hätte es nie von ihr geglaubt.«

»Habt Ihr sie gut gekannt, Euer ... Merek?« Ich probiere den Namen noch einmal.

»Überhaupt nicht. Sie starb vor meiner Geburt. In unserer Familie ist es üblich, ein kurzes Leben zu haben, trotz unserer Position. Ich weiß gar nicht, warum.« Seine Worte klingen bitter. »Sie brachte die Hunde an den Hof, weißt du. Sie hatte von ihnen gehört und wollte sie in Aktion sehen. Sie führte die Idee ein, unsere Feinde zu jagen. Meine Großmutter. Was war sie doch für eine liebreizende Frau.«

Ich muss daran denken, wie ihr Mann ihren Finger fand nach ihrem Tod. Ob er die Anschaffung der Hunde in diesem Augenblick bereut hat?

Merek runzelt die Stirn und nickt. »Wir sollten jetzt gehen. Die Vorbereitungen werden wohl abgeschlossen sein, und dies ist sowieso nicht gerade mein Lieblingsort.«

Ohne ein weiteres Wort rauscht er aus der Galerie hinaus, sodass ich mich beeilen muss, ihn einzuholen. Hinter mir höre ich, wie die Wachen zurückkehren, sobald er die Schwelle überschritten hat.

Er spricht kein Wort auf dem Weg zurück. Er macht lange, schnelle Schritte, und ich muss die Röcke anheben, damit ich nicht stürze, während ich ihm nacheile. Die Korridore sind jetzt viel belebter. Scheinbar hat sich das Gerücht bereits verbreitet, dass der Prinz und ich zusammen unterwegs sind, und alle wollen uns sehen. Aber er marschiert voran, ohne auf die Grüße der Höflinge zu reagieren. Auch ich werde gegrüßt, aber dabei drücken sich alle rasch gegen die Wand.

Ich achte jedoch nicht weiter darauf. Ich bin zu sehr damit beschäftigt, darüber nachzudenken, warum der Prinz mich in die Ahnengalerie führt, wo sie ihn doch so offensichtlich bedrückt. Es kommt mir merkwürdig vor, sich Ruhe und Freiheit zu wünschen und dann an einen Ort zu gehen, den man hasst. Warum kommt man nur auf solch eine Idee?

Kapitel 8

Lief steht steif und formell vor meiner Tür, sein Gesicht ist bloß eine Maske. Er öffnet die Tür, und Merek tritt ein, ohne ihn zur Kenntnis zu nehmen. Aber als ich an ihm vorbeikomme, zwinkert er mir zu. Diesmal ist es eindeutig. Er drückt das linke Auge zusammen, und ich muss mir auf die Zunge beißen, um nicht zu lächeln.

Neben dem Fenster steht ein gedeckter Tisch, mein kleiner Schreibtisch ist zum Bett hinübergeschoben worden. Kerzen flackern sanft und ihr Schein spiegelt sich im Silber der Teller und des Bestecks. Das Licht lässt auch das heilige Bild erstrahlen. Kelche und Gläser stehen bereit, in der Mitte eine Vase mit schlichten Tuberosen und Gänsefingerkraut. Hübsch ist das, und ich bin gerührt von Mereks Bemühen um eine weniger formelle Dekoration.

Selbstbewusst durchquert er den Raum und bietet mir einen Platz am Tisch an. Als er sich mir gegenübersetzt, nickt er Lief zu, der daraufhin Wein einschenkt, als hätte er sein ganzes Leben nichts anderes getan. Als das erledigt ist, zieht er sich zurück und lässt mich mit Merek allein.

Der Prinz mustert mich von der anderen Seite des Tisches mit zur Seite geneigtem Kopf. Dabei nippt er nachdenklich an seinem Wein, und ich tue so, als würde ich eingehend die Blumen betrachten.

»Wenn ich ganz offen sein darf: Diese Farbe wird dir nicht gerecht. Das Kleid sieht aus wie eines, das meine Mutter tragen würde.«

»Die Königin hat es für mich ausgesucht«, gebe ich zu. »Leuchtende Farben, vor allem Rot, gefallen ihr. Sie meint, es sei genau die richtige Farbe für Daunen. Und dass es dem König gefällt.«

»Meiner Mutter ist es egal, was dem König gefällt.«

Ich schaue weg und hebe mein Glas an die Lippen.

»Mache ich dich verlegen?«, fragt er. »Ich vermute, das muss ich wohl – wenn irgendein anderer so etwas sagen würde, wäre es schließlich Hochverrat.«

»Ihr dürft sagen, was Euch beliebt.«

»Euer Hoheit. Du sagst es nicht, aber ich höre es trotzdem.« Sein Grinsen ist leicht verzerrt. »Vergib mir, Twylla. Ich habe nicht oft Gelegenheit, offen mit Menschen zu sprechen. Aber du wirst das bestimmt verstehen; deine Lage ist ja nicht viel anders als meine. Wir haben beide keine Freunde, keine Vertrauten. Es gibt in ganz Lormere niemanden wie uns. Dadurch hat man einen anderen Blick auf die Welt, glaube ich.« Er nimmt noch einen Schluck von seinem Wein. »Findest du das nicht auch ermüdend, Twylla? So sehr in deinem eigenen Kopf leben zu müssen? Ich weiß, du hast deine Götter, aber sind die genug? Geben sie dir die Antworten, die du brauchst?«

Ich weiß nicht, ob er wirklich eine Erwiderung hören möchte. Er sagt Dinge, denen ich unmöglich zustimmen kann, sosehr ich es auch möchte. Er redet mit mir, als wären wir schon unser ganzes Leben lang Freunde, und das ist zu viel, zu früh. Ich wünschte, Lief würde das Essen bringen. Oder dass die Kerze umfallen und das Tischtuch in Brand setzen würde, alles, nur um ihn zum Schweigen zu bringen.

»Ich habe keine Freude daran«, fährt er fort. »Und ich kann mir nicht vorstellen, dass es irgendjemandem anders gehen würde. So allein zu sein, hier, an einem Hof voller Menschen. Ich war das einzige Kind in meiner hohen Stellung, bis sie dich zu uns gebracht haben. Niemand sonst in meinem Alter, keine Spielkameraden, überhaupt niemand, abgesehen von der endlosen Zahl von Lehrern und Gouvernanten. Immer jemand um einen herum und doch einsam ... Wir sind uns ähnlich, du und ich.«

Immer noch sage ich nichts. Mir brennen schon die Augen, weil ich so unverwandt auf das Tischtuch starre.

»Du antwortest nicht? Wie du willst. Aber so ist es. Selbst auf meiner großen Reise wahrten alle stets respektvolle Distanz zu mir. Man sollte doch annehmen, zwei gemeinsame Ernten unterwegs würden aus unserer Reisegesellschaft eine Gruppe von Kameraden gemacht haben, aber leider: nein. Bei dir ist es dasselbe – die Leute halten immer Abstand.«

»Habt Ihr Eure Reise genossen?«, frage ich. Vielleicht wird ihn ja dieses Thema davon abhalten, unser Leben auseinanderzunehmen.

Er schaut mich mit undurchsichtiger Miene an. »Sie hat mir die Augen geöffnet.«

Er hebt eine Hand, schnippt mit den Fingern, und schon taucht Lief in der Tür auf. »Wir sind bereit«, sagt Merek, bevor er wieder mich anschaut. »Und ich verstehe jetzt auf jeden Fall besser, wie so ein Königreich funktioniert ...«

Er hält inne, weil Lief unser Essen hereinbringt und unsere Gläser auffüllt. Merek beachtet ihn nicht, wartet nur darauf, dass er den Raum verlässt und die Tür hinter sich schließt, bevor er wieder das Wort ergreift. »Es ist ein ganz einfaches System: In Lormere wird das Land von den Lords verwaltet, die im Kronrat zusammenkommen. Meine Mutter und mein Stiefvater beraten sich dort mit ihnen und hören sich ihre Berichte aus den einzelnen Landesteilen an, was es für Bedrohungen und Konflikte mit der Bevölkerung gibt, und Ähnliches. Und dann werden Entscheidungen darüber getroffen, wie man damit umgehen will. Meine Mutter gibt einen Erlass heraus, versiegelt ihn, und die Lords sorgen dafür, dass er umgesetzt wird.«

»Und das ist alles?«

»Sozusagen. Jeder Lord verwaltet einen Teil des Landes – Lortune, Monkham, Chargate, Haga und so weiter. Sie bestimmen die Priester, die Gesetzeshüter und Friedensrichter, überwachen die Gerichte, halten Audienzen für ihre Untertanen ab und so weiter. Im Gegenzug dafür zahlt man ihnen den Zehnten als Steuer. Und von diesem Zehnten wiederum zahlen sie einen Anteil an uns, damit ihnen ihre Positionen und Titel erhalten bleiben.«

Ich schaue auf meinen Teller, auf dem Austern in einem Sud aus Butter und Schnittlauch schwimmen. Austern werden für unmäßige Eifersucht gegessen; alle Meeresfrüchte verweisen in irgendeiner Form auf Eifersucht. Ich entschließe mich, dieses Gericht erst einmal unangetastet zu lassen.

»Scheint doch ein ordentliches System zu sein.«

Er nickt, hebt eine Auster und schlürft sie. »Zumindest ist es ordentlicher als in Tregellan, so viel steht fest.«

»In welcher Hinsicht?«

»Sie haben keine Monarchie dort – sie ist nach dem Krieg nie wieder eingeführt worden. Sie werden nun von einem Rat beherrscht, in den jeder ihrer Bezirke einen Vertreter schickt. Sie stimmen gemeinsam über Beschlüsse und Gesetze ab; kein einzelner Mann und keine einzelne Frau kann allein die abschließende Entscheidung treffen, deshalb dauert es manchmal Tage, bis sie sich zu etwas durchringen. Es gab auch schon Fälle, die überhaupt nicht geklärt werden konnten, da es keine klare Mehrheit gab. Das ist ineffizient.« Er lächelt gehässig, und mir fällt die Bemerkung der Königin auf der Jagd wieder ein, als er ihr dasselbe erzählt hat.

»Wie auch immer«, fährt er fort, »in Sachen Medizin sind sie uns Jahre voraus, und sie haben Alchemisten, was einer der Gründe dafür ist, dass ich versucht habe, gute Beziehungen zu ihnen aufzubauen. Es ist nicht leicht, ihnen ihre Geheimnisse zu entlocken, aber wenn es einen Punkt gibt, bei dem ich mir mit meiner Mutter einig bin, dann, dass wir hier in Lormere dieses Wissen ebenfalls benötigen. Ich hoffe, dass Tregellan eher dazu bereit sein wird, die Kenntnisse mit uns zu teilen, wenn wir beide erst einmal regieren.«

Seine Worte bringen meine Haut zum Prickeln. *Wenn wir beide regieren.*

»Habt Ihr einen der Alchemisten getroffen?«

Seine Augen leuchten auf, und er lehnt sich vor, wobei er fast seinen Ellbogen auf den Teller aufstützt. »Habe ich. Einen Mann, schwer bewacht. Sie haben mir gestattet, einem Teil des Prozesses beizuwohnen. Nichts, was für meine Mutter irgendwie zu gebrauchen wäre – zu ihrer großen Enttäuschung. Die wirkliche Arbeit war schon abgeschlossen, bevor man mir erlaubt hat, das Laboratorium zu betreten. Aber die letzten Transformationen habe ich mitangesehen. Ich habe gesehen, wie sie Gold gemacht haben. Tregellans Reichtum wird nie versiegen. Ich wünschte, dass wir diese Fähigkeiten auch hätten.«

Er hebt eine weitere Auster, lässt sie sich in die Kehle hinuntergleiten und wirft die Schale in ein kleines Gefäß. »Wir sind das einzige Königreich in unseren Gefilden, das die Geheimnisse der Alchemie nicht kennt. Tregellan blüht deswegen. Selbst Tallith hat früher darauf zurückgegriffen, und sie waren reicher, als wir es jemals sein werden. In Tallith war es eine königliche Berufung,

Alchemist zu werden. Nur Herrscher von königlichem Geblüt durften diese Kunst ausüben.«

»Ist es das, was Ihr wollt?«, frage ich ihn. »Ein wohlhabendes Königreich?«

»Ist das falsch? Dass ich möchte, dass es meinem Volk gut geht? Dass ich Nahrung und Medizin für all meine Untertanen sicherstellen will?«

»Nein, das ist gut.« Ich zögere.

»Hältst du mich für gierig?«

»Das habe ich nicht gesagt ...«

»Man kann viel sagen, ohne zu sprechen«, gibt er zurück und nimmt einen tiefen Schluck aus seinem Glas.

»All die Reichtümer haben Tallith nicht vor seinem Fall bewahrt«, sage ich leise.

Merek sieht geistesabwesend aus und greift zu einer weiteren Auster, legt sie jedoch gleich wieder ab. »Ja, das stimmt wohl. Ich habe es gesehen, weißt du. Das alte Schloss. Die Münze, die ich meiner Mutter geschenkt habe, hatte ich dort gefunden.«

»Wie war es dort?«, frage ich, verzweifelt darum bemüht, die Spannungen zwischen uns wieder abzubauen.

Er nimmt dieselbe Auster noch einmal in die Hand und starrt sie an, ohne sie zu essen. »Alles war zerstört. Man würde es nicht für möglich halten, dass vor fünfhundert Ernten dort einmal das Zentrum der Welt lag. Das Schloss ist eine Ruine, nur noch ein Turm steht und zwei der Mauern, die einst ihren Thronsaal umgaben. Abgesehen von den Überresten ihrer Gläsernen Halle ist alles dem Meer anheimgefallen oder von Bäumen überwachsen.«

»Nichts ist übrig geblieben?« Mich durchfährt ein Schaudern. Wie kann ein ganzes Königreich untergehen? Wie konnten die Götter es so vollkommen im Stich lassen? Wieder muss ich an die Jagd denken und an Lord Bennel. Im nächsten Moment höre ich mich fragen: »Gab es irgendwelche Spuren vom Schlafenden Prinzen?«

Mereks Augen werden schmal. »Nicht auch noch du. Das ist doch bloß ein Märchen, Twylla.«

Ich schiebe meinen Teller weitaus schwungvoller von mir weg, als ich wollte, sodass die geschmolzene Butter auf das Tischtuch tropft. »Ich meinte nicht das Märchen, ich meinte die wahre Geschichte Talliths. Es gab ihn doch wirklich, oder?« Ich weiß nicht mehr viel, nur, dass die Legende zum Teil der Wahrheit entsprungen sein soll. Der letzte Erbe des Throns wurde krank, und das Königreich ging auch deshalb unter.

»Verzeih«, sagt Merek rasch und beugt sich ernst über den Tisch. »Das war grob von mir. Du hast recht, natürlich, die Geschichtsschreiber aus Tallith sagen, dass der Erbe des Throns einer Art Schlafkrankheit zum Opfer gefallen sein soll. Und da er nicht mehr regieren und auch die Schatzkammern nicht mehr auffüllen konnte, brachen Kriege und Chaos aus, und das hat das Königreich zerstört. So ist es überliefert.«

Wieder trinkt er aus seinem Glas. »Aber wir sollten dieser Geschichte nicht zu viel Bedeutung beimessen«, fügt er hinzu. »Uns wird es nie so ergehen wie dem Volk von Tallith, Twylla. Vor allem weil wir nie solche Reichtümer haben werden. Wir haben so lange Zeit ohne Alchemie überlebt. Und ich würde wagen zu behaupten: Wenn wir einfach ohne sie weitermachen, wären wir auch nicht schlechter dran. Aber ich möchte für Lormere das Beste und ich werde dafür kämpfen.« Er schaut mich forschend an. »Ich habe dir erzählt, was ich alles erfahren habe, nun musst du mir aber auch erzählen, was du in diesen letzten zwei Ernten getan hast.«

Ich zögere, bevor ich antworte. »Ich habe gesungen und meine Pflichten als Daunen erfüllt.«

»Und das ist alles? Hast du irgendwelche höfischen Künste

gelernt? Das Tanzen oder die Harfe zu spielen? Hast du lesen gelernt?«

»Es war nicht viel Zeit übrig«, erwidere ich und er runzelt die Stirn.

»Nein, natürlich nicht. Ich nehme an, es ist sehr anstrengend, sich um die Verräter zu kümmern. Zum Glück gibt es in diesem Mond niemanden, den du hinrichten musst. Zumindest bis jetzt.«

Seine Augenbrauen sind zusammengezogen und sein Kiefer ist ganz angespannt vor Wut oder Ekel. Ich spüre, dass mein Gesicht wieder zu glühen beginnt.

Dann seufzt er und schiebt auch seinen Teller von sich. »Vergib mir auch diesmal.« Er greift zu der Karaffe und schenkt sich nach. »Was ist nur aus den zwei Kindern geworden, die so sehr lachen mussten über die Pusteblumen?«, fragt er leise. »Sind sie für immer verschwunden, was meinst du?«

Ich kann ihn nicht anschauen.

Nach einem Augenblick schnippt er erneut mit den Fingern. Lief eilt herein und räumt unsere Teller ab. Ich frage mich, ob er später wieder mit mir schimpfen wird, weil ich meine Austern nicht gegessen habe. Kurz darauf kehrt er mit weiteren Speisen zurück: Täubchen, Fenchel, Schalotten, Pastinaken in Sauce.

Merek spricht nicht, schaut mich auch nicht an, beginnt einfach damit, methodisch mit dem Messer sein Essen zu zerteilen. Zwischen den Bissen nimmt er Schlucke aus seinem Glas, und ich folge seinem Beispiel, dankbar, etwas zu tun zu haben. Als er sein Messer ablegt, lege ich meines ebenfalls ab, obwohl mein Teller noch nicht leer ist.

»Möchtest du, dass ich gehe?«

»Euer Hoheit?«

»Merek! Ich habe dich doch gebeten, mich Merek zu nennen! Wenn du dir deine Worte schon so sparsam einteilst, dann benutz doch wenigstens meinen Namen, wenn du dich dazu herablässt zu sprechen. Du wirst meine Frau sein, nenn mich Merek.«

Mitten in diesem Ausbruch höre ich, dass Lief im Begriff ist, den Raum zu betreten, aber rasch die Tür wieder schließt. Ich werfe einen Blick in seine Richtung und frage mich, wie viel er wohl mitgehört hat.

»Es tut mir leid«, sage ich. »Ich weiß nicht, wie …«

»Wie *was*? Wie du mit mir reden sollst? Rede doch einfach. Sei entspannt, bitte. Wir sind einander versprochen, oder nicht? Wir sollten miteinander reden, uns einander anvertrauen. Bei den Göttern – wir sollten Trost im anderen finden! Ich weiß, wie die Rolle der Gottgleichen Daunen aussieht, Twylla. Ich habe sie studiert, und ich weiß, was du tust.«

Ich nicke. Hätte ich ihn doch nur gebeten zu gehen. Ich will nicht darüber reden, nicht mit ihm und auch mit sonst niemandem.

»Du hasst es«, sagt er ausdruckslos und ich schaue auf. »Die Hinrichtungen. Ich kann es dir nicht verübeln. Meine Mutter hat mir gesagt, dass es dir zuwider ist. Sie weiß es.«

Ich bin überrascht. Seit Tyrek habe ich nichts dazu gesagt, mir nichts anmerken lassen, zumindest habe ich das geglaubt.

»Ich habe sie gebeten, dem ein Ende zu setzen«, sagt er. Ich bin verblüfft von diesem Eingeständnis und schaue ihn mit großen Augen an.

»Sie weigert sich«, fährt er fort. »Nicht, bis wir verheiratet sind. Es ist eine von Daunens Pflichten, aber …« Er unterbricht sich mit halb geöffnetem Mund und lehnt sich vor. Ich warte, dass er weiterspricht, aber er schüttelt nur den Kopf und hebt wieder sein Glas. »Du darfst deswegen kein schlechtes Gewissen haben. Es sind Verräter. Wir werden auch Todesurteile fällen müssen, wenn wir regieren.«

»Ich weiß«, sage ich schließlich. »Das ist es nicht. Nicht das allein.«

»Was dann?«

»Ist es eine Sünde?«, frage ich zaghaft. »Ist es nicht eine Sünde, ein Leben zu nehmen, ganz gleich aus welchem Grund?«

»Ich verstehe dich nicht.«

»Als meine Mutter zur Totenspeisung des alten Henkers ging, musste sie Krähe essen. Sie steht für die Sünde des Mordes. Ich möchte nicht, dass meine Schwester ...« Ich bremse mich, halte inne und hebe mein Weinglas.

»Du möchtest nicht, dass deine Schwester für deine Sünden eine Krähe verspeisen muss«, sagt er. Ich nicke.

»Ich möchte nicht, dass sie das tun muss.« Ich bin mir gar nicht sicher, ob ich die Krähe meine oder die Speisung an sich.

Es ist immer schmerzhaft, über Maryl zu sprechen, nur an sie zu denken. Sie hat mir immer nähergestanden als meine Mutter. Jedes Mal, wenn um unsere Hütte herum ein Sturm wütete, kuschelte sie sich an mich. Immer habe ich sie an mich gedrückt, wenn sie vor Angst zitterte. Ich kümmerte mich um die Splitter und Schürfwunden, die sie sich zuzog. Ich habe ihr Zahnfleisch mit Nelken eingerieben, als sie zahnte. Ich habe mir ihre Haare um die Finger gewickelt, damit es in Locken um ihren Kopf herumtanzte. Sie war wunderhübsch, meine kleine Schwester, mit ihren weißblonden Locken, ihrem süßen Lächeln und der kleinen Lücke zwischen ihren Vorderzähnen. Sie war ein Sonnenschein und eine reine Freude, und in meinem ganzen ersten Jahr hier auf dem Schloss habe ich um sie geweint. Nur ihretwegen ertrage ich es zu tun, was die Königin von mir verlangt.

»Du vermisst deine Schwester?«, fragt Merek. Ich nicke. »Und deine Mutter?«

Ich muss nach Worten ringen. »Für sie kamen die Totenspeisungen immer zuerst. Wir mussten uns meistens um uns selbst kümmern. Wenn sie nicht gearbeitet hat, hat sie sich in ihr Zimmer zurückgezogen, um sich auszuruhen und über all die Sünden nachzudenken, die sie auf sich genommen hatte.«

Ich muss an die Dorfbewohner denken, die immer rasch irgendwelche Zeichen mit ihren Fingern machten, wenn wir an ihren Häusern vorbeikamen, weil sie glaubten, dass wir Unglück brachten. Ich erinnere mich an die Blicke der anderen Kinder, wenn ihre Eltern sie von uns wegzogen. Ich muss an die Nacht denken, als meine Mutter meine Schwester zur Welt gebracht hat, und wie die Hebamme nicht kommen und ihr helfen wollte und ich es tun musste. Ich erinnere mich an das Blut und den durchdringenden Geruch der Eingeweide und wie meine Mutter brüllte – wie ein brünftiger Hirsch. Ich sehe noch, wie das Fleisch ihrer Schenkel erbebte, während sie presste, und wie ich meine Hände vorstreckte, um Maryl aufzufangen, als sie aus dem Schoß meiner Mutter kam. Mein Gesicht war das Erste, was sie sah. Ich habe den Schleim von ihren Augen und ihrem Kopf geputzt.

Und nun bin ich nicht einmal mehr sicher, ob ich sie in einer Menschenmenge erkennen würde. Weil ich sie verlassen habe. Und ganz gleich, ob das nun Essen und Geld ins Haus bringt, es bedeutet auch, dass sie die nächste Sündenesserin werden muss. Ich hätte es sein sollen, aber ich bin fortgegangen.

»Sie hat eine Aufgabe zu erfüllen«, füge ich schließlich hinzu. »Ihre Berufung ist ihr Leben.«

Er starrt mich an und nickt langsam mit dem Kopf. »Ich habe doch gesagt, dass wir uns ähnlich sind, nicht wahr?«

»*Ihr* seid das Leben Eurer Mutter«, erwidere ich. »Sie vergöttert Euch, das müsst Ihr doch wissen. Sie lebt für Euch.«

»Sie versucht zumindest, mein Leben zu bestimmen«, sagt er.

»Ich meinte nicht …«

»Ich weiß, was du gemeint hast.« Wieder hebt er sein Glas, stellt aber stirnrunzelnd fest, dass es leer ist. »Wie heißt dein Wächter?«

»Lief.«

»Lief«, ruft er. Lief öffnet die Tür, die Augenbrauen höflich fragend erhoben. »Wir sind fertig. Räum ab. Twylla, möchtest du noch ein Dessert?«

Ich schüttle den Kopf. Es ist mir peinlich, wie er Lief behandelt.

»Na schön. Räum die Teller ab. Bring mehr Wein.«

Ich kann spüren, wie Lief sich versteift, auch wenn er tut, was von ihm verlangt wird. Merek scheint es nicht aufzufallen. Als die Teller verschwunden sind und der Wein aufgefüllt ist, hebt er erneut sein Glas.

»Wovon träumst du, Twylla?«

»Ich? Ich ... von gar nichts. Ich habe doch alles.«

»Das glaube ich nicht. Du musst doch irgendwelche Träume haben – jeder hat doch welche.«

»Ich möchte ... ich möchte glücklich sein.« Sofort wird mir klar, wie dumm es ist, so etwas zu sagen.

Doch zu meiner Überraschung nickt er und ein Lächeln umspielt seine Lippen. »Ich möchte auch glücklich sein.«

Er bleibt nicht mehr lange und wir sprechen auch nicht mehr vom Tod oder von Träumen. Stattdessen erzählt er mir von seinen Zeichnungen und dem Unterricht, den er als Kind bekommen hat. Ich wiederum erzähle ihm von meiner Sorge um Dorin, und er verspricht mir, nach ihm zu sehen und sich darum zu kümmern, dass er die Behandlung bekommt, die er braucht. Es ist einfacher, wenn er auf diese Weise mit mir spricht, und wenn unsere Ehe so sein wird, dann wird es mir nicht schwerfallen, sie auszuhalten.

Als er seinen Wein ausgetrunken hat, ruft er Lief erneut herein und fordert ihn auf, nach seinen Wachen zu schicken und nach den Dienstboten, die in meinem Gemach wieder für Ordnung sorgen sollen.

Wir stehen schweigend nebeneinander und sehen dabei zu, wie die Mägde eilig die Gläser, die Kerzenständer und die Vase forträumen. Zwei von Mereks Wachen tragen Tisch und Stühle hinaus und schieben dann mit Liefs Hilfe meinen eigenen Tisch zurück neben das Fenster. Als sie fertig sind, wenden sie sich Merek zu.

»Wartet draußen auf mich«, befiehlt er, und gefolgt von Lief, verlassen sie den Raum.

»Hat dir dieser Abend gefallen, Twylla?«, fragt er.

»Das hat er, Merek.«

»Lügnerin«, sagt er sanft. »Es wird einfacher werden.«

Er verbeugt sich vor mir und dann ist er auch schon verschwunden. Die Tür steht noch offen. Ich starre ihm hinterher und hoffe nur, dass er recht hat.

Lief tritt ein und zieht die Vorhänge an meinem Bett auf. Er schlägt die Decke zurück und zündet die Kerze auf dem Hocker neben dem Bett an, aber seine Bewegungen sind abgehackt und aggressiv.

»Ich danke Euch«, sage ich sanft.

Lief schnauft. »Mylady.«

»Geht ... geht es Euch gut?«

»Vollkommen, Mylady«, entgegnet er steif.

Ich sehe ihm dabei zu, wie er meine Bettdecke so wütend aufschüttelt, als habe sie ihn tödlich beleidigt. »Es tut mir leid«, sage ich, »wenn er Euch grob vorgekommen ist. Er hatte sein ganzes Leben lang Dienstboten um sich – sie sind jetzt unsichtbar für ihn.«

Das hätte ich wohl nicht sagen sollen, jedenfalls schüttelt Lief zornig den Kopf. »Unsichtbar? Ich weiß, dass er ein Prinz ist und ich ein Wächter, aber ich bin auch ein Mensch, genau wie er. Wir unterscheiden uns überhaupt nicht, wenn man von dem Titel absieht.«

Ich seufze. »Lief, so was dürft Ihr nicht sagen.«

»Ich würde es auch lieber nicht sagen«, murmelt er. »Verzeiht mir, ich weiß, Ihr seid ihm versprochen.«

»Das ist nicht der Grund, Lief. Er ist gesalbter Prinz und eines Tages wird er König sein. Die Königin wäre wütend, wenn sie Euch so sprechen hörte.«

»Es ist noch kein Hochverrat, wenn man feststellt, dass jemand ein Schwein mit schlechten Manieren ist.«

Ich starre ihn an. Er wird hingerichtet werden, wenn er nicht lernt, den Mund zu halten. Und wer auch immer seine Sünden verspeisen muss, wird schlimme Bauchschmerzen bekommen von all dem roten Pfeffer, der für seine ganze Wut steht. Wenn ihm denn überhaupt eine Speisung zugestanden wird.

»Ihr müsst lernen, Euer Temperament zu zügeln, Lief.«

»Ich zügle es schon.«

»Nein, das tut Ihr nicht. Ihr habt den Prinzen ein Schwein genannt.«

»Na ja, er ist doch eins.«

»Lief, wenn die Königin ...«

»Ach, die ...«, sagt er abfällig und wieder sackt mir die Kinnlade herunter.

»Seid vorsichtig, Lief«, entgegne ich langsam. »Gebt acht! Ich habe Euch doch erzählt, dass einer der Lords sterben musste, weil er ihr nicht gehorcht hat. Ich habe Euch nicht gesagt, wie er gestorben ist. Sie hat die Hunde auf ihn losgelassen. Sie hat ihm befohlen, in den Wald zu rennen, und dann hat sie die Tiere auf ihn gehetzt. Weil er das Verbrechen begangen hatte, während meines Gesanges zu flüstern. Und dann haben sie ihn zerfleischt und wir mussten zuhören. Jeden einzelnen Schrei haben wir gehört, jedes Zerbrechen seiner Knochen und das Schmatzen der Tiere.

Und wisst Ihr, was sie gesagt hat? Sie hat mir befohlen, lauter zu singen. Es mit meinem Gesang zu übertönen.«

Sein Mund öffnet sich, schließt sich aber rasch wieder. Ich kann sehen, wie seine ganze Dreistigkeit verfliegt, während er meine Worte abwägt.

»Und Ihr wisst, wer ich bin. Was ich tun kann. Wollt Ihr, dass ich meine Hände auf Euch lege, während Ihr an einen Stuhl gefesselt seid? Wollt Ihr, dass ich auf ihren Befehl hin Euer Leben nehme, weil Ihr Hochverrat begangen habt? Ich musste den einzigen wahren Freund, den ich in meinem Leben je gehabt habe, hinrichten, weil er den Thron von Lormere verraten hat. Ihr könntet leicht der Nächste sein, wenn Ihr nicht aufpasst. Euer Leichtsinn muss ein Ende haben. Ich gehöre zu ihnen, Lief. Ich werde den Prinzen heiraten.«

Mein Atem geht stoßweise und mein Gesicht hat sich erneut gerötet. Lief schaut mich an, als wäre ich ein Ungeheuer, und vielleicht bin ich das auch. Wenn das nötig ist, damit er versteht, dann soll es so sein. Ohne ein weiteres Wort verneigt er sich und marschiert aus dem Raum.

Kapitel 9

Wie es aussieht, hat Lief mich endlich verstanden, denn er ist zu dem Wächter geworden, der er von Anfang an hätte sein sollen. Das habe ich nun davon.

»Habt Ihr irgendetwas von Dorin gehört?« Ich versuche, unsere Beinahe-Freundschaft mit meiner alten Eröffnungsfrage neu zu entfachen. Aber Lief dreht mir den Rücken zu und stapelt emsig Feuerholz aus einem Korb neben meinem kleinen Kamin auf.

»Es steht alles unverändert mit ihm. Sie tun, was sie können, Mylady.«

»Hat er irgendeine Nachricht geschickt?«

»Nein, Mylady.«

»Sagt bitte den Mägden, sie sollen ihm meine besten Wünsche ausrichten. Und ihm sagen, dass ich mich nach ihm erkundigt habe.«

»Ja, Mylady. Wäre das alles?« Er dreht sich um und schaut mich ausdruckslos an. Ich nicke, und als er die Tür hinter sich schließt, zucke ich zusammen.

Es tut weh. Noch schlimmer ist aber, dass ich mich wie eine

Heuchlerin fühle, weil ich ihm gesagt habe, er solle seine Wut zügeln. Dabei bin ich selbst so wütend auf meine Mutter und auf die Königin und auf Dorin und auf Tyrek. Ich bin wütend auf mich selbst. Und manchmal bin ich sogar wütend auf die Götter, weil ich sie, eingesperrt in diesem Raum, nicht spüren kann und sie doch so dringend brauche. Was wollen sie von mir? Was soll ich aus alledem lernen?

»Uns steht es nicht zu, Fragen zu stellen«, hat meine Mutter einmal zu mir gesagt. »Daeg schenkt Leben, wo er es für richtig hält, und Naeht, in ihrer ewigen Eifersucht, nimmt es, wo es ihr angebracht erscheint. Sie allein kennen das Geheimnis des Gleichgewichts, in dem wir leben. Es ist ein vollkommener Kreis. Es ist nicht an uns, ihre Entscheidungen zu verstehen. Wir müssen nur akzeptieren, dass es der Götter Wille ist.«

Ich habe sie immer und immer wieder um Vergebung für meine Wut gebeten. Aber ich fürchte, nicht nur auf Liefs Totenspeisung wird es schrecklich viel roten Pfeffer zu essen geben. Auch wenn es mich geschmerzt hat – er musste einfach verstehen, wie dieser Hof funktioniert. Ich werde nicht noch einen Freund töten. Das würde ich nicht überleben.

Ich stehe in meinem Gemach und singe die »Ballade von Lormere« vor mich hin, während ich mich ankleide. Meine Stimme klingt angestrengt, und der schwarze Rauch, der durch mein Fenster gekrochen kommt, macht es nicht besser. Ein weiterer Scheiterhaufen, auf dem jemand bestattet wird. Ich weiß nicht, wer gestorben ist oder warum, aber ich hoffe, derjenige wird mehr Frieden finden als ich in letzter Zeit.

Als es an der Tür klopft, erwarte ich Lief, doch er ist es nicht. Ein fremder Wächter steht vor mir. Mit weißem Gesicht, die

Mundwinkel angewidert nach unten gezogen, informiert er mich darüber, dass die Königin ihm befohlen hat, mich abzuholen und zu ihr zu führen. Hoffnung steigt in mir auf, dass sie ihn mir fest zuteilen und ich so meine Freiheit wiedererlangen werde, doch sein Gesichtsausdruck verrät mir, dass ich gar nicht falscherliegen könnte.

Scheinbar hat die Königin nicht gelogen, und es ist wirklich niemand bereit, als mein Wächter zu dienen. Ich frage mich, was dieser Mann verbrochen hat oder womit ihm gedroht wurde, um ihn dazu zu bringen, sich heute an meine Seite zu begeben. Dann stelle ich fest, dass er allein ist, und Panik überfällt mich. Deswegen ruft sie mich zu sich; Lief hat ebenfalls gekündigt. Er verlässt mich, ich bin zu weit gegangen, ich habe ihn verloren.

»Wo ist mein anderer Wächter?«, frage ich.

»Hier«, ruft Lief, als er die letzten Treppenstufen heraufgeeilt kommt. »Verzeiht mir. Ich habe noch mein Schwert geschliffen.«

Dass ich so erleichtert sein würde, hätte ich nicht gedacht.

Wir gehen durch die Säle, in denen Ruhe herrscht, aber kein Frieden. Überall riecht es nach dem verbrannten Fleisch vom Scheiterhaufen. Auf schreckliche Weise gleicht der Geruch dem eines Schweins am Spieß. Etwas liegt in der Luft, durchschneidet scharf den Gestank, etwas ganz Eigenes. Die Sonne scheint, lässt den Staub auffunkeln, den mein Kleid von den Teppichen aufwirbelt, und der Himmel vor den Fenstern ist klar. Es kommt mir vor, als würde das Schloss den Atem anhalten.

Aus Gewohnheit wende ich mich der langen Galerie zu, aber der Wächter der Königin behält seine Gehrichtung bei und weicht mir nicht aus. Es passiert so rasch, dass ich nicht mehr rechtzeitig stehen bleiben kann. Aber Lief ist schnell, schneller als wir beide, und stößt den Wächter beiseite, als nur noch ein Fingernagel zwischen ihm und mir ist. Entsetzt werfe ich mich gegen die Wand, so hart, dass mir der Atem wegbleibt. Der Wächter zieht sein Schwert und richtet es wütend auf Lief, dessen Gesicht ebenfalls vor Zorn aufglüht.

»Du wagst es …« Weiter kommt er nicht, bis Lief ihn abwehrt. »Du Narr«, zischt er. »Willst du sterben?«

Mit einem Blick des Entsetzens steckt der Wächter sein Schwert zurück in die Scheide, aber Lief ist mit seinem Wutausbruch noch nicht am Ende. Er hat die Fäuste geballt, und seine Arme zittern, so als müsste er sich angestrengt davon abhalten zuzuschlagen.

»Was für ein Idiot muss man sein, um nicht zu wissen, wie man eine Dame eskortiert – besonders diese Dame? Um in den Südturm zu kommen, wo die königlichen Gemächer sind, halten wir uns südlich. Dein Fehler hätte dir das Leben gekostet, wenn ich dich nicht gerettet hätte. Du würdest jetzt zitternd auf dem Boden liegen und aus der Nase bluten, würdest verrecken wie eine vergiftete Ratte.«

Der Wächter lässt seinen Blick zwischen Lief und mir hin- und herhuschen. Ich habe meine Hände an den Körper gepresst, kann kaum atmen. Es ging so schnell, ich habe es überhaupt nicht kommen sehen.

»Verzeiht.« Die Stimme des Wächters kommt ins Schwanken.

»Warum bist du nicht abgebogen?«, herrscht Lief ihn an.

Wieder schüttelt der Wächter den Kopf. »Ich … wir gehen heute nicht zu den königlichen Gemächern. Wir müssen in die Große Halle.«

»Warum?« Ich finde meine Stimme wieder, auch wenn meine Kehle ganz eng ist. »Ihr hattet doch gesagt, die Königin wünsche mich zu sprechen.«

»Das ist auch so, Mylady. In der Großen Halle. Der gesamte Hof ist dort versammelt.«

»Warum?«, fragt Lief. »Und warum hast du das nicht vorher gesagt?«

»Ich dachte, Ihr wüsstet es«, sagt der Wächter und wirft Lief einen kurzen Blick zu, der aber nur verwirrt den Kopf schüttelt. »Es wird Gericht gehalten. Eine der Hofdamen ist des Hochverrates angeklagt.«

Mir rutscht der Magen in die Kniekehle. Lief starrt mich an, und alle formelle Distanz ist aus seinem Blick verschwunden. Wir schauen einander zu lange an, beide verwirrt, beide ängstlich. Dann nickt er, bekommt sich wieder in den Griff und kehrt an meine linke Seite zurück.

»Dann gehen wir besser«, sagt er grimmig und wartet darauf, dass der andere Wächter seine Position rechts von mir einnimmt. Diesmal jedoch hält er einen beschämend weiten Abstand, vor allem im Vergleich zu Lief, der dicht an meiner Seite bleibt.

Mir fällt plötzlich auf, wie stark sich auch Merek stets bemüht, mir nicht zu nahe zu kommen, wie er nie einen Kontakt riskiert, obwohl er mich durchaus berühren könnte. Lief dagegen kommt mir gefährlich nahe, lässt manchmal nur einen Fingerbreit Raum zwischen uns.

Und mit einem weiteren Schock wird mir bewusst, wie sehr mir das gefällt.

In der Großen Halle sind die langen Tische beiseitegeschoben worden und im Kamin brennt kein Feuer. Der Hofstaat sitzt versammelt auf Bänken. Reihenweise bleiche, wächserne Gesichter wenden sich dem Podium zu, auf dem der König, die Königin und der Prinz auf ihren kunstvoll geschnitzten Stühlen thronen. Der König sieht wütend aus; er spricht mit der Königin, die unentwegt den Kopf schüttelt. Schließlich wendet er sich scharf von ihr ab, und sie starrt ihn an, bevor sie sich zu Merek umwendet, der ebenfalls wegschaut.

Lief und der andere Wächter ziehen sich zur Rückseite der Halle zurück. Rechts an der Wand haben sich die Kammerzofen aufgereiht, die Pagen und die Küchendiener. Ich sehe auch Rulf, und sofort spüre ich, wie meine Haut prickelt vor Schuldgefühl. Das gesamte Schloss ist anwesend, um Zeuge des Urteils zu werden.

Merek schaut mich an, als ich mir einen Sitzplatz suche, und runzelt die Stirn. Er beugt sich zur Königin hinüber, sagt etwas, aber sie schüttelt erneut den Kopf. Links von ihr beginnt nun auch wieder der König, dringlich auf sie einzureden, erntet jedoch dasselbe Kopfschütteln. Beide Männer lassen sich in ihren Stühlen zurückfallen. Der König beißt auf seiner Lippe herum und sieht wütender aus als je zuvor. Merek schaut wieder zu mir und zuckt unauffällig mit den Schultern, bevor er den Blick abwendet. Dann ist die Königin an der Reihe, nach mir Ausschau zu halten, und ich setze mich eilig hin, ganz weit hinten, auf eine der Bänke neben Lady Shasta.

Sie erbleicht, als sie mich sieht, und obwohl sechs Menschen zwischen uns Platz hätten, rutscht sie noch ein Stück weiter. Ich schließe die Augen, als sie sich an den Ellbogen ihres Mannes klammert und er ihr schützend seinen Arm um die Taille legt. Wer auch immer hier vor Gericht steht, wird des Hochverrates angeklagt. Und wenn es um Hochverrat geht, muss ich das Urteil vollstrecken. Nach der nächsten Weissagung in einer Woche werde ich einen der Unsrigen töten.

Als ich die Augen wieder öffne, hat sich die Königin erhoben und starrt auf uns herab. Ich bin jetzt nicht die Einzige, die sich unter diesem Blick zusammenkrümmt. Als sie ihre Musterung des Raumes abgeschlossen hat, wendet sie sich zur Seite und nickt.

Die Tür wird weit aufgeworfen und man schleift eine zitternde, leise schluchzende Frau herein. Neben ihr haben zwei Wächter damit zu kämpfen, die Hunde an ihren schweren Ketten unter Kontrolle zu halten.

Uns alle durchfährt ein Schaudern. Lady Shasta schnappt nach Luft, und ich sehe, wie die Knöchel an der Hand ihres Gemahls weiß hervortreten, weil er sie fester an sich drückt. Es ist Lady Lorelle.

Die Augen der armen Lorelle sind nur noch schwarze Löcher in ihrem Gesicht, die Hände hat sie vor sich erhoben, als wolle sie die Königin um Gnade anflehen. Sie ist nicht gefesselt; dazu besteht kein Grund, solange die Hunde da sind. Ich suche die Menge nach ihrem Gemahl ab, Lord Lammos, kann ihn jedoch nirgends sehen. Irgendwo hier muss er sein – der ganze Hof ist ja erschienen –, aber nicht mal die Liebe zu seiner Frau wird ihn dazu verleiten, den Zorn der Königin auf sich zu ziehen.

Die Angeklagte wird vor die Königin geführt, die mitleidlos auf sie hinabschaut, ohne ein einziges Anzeichen dafür, dass sie ihre sogenannte Freundin wiedererkennt. Wir alle halten den Atem an und warten auf die Verkündigung der Anklage.

Die Königin ergreift das Wort. »Ihr werdet mir vorgeführt, weil Ihr angeklagt seid, Hochverrat begangen zu haben an der Krone von Lormere. Wenn Ihr schuldig gesprochen werdet, erwartet Euch das Todesurteil und für Eure Seele wird es keine Speisung geben.«

Lorelle entfährt ein schreckliches Wehklagen, und einer der Hunde beginnt zu knurren, ein kehliger Laut, bei dem mir eiskalt wird. Ich schaue Merek an, doch er hält seinen Blick auf den Tisch vor sich gerichtet, genau wie der König.

»Ich befinde Euch schuldig«, sagt die Königin so sanft und leise wie ein Mädchen, das seiner besten Freundin ein Geheimnis anvertraut.

Ein Zittern geht durch die Menge wie eine Krankheit, die sich von den vorderen Bänken bis nach ganz hinten ausbreitet. Ich spüre, wie sich mir der Magen umdreht. Ein Geräusch bringt mich dazu, mich umzudrehen, und ich sehe Lief, der jetzt unmittelbar hinter mir steht, eine Hand angespannt am Heft seines Schwertes.

Als die Königin weiterspricht, schaue ich wieder nach vorn, in der Angst, Liefs Bewegungen könnten ihre Aufmerksamkeit auf mich lenken und sie daran erinnern, dass ihre Scharfrichterin ebenfalls im Raum sitzt. Aber sie hat nur noch Augen für ihre ehemalige Freundin, die unter einer Anklage erbebt, die offenbar zu abscheulich ist, um ausgesprochen zu werden.

»Da Ihr des Hochverrates schuldig gesprochen worden seid, verurteile ich Euch zum Tod des Verräters. Am kommenden ...«

»Helewys, bitte!«, stößt Lady Lorelle aus. »Wir kennen uns, seit wir Kinder waren. Ich habe nichts getan ... ich dachte, ich wäre zu alt. Ich habe nicht gewusst ...«

»Bei der nächsten Weissagung«, fährt die Königin mit erhobener Stimme fort, um das Flehen zu übertönen, »wird man Euch in den Morgenraum führen und dort wird Euch das Leben genommen werden für die Verbrechen gegen den Thron von Lormere. Mögen Euch die Götter gnädig sein.«

»Nein«, sagt eine Stimme streng.

Wir alle wenden den Kopf, um zu sehen, von wem der Einwand kam. Schockartig wird mir klar, dass es der König gewesen ist.

»Nein, Helewys«, sagt er wieder und erhebt sich, während sich alle Augen im Saal auf ihn richten. Auch Merek starrt mit undurchschaubarer Miene seinen Stiefvater an.

»Du wagst es?«, flüstert die Königin, aber ihre leisen Worte werden von den steinernen Mauern zurückgeworfen und wir können sie alle hören. »Du wagst es, mir zu widersprechen?«

»Das ist kein Hochverrat, Helewys«, sagt der König. »Es ist ein Geschenk der Götter.«

Die Königin und der König verschränken ihre Blicke ineinander, und mir wird klar, welches angebliche Verbrechen Lorelle vorgeworfen wird. Sie erwartet ein Kind. Sie und Lord Lammos werden ein Baby bekommen. Alianor war das letzte Kind, das an diesem Hof zur Welt gekommen ist. Seit ihrem Tod hat niemand mehr gewagt, eines zu empfangen. Es ist ein unausgesprochenes Abkommen unter den Hofdamen, dass sie kein Kind bekommen, solange es der Königin nicht möglich ist.

Das bedeutet, sie würde mich zwingen, nicht nur Lady Lorelle das Leben zu nehmen, sondern auch ihrem Kind. Ich könnte das niemals tun ... das nicht. Ein ungeborenes Kind umbringen.

»Ich sage, es ist Hochverrat, und ich verurteile sie zum Tode«, entgegnet die Königin.

»Dann begnadige ich sie. Lady Lorelle, ich gewähre Euch Begnadigung«, sagt der König streng. Ich kann meinen Blick nicht von ihm abwenden. Die Königin ist hochrot im Gesicht, und die Schultern des Königs senken und heben sich, als wäre er gerannt. Ich hätte niemals darauf gesetzt, dass so etwas passieren würde, und an den staunenden Gesichtern um mich herum kann ich erkennen, dass es allen anderen ebenso geht.

»Du kannst nicht ...«, sagt die Königin.

»Ich bin der König, ich kann«, erwidert er. Und dann kniet er vor der Königin.

Ich zucke zusammen, wie alle anderen im Saal auch. Es ist ein alter Brauch – der jedoch meines Wissens niemals angewandt wird –, dass die Königin beim König um Gnade für einen Verurteilten bitten kann. Aber nie, niemals zuvor hat ein König vor einer Königin gekniet. Hier wird vor meinen Augen Geschichte geschrieben. Ein König, der seine Königin anfleht.

Er schaut auf zu seiner Frau und streckt die Arme aus. »Bitte, Helewys, ich bitte dich, ihr Leben zu verschonen.«

»Du würdest dich gegen mich stellen?«, fragt sie und in ihrer Stimme liegt echte Verblüffung.

»In diesem Falle, ja.« Er neigt den Kopf. »Ich werde keine Frau dafür zum Tode verurteilen, dass sie ein Kind erwartet.«

Die Königin funkelt ihn an. Mit vor Ekel verzerrtem Gesicht wendet sie sich ab und verlässt den Saal durch die Tür, die direkt in die königlichen Privatgemächer führt. Der König erhebt sich langsam und schaut sich im Saal um.

»Bringt die Hunde fort«, befiehlt er dem Hundeführer, der zögerlich einen Blick zur Tür wirft, durch die die Königin hinausgegangen ist, bevor er gehorcht. Dann schaut der König die weinende Lady Lorelle an, die nun doch noch von ihrem Gemahl in die Arme geschlossen wird. »Lord Lammos, bitte verlasst mit Lady Lorelle das Schloss. Noch heute Nacht. Euch werden Pferde zur Verfügung gestellt und Ihr dürft in Euer Haus in Haga zurückkehren.«

Lord Lammos stammelt einen Dank, und Lorelle schluchzt, während sie sich mit zitternden Händen an ihrem Mann festklammert. Die beiden verlassen eng umschlungen den Saal.

Der König beachtet den verblüfften Hofstaat nicht weiter und folgt der Königin aus der Großen Halle hinaus. Seine Schultern scheinen erschöpft eingesunken, auch wenn er kurz innehält, um Mereks Arm zu drücken. Als sich der Prinz ebenfalls erhebt, begegnen sich unsere Blicke, und er hebt einmal die Augenbrauen, bevor er die Halle verlässt.

Sobald sich hinter ihm die Tür geschlossen hat, beginnt das Geraune.

Lief geht hinter mir in die Hocke und flüstert eindringlich: »Mylady, ich würde empfehlen, dass wir jetzt gehen.«

Ich nicke völlig verblüfft und erhebe mich, um meinem Wächter zu folgen. Der König hat sich ihr widersetzt und er hat den Sieg davongetragen. Ich schaue Lief an, um zu sehen, was er denkt. Seine Augen funkeln voller Unruhe, und er macht rasche Schritte, sodass ich mich bemühen muss mitzuhalten.

»Der andere Wächter«, wende ich ein, aber er fällt mir ins Wort.

»Vergesst ihn. Er spielt jetzt keine Rolle. Links herum.«

Ich bleibe stehen. »Wo gehen wir hin?«

»Zu Dorin. Solange wir noch die Gelegenheit haben.«

»Wir können nicht ...«

»Der andere Wächter wird der Königin wohl kaum erzählen, dass er Euch aus den Augen verloren hat, oder? Dies ist Eure beste Chance, wenn Ihr ihn sehen wollt.«

Ich schaue ihn an, wäge sein Angebot ab und nicke schließlich. »Wir müssen uns beeilen.«

Als wir die Kellergewölbe des Schlosses erreichen, hält er inne und schließt die Tür zur Treppe hinter uns. »Wartet. Ich bin es Euch schuldig, Euch um Verzeihung zu bitten. Wieder einmal. Diesmal habe ich es nicht aufgeschrieben, Ihr müsst Euch mit meinem Wort begnügen.«

»Nicht jetzt, Lief ...«

»Bitte. Ich bin nicht ... ich möchte, dass ihr versteht, warum ich bin, wie ich bin. Ich bin es nicht gewöhnt, ein Diener zu sein, sondern mein eigener Herr.« Er zuckt mit den Schultern und schaut kurz zur Decke hinauf, bevor er mir wieder in die Augen sieht. »Ich komme von einem Bauernhof, den ich eines Tages erben sollte. Doch mein Vater starb unerwartet. Es lag an mir, für meine Mutter und meine jüngere Schwester zu sorgen. Deshalb bin ich hierhergekommen. Das Schicksal wollte es so, dass Ihr einen neuen Wächter brauchtet und ich genau an dem Tag hier ankam, als darüber entschieden werden musste. Ich mache Fehler, ich weiß, aber ich bemühe mich, Mylady. Ich bemühe mich wirklich.«

Ich schaue ihn an und in meiner Brust bekämpfen sich Angst und Mitleid. »Warum erzählt Ihr mir das jetzt?«

Er beißt sich auf die Lippe, bevor er antwortet. »Weil Ihr eine Erklärung verdient habt – bei allem, was Ihr mit mir auszustehen habt.« Er lächelt kleinlaut. »Und wenn der König mutig sein kann, kann ich es auch.«

»Was meint Ihr?«

»Sie hätte diese Frau töten lassen, wenn er nicht eingeschritten wäre. Sie hätte Euch gezwungen, es zu tun. Und weswegen? Weil sie ein Kind erwartet. Das war ihr Verbrechen gegen den Thron von Lormere. Sie hat getan, wozu die Königin nicht imstande ist.«

Ich schlage mir die Hand vor den Mund, als hätte ich das gesagt. »Lief, Ihr dürft nicht ...«

»Ich weiß, ich darf nicht! Ihr sagt mir immer, was ich nicht darf. Und ich weiß, dass Ihr recht habt. Aber ich weiß nicht, wie Ihr das aushaltet.«

»Warum glaubt Ihr, dass ich es aushalte?« Ich starre ihn an. »Was macht Euch da so sicher?«

»Ihr sprecht nie darüber.«

»Das heißt nicht, dass ich nicht daran denke. Ich verbringe Stunden im Gebet und bitte die Götter, mir dabei zu helfen, all das zu verstehen.«

»Habt Ihr mal darüber nachgedacht, sie zu bitten, etwas daran zu ändern?«, sagt er. Ich weiß nicht, ob er sich über mich lustig macht.

»Was könnten sie tun?«

»Ich weiß es nicht. Vielleicht wollen sie, dass Ihr etwas dagegen tut. Wenn alle zusammenstehen würden, dann ...«

»Wie in Tregellan«, sage ich und er wird blass. »Glaubt Ihr, wir sollten einen Krieg beginnen, den wir nicht gewinnen können? Sollen wir einen Putsch ausüben, unsere mageren Kräfte bündeln, uns erheben und die Königin umbringen? Und den König und den Prinzen auch? Schlagt Ihr Hochverrat als Lösung vor?«

»Nein«, erwidert er rasch. »Das habe ich nicht gemeint. Wendet Euch ganz förmlich an sie, stellt Euer Anliegen vernünftig dar.«

»Glaubt Ihr wirklich, das sei noch niemandem eingefallen? Als ich in meiner vierzehnten Ernte war, wollte Lord Grevlas ein Gesuch einreichen, die Hunde abzuschaffen. Angeblich hatte er jede Menge Unterstützer. Bis er versuchte, den falschen Höfling für sich zu gewinnen. Wer es auch war, er ging direkt zur Königin und dann taten es alle anderen auch. Wäre ich schon ein Jahr älter gewesen, hätte ich ihn hinrichten müssen.«

Lief wendet den Blick ab, seine Fäuste sind fest geballt. Doch dann atmet er aus, seine Hände entspannen sich und unsere Blicke begegnen sich ein weiteres Mal.

»Ihr seid nicht wie sie«, sagt er langsam.

»Ich bin ihr Henker, Lief.«

»Weil sie Euch dazu zwingen.«

»Das spielt keine Rolle …«

»Für mich schon«, sagt er sanft. »Mehr als ich sagen kann.«

Ich muss wegschauen. Die Tiefe seines Blickes erinnert mich an Merek und versetzt mir einen Stich.

»Man kann nichts tun«, sagt er nach einer Weile so leise, dass ich mich frage, ob er das wirklich aussprechen wollte.

»Nichts«, stimme ich zu und er schließt kurz die Augen. »Wir können uns nur ruhig verhalten und versuchen, nicht aufzufallen. Wir müssen Geister sein. So bleibt man in diesem Schloss am Leben. Man wird zu einem Geist. Man hält den Kopf gesenkt und geht der Königin so gut wie möglich aus dem Weg.«

»Ihr solltet von hier weggehen.«

»Ich kann nicht. Ihr wisst, was ich bin. Ich habe Gift in meinen Adern, Lief. Nur weil die Götter es so wollen, tötet es mich nicht. Wenn ich mich ihnen widersetzte, wenn ich mich von ihnen abwenden würde, wäre ich tot, bevor ich es aus dem Schloss hinausgeschafft hätte. Sie vergeben mir meine Zweifel, weil ich eine Sterbliche bin, und ich muss geprüft werden, aber nie würden sie mir vergeben, wenn ich fortginge. Und selbst wenn sie mich nicht sofort niederstrecken würden, die Königin würde es ganz sicher tun. Ihr wisst das, Ihr habt sie gerade eben erlebt. Sie würde alles tun, um sich an mir zu rächen. Meine Schwester müsste leiden. Oder Ihr. Ihr würdet getötet werden, weil Ihr mich nicht aufgehalten habt. Wahrscheinlich würden sie mich zwingen, Euch zu töten, bevor ich selbst hingerichtet würde. Und vielleicht zu Recht, denn das wäre zweifellos Hochverrat, Lief.«

»Ich habe kein Wort von Euch gehört«, sagt er sanft. »Ich habe gar nichts gehört.«

Ich nicke und er schaut mich mit erhobenen Augenbrauen und zusammengepressten Lippen an. »Jetzt geht«, sagt er schließlich. »Ich warte hier. Er ist in dem Raum am Ende des Ganges. Geht und besucht Dorin.«

Ich kann die Tür des Weissagungsraumes nicht anschauen, als ich an ihr vorübergehe.

Der Raum ist schummrig, nur schwach beleuchtet von den Kerzen, die unter einem Kupfertopf flackern, in dem etwas vor sich hin köchelt, das die Kammer mit dem hölzernen, würzigen Duft von Zypressen erfüllt. Aber da ist noch etwas. Ein anderer Geruch liegt darunter, der mir das Blut in den Adern gefrieren lässt. Dorin liegt in einer Ecke auf einer Pritsche, und an seinem Gesicht ist deutlich zu erkennen, dass er schwer krank ist. Seine Züge treten knochig unter der talgigen Haut hervor. Er scheint zu schlafen, und ich will mich schon wieder abwenden, damit er sich ausruhen kann.

»Mylady«, sagt er schwach. »Was tut Ihr denn hier?«

»Dorin«, sage ich. »Ich wollte nur sehen, wie es meinem treuesten Wächter geht.«

»Mylady, wie freundlich von Euch hierherzukommen. Die Unannehmlichkeiten tun mir leid. Ich habe Euch enttäuscht.«

»Ihr habt mich noch nie enttäuscht. Wie fühlt Ihr Euch?«

»Von Tag zu Tag besser. In ein, zwei Tagen werde ich zurück sein, das versichere ich Euch. Ich kann Euch nur um Verzeihung bitten, dass ich überhaupt hier bin.«

Er sieht nicht aus, als würde es ihm von Tag zu Tag besser gehen. Er sieht aus wie ein Toter, ausgemergelt und hinfällig. Ich hätte ihn nie erkannt, wenn er nicht allein hier im Raum läge. Was für eine Krankheit kann einen Mann innerhalb von wenigen Wochen derartig auszehren?

Ich lächle ihn an. »Daran zweifle ich nicht«, lüge ich. »Aber Lief macht seine Arbeit gut. Ich bin in guten Händen, Ihr müsst keine Sorge haben. Ich habe für Euch gebetet.«

Er nickt, aber seine Lider flattern. Ich merke, dass er das Bewusstsein verliert.

»Stuan, kein Bier mehr heute Abend«, murmelt er.

»Was?« Ich starre ihn an und frage mich, warum mir der Name so vertraut vorkommt. Dann fällt es mir ein. Stuan war der Wächter, der seinen Dienst kündigte, nachdem ich Tyrek getötet hatte. Er hat seit mehr als zwei Ernten nicht mehr hier gearbeitet. Und in diesem Augenblick erkenne ich auch den Geruch, der unter dem der Zypressen lauert. Mohnblumensaft. Sie geben Dorin die Tränen des Mohns.

Ich war in meiner neunten Ernte und man hatte uns ins Rathaus von Monkham gerufen. Die Mutter des Bürgermeisters war gestorben. Es war keine Überraschung, da sie schon in ihrer achtzigsten Ernte und eine ganze Weile krank gewesen war. Ich hatte mich auf das Rathaus gefreut, hatte etwas von dem Luxus erwartet, den ich im Schloss gesehen hatte. Aber es war ganz anders dort. Es war düster und dunkel, und im Raum für die Totenspeisung roch es ekelhaft süßlich, nach Verwesung. Der Sarg war in der Mitte des Zimmers aufgebahrt und der Bürgermeister hatte nur einen Stuhl für meine Mutter zur Verfügung gestellt. Ich stand also neben ihr, als sie das Speiseritual durchführte.

Es war nicht viel aufgefahren worden, aber mitten auf dem Sarg stand eine Schüssel Sahne mit einem Rosmarinzweig obenauf. Ich sah zu, wie meine Mutter alles aß. Nur die Sahne rührte sie nicht an. Sie sparte sie bis ganz zum Schluss auf, widmete sich ihr erst, als sie alles andere verzehrt hatte. Dann sprach sie mich zu meiner Verblüffung an.

»Weißt du, was das ist?«, fragte sie.

Ich nickte, zu ängstlich, um zu antworten. Sie hatte noch nie während einer Totenspeisung mit mir gesprochen, niemals. Bislang hatte sie mir alles immer erst erklärt, wenn wir wieder zu Hause in ihrem Zimmer waren, wo ich versuchte, nur durch den Mund zu atmen, um den Gestank des Jasmins von mir fernzuhalten.

»Das ist keine frische Sahne, Twylla«, sagte sie. »Es ist saure Sahne.«

Ich runzelte die Stirn. »Warum haben sie denn saure Sahne bereitgestellt?«

»Es bedeutet, dass die Frau ein Kind verloren hat«, erwiderte sie.

Ich verstand das nicht und schüttelte den Kopf. Ein Kind zu verlieren, war doch keine Sünde; jeder wusste, dass die Götter ein Leben nehmen konnten, wie es ihnen gefiel, und dass sie manchmal auch ein Ungeborenes zurück ins Ewige Königreich riefen. Sündenesser sind mit allen Sünden der Toten vertraut; wir können alle Sünden, die jemand jemals verbrochen hat, am Festmahl ablesen und daraus erkennen, was derjenige für ein Mensch gewesen ist, was für ein Leben er geführt hat. Ich hatte gesehen, wie meine Mutter bei Dieben pochierte Eier aß und gekochte Pferdeleber bei zänkischen Ehefrauen. Aber nie hatte ich saure Sahne auf einem Sarg gesehen.

»Es ist doch keine Sünde, ein Kind zu verlieren«, sagte ich.

»Es ist eine Sünde, die Kräuter zu sich zu nehmen, die einen dazu bringen, ein Kind zu verlieren«, sagte meine Mutter mit angespannter Stimme. »Flohkraut, Schafgarbe, Frauenwurzel ... Rosmarin. Dafür steht sauer gewordene Sahne. Die verdorbene Milch des Lebens. Nur Naeht darf entscheiden, wann es Zeit ist. Menschen dürfen es nicht.«

Ich starrte den Sarg an. Ich war immer noch zu jung, um es wirklich zu verstehen. Dann erhob sich meine Mutter, ließ die Schale auf dem Sarg stehen und sprach nicht die Worte, die die Speisung abschließen. Ich wollte ihr gerade folgen, als mich plötzlich jemand am Handgelenk packte.

Aus einer dunklen Ecke des Raumes war eine Gestalt aufgetaucht mit ausgezehrtem, ledrigem Gesicht, Mund und Nase bedeckt von Schorf. Die Augen waren schwarz, ich konnte keine Iris in ihnen erkennen und keine Vernunft. Der Mann hielt mein Handgelenk mit erstaunlich starken Fingern umschlungen, die nur aus dünner Haut und Knochen bestanden. Und er stank nach etwas Schwerem, Süßem.

»Sie ist nicht da drin«, lallte er, während sich Speichel in seinen Mundwinkeln sammelte. »Sie ist eine Hexe. Sie müssen sie verbrennen, sonst kommt sie zurück. Sie hat ein Baby getötet. Sie hat *Nein* gesagt, *Nein, Nein, Nein*, aber ich hab ihr doch ein Baby gemacht und dann hat sie es weggehext.«

Ich schrie, und schon kam der Bürgermeister in den Raum gestürzt, gefolgt von meiner Mutter.

»Lass sie los, Papa«, sagte er zu dem alten Mann, aber dieser hielt mich nur fester

»Sie ist eine Hexe!«, brüllte er und dann war mein Handgelenk wieder frei. Der Mann stürzte zu Boden und der Bürgermeister führte mich aus dem Raum.

»Er hat Wucherungen«, sagte er zu meiner Mutter und rang entschuldigend die Hände. »Wir geben ihm Mohnblumensaft gegen die Schmerzen. Er weiß nicht, was er sagt. Er wollte dabei sein, um Abschied zu nehmen. Ich dachte, er würde ruhig sein. Vergebt mir, Sündenesserin.«

Meine Mutter schaute mich an. »Was hat er gesagt?«

»Dass sie Nein gesagt hat, dass er ihr aber trotzdem ein Baby gemacht hat. Und dass sie eine Hexe war.« Meine Stimme zitterte.

Meine Mutter musterte den Bürgermeister von Kopf bis Fuß, als würde sie in ihm lesen wie in den Gerichten einer Speisung. Dann marschierte sie an ihm vorbei zurück in den Raum. Als sie zurückkehrte, hatte sie die Schüssel mit saurer Sahne in der Hand. Vor unseren Augen schüttete sie sich den Inhalt in den Mund und schleuderte sie anschließend zu Boden, wo sie in Scherben zersprang.

»Ich schenke Euch nun Linderung und Frieden, liebe Dame. Auf dass Ihr nicht umherwandeln müsst in unseren Gassen und nicht auf weiter Flur. Für Eure Sünden verpfände ich meine eigene Seele.« Sie spuckte die Worte förmlich aus, ohne den Blick vom Bürgermeister abzuwenden. »Ich erwarte bei der Speisung für Euren Vater die Augen eines Bullen vorzufinden«, sagte sie und der Bürgermeister zuckte entsetzt zusammen. »Aber essen werde ich sie nicht, diese Sünde nehme ich nicht auf mich.«

Er streckte ihr die Silbermünze entgegen, aber meine Mutter lehnte sie ab. Es war das einzige Mal, dass sie ihren Lohn nicht annahm.

»Mylady, wir müssen gehen«, sagt Lief und zieht mich in die Gegenwart zurück, auch wenn ich immer noch die Hand des alten Mannes an meinem Arm spüre.

»Mylady?« Er späht zur Tür herein. Ein Blick auf mein Gesicht genügt, und schon hat er sein Schwert zur Hälfte aus der Scheide gezogen.

»Es geht mir gut, Lief«, sage ich zittrig. »Ich habe nur ...«

Lief schaut Dorin an, der bleich und mit offenem Mund auf seiner Pritsche liegt. »Wartet draußen, Mylady. Ich werde versuchen, ihn etwas bequemer zu betten.«

Ich nicke, dankbar darüber, den Raum mit seinen Gerüchen verlassen zu können. Draußen atme ich tief ein und lehne mich gegen die klamme Steinmauer. Die Tränen des Mohns. Gestorbene Kinder und Ungeheuer im Dunkeln. Die Sünde, die meine Mutter nicht auf sich nehmen wollte. Ich schaudere, versuche, die Gedanken abzuschütteln.

Als ich in den Raum zurückblicke, sehe ich, wie Lief mit geübter Hand, gewandt und zärtlich, Dorins Kopf bewegt. Und ich frage mich, wie sein Vater gestorben ist.

Kapitel 10

»Was machen wir denn heute, Mylady?«

Ich starre aus dem Fenster. Meine Gedanken flirren die ganze Zeit zwischen Dorin, dem König, der Königin und auch Lief hin und her. Seine Frage bringt mich durcheinander. »Wir?«, frage ich.

»Ich will mich nicht aufdrängen. Aber ich dachte ... wir sind beide hier, und da wäre es doch dumm, wenn wir uns nicht gegenseitig ein bisschen Gesellschaft leisten würden. Nicht, dass es meiner Position entspräche, Euch Gesellschaft zu leisten, aber ... wenn Euch danach sein sollte: Ich bin hier.«

»Nun ...« Ich lächle trocken. »Ich hatte vor zu beten.«

»Oh.« Ihm entgleiten die Gesichtszüge. »Dann lass ich Euch wohl besser in Ruhe. Auch wenn man des Guten durchaus zu viel tun kann. Sogar mit Gebeten.«

»Ihr glaubt nicht an die Götter, oder, Lief?« Eine ganze Weile habe ich diesen Verdacht schon mit mir herumgetragen.

Er schaut mich an, bevor er den Kopf schüttelt. »Nicht wirklich, Mylady.«

»Glauben viele Tregellianer nicht an sie?«

Er zuckt mit den Schultern. »Es ist nicht so wie hier, wenn Ihr das meint. Aber Tregellan wird eben von einem Rat regiert, nicht von Monarchen. Wir legen viel Wert auf Wissenschaft und Medizin. In diesen Bereichen ist nicht viel Platz für die Götter.«

»Nicht? Könnt Ihr denn nicht das Leben sehen, dass Daeg Eurer Wissenschaft und Eurer Medizin verleiht?«

»Ich sehe das Werk von Menschen in unserer Wissenschaft, Mylady. Und die Götter haben noch nie eines meiner Gebete erhört«, fügt er verbittert hinzu, bevor er den Kopf schüttelt. »Verzeiht, Mylady. Ich spreche ungebührlich.«

»Nein«, platze ich heraus, bevor ich mich bremsen kann. Lief schaut mich mit großen Augen an. »Ihr habt ein Recht auf Eure Meinung. Seid nur vorsichtig, wem gegenüber Ihr sie äußert.«

»Hier ist es sicher?«, fragt Lief.

Ich nicke.

»Bei Euch bin ich sicher?«

Wieder nicke ich.

»Und dass, obwohl Ihr die Inkarnation einer Göttin seid?«

»Daunen ist keine Göttin«, erwidere ich. »Sie ist die Tochter der Götter, aber selbst keine Göttin.«

Er zuckt kurz mit den Schultern und lächelt. »Vielleicht mag ich sie deshalb am liebsten.«

❦

Als ich noch bei meiner Mutter lebte, bauten meine Schwester und ich eine Art Höhle im Garten. Wir brachen so lange Zweige aus einem dichten Busch, bis wir im Innern genug Platz für uns geschaffen hatten. Wenn unsere Brüder zum Markt gingen und sich unsere Mutter ausruhte, kletterten wir dort hinein, versteckten unsere kleinen Schätze und erzählten einander Geschichten.

Niemand außer uns wusste, dass es dieses Versteck gab, das nur uns gehörte. Unser sicherer Raum.

Heute ist mein Gemach eine ganz ähnliche Höhle, in der Lief und ich uns verstecken und uns unsere Geschichten erzählen. Wir plaudern über unsere Kindheit, vertrauen uns unsere Streiche und Missgeschicke an und erinnern uns an die Menschen aus unseren Heimatdörfern. Irgendwann fragt er mich, wie ich überhaupt aufs Schloss gekommen bin, und als ich es ihm erzähle, ist er ziemlich beeindruckt.

»Vielleicht sollte ich mich auch von einem Gott auserwählen lassen.«

»Dann müsstet Ihr aber erst mal an einen glauben«, sage ich lächelnd.

»Das könnte ich lernen.« Er lächelt zurück.

»Könnt Ihr singen?«

Er erhebt sich zu voller Größe und legt sich eine Hand auf die Brust.

»Am Bergeshang steht stolz Lormere.
Gesegnet wie kein zweites Land,
hält Schnee und Eis es immer stand,
ein Fels der Macht für alle Zeit.«

Unwillkürlich muss ich grinsen, weil er eine so schlechte Figur macht.

»Was meint Ihr?«, fragt er, nachdem er sein Lied beendet hat.

»Ihr gebt einen hervorragenden Wächter ab, Lief.«

»Ihr erstaunt mich, Mylady«, sagt er schmollend, bevor er mich angrinst. »Ich muss allerdings zugeben: Einmal im Mond vergiftet zu werden, würde mir gar nicht gefallen.«

Ich antworte ihm sanft: »Daunen ist die Tochter zweier Götter. Von einem, der gibt, und einer, die nimmt. Wegen Naeht muss ich Leben nehmen, so wie sie es tat, als sie Daeg den Himmel abgenommen hat.«

Er nickt und scheint in Gedanken versunken, bevor er weiterspricht. »Was würdet Ihr tun, wenn Ihr nicht die Gottgleiche Daunen und dem Prinzen versprochen wäret?«

»Dann wäre ich die nächste Sündenesserin.«

»Nein, Mylady«, seufzt er. »Ich meine, was würdet Ihr tun, wenn Ihr kein vorbestimmtes Schicksal hättet? Was wünscht Ihr Euch?«

Ich schließe die Augen, lasse mein Leben vor mir ablaufen. Ich habe nie darüber nachgedacht, wie es wäre, kein vorbestimmtes Schicksal zu haben. Ich hatte immer eines. Und als ich mir das letzte Mal etwas Unmögliches wünschte, brachte es mich hierher. Ich sage ihm, dass ich nicht weiß, was Menschen tun, wenn sie frei sind.

»Was meint Ihr mit frei?«, fragt er.

»Wie Ihr. Ihr könnt gehen, wohin Ihr wollt, und tun, was Euch gefällt. Ich weiß nicht, wie das ist.«

»Ich bin nicht frei, Mylady«, entgegnet er langsam. »Ich kann ebenso wenig davonspazieren und tun, was mir gefällt, wie Ihr. Ihr stellt Euch ein Leben, in dem man seine eigenen Entscheidungen treffen kann, vor, wie sich andere vorstellen, fliegen zu können. Sie sehen, wie ein Falke über ihnen kreist, und dann sagen sie zu sich selbst, wie schön das wäre, auch so fliegen zu können. Aber Tauben fliegen auch und Spatzen ebenfalls. Niemand wünscht sich je, ein Spatz zu sein.«

Lief schaut mich mit einer derartigen Traurigkeit an, dass mir der Atem stockt. Ich möchte die Hand ausstrecken und ihm diesen Ausdruck vom Gesicht streichen.

Er erhebt sich und wendet sich ab. »Ich werde mal nachsehen, ob Euer Abendessen schon gebracht wurde.«

Mit schrecklicher Klarheit wird mir plötzlich bewusst, dass Lief eines Tages fortgehen wird. Ganz gleich, wie er über die Freiheit denkt, es steht ihm in jedem Fall offen zu gehen, wenn er sich dazu entschließt. Mir jedoch nicht; ich werde für immer hier im Schloss bleiben. Mein gesamtes Leben ist vorgeplant. Ich werde nicht einmal die Freiheit eines Spatzen haben.

Mir ist gar nicht aufgefallen, dass mir die Tränen übers Gesicht rollen. Als Lief zurückkehrt und zusammenzuckt, kann ich mich wieder beherrschen. Rasch wende ich mich ab und wische mir über die Wangen, während er klappernd das Tablett abstellt und sich vor mich kniet.

»Mylady?«

»Mir geht es gut, Lief.«

»War ich schuld? Kann ich Euch etwas bringen? Nach irgendetwas schicken?«

»Nein. Wartet, doch. Könntet Ihr mir etwas Wein bringen?«, frage ich, ohne auf seine skeptisch angewinkelte Augenbraue zu achten. »Honigwein, bitte. Nur ein wenig.«

»Sofort.« Er nickt und eilt aus dem Raum. Kurz darauf kehrt er mit einer kleinen Flasche und einem Glas auf einem silbernen Tablett zurück. Er schenkt mir etwas ein und stellt das Glas vor mich auf meinen Schreibtisch. Ich will den Wein gar nicht, nicht wirklich, aber mir fällt nichts anderes ein, das meine Traurigkeit abfedern würde. Der Wein ist süß und warm und hilft kein bisschen. Ich weiß nicht, was mit mir los ist.

Lief sitzt vor mir auf dem Boden und betrachtet mich mit ungewöhnlich ernstem Gesicht.

»Ich will Euch nicht noch mehr aufregen, aber die Magd, die den Wein gebracht hat, hatte Nachrichten von Dorin. Es steht nicht gut um ihn«, sagt er eilig, bevor ich unterbrechen kann. »Er ist in einen Schlaf gefallen und wacht nicht mehr auf. Die Heiler glauben, man könne nichts mehr tun, aber der Prinz meint, sie würden sich irren. Er besteht darauf, dass sie nach einem Arzt schicken. Einem Arzt aus Tregellan.«

»Aus Tregellan? Hierher?« Erleichterung und Angst überfallen mich gleichzeitig. Würde Merek dies wirklich für einen einfachen Wächter tun? Eine grausame Stimme in meinem Kopf flüstert mir zu, dass der Prinz nur eine perfekte Gelegenheit wittert, seine heiß ersehnte Tregellan-Medizin nach Lormere zu bringen. Ich wische den Gedanken beiseite und versuche, mich auf das zu konzentrieren, was Lief sagt.

»Der Prinz hat den Heilern wohl schon befohlen, nach einem Tregellianer zu schicken. Sie sind außer sich vor Wut. Ich weiß nicht, was ihnen mehr zu schaffen macht, dass ein Arzt kommt oder dass es ein Tregellianer sein wird.« Sein Gesicht verdüstert sich kurz, doch dann schaut er wieder auf. »Verzeiht, das war dumm von mir. Jetzt ist nicht die rechte Zeit.«

»Wird ein Arzt in der Lage sein, ihn zu heilen?«

»Es könnte seine einzige Hoffnung sein. Ich habe in sein Krankenzimmer geschaut. Ein Rauchfässchen über ihm zu schwenken, wird ihn jedenfalls gewiss nicht heilen. Er braucht eine anständige Diagnose, nicht all dieses Gewäsch von aus dem Gleichgewicht geratenen Säften. Wenn sie herausfinden können, was ihm fehlt, dann hat er zumindest eine Chance auf die richtige Behandlung und kann sich vielleicht wieder erholen.«

Wieder klingt es, als würde er sich in der Heilkunde auskennen. Ich muss daran denken, wie er Dorin so selbstsicher und geübt umgebettet hat. Er hat gesagt, er habe Bauer werden sollen, aber kein Bauer weiß so viel über Heilpflanzen und ihre Eigenschaften. Doch für den Augenblick schlucke ich meine Fragen hinunter und schaue auf meine Hände, während mir ein anderes Problem in den Sinn kommt. »Ich hoffe, dass meine Mutter nicht herausfindet, dass sie nach einem Arzt schicken«, sage ich leise.

»Was hat denn Eure Mutter damit zu tun?«

Ich halte meinen Blick auf meine Hände gerichtet, während ich nach den richtigen Worten suche, um das zu erklären. Ich weiß genau, er wird alles wissen wollen, und ich bin mir nicht sicher, ob ich alles sagen kann. »Sie hält nichts davon. Sie glaubt, wenn Naeht einen Menschen für sich bestimmt hat, sei es falsch, sich einzumischen.«

»Einzumischen? Meint sie damit, ihn zu heilen?«

»Sich gegen den Willen der Götter aufzulehnen. Manche Arten des Heilens sind erlaubt, gewisse Kräuter und Gebete, aber wenn es zu weit geht ... sie hält es für falsch, den Göttern etwas aus der Hand zu nehmen. Und das tun Ärzte. Sie nutzen unnatürliche Mittel. Zumindest wird sie einen Ausgleich fordern, sonst kommt sie nicht zur Totenspeisung, wenn er doch stirbt.«

»Ausgleich?«

Ich seufze. »Wenn jemand schwer krank ist, kann ein anderer Tod angeboten werden, um Naeht gnädig zu stimmen, damit sie nicht das Leben der sterbenden Person nimmt. Man bringt dann ein Opfer dar, normalerweise ein Schaf oder ein Schwein.« *Oder ein Ziegenbock*, füge ich im Stillen hinzu. »Wenn Naeht zufrieden ist, wird sie das Leben des Kranken verschonen, und meine Mutter kann Naehts Willen akzeptieren und muss es nicht der Seele des Überlebenden anlasten.«

»Ich verstehe nicht, was das mit der Heilung zu tun hat.«

»Mit ihren Kuren ketten die Ärzte die Seele in dieser Welt fest, obwohl sie eigentlich zu Naeht aufsteigen sollte.«

»Aber wer sagt denn, dass es nicht Naehts Wille ist, dass die Kranken geheilt werden?«, wirft Lief ein.

»Ihr versteht das nicht«, sage ich und wende mich von ihm ab. Ich spüre, wie sich hinter meinen Augen ein Kopfschmerz ausbreitet.

»Verzeiht, Mylady. Ich war ungehobelt. Also, wenn dieser Arzt kommt, müssen wir ein Schaf töten. Und wenn Eure Göttin es akzeptiert, wird Dorin gesund werden? Funktioniert es so?«

Ich nicke, will nicht daran denken, mich nicht daran erinnern.

»Nun ja, dann tun wir das eben. Wird das Eurer Mutter gefallen?«

Ich zucke mit den Schultern. »Früher war das so. Aber man muss ihr ein Stück vom Fleisch des Tieres als Tribut schicken.«

»Passiert das denn oft?«

»Nein, nicht oft. Es gibt nicht viele Familien, die es sich erlauben können, ein Tier zu verlieren, selbst wenn es sie einen geliebten Menschen kostet.«

»Wann war das letzte Mal?«

Ich schaue ihn nicht an. Beim letzten Mal, an das ich mich erinnere, ging es um meine Schwester, und es lief nicht wirklich so ab, wie ich es Lief geschildert habe. Maryl hatte schon tagelang Fieber gehabt, und keine noch so hohe Zahl kalter Kompressen konnte ihre Temperatur senken. Wir schafften es nicht, ihr Flüssigkeit einzuflößen; ihre Knochen waren ganz zerbrechlich in meinen Händen, und wir waren drauf und dran, sie zu verlieren. Doch als ich in Tränen ausbrach, zuckte meine Mutter, die stets pflichtbewusste Dienerin Naehts, bloß mit den Schultern.

»Wenn Naeht sie zu sich holen will, soll sie sie haben.«

»Können wir denn gar nichts tun?«

»Wir dürfen nichts tun. Es ist Naehts Wille.«

Dann ging sie fort, zu einer Speisung, und ließ mich mit der sterbenden Maryl allein. Ich nahm all meinen Mut zusammen, ging zur Hebamme in Monkham und bat sie um Fieberkraut und Trauerweidenrinde. Ich zermahlte beides, kochte es und fütterte meine kleine Schwester damit, Tropfen für Tropfen, bis sie wieder kühl und bei Sinnen war. Als meine Mutter heimkehrte, sagte ich ihr, es sei ein Wunder geschehen.

»Naeht hat sie doch nicht haben wollen«, sagte ich, unfähig, meiner Mutter in die Augen zu schauen.

Wir aßen gebratenes Ziegenfleisch an diesem Abend, ein seltener Schmaus, den meine Mutter selbst zubereitet hatte. Ein Fest, wie ich glaubte, und ich aß meinen Teller bis auf den letzten Bissen auf. Eine Stunde später aber erbrach ich alles wieder im Ziegenstall neben unserem Haus. Penny war mein Liebling gewesen. Immer hatte sie an meinen Röcken geknabbert und ihre haarige Schnauze in meine Taschen gesteckt. Wenn ich sie rief, kam sie.

Aber ich behielt meine Schwester, und Naeht bekam ihr Opfer. Ich versuche, nicht daran zu denken, dass das Opfer Naeht immer nur für eine Weile besänftigt, ich also bis heute nicht weiß, wie viel Zeit wir meiner Schwester damals erkauft haben.

»Das letzte Mal ist lange her«, sage ich zu Lief. »Es wird nicht oft praktiziert.«

Er schüttelt den Kopf und seufzt. »Es ist keine Sünde, Menschen zu heilen oder ihnen zu helfen. Damit widersetzt man sich nicht den Göttern. Wie kann das sein, wenn die Pflanzen, die die Ärzte nutzen, in der Erde wachsen und das Wissen von den Menschen stammt, die die Götter doch angeblich erschaffen haben? Gerade gestern erst habe ich mich mit Dimia darüber unterhalten.«

»Wer ist Dimia?«

»Sie ist die Magd, die uns das Essen bringt. Sie hat auch Euren Wein geholt. Und sie hat für Euch herausgefunden, wie es Dorin geht. Sie ...«

»Das ist ja sehr freundlich von ihr«, fahre ich ihm über den Mund.

Lief schaut mich verdutzt an, bevor er fortfährt. »Sie hat sich immer wieder nach ihm erkundigt und mir dann Nachricht gebracht. Und ich kann Euch versprechen, dass die Ärzte aus Tregellan die besten sind. Wenn jemand etwas für ihn tun kann, dann sie ... und anschließend werden wir zum Ausgleich Eurer Naeht ein Schaf opfern, wenn's denn sein muss. Mylady, ist es den Versuch nicht wert für Dorin?«

Ich starre ihn an. »Er wird sterben, nicht wahr? Ohne diesen Arzt?«

Lief nickt. »Ihm kann nicht geholfen werden, solange niemand weiß, woran er leidet.«

Ich erinnere mich an Dorins dünne Haut, an den Duft der Zypressen, sein Delirium. Er sah kaum noch lebendig aus. »Aber ich habe so inständig zu den Göttern gebetet. Ich bin ihrer Tochter geweiht, in ihrem Namen gesalbt.«

Lief bemerkt die Panik in meiner Stimme, erhebt sich halb und beugt sich vor, um etwas Wein in mein Glas zu gießen. Als er sich wieder abwenden will, hält er inne, sein Gesicht nicht weit von meinem, und ich verspüre einen merkwürdigen Stich im Magen. »Es ist noch nicht alles verloren«, sagt er. »Es liegt alles in der Hand des Arztes.«

Ich trinke das Glas aus, und als ich aufschaue, hat er sich wieder in sicherem Abstand von mir auf dem Boden niedergelassen.

»So oder so bedeutet es das Ende für uns«, sagt er sanft.

»Was meint Ihr damit? Geht Ihr fort?« Die Panik meldet sich zurück und meine Stimme klingt schrill.

»Nein, nein«, erwidert er eilig. »Ich bleibe bei Euch. Aber ... dass wir so viel Zeit miteinander verbracht haben, muss zu einem Ende kommen. Ob Dorin zurückkehrt oder jemand anderes dazu abgestellt wird, über Euch zu wachen. Ich bin nicht vollkommen dumm, ich weiß, dass es dazu kommen wird. Ich weiß, es kann so nicht weitergehen.«

Seine Stirn legt sich in Falten und ich trinke noch einen Schluck. So langsam verstehe ich, warum Merek den Wein derartig schätzt – und die Benommenheit, die er auslöst.

»Ich kann mir darüber jetzt keine Gedanken machen, Lief. Ich muss an Dorin denken. Wenn ich doch nur noch mehr beten könnte, wenn ich in meinem Tempel sein könnte. Hier kann ich nicht beten, das ist nicht richtig«, plappere ich vor mich hin.

Aber eigentlich male ich mir aus, wie es wäre, Lief zu verlieren und zu meinem alten Tagesablauf zurückzukehren, bei dem er immer draußen vor meiner Tür bleibt. Keine Gespräche mehr, keine Witze. Keine Fragen mehr. Nur noch mein Wächter. »Was sollen wir nur tun?«, stöhne ich.

»Das Einzige, was ich mir vorstellen kann, ist, die Königin zu bitten, ob ich nicht Euer alleiniger Wächter sein kann. So könntet Ihr zu Eurem Tempel gehen und Dorin aufsuchen.«

»Und wenn er zurückkehrt?« Kurz taucht ein irrsinniges Bild vor meinem inneren Auge auf, wie wir alle drei in meinem Gemach zusammen lachen.

»Darum kümmern wir uns, wenn es so weit ist«, sagt Lief. Aber an seinem Tonfall erkenne ich, dass er nicht daran glaubt.

»Sie wird es niemals gestatten«, sage ich und schiebe meine Verwirrung beiseite. »Ihr wisst doch, was sie gesagt hat. Sie würde es einem einzigen Wächter nie zutrauen, für meine Sicherheit zu sorgen.«

»Dann fragen wir nicht sie. Fragen wir den Prinzen.«

»Merek? Warum sollte er uns helfen?«

»Weil er Euer zukünftiger Gatte ist. Weil er ein persönliches Interesse an Eurem Wohlergehen hat. Und dass Ihr hier so eingepfercht seid, ist doch offensichtlich nicht gut für Euch. Er weiß, wie wichtig Euch Euer Tempel ist. Und er weiß, wie es sich anfühlt, eingeschlossen zu sein.«

»Ihr habt uns belauscht, als wir unser Abendessen hatten!«

»Ich konnte nichts dagegen tun, Mylady. Ich musste doch in Hörweite bleiben, für den Fall, dass er mich rufen würde«, sagt er. »Ich bin vielleicht unsichtbar, aber ich habe Ohren.«

Ich schüttle den Kopf. »Die Königin wird es hassen, wenn ich mich über sie hinwegsetze.«

»Aber wird sie es Merek abschlagen, wenn er sie darum bittet? Sie hat es schließlich auch erlaubt, dass Ihr mit ihm allein ausgeht, ohne Wache. Sie erlaubt ihm, einen tregellianischen Arzt für Euren Wächter zu holen. Wenn es sein Wunsch ist, wird sie es ihm dann wirklich verweigern?«

»Sind alle Tregellianer so gerissen wie Ihr?«

»Ich bin nicht gerissen, Mylady. Das versichere ich Euch. Ich bin nur gut darin, Hürden zu überwinden, das ist alles.« Seine Augen sind größer als gewöhnlich, als er zu mir aufschaut, und mir hämmert das Herz in der Brust. Das würde alle meine derzeitigen Probleme lösen. Ich würde diese Räume verlassen können und doch meine Zeit mit Lief behalten. Mit Dorin würde ich zu einer Lösung kommen, wenn – *falls* er zurückkommt. Es würde niemandem wehtun.

»Würdet Ihr dem Prinzen einen Brief zukommen lassen?«, sage ich langsam. »Schreibt ihm, dass ich an ihn denke und dass ich dankbar dafür bin, dass er versucht, Dorin zu helfen. Bittet ihn, jemanden zu meinem Tempel zu schicken, der an meiner Stelle beten soll, da ich ja mein Gemach nicht verlassen darf.« Ich erinnere mich an das, was Merek bei unserem Essen gesagt hat. »Teilt ihm mit, dass ich fürchte, zu viel Zeit in meinem eigenen Kopf zu verbringen. Sagt, dass es mich traurig macht, mir in diesem Jahr die Pusteblumen nicht anschauen zu können, dass ich aber hoffe, dass er seine Freude daran hat.«

Er grinst mich an. Gewiss hat er den Großteil meiner Unterhaltung mit Merek mitbekommen. »Sind alle Töchter der Götter so gerissen wie Ihr, Mylady?«

Ich lächle grimmig. »Vielleicht bin ich eben auch gut darin, Hürden zu überwinden.«

Wieder grinst er und macht sich ans Werk. Ich sehe zu, wie seine langen, schlanken Finger den Federkiel beim Schreiben eng umfassen. Die Knöchel, zu groß für seine Hände, treten weiß hervor, während er die Feder über das Papier führt. Ich bin wie gebannt von dieser Bewegung, und als er mich anspricht, höre ich ihn erst gar nicht.

»Soll ich ihn überbringen lassen?«

»Ja ..., bevor ich wieder den Mut verliere.«

Mit einem breiten Lächeln springt er auf die Füße. Eilig verabschiedet er sich, kehrt aber ebenso rasch wieder zurück.

»Dimia bringt den Brief jetzt zu ihrem Bruder. Er gehört zur königlichen Garde und wird ihn dem Prinzen aushändigen können.«

Ich spüre einen scharfen Stich in meiner Brust, als er Dimias Namen erwähnt. »Wie lange, glaubt Ihr, wird die Antwort auf sich warten lassen?«

»Das weiß ich nicht. Soll ich unten bereitstehen?«

»Nein«, erwidere ich rasch. »Wir werden hier warten. Es kann ja noch eine ganze Weile dauern.«

»Wie Ihr wünscht.«

Aber es dauert nicht lange. Weniger als eine Stunde vergeht, bevor jemand schüchtern an die Tür klopft. Lief und ich sehen einander an. Dann zieht er sein Schwert und bedeutet mir, hinter ihn zu treten.

Als er die Tür aufreißt, steht ein hübsches dunkelhaariges Mädchen davor und schaut zu ihm auf.

»Ich habe unten gewartet«, sagt sie leise, »aber du bist nicht gekommen, und da hab ich gedacht ...«

»Dimia, du darfst nie hier heraufkommen«, sagt er tadelnd, aber mit sanfter Stimme.

»Verzeiht«, sagt sie und schaut zu mir herüber. »Mylady, mein Bruder wurde gebeten, Euch unverzüglich eine Antwort zu bringen.«

Sie ist sehr hübsch. Ich mag sie nicht. »Vielen Dank, Dimia, du kannst gehen.«

Sie verneigt sich, bevor sie noch einmal Lief anschaut und scheu lächelt. Er erwidert ihr Lächeln und versetzt mir damit einen weiteren Stich.

Er schließt die Tür, bringt mir die Nachricht, und als ich ungeduldig nicke, öffnet er den Brief und liest. Er runzelt die Stirn, aber dann bricht sein Gesicht doch wieder in das vertraute breite Grinsen aus.

»Lief? Was steht da?«

»Der Prinz fordert mich zu einem Duell. Heute Abend. Um Eure Freiheit.«

Kapitel 11

Mir dreht sich der Magen um, in dem ohnehin der Wein rumort, als wir uns durch die von Fackeln beleuchteten Korridore zur Großen Halle aufmachen. Lief wiederum strahlt begeistert, und ich frage mich, was ihn so glücklich macht. Ich weiß, dass er sich als hervorragender Kämpfer erwiesen hat, als er geprüft wurde, um mein Wächter zu werden. Und dass Dorin derartig beeindruckt von ihm war, spricht Bände. Andererseits ist Merek seit frühester Kindheit im Schwertkampf ausgebildet worden, und zwar von den besten Lehrern des Landes. Wenn Lief glaubt, dass er leicht zu besiegen sein wird, dann steht ihm eine Überraschung bevor. Das sage ich ihm auch.

»Habt Ihr den Prinzen je kämpfen sehen?«, fragt er.

»Nein, aber ich gehe davon aus, dass er gut ist.«

»Mich habt Ihr auch noch nicht kämpfen sehen.«

»Lief, er ist von den besten Männern unterrichtet worden, die das Königreich zu bieten hat.«

»Aber er hat noch nie um sein Leben gekämpft, Mylady. Außerdem werden seine Lehrer es ihm nicht allzu schwer gemacht haben, schließlich ist er der Prinz. Ich bezweifle, dass er jemals auch nur einen Kratzer abbekommen hat.«

»Ihr aber schon?«

»Oh ja.« Er grinst. »Die Wachen von Lormere haben mich hart rangenommen bei meiner Prüfung. Sie wollten mich entwaffnen, mich sogar verwunden, und ich habe jeden Einzelnen von ihnen geschlagen.«

»Seid ... seid Euch bitte nicht so sicher«, sage ich. »Er ist kein Anfänger. Er würde Euch nicht herausfordern, wenn er nicht an seinen Sieg glauben würde.«

»Warum fordert er mich überhaupt heraus?«, überlegt Lief laut. »Warum bittet er die Königin nicht einfach, dass sie es Euch erlaubt, mit einem Wächter auszukommen?«

»Niemand bittet die Königin einfach so um irgendetwas, Lief. Nicht einmal der Prinz.«

»Ich glaube, es geht ihm um Euch«, entgegnet er mit listigem Unterton. »Er will Euch zeigen, was für einen guten Ehemann er abgeben wird. Also besiegt er Euren treuen Diener vor Euren Augen.«

»Der Sieger in einem Duell zu sein, steht nicht gerade ganz oben auf meiner Liste der Qualitäten, die ein Ehemann haben sollte«, entgegne ich trocken.

»Dann habt Ihr Glück, er wird nämlich verlieren.« Lief lächelt, aber das Licht der Fackeln verzerrt seine Gesichtszüge und gibt ihnen etwas unerwartet Unheilvolles.

»Tut ihm nicht weh«, sage ich und Lief hält inne.

»Das werde ich nicht«, sagt er langsam. »Das würde ich Euch nie antun.«

Ich erröte und nicke. »Kommt, wir lassen ihn besser nicht warten.«

Merek wartet bereits in der Großen Halle, als wir ankommen, die Ärmel seiner Tunika hochgekrempelt und mit einem Schwert am Gürtel. Er verbeugt sich. Ich erwidere seinen Gruß und auch Lief senkt neben mir den Kopf.

»Wie geht es dir, Twylla?«, fragt Merek und macht ein paar Schritte auf mich zu.

»Mir geht es gut, Euer Hoheit. Darf ich fragen, wie Euer Befinden ist?«

»Mir geht es ebenfalls gut, auch wenn dies ein seltsamer Tag gewesen ist.« Seine Augen funkeln beim Sprechen. »Wir können ein anderes Mal darüber reden. Hab Dank für deinen Brief. Hattest du mir nicht gesagt, du hättest das Schreiben nie gelernt?«

»Lief hat den Brief geschrieben, ich habe nur diktiert.«

Er nickt und wendet sich zu Lief um. »Du bist damit beauftragt, die Lady zu beschützen, eine Aufgabe, die du zurzeit allein ausführst?«

Lief verbeugt sich erneut. »Ja, Euer Hoheit.«

»Du bist aus Tregellan, nicht wahr? Wo hast du das Kämpfen gelernt?«

»Ich bin nie wirklich darin ausgebildet worden, Euer Hoheit.«

»Wer hat es dir denn beigebracht?«

»Mein Vater, Euer Hoheit«, erwidert er steif.

»Und wer hat es deinen Vater gelehrt?«

»Sein Vater.«

»Hatte irgendjemand in deiner Familie eine richtige Kampfausbildung?«, fragt Merek ungläubig.

Ich hoffe, dass Lief sein Temperament zu zügeln weiß. »Nein, mein Vater war Bauer. Und sein Vater ebenfalls«, sagt er, die Finger bereits am Griff seines Schwertes.

Merek mustert ihn von Kopf bis Fuß. »Ich habe gehört, bei deiner Prüfung hast du alle Männer besiegt?«

»Das stimmt, Euer Hoheit.«

Merek nickt. »Die Regeln sind einfach. Wenn du mich besiegst, dann werde ich es Lady Twylla zugestehen, ihre Gemächer mit dir als ihrem alleinigen Wächter zu verlassen, bis der andere seine Pflichten wieder aufnehmen kann oder neue Umstände eintreten. Ich muss meiner Mutter versichern können, dass du wirklich dazu in der Lage bist, sie zu beschützen.« Er wendet sich mir zu und ich neige den Kopf.

»Verzeiht, Euer Hoheit, aber wer wird es bezeugen, falls ich Euch besiege?«

Merek hebt eine Augenbraue. »Wir kämpfen bis zum ersten Blut.«

Meine Augen weiten sich überrascht und selbst Lief sieht verblüfft aus. »Ich kann diese Bedingung nicht akzeptieren, Euer Hoheit«, sagt er langsam. »Es ist Hochverrat, ein gesalbtes Mitglied der Königsfamilie zu verletzen. So kann ich in keinem Fall gewinnen.«

»Ich gebe dir mein Wort, dass dir nichts geschehen wird, falls du mich verletzen solltest«, sagt Merek feierlich. »Dies sind meine Bedingungen und meine Wächter werden meine Zeugen sein.« Zwei Männer treten aus den Schatten und verbeugen sich. Ich habe sie vorher überhaupt nicht wahrgenommen. »Aber dafür müsstet du mich ja erst einmal schlagen.«

Ich sehe, wie Lief unmerklich schnaubt. »Und wenn ich unterliege, Euer Hoheit?«

»Dann wird die Lady in Ihrem Gemach bleiben müssen, bis der andere Wächter auf seinen Posten zurückkehrt oder ein neuer Kandidat gefunden werden kann. Ich muss sichergehen, dass du wirklich fähig bist, die Sicherheit meiner zukünftigen Braut zu garantieren. Und das kann ich nur, wenn ich selber sehe, ob du so gut bist, wie man sagt – oder eben nicht.«

Liefs Gesicht verhärtet sich. Mit geballten Fäusten mustert er

Merek einen langen Augenblick, dann deutet er eine minimale Verbeugung an. »Ich akzeptiere die Bedingungen.«

Merek wendet sich mir zu. »Wenn ich dich bitten dürfte, vom Kampfplatz zurückzutreten, Twylla?«

Ich neige meinen Kopf, gehe zum Podium hinüber und setze mich auf einen Stuhl.

Lief und Merek nehmen ihre Positionen in der Mitte des Raumes ein und verbeugen sich voreinander – Lief tief, der Prinz nur mit einem kurzen Nicken. Merek zieht sein Schwert und Lief das seine, beide Klingen noch zu Boden gerichtet. Dann, ohne ein Wort, heben sie sie gleichzeitig. Lief und Merek beginnen sich zu umkreisen, einen Fuß vor den anderen setzend, während sie den jeweils anderen taxieren, ihn belauern wie ein zu jagendes Wild.

Dann durchbricht Merek den Kreis und greift an, Lief reißt den Arm hoch, um den Schlag abzuwenden, und der Kampf beginnt.

Merek täuscht einen weiteren Schlag an, aber Lief schießt beiseite, wirbelt herum und geht mit dem Schwert auf Mereks linken Arm los. Dieser schafft es, den Angriff zu parieren, und stößt seinerseits zu, sodass Lief zurückweichen muss. Für mich sieht es aus, als sei keiner von ihnen länger als einen Sekundenbruchteil im Vorteil, bevor er einen Angriff abwehren und sich einen Schritt zurückziehen muss, nur um sich neuerlich auf den anderen zu stürzen.

Das Geräusch von klirrendem Stahl erfüllt den Raum: Die Schwerter werden hochgerissen, dann wieder hinunter, dann wieder hinauf. Merek sticht noch einmal überraschend zu und Lief wirbelt beiseite. Doch diesmal streift Mereks Schwert Liefs Tunika an der Schulter und im Stoff klafft ein kleiner Riss.

»Beinahe, Euer Hoheit«, ruft Lief übermütig und dreht den Kopf, um seine Schulter zu begutachten.

Merek schnauft verächtlich, kommt aber bereits wieder näher, schwingt sein Schwert unvermittelt auf Liefs Körpermitte zu. Mir bleibt das Herz stehen, aber Lief hält dagegen und fängt mit seinem eigenen Schwert Mereks Klinge ab. Der Prinz taumelt zwei Schritte zurück und umfasst seinen Unterarm mit der anderen Hand.

In diesem Augenblick wird mir klar, was für ein guter Krieger Lief ist.

Nein, sie sind einander nicht ebenbürtig, nicht einmal annähernd. Lief hat nur mit Merek gespielt, hat ihn gereizt wie eine Katze die Maus, hat ihm gestattet, anzugreifen und zuzuschlagen, und ihm so Hoffnungen gemacht. Doch nun schlägt er tatsächlich zurück und seine Angriffe sind schonungslos. Schlag um Schlag geht sein Schwert auf Merek nieder. Ich kann erkennen, dass der Prinz müde wird, während Lief ihn durch die Halle treibt. Neben mir stehen die Wachen, ebenfalls mit gezogenen Schwertern, was ich ihnen nicht verübeln kann: Liefs Sturm ist schrecklich.

Dann lässt Merek sein Schwert zu Boden fallen und hebt die Hände.

»Ich gebe auf«, ruft er keuchend. »Ich gebe auf.«

Sofort senkt Lief sein Schwert und verbeugt sich. Nach einem Augenblick neigt auch Merek ganz leicht den Kopf. Beide Männer stehen einander schwer atmend gegenüber. Lief steckt sein Schwert wieder in die Scheide. Auch Merek hebt das seine vom Boden auf und tut es ihm gleich.

Ich stehe auf und gehe zu ihnen. »Geht es Euch gut, Euer Hoheit?«

»Ja, mir geht es gut. Ich blute noch nicht, aber in Anbetracht der Fähigkeiten Eures Wächters habe ich beschlossen, lieber unversehrt zu bleiben.« Er schaut mit undurchdringlicher Miene zu Lief hinüber, der sich erneut verbeugt. »Damit gestatte ich, dass du deinen Turm mit ihm als deinem alleinigen Wächter verlassen darfst. Mit ihm an deiner Seite mache ich mir um deine Sicherheit keine Sorgen.«

»Habt Dank, Euer Hoheit. Soll ich Lief einen Brief an die Königin diktieren, um ihr zu danken?«

Merek scheint peinlich berührt. »Es wird vielleicht das Beste sein, wenn ich mit ihr rede.«

»Merek ...« Ich vergesse, dass wir nicht alleine sind. »Bitte sagt ihr nicht nur, dass mein Schutz garantiert ist, *versichert* es ihr. Weiß sie von alledem hier?«

Er schüttelt den Kopf. »Sie ist ziemlich beschäftigt mit meinem Stiefvater. Und da habe ich den Stier kurzerhand bei den Hörnern gepackt.« Sein Mundwinkel zuckt. »Ich werde versuchen, heute Abend mit ihr zu reden, aber für den Fall, dass ich keine Gelegenheit habe, musst du diskret sein, wenn du dich im Schloss bewegst. Doch ich werde dich nicht länger bitten, in deinen Gemächern zu bleiben.«

»Vielen Dank«, sage ich sanft.

Er verbeugt sich vor mir und sieht mich lange an, bevor er sich Lief zuwendet.

»Das hat mir Spaß gemacht. Ich gestehe, ich habe in Tregellan einige Zeit mit den dortigen Soldaten geübt. Eure Leute kämpfen gut. Vielleicht können wir es noch ein andermal miteinander aufnehmen?«

»Euer Hoheit.« Lief verbeugt sich.

»Wir sehen uns bald, Twylla.« Merek nickt mir zu und verlässt, von seinen Wachen gefolgt, eilig den Raum.

Lief und ich begeben uns zurück auf den Korridor und noch immer hämmert mir das Herz in der Brust. Aber erst, als wir die Große Halle ein gutes Stück hinter uns gelassen haben, wird mir klar, dass ich den Atem angehalten habe.

»Ich dachte, Ihr hättet Bauer werden sollen?«, sage ich, als wir uns meinem Turm nähern.

»Bei einem Tregellianer empfiehlt es sich immer, für eine Schlacht bereit zu sein. Seit dem Krieg hat bei uns jeder Vater seinem Sohn beigebracht, wie man mit dem Schwert und Pfeil und Bogen kämpft, ganz gleich, ob er zur Armee gehörte oder nicht.«

Ich nicke, als er die Tür des Turmes für mich öffnet. »Ihr seid gut«, sage ich, als wir die Treppen hinaufsteigen.

»Er war auch gut, ich war überrascht.«

»Aber nicht so gut wie Ihr.« Ich löse den Riegel an meiner Tür, gehe zum Schreibtisch hinüber und schenke mir ein weiteres Glas Wein ein, fest entschlossen, mich zu beruhigen.

»Mylady, meint Ihr nicht, ich hätte mir ebenfalls ein Glas Eures Honigweins verdient?«

»Die ganze Karaffe habt Ihr Euch verdient«, sage ich und schiebe sie ihm entgegen. »Ihr habt mir meine Freiheit gewonnen.«

»Gehört alles zur Arbeit dazu.« Er hebt die Karaffe an seine Lippen und trinkt, doch ich sehe, dass er zusammenzuckt.

»Ist alles in Ordnung mit Euch?«

Er lächelt merkwürdig. »Es könnte sein, dass ich etwas abbekommen habe.«

»Was? Wann?« Ich trinke entsetzt einen großen Schluck Wein.

»Als er meine Tunika erwischt hat, könnte er auch meine Haut angeritzt haben. Das weiß ich erst, wenn ich nachsehe.«

»Das würde bedeuten, dass Ihr verloren habt. Lief, Ihr müsst ihm das sagen, es ist unehrenhaft ...«

Er schaut mich mit undurchsichtiger Miene an. »Wenn ich es ihm sage, werdet Ihr hier wieder eingesperrt.«

Ich will etwas erwidern, aber ich bekomme keine Worte heraus. Ich möchte nicht eingesperrt sein.

»Vielleicht hat er mich auch gar nicht verletzt«, sagt Lief und versucht, über seine Schulter zu blicken. »Ich muss in meine Kammer gehen.«

»Warum? Was ist denn?«

»Ich kann es so ja nicht sehen, wegen meiner Tunika, Mylady«, sagt er. »Ich muss mir die Wunde anschauen.«

»Ich möchte sie auch sehen. Ich ... oh.« Ich erröte, als mir klar wird, was er meint. »Nun, aber ich meine ... ich weiß nicht ... ja, ich verstehe. Natürlich.«

»Ich tue es auch gerne hier, Mylady, wenn Ihr Euch selbst ein Bild machen wollt.«

Ich kann nur nicken. Meine Wangen müssen feuerrot sein.

»Na schön«, sagt er. Er dreht sich weg und legt seinen Schwertgürtel ab, lässt ihn zu Boden fallen. Und dann zieht er sich in einer einzigen geschwinden Bewegung, begleitet von einem gequälten Schnaufen, die Tunika über den Kopf.

»Nun?«, fragt er. »Blute ich?«

Aber mir fehlen die Worte.

Ich kann nicht aufhören, die Form seines Rückens anzustarren, den Schwung seiner Wirbelsäule. Er ist viel breiter, als ich erwartet hatte. Wie kann er ohne Tunika so anders aussehen? Wie kann ihn dieses einzelne Stück Stoff derartig verändern?

»Mylady?« Er wendet den Kopf zu mir herum. Mein ganzer Körper glüht, als mir auffällt, wie sich seine Muskeln unter der Haut bewegen.

»Entschuldigt«, murmle ich, zu verlegen, um ihm in die Augen zu sehen. »Dreht Euch herum.«

Ich muss mich auf die Zehenspitzen stellen, um etwas zu sehen. Die Erleichterung ist überwältigend. Es wird einen blauen Fleck geben und die Haut ist angekratzt, aber er hat nicht betrogen.

»Kein Blut«, sage ich heiser und räuspere mich rasch. »Die Haut ist abgeschürft, aber es hat nicht geblutet. Morgen früh werdet Ihr allerdings einen gewaltigen Bluterguss haben.«

Er wendet sich dem Spiegel zu und betrachtet die Wunde. Erneut werde ich rot, als mein Blick auf sein Schlüsselbein fällt. Ich durchquere den Raum, leere mein Glas und fülle es gleich wieder. Es kommt mir zu warm vor hier drin, also stoße ich das Fenster auf und atme tief die kühle Nachtluft ein.

»Es tut mir leid«, sage ich noch einmal, ohne zu wissen, wofür ich mich entschuldige.

Ich kann ihn nicht wieder anschauen, bis ich das Rascheln höre, mit dem er sich seine Tunika überstreift.

»Nichts passiert. Es bedeutet, dass ich nicht gelogen oder betrogen habe. Das ist doch gut. Ihr werdet mich nicht melden müssen.«

»Das hätte ich nicht getan«, gebe ich zu.

Liefs Gesicht sieht überrascht aus, als es aus der Tunika auftaucht. »Aber das wäre eine Lüge gewesen, eine Sünde.«

»Eine kleine«, sage ich. Mein Herz hämmert, und als ich mein Glas erneut an die Lippen setze, zittern meine Finger.

»Habt Dank, Mylady.«

»Twylla«, sage ich hastig. »Wenn wir allein sind, könnt Ihr mich Twylla nennen. Auch das habt ihr Euch verdient.«

»Twylla«, sagt er sanft. Ein Schaudern durchläuft mich, als ich ihn meinen Namen aussprechen höre. »Ihr solltet Euch ausruhen, Twylla. Wir haben viel vor morgen. Schließlich ist es der erste Tag Eurer Freiheit.«

Ich schaue ihn an. Als er sich die Tunika über den Kopf gezogen hat, hat er auch das Band gelöst, das seine Haare zusammenhält. Ich frage mich, wie es sich wohl anfühlen muss, die befreiten Strähnen zu berühren, sie mir um den Finger zu wickeln. Wie eine Schlafwandlerin gehe ich auf ihn zu, meine Hand hebt sich und nähert sich seiner Brust. Wir schauen beide auf sie hinunter, und dann ist er es, der einen Schritt zurückweicht, während sich meine Finger zu Klauen krümmen, als würden sie gar nicht mir gehören.

»Gute Nacht, Twylla«, flüstert er. »Träumt von schönen Dingen.« Er nickt, dreht sich um und schließt die Tür behutsam hinter sich.

Und ich schaue hinab auf meine verräterische, zitternde Hand.

Es ist eine ruhelose, unglückselige Nacht. Ob ich schlafe oder wach liege, ich kann nur an sein Haar denken, daran, wie gern ich es berührt hätte, und an seine Schultern und seinen Rücken und daran, wie ebenmäßig seine Haut aussah. Ich wollte ihn anfassen, aber hätte ich es getan, wäre er jetzt tot. Ich kann keine bequeme Position finden in meinem Bett, und immer wenn ich mich bewege, scheint der Raum sich um mich zu drehen.

Also muss ich mich wieder aufsetzen und in die Dunkelheit starren. Es liegt bestimmt am Wein. Ich habe drei Gläser auf leeren Magen getrunken. Nach der ganzen Sorge um Dorin und der Geschichte mit dem Duell ist es wohl kein Wunder, dass ich mich so habe gehen lassen. Aber eigentlich weiß ich, dass das eine Lüge ist, eine weitere Lüge. Es lag nicht am Wein, dass ich ihn berühren wollte. Als ich in den Spiegel schaute, nachdem er gegangen war, habe ich den Blick in meinen Augen gesehen. Es war der Blick des Verlangens, der Lust, strahlender, nach Erdbeeren schmeckender Lust.

Aber ich kann mir kein Verlangen gestatten, denn ich bin dem Prinzen zur Frau versprochen. Und wenn ich irgendjemand anderen berühre, werde ich ihn töten.

Kapitel 12

Am nächsten Morgen bin ich müde und doch ruhelos, und mein Herz flattert, während ich mich für den Tag zurechtmache. Meine Haut ist immer abwechselnd heiß und kalt, wenn ich mich an Liefs Brust erinnere, an das Duell, an sein übermütiges Lächeln. Dann fällt mir ein, dass Dorin noch immer krank ist, und mich packt das schlechte Gewissen. Immer wieder vergesse ich ihn. Alles fühlt sich so verworren und chaotisch an, und etwas in mir will, dass ich einfach in meinem Gemach bleibe und mich vor alledem verstecke. Doch mir ist klar, dass das sinnlos und undankbar wäre, wenn man bedenkt, was Lief für meine Freiheit auf sich genommen hat.

»Wie geht es Eurer Schulter?«, frage ich ihn, als er mir das Frühstück bringt.

»Bluterguss.« Er lächelt. »Wie Ihr vorausgesagt habt. Und ein bisschen steif ist sie. Aber auch das würde mich nicht von einer weiteren Runde abhalten, wenn es nötig wäre.«

Ich lächle schwach, während vor meinem inneren Auge schon wieder seine nackten Schultern auftauchen.

»Nun«, fährt er fort, »wenn Ihr so weit seid – das Wetter ist angenehm, wenn auch ein wenig frisch. Ihr solltet Euren Umhang mitnehmen.« Er wartet gar nicht erst auf meine Zustimmung, geht zu meinem Schrank hinüber und holt den tiefroten Umhang heraus. Er streckt ihn vor, als wolle er ihn mir umlegen.

»Was tut Ihr denn?«

»Ich möchte Euch in den Umhang helfen.« Seine Augen funkeln frech.

»Lief, seid kein Narr. Bitte gebt ihn mir einfach.«

»Vertraut Ihr mir nicht?«

Ich höre einen Unterton in seiner Stimme. »Lief, Ihr dürft mich nicht berühren.«

»Werde ich nicht. Vertraut Ihr mir?«, wiederholt er und beobachtet mich genau.

Ich drehe mich um, versteife mich, da mir schmerzlich bewusst ist, dass er direkt hinter mir steht. Jetzt spüre ich seinen Atem in meinem Haar. Das Gewicht des Stoffes fällt auf meine Schultern und er tritt vor mich. »Ich würde Euch nicht in Verlegenheit bringen. Ich dachte, das hätte ich gestern Abend deutlich gemacht.«

Ich ziehe die Schlaufe des Umhangs an meinem Hals zusammen, unfähig, ihn anzusehen.

»Also, wohin gehen wir, Mylady? Das Schloss gehört Euch.« Mir fällt auf, dass er meinen Titel benutzt, und wieder kämpfen in mir Erleichterung und Enttäuschung.

»Zu meinem Tempel.«

»Sehr wohl.« Er marschiert auf die Tür zu und reißt sie auf, dann verbeugt er sich tief und ich muss unwillkürlich lächeln. Er erwidert mein Lächeln. Dabei kommt kurz die Zunge zwischen seinen Zähnen zum Vorschein und mein Magen zieht sich zusammen.

Trotz meiner Verwirrung spüre ich, wie es in mir jubiliert und sich ein gar nicht gottgleiches Lächeln auf meine Lippen schleicht, als wir den Turm verlassen und den Korridor hinuntergehen. Auch wenn ich bezweifle, dass je ein Kind übermütig durch diese Säle getollt ist, würde ich es in diesem Augenblick am liebsten tun. »Nur Ziegen tollen, kleine Mädchen gehen«, hat meine Mutter einmal zu mir gesagt, in einem der seltenen Momente, in denen sie wirklich versuchte, mich zu erziehen. Trotzdem: Wenn ich herumtollen könnte, würde ich es tun.

Ich kann Lief zu meiner Linken spüren, als würden unsichtbare Fäden uns an Hüften, Knien und Ellbogen verbinden. Als er mit der Hand seinen Gürtel richtet, fühle ich die Bewegung, die durch die Luft, die uns trennt, an mich weitergegeben wird. Ich bin mir seiner so sehr bewusst wie meiner selbst.

»Dürfte ich einen Umweg vorschlagen, Mylady?«, fragt Lief, als wir den Garten erreichen.

»Wohin?«

»Ich würde Euch gerne etwas zeigen, wenn ich darf.«

»Was denn?«

»Es ist eine Überraschung«, sagt er und lächelt mich an. »Es ist ganz sicher.«

Ich habe gesehen, wie er mit Merek gekämpft hat; um meine Sicherheit mache ich mir also keine Sorgen. »Ich möchte mein Glück nicht herausfordern, Lief. Der Prinz sagte, ich solle diskret sein.«

»Es ist diskret, Mylady. Ich verspreche, niemand wird mitbekommen, dass Ihr dort gewesen seid.«

»Ich kann nicht, Lief.«

»Ich verstehe, Mylady. Verzeiht. Es war nichts Wichtiges, nur etwas, das Dimia mir gezeigt hat.«

Schon wieder Dimia. »Wenn wir uns beeilen«, wende ich rasch ein. »Aber nur für einen kurzen Moment.«

Ich sehe, wie er lächelt.

Er führt uns an dem ummauerten Teil des Gartens entlang und durch die Stallungen. Kurz halte ich an, um mein Pferd zu streicheln, aber dann setzen wir unseren Weg durch den Küchengarten fort, wo einst die verhängnisvollen Pusteblumen wuchsen, und betreten einen Teil des Schlosses, der mir unbekannt ist. Dorin hätte mich niemals hierher geführt. Beim Gedanken an ihn spüre ich einen weiteren Stich.

»Dort.«

Dann vergesse ich Dorin, Merek und sogar Lief. Alle Gedanken, die mich beunruhigt und gequält haben, fallen von mir ab, und ich kann nur mit offenem Mund den Garten anstarren, der sich vor mir auftut. Alle Wildblumen, von denen ich geglaubt hatte, sie seien aus dem Schloss verbannt worden, wachsen hier vor meinen Augen, Mohn und Huflattich, Nieswurz und Flachs, Tuberosen und Gänsefingerkraut, alles ist da.

»Hier habt Ihr an jenem Morgen die Blumen für mich gepflückt«, stoße ich aus.

»Ja. Es ist der Garten des Herbalisten.«

»Weiß die Königin davon?«

»Ja. Hier werden alle Pflanzen für die Heiler angebaut. Ihr gefällt der Anblick vielleicht nicht, aber selbst sie kann nicht abstreiten, dass sie nützlich sind. Kommt ...« Er streckt den Arm aus, um mir den Weg zu weisen. »Hier den Pfad entlang zur Mitte. Seid vorsichtig, Schierling und Hundsbeere wachsen am äußersten Ende. Ich glaube allerdings nicht, dass Euer Morgenandorn hier wächst.«

Ich gehe durch die Pflanzen, von denen mir manche bis zu den Knien reichen, lasse meine Finger durch ihre Blätter fahren und lächle. Wenn ich gewusst hätte, dass es diesen Ort gibt, hätte ich mir selbst Blumen für meine Stickerei aussuchen können. Ich wette, auch Merek ist dieser Garten unbekannt, keine seiner Zeichnungen von Zierblumen ähnelt den Pflanzen, die hier vorkommen.

Als wir in der Mitte der wilden Wiese ankommen, setze ich mich auf eine kleine Steinbank und lasse meinen Blick über all die Pflanzen wandern, die in der leichten Brise hin und her schaukeln. Der Garten ist ein Meer aus Farben – aus Rot- und Lila-, aus Gelb-, Orange- und Grüntönen – und ich liebe es. Nichts wächst in Reih und Glied, auch wenn es ursprünglich einmal Beete gegeben haben muss. Aber niemand hat sich die Mühe gemacht, die Pflanzen davon abzuhalten, sich kreuz und quer auszubreiten. Mohn blüht überall, und als ich einige Pusteblumen entdecke, muss ich breit grinsen.

»Darf ich Euren Umhang haben, Mylady?«, fragt Lief.

Ich schaue ihn stirnrunzelnd an. »Warum?«

»Vertraut mir. Euch wird warm genug sein. Es ist gar nicht frisch, das habe ich nur so gesagt.«

Verwirrt löse ich den Verschluss, ziehe den Umhang von meinen Schultern und reiche ihn ihm. Zu meiner Überraschung schüttelt er ihn aus, bis er sich aufbauscht, und breitet ihn dann auf dem Boden aus.

»Legt Euch hin.«

»Ich kann nicht!«, sage ich.

»Warum nicht?«

»Weil ich die Gottgleiche Daunen bin.«

»Niemand wird es je erfahren, es bleibt unter uns.«

»Und wenn jemand kommt?«

»Das wird nicht passieren. Die Diener arbeiten im Schloss und die Pflanzen werden immer nur bei Sonnenaufgang oder Sonnenuntergang geerntet. Ein Herbalist holt sich seinen Nachschub niemals unter der Mittagssonne. Euch kann nichts passieren.«

»Lief, ich kann nicht.«

»Autsch«, sagt er und reibt sich die Schulter. »Also wenn ich nicht meine Verletzung hätte, Ihr wisst schon, die ich mir geholt habe, als ich für Eure Freiheit gekämpft habe, würde ich es tun.«

»Das ist nicht gerecht«, protestiere ich.

»Ich weiß.« Er lächelt. »Ich werde Wache halten, versprochen.«

Ich schaue ihn an. Sein Spiel mit meinen Gefühlen funktioniert besser, als ich mir eingestehen möchte. »Na schön«, sage ich. »Aber Ihr dürft es niemals jemandem sagen.«

»Ich schwöre«, sagt er mit einem Grinsen.

Ich sinke auf meine Knie, bevor ich mich geziert auf den Umhang setze.

»Ihr müsst Euch hinlegen.«

»Ich kann nicht.«

»Nur für einen Augenblick.«

Ich verdrehe die Augen und seufze, lehne mich zurück und falte meine Hände angespannt über meinem Bauch. Und dann bleibt mir vor Staunen die Luft weg.

Über mir erstreckt sich der Himmel, blau und klar und endlos. Wenn ich den Kopf ein Stückchen nach links oder rechts drehe, kann ich die Stiele der Blumen um mich herum sehen und die Unterseiten ihrer Blüten. Doch was ich nicht sehen kann, ist das Schloss. Hier unten ist es verschwunden, und das ist ein aufregendes Gefühl.

»Ich könnte irgendwo sein«, murmle ich.

»Wirklich überall.« Lief setzt sich auf die Steinbank. »Versteht Ihr jetzt, warum ich wollte, dass Ihr das seht?«

»Ja«, hauche ich. Alles ist vollkommen und ich schließe die Augen. Die Sonnenstrahlen fallen auf mein Gesicht, und ich tue so, als wäre ich allein, nicht seinetwegen, sondern weil er mein Wächter ist. Ich bin jetzt bloß noch ein Mädchen, das an einem der letzten Tage des Sommers auf einer Wiese zwischen Blumen liegt.

Etwas bewegt sich neben mir. Ich schlage die Augen auf und fahre hoch. Lief hat sich neben mich gesetzt. Ich muss blinzeln, weil mich das helle Sonnenlicht blendet.

»Was tut Ihr denn? Ihr müsst doch Wache halten?«

»Ich habe gute Ohren, Mylady. Wenn sich jemand dem Garten auch nur nähert, werde ich ihn hören und auf meinen Füßen stehen, bevor er uns bemerkt.«

Ich schaue ihn verunsichert an. »Wir sollten gehen ...«

»Bleibt noch etwas. Ich möchte sehen, was Ihr seht.«

Ich schaue ihn lange an, bevor ich mich wieder hinlege. Mein Herz schlägt jetzt so laut, dass ich es in meinen Ohren widerhallen höre. Nach einem Augenblick legt er sich neben mich. Er hält Abstand, ist aber so nahe, dass ich seinen Atem hören kann.

»Ist das in Ordnung?«, fragt er.

»Ja.«

»Ich habe das früher immer mit meiner Schwester gemacht, wisst Ihr, auf unserem Hof.«

Ich halte den Atem an. Er gibt so selten etwas über seine Vergangenheit preis und ich will ihn nicht unterbrechen. Seine Worte kommen mir vor wie eine Offenbarung, und ich antworte nur leise, sodass er es ignorieren kann, wenn er möchte. »Tatsächlich? Wie heißt sie?«

»Errin. Sie ist ein Jahr jünger als ich, so alt wie Ihr. Abends nach dem Essen haben wir uns gern in den Garten gelegt und zugeschaut, wie die Sonne untergeht und die Sterne zum Vorschein kommen. Manchmal haben sich auch unsere Eltern dazugesellt. Mutter brachte Decken und Tassen mit Kakao und Vater spielte auf seiner Mundharmonika. Das war sehr schön.«

Seine Worte schnüren mir die Kehle zu. Wie kann er das ertragen? »Ihr vermisst sie bestimmt.«

»Die ganze Zeit. Es ist schwer, so weit fort zu sein und nicht zu wissen, wie es ihnen geht. Meine Mutter hat den Tod meines Vaters nicht gut verkraftet. Er war die Liebe ihres Lebens; sie wird nur schwer ohne ihn zurechtkommen. Und die arme Errin war beinahe fertig mit ihrer Ausbildung. Sie war Lehrmädchen bei einem Herbalisten.«

Ich bekomme große Augen – so passt es zusammen. Deshalb weiß er so viel über Pflanzen.

»Sie musste aufhören«, fährt er fort. »Unsere Mutter braucht sie. Aber eines Tages werde ich genug Geld haben, damit sie weitermachen kann. Wie gesagt, von hier aus kann ich mehr für sie tun. Wie Ihr für Eure Familie.« Er seufzt. »Wir müssen beide tun, was wir können, um unsere Lieben zu unterstützen.«

»Lief?« Ich drehe mich auf die Seite, um ihn anschauen zu können, und streiche meine Röcke glatt. »Wie habt Ihr Euren Vater verloren?«

Er seufzt und rümpft die Nase. Ich fürchte schon, dass er nicht antworten wird, dass ich zu weit gegangen bin.

»Es gab einen Unfall auf unserem Hof«, beginnt er. »Er hat versucht, unseren Bullen einzufangen. Es war ein mürrisches altes Vieh, das uns alle gehasst hat. Mein Vater wollte ihn auf die Weide treiben, da hat der Bulle ihn angegriffen. Vater ist ihm entkommen, aber dabei gestürzt und auf eine verrostete Heugabel gefallen, die wir nicht weggeräumt hatten. Meine Schwester hat seine Wunde gesäubert und verbunden – sie ist gut in solchen Sachen –, aber als der Arzt kam, hatte mein Vater bereits den Wundstarrkrampf. Das ist unheilbar, nicht mal unsere Ärzte haben ein Mittel dagegen.« Er lächelt traurig. »Er wusste, dass er nicht durchkommen würde.«

»Ich hoffe, es ging schnell«, sage ich.

»Es hätte schneller gehen können«, sagt er leise. »Aber er musste keine allzu schlimmen Schmerzen aushalten, dank des Mohnblütensafts. Ich war die meiste Zeit über bei ihm; meine Mutter und meine Schwester konnten es nicht ertragen.«

»Es tut mir leid, Lief.«

»Vielen Dank, Twylla.«

Wir schauen einander an, und mir fällt auf, dass er Sommersprossen auf seiner Nase hat. Nur ein paar helle Flecken, aber sie verzaubern mich. Ich habe auch Sommersprossen – auf meinem Gesicht und den Schultern, auf der Brust und auf dem Rücken. Sofort schießt mir das Bild seiner nackten Schultern in den Kopf: seine glatte, makellose Haut. Hitze steigt in mir auf, die Haut scheint mir zu eng zu werden. Und als ich ihm wieder in die Augen schaue, bleibt die Welt stehen. Noch nie bin ich mir des Blutes, das in meinen Adern pulst, so sehr bewusst gewesen.

»Darf ich Euch etwas sehr Persönliches fragen, Twylla?« Seine Stimme klingt verhalten.

Ich nicke langsam.

»Liebt Ihr den Prinzen?«

Das habe ich nicht erwartet. »Warum fragt Ihr mich das?«

»Dorin hat so eine Bemerkung gemacht, als ich hierherkam.«

Ich setze mich eilig auf. »Was hat Dorin gesagt?«

Lief setzt sich ebenfalls hin und hebt beruhigend die Hände. »Nichts Schlimmes, keine Bange. Er hat mir die Geschichte des Schlosses erklärt, und dann hat er Eure Verlobung erwähnt und gesagt ...«

»Was gesagt?«

»Er hat gesagt, Ihr hättet schwer an Eurer Rolle zu tragen, und dass es unsere Aufgabe sei, sie Euch zu erleichtern, wo wir können. Er meinte, ihr wärt früher weniger ernst gewesen. Aber dann hätte es einen Vorfall mit einem Jungen gegeben, und das hätte Euch verändert. Und deshalb müssten wir alles tun, um Euer Leben angenehm zu machen.«

Ich wende mich ab.

Lief nickt. »Es ist nicht Eure Schuld ... was mit dem Jungen passiert ist, wisst Ihr?«

Ich lache bitter auf. »Nicht? Es waren meine Hände auf seiner Haut.«

»Nein«, entgegnet er streng. »Ihr habt getan, was man Euch befohlen hat.« Er hält inne. »Also, ist es so?«

»Ist *was* so?«

»Liebt Ihr ihn?«

Ich schaue Lief an, dann lege ich mich wieder hin und schließe die Augen. In Wahrheit weiß ich nicht, was ich fühle. Über Liebe habe ich nie nachgedacht. Ich wusste immer, dass Merek und ich eines Tages heiraten würden. Wir sind einander versprochen, seit ich hierherkam. Es ist so, wie man weiß, dass die Sonne aufgehen wird oder dass der Himmel blau ist. Es ist einfach so. »Ich weiß es nicht«, sage ich schließlich. »Es ist nicht ... Es spielt sowieso keine Rolle.«

»Das heißt also Nein«, sagt er und legt sich wieder neben mich.

»Warum?« Ich öffne die Augen und wende ihm mein Gesicht zu.

»Weil es eine Rolle spielt, wenn man liebt. Eine sehr große sogar.«

»Woher wisst Ihr das?«

Er schaut mir direkt in die Augen. »Es ist einfach so.«

Sein Gesichtsausdruck macht mir Angst und ich muss an letzte Nacht denken. Daran, wie ich ihn unbedingt berühren wollte, wie mir die Augen dunkel und rund im Gesicht standen, als ich in den Spiegel geschaut habe, nachdem er gegangen war. »Seid Ihr schon mal verliebt gewesen?«

»Twylla ...«

Ein entsetztes Keuchen lässt uns beide hochfahren. Lief ist sofort auf den Füßen und hat halb sein Schwert gezogen.

Dimia steht vor uns, weiß wie alte Milch, und ihre riesigen Augen starren uns anklagend an, während sie von einem zum anderen blickt.

Kapitel 13

Ihre Hand fährt zum Kragen ihres Gewandes hinauf, während sie uns anstarrt.

»Verschwinde hier«, sagt Lief grob und steckt sein Schwert zurück in die Scheide. »Du solltest nicht hier sein.«

»Verzeiht. Ich …« Sie wendet sich ab, aber Lief hält sie am Arm fest.

»Nein, Dimia. Bitte. Verzeih du mir«, sagt er nachdrücklich. »Du hast mich erschreckt. Ich wollte dich nicht so anfahren.«

Sie nickt, aber ihre Augen verengen sich, während ihr Blick zwischen ihm und mir hin- und herfährt. Ich beuge mich nach unten, um meinen Umhang aufzuheben, und werfe ihn mir um die Schulter wie einen Schild.

»Was willst du hier?«, frage ich sie.

Sofort senkt sie den Blick. »Verzeiht, Mylady. Der Prinz hat mich geschickt, um Euch zu suchen. Ich habe Euch nirgendwo finden können.«

Mein Magen zieht sich vor Entsetzen zusammen. Was, wenn Merek selbst hier im Garten war, wenn er mein Gespräch mit

Lief mitangehört hat? Wir sind so leichtsinnig gewesen ... »Der Prinz?«, wiederhole ich so ruhig wie möglich.

»Ja, Mylady«, sagt sie leise. »Er kam in Euren Turm, als ich sauber gemacht habe, und hat mir gesagt, ich solle Euch sofort holen.«

»Niemand darf wissen, dass die Lady hier war, Dimia«, sagt Lief streng.

»Aber der Prinz ...«

»Dimia ...«, setzt Lief an, aber ich schneide ihm das Wort ab.

»Du wirst den Mund halten«, sage ich kalt und trete auf sie zu. Mir gefriert das Blut in den Adern, aber ich muss das tun. »Du wirst vergessen, dass du uns gesehen hast, und du wirst lügen, wenn irgendjemand dich danach fragt. Du wirst alles vergessen, was du gehört hast. Denn wenn nicht, werde ich womöglich versehentlich gegen dich stoßen oder gegen deinen Bruder.« Um dem Ganzen noch zusätzlichen Nachdruck zu verleihen, hebe ich meine Hände.

Wenn es überhaupt möglich ist, wird Dimia noch blasser und Lief schaut mich mit offenem Mund an. Ich beachte ihn nicht, konzentriere mich ganz auf sie. »Wenn ich du wäre, würde ich also besser lernen, stumm zu sein. Hast du mich verstanden?«

Sie nickt.

»Jetzt geh«, sage ich. »Du hast uns nicht gesehen.«

Sie nickt noch einmal und eilt davon, lässt mich mit Lief zurück, der mich noch immer fassungslos betrachtet. Ich wende mich von ihm ab.

»Das war nicht nett«, sagt er leise.

»Ich hatte keine Wahl«, erwidere ich, obwohl mir selbst ganz schlecht geworden ist bei meinen Worten.

»Doch, das hattet Ihr. Sie hatte Angst. Habt Ihr das denn nicht gesehen? Sie hätte nichts gesagt.«

»Das weiß man nicht. Ich konnte das Risiko nicht eingehen, Lief.«

Ich zwinge mich dazu, ihn anzuschauen. Der Vorwurf in seinen Augen fühlt sich an wie eine Ohrfeige.

»Also habt Ihr gedroht, sie zu töten? Und ihren Bruder?«

»Ich würde es niemals tun. Niemals«, sage ich. «Ich weiß besser als jeder andere, was es bedeutet, und ich würde sie unter keinen Umständen berühren. Aber das ist die einzige Macht, über die ich verfüge, Lief. Alles, was ich erzeugen kann, ist Angst. Und ich muss solche schrecklichen Dinge sagen, um Euch zu beschützen, denn ...«

Zu meiner Überraschung unterbricht er mich mit einem plötzlichen Auflachen. »Mich beschützen? Warum solltet Ihr mich beschützen wollen?«

»Weil ... weil ich es will.«

Er schaut mich mit gerunzelter Stirn an und nickt. »Kommt, wir gehen besser zurück.«

»Seid nicht wütend auf mich.«

»Bin ich nicht.«

»Ich habe versucht, Euch zu beschützen«, sage ich leise.

»Es ist meine Aufgabe, *Euch* zu beschützen. Und alle anderen *vor* Euch.«

Wieder klingen seine Worte wie eine Ohrfeige. So hatte ich noch nie darüber nachgedacht.

»Werdet Ihr Dimia später meine Entschuldigung ausrichten?«, frage ich mit leiser Stimme. »Sagt Ihr, dass es mir leidtut, dass ich es nicht so gemeint habe und dass ich ihr nie etwas tun würde.«

»Nein«, erwidert er unumwunden. »Ihr solltet Euch selbst entschuldigen.«

»Das kann ich nicht.«

»Könnt oder wollt Ihr nicht?«

Er marschiert vor mir her und mir ist ganz übel. Ein Gefühl, das sich noch verstärkt, als ich Merek mit düsterer Miene auf der Schwelle zu meinem Turm stehen sehe. Ich verneige mich eilig vor ihm.

»Ich habe nach dir gesucht.« Seine Stimme ist zwar hart, aber sein Gesicht nachgiebig.

Ich ziehe meinen Umhang enger um mich. »Verzeiht mir, Euer Hoheit. Ich bin über das Gelände spaziert.«

»Ich hatte dir doch gesagt, du sollst unauffällig sein«, sagt er.

»Das war ich, Euer Hoheit«, erwidere ich. »Ich wollte nur ein bisschen Sonnenschein genießen auf meinem Rückweg vom Tempel.«

»Es spielt jetzt auch keine Rolle«, sagt er knapp. »Deswegen bin ich nicht hier.«

Mein Herz setzt kurz aus, als ich ihn anschaue.

»Wir gehen in Euer Gemach.« Er bedeutet mir voranzugehen, hält Lief jedoch auf, als der sich ebenfalls in Bewegung setzt. »Bring Wein«, befiehlt er.

Meine Beine fühlen sich bei jedem Schritt schwerer an. Ich habe das Gefühl, um tausend Jahre gealtert zu sein, seitdem Dimia aufgetaucht ist. Als ich die Tür zu meinem Gemach öffne, sehe ich durchs Fenster, wie sich Wolken vor die Sonne schieben.

»Was ist passiert?« Mein Mund ist plötzlich ganz trocken und ich bekomme die Worte kaum heraus.

»Ich wollte es dir selbst sagen ... Dorin ist tot. Es tut mir schrecklich leid.«

Ich schaue ihn blinzelnd an, während sich die Wände des Raumes auf mich zubewegen, mir alle Luft zum Atmen nehmen.

Ich höre noch, wie er »Twylla?« sagt. Im nächsten Augenblick liege ich auf dem Boden und sehe meinen Wächter und den Prinzen vor mir. Es verwirrt mich, dass ich ein Dach über dem Kopf habe, wo ich doch eigentlich nur Blumen und den Himmel sehen müsste. Ich brauche einen Augenblick, um zu begreifen, dass ich in Ohnmacht gefallen bin und mich wieder in meinem Gemach befinde. Das ist mir noch nie passiert.

»Was sollen wir tun?«, fragt Lief. »Ich kann sie nicht berühren.«

»Aber ich ...«

»Nein«, höre ich mich selbst sagen. Meine Stimme kommt von sehr weit weg, während ich mich unter Mühen aufrapple.

Beiden steht die Erleichterung überdeutlich ins Gesicht geschrieben, und Lief eilt davon, um ein Glas Wasser zu holen. Merek kniet sich neben mich und streckt ungeduldig seine Hand aus. Lief zögert kurz, bevor er ihm, etwas grob, das Wasser reicht. Missmutig schaut er auf den Prinzen herab, aber Merek bemerkt es nicht und setzt mir den Becher an die Lippen.

»Trink«, sagt er und das tue ich.

»Wann?«, frage ich.

Er stellt das Glas neben sich ab. »Vor einer kurzen Weile. Ich bin hierhergekommen, um dir zu sagen, dass das Ende bevorsteht, konnte dich jedoch nicht finden. Als du zurückkamst, hatte ich schon erfahren, dass er gestorben war.«

Ich trinke das Wasser aus und muss an die Tränen des Mohns denken. Wenn ich nicht mit Lief in den Garten gegangen wäre, hätte Merek mich gefunden ... ich hätte zumindest rechtzeitig an Dorins Seite sein können, um mich zu verabschieden.

»War er allein?«

»Der Heiler war bei ihm. Ich glaube nicht, dass er am Ende gelitten hat.«

»Darf ich ihn sehen?«

Merek sieht gequält aus. »Ich glaube nicht, dass er das gewollt hätte, Twylla. Einem Mann wie Dorin wäre es gewiss lieber, wenn du ihn so in Erinnerung behalten würdest, wie er einmal war.«

Ich nicke, habe einen Kloß im Hals, und diesmal kann ich ihn auch nicht runterschlucken.

»Ich danke Euch«, sage ich. »Noch einmal.«

»Du schuldest mir nichts, schon gar keinen Dank«, entgegnet er leise. Hinter ihm tritt Lief von einem Fuß auf den anderen. Das erinnert Merek daran, dass mein Wächter immer noch im Raum ist, und er erhebt sich.

»Du musst dich jetzt ausruhen«, sagt er. »Ich werde bald wieder nach dir sehen.«

Er nickt mir zu, und Lief verbeugt sich vor ihm, als er den Raum verlässt.

»Ich bleibe bei Euch«, sagt er sanft, als Merek verschwunden ist. »Ihr solltet jetzt nicht allein sein.«

Ich frage mich, warum ich immer nur einen einzigen Freund haben kann. Ich hatte Tyrek und dann war er tot. Nun ist auch Dorin nicht mehr da und mir bleibt nur noch Lief. Wer wird mir Lief nehmen?

Ich kann nicht schlafen, es nicht einmal versuchen. Stattdessen starre ich die ganze Nacht aus dem Fenster. Als es draußen am dunkelsten ist, entdecke ich drei Kometen, die über den Himmel ziehen wie Vögel, die vor dem Winter fliehen. Irgendwie tröstet mich das, als wäre es ein Zeichen von Dorin, der mir sagen will, dass er seinen Frieden gefunden hat, oder von den Göttern, die mir mitteilen wollen, dass sie mich noch immer lieben. Ich schaue sie mir an, bis die Sonne aufgeht und sie mit ihrem Licht verbirgt. Wieder fühle ich mich getröstet, weil ich weiß: Sie sind immer noch da, auch wenn ich sie nicht sehen kann. Lief ist bei mir geblieben, sitzt schweigend in der Ecke. Dann und wann drehe ich mich zu ihm. Er schläft nicht, sitzt mit dem Schwert über den Knien auf einem Stuhl und beobachtet mich. Und wenn sich unsere Blicke treffen, nickt er mir ernst zu.

Während er mein Frühstück holt, wasche ich mich und wechsle das Gewand, aber all meine Bewegungen laufen ganz automatisch ab. Ich verstehe nicht, wie ein Mann, der so stark ist wie

Dorin, dem Stich einer Biene zum Opfer fallen kann. Das erscheint mir so dumm.

»Bleiben wir heute hier?«

Ich sehe, dass Lief jetzt wieder im Türrahmen steht, mit einem Tablett in der Hand. »Nein, diese Wände hier machen mich krank.«

Lief nickt. »Es tut mir leid, Twylla.«

»Mir auch«, sage ich. Es tut mir leid, dass ich meinen vertrautesten Verbündeten vergessen habe, ihn allein in den Kellern des Schlosses habe sterben lassen. Die Götter haben ihn nicht für mich gerettet.

Irgendwo vor dem Schloss wird leise Musik gespielt, als wir den Turm verlassen. Das beruhigt mich. Es ist, als würde sich ein Balsam über die scharfen Kanten meiner Trauer legen. Als ich mich der langen Galerie zuwende, in der Hoffnung, durch ein Fenster einen Blick auf den Musiker zu erhaschen, sehe ich, dass ein hübsches dunkelhaariges Mädchen schon denselben Gedanken gehabt hat.

»Dimia«, sage ich und sie dreht sich um. Sofort verschwindet der verträumte Blick aus ihren Augen. Sie weicht an die Wand zurück, und in diesem Augenblick erinnert sie mich an mich selbst: So ziehe auch ich mich in mich selbst zurück, wenn ich in der Nähe der Königin bin. Wieder wird mir ganz schlecht.

»Es tut mir leid«, sage ich mit fester Stimme, bevor sie oder Lief mir zuvorkommen können. »Es war falsch, dass ich dich bedroht habe. Ich würde dich niemals anrühren. Niemals. Was ich gesagt habe, tut mir leid.«

Sie schaut von mir zu Lief, bevor sie nickt.

»Ich werde nichts sagen, Mylady. Das hätte ich auf keinen Fall getan. Ihr habt mir keine Zeit gegeben, zu Ende zu sprechen.« Sie hält inne und dann schaut sie mir direkt in die Augen. »Zwei meiner Brüder waren im Dienst der Königin. Einer von ihnen, Asher, hat die Königin erzürnt. Sie meinte, er würde zu viel lächeln.«

Ich schaue sie verblüfft an und wir schweigen. Der Flötist im Garten spielt eine Melodie, die süß und traurig zugleich klingt. Am liebsten würde ich hinausgehen und dem Musiker meinen Kopf in den Schoß legen, damit er mit seiner Weise all meine Sorgen vertreibt.

»Ihr seht also«, sagt Dimia leise nach einem Moment, »ich verstehe es genau.« In ihrer Stimme schwingt hörbare Sehnsucht mit.

»Es tut mir leid«, sage ich sanft. »Kannst du deinem anderen Bruder meinen Dank ausrichten, wenn du ihn siehst? Dafür, dass er dem Prinzen meine Nachricht gebracht hat?«

Dimia lächelt traurig. »Das will ich tun, Mylady. Ich bin zufällig gerade auf dem Weg zu ihm. Er hat den Nachmittag frei, solange der König und der Prinz auf der Jagd sind und die Königin sich nicht im Schloss befindet. Er mag den Prinzen, Mylady.«

Ich nicke wieder, aber dann wird mir klar, was sie gerade gesagt hat.

»Die Königin ist fort?«

»Ja, Mylady. Sie ist zur Quelle aufgebrochen. Der König und der Prinz jagen, aber Taul haben sie zurückgelassen. Es ist kaum jemand im Schloss. Deswegen ist wohl auch jemand mutig genug, um hier so offen auf seiner Flöte zu spielen.« Wieder wendet sie sich dem Fenster zu. »Das ist wunderschön, nicht wahr?«

Ich nicke und versuche, mir meine Aufregung nicht anmerken zu lassen, während mich die Musik und die Hoffnung mit Wärme erfüllen. Wir können uns so frei bewegen, wie wir wollen, niemand ist da, der uns aufhalten könnte. »Das stimmt. Nun, ich hoffe, du und dein Bruder könnt eure Freiheit heute gut ausnutzen.« Ich lächle.

»Ja, Mylady.« Sie macht einen Knicks und dreht sich dann wieder zum Fenster. »Das werden wir.«

Als ich die lange Galerie hinuntergehe, wird mein Lächeln breiter und Lief blickt mich neugierig an. Als wir um die Ecke gebogen sind, ergreift er das Wort.

»Was hat Euch so erfreut?«

»Wir haben das Schloss für uns allein.«

Lief lächelt mich an. »Was sollen wir tun? Würdet Ihr gern noch einmal in den Garten des Herbalisten gehen?«

Ich muss an Dorin denken und schüttle den Kopf. »Nicht heute. Ich möchte meinen Tempel aufsuchen. Aber wir können es ausnutzen, dass wir uns frei bewegen können. Kennt Ihr schon den ummauerten Teil des Gartens?«

Er schüttelt den Kopf. »Nein.«

»Es gibt dort nicht viel zu sehen, nur Beete und geschwungene Wege zum Spazieren. Aber wir könnten dort sitzen und uns eine Weile die Musik anhören.«

Lief sieht verwirrt aus. »Was für Musik? Ich höre nichts. Ich habe mich auch schon gefragt, was Dimia meinte. Ich dachte schon, ihre Angst vor Euch würde sie Dinge hören lassen.«

»Was meint Ihr damit – Ihr könnt nichts hören?« Ich trete ans Fenster und neige den Kopf zur Seite. »Oh, die Musik ist weg. Aber sie war eben noch da, ein Flötenspiel oder etwas in der Art. Es war so schön. Ich hätte mir gern die Melodie eingeprägt, ein Lied daraus gemacht.«

»Wenn Ihr es sagt, Mylady.« Lief grinst und einen kurzen Moment lang würde ich ihm am liebsten einen Stoß versetzen. Aber das tue ich nicht, schließlich sind mir die Folgen nur allzu klar. Aber ich erröte und er schaut mich an. »Geht es Euch gut?«

»Mir ist nur ein wenig warm«, sage ich. »Die frische Luft wird mir guttun.«

»Vielleicht hättet Ihr zusammen mit der Königin zur Quelle reiten sollen. Die Gebirgsluft soll kühl sein, heißt es doch.«

»Ich war nicht eingeladen. Das werde ich nie.«

»Wie unhöflich. Aber singt Ihr nicht normalerweise für den König, wenn sie nicht da ist?«

»Normalerweise ja. Aber heute ist nicht ihr üblicher Tag; sie muss einen anderen Grund haben, zur Quelle zu reiten. Und ich kann ja schlecht für den König singen, wenn er auf der Jagd ist.«

»Ich würde Euch lieber singen hören, als zu jagen«, sagt Lief. »Ich an seiner Stelle hätte Euch für mich singen lassen, statt hinter irgendwelchen Hirschen herzuhetzen.«

»Der König geht gerne auf die Jagd«, entgegne ich, ganz verwirrt von seinem Kompliment. »Außerdem werde ich ja in zwei Tagen für ihn singen, wenn die Königin am Teich ist und ...« Ich erstarre. Warum reitet sie heute zur Quelle? Ihre Besuche dort sind mit dem Mondzyklus verbunden und heute ist noch immer abnehmender Mond. Sie würde doch nie zu diesem Zeitpunkt die Quelle aufsuchen – es ist schließlich Todesmond. Wo ist sie also? Und wenn ich mich auch nicht brüsten will, aber wahrscheinlich würde der König es trotz seiner Liebe zur Jagd bevorzugen, mich singen zu hören. Warum haben plötzlich alle das Schloss verlassen?

Drei Herzschläge genügen, und schon kommt es mir vor, als würden sich alle Jagdhunde auf uns stürzen. Der ganze Frieden, den mir die Melodie des Flötenspielers geschenkt hat, ist verflogen. Stattdessen schwant mir so deutlich Unheil, als würde ich den Atem eines Verfolgers im Nacken spüren oder ein reißendes Hundemaul, das mein Bein nur knapp verfehlt. Ich stehe mitten im Korridor und kann vor Angst keinen Schritt mehr tun.

»Mylady? Was habt Ihr? Ist alles in Ordnung.«

»Ich brauche Luft«, sage ich. Meine Beine zittern, während ich durch das Schloss eile und Lief sich bemüht, Schritt zu halten. Ich komme auf der Außentreppe ins Stolpern, richte mich aber wieder auf und halte nicht an, bis ich den ummauerten Garten erreicht habe. Dort sinke ich auf die Knie und atme tief den intensiven Geruch des Lavendels ein.

Irgendetwas stimmt hier nicht. Jeder Knochen in meinem Körper sagt mir das. Merek hätte es mir gestern Abend doch mitgeteilt, wenn eine Jagd geplant gewesen wäre. Er hätte mich vielleicht sogar eingeladen. Jagden werden nicht allzu oft veranstaltet, das wäre jetzt schon das zweite Mal in einem Mond. Und auch die Königin sollte heute nicht ihre Pilgerschaft antreten. Es ist immer der Tag nach der Weissagung, immer. Tod an einem Tag, neues Leben am Tag darauf.

Warum ist das Schloss geräumt worden? Warum ist der übliche Ablauf geändert worden? Warum hat man mich zurückgelassen? Dann trifft es mich. Ich habe immer zwei Wächter gehabt, jetzt habe ich nur noch einen. Ich musste immer in meinen Räumen bleiben, jetzt lässt man mich hinaus. Wer würde mich schützen, wenn ich angegriffen würde? Ich habe niemanden, nur einen einzigen Wächter. Und den habe ich dazu ermutigt, eher mein Freund als mein Beschützer zu sein. Ein Wächter, der vor wenigen Tagen gegen den Prinzen gekämpft hat, um meine Freiheit zu erstreiten. Eine Freiheit, die gegen den Befehl der Königin und hinter ihrem Rücken umgesetzt wurde. Sie muss wissen, was Merek getan hat.

Es ist eine Falle. Dies ist eine Falle. Aber für wen? Für mich? Für Lief? Weiß sie, dass Lief und ich uns angefreundet, dass wir über geheime Dinge gesprochen haben?

Dann wird es mir klar. Merek hat mir meine Freiheit hinter ihrem Rücken verschafft. Merek, der Prinz von Lormere, der sich einem Bauernsohn aus Tregellan ergeben musste. Nun werden wir dafür bezahlen. Der abnehmende Mond. Wir werden heute dafür büßen müssen. Ich werde einen weiteren Freund verlieren, einen Freund, den ich gar nicht haben dürfte. Und am Ende muss ich es sein, die ihn tötet.

Ich schaue Lief an, der mit besorgtem Gesicht vor mir steht.

»Twylla?«, sagt er zaghaft.

»Nein«, sage ich. »Ihr müsst mich mit Mylady ansprechen.«

Er zuckt zusammen, als hätte ich ihm eine Ohrfeige verpasst, und wird blass. »Habe ich Euch irgendwie beleidigt?«

Ich ignoriere die Panik in seinem Tonfall. »Ihr seid zu vertraulich«, entgegne ich mit zitternder Stimme. »Es darf nicht ... wir können keine Freunde sein.«

»Twy... Mylady? Geht es Euch wirklich gut?«

»Nein«, sage ich. Ich balle meine Fäuste, damit Lief nicht sieht, wie sehr sie zittern. »Dies ist ein Fehler. Alle möglichen Leute könnten hier auftauchen. Und Ihr plaudert so vor Euch hin und es fällt Euch nicht auf. Ihr müsst wachsam bleiben. Ihr könnt nicht mein Freund sein.« Ich erhebe mich.

Ich spüre sein Starren auf mir und konzentriere mich darauf, gleichmäßig zu atmen, ein und aus, zähle jeden Atemzug, bis mein Herz wieder gleichmäßig schlägt. Schließlich schaue ich ihn an und der Schmerz auf seinem Gesicht erschüttert mich.

»Was ist denn los? Twylla, sprecht mit mir.« Er klingt wie ein verwirrtes, anklagendes Kind.

»Hört auf, Lief. Wir können das nicht tun. Es geht einfach nicht.« Ich drehe mich auf dem Absatz um, und während ich versuche, klare Gedanken zu fassen, eile ich davon.

Die Königin würde gewiss hier sein wollen, um das mitanzusehen. Sie liebt doch solche Spektakel. Ich lasse meine Blicke über den Garten huschen, nach rechts und links, suche nach Bewegungen, nach einem Zeichen dafür, dass wir gleich überwältigt werden. Wie viele Männer würde sie gegen ihn in den Kampf schicken? Zehn? Fünfzehn? Mehr? Ich schreite mit zusammengepressten Fingern durch den Garten.

Ich spüre Lief hinter mir, seine Verwirrung, die die Luft um mich zu erfüllen scheint. Er tritt schwer auf, versucht gar nicht erst, seine Wut zu verbergen.

In den Tempel oder in mein Gemach? In mein Gemach, entscheide ich. Im Tempel sind wir immer noch verwundbar. Wir müssten ihn irgendwann verlassen. »Wir gehen zurück«, sage ich scharf. »Beeilt Euch.«

Als ich die Stufen erklimme, höre ich hinter mir das Poltern seiner Stiefel, und wieder beginnt mein Herz zu rasen, weil ich das Gefühl nicht loswerde, dass man uns verfolgt, dass man uns jagt. Ich werde schneller und er ebenfalls. Wir eilen so geschwind durch die Korridore, dass wir die Pagen beunruhigen, die sich rasch hinter Wandteppiche und in Türeingänge flüchten, wenn wir uns nähern.

An der Tür zum Turm hebe ich meine Röcke und renne – schiere Panik treibt mich die Treppe hinauf. Meine rettende Tür ist bereits in Sichtweite. Ich strecke die Hand danach aus, aber seine ist schneller. Aus Gewohnheit schrecke ich vor seiner Haut zurück. Weil wir so dicht beieinander sind, kann ich mich nur gegen die Wand des Turmes pressen, während er mit seiner Hand meine Tür geschlossen hält und mir mit seinem anderen Arm den Durchgang verweigert.

»Was habe ich getan?«, fragt er und seine Augen funkeln wild wie Sumpflichter.

»Tretet zurück«, sage ich und drücke mich weiter gegen die Wand, während er vor mir aufragt.

»Twylla, hört auf damit. Redet mit mir.«

»Tretet zurück, im Namen der Götter, Lief. Ihr seid mir viel zu nahe.«

»Nicht bevor Ihr mir sagt, was los ist. Womit habe ich diese Behandlung verdient?«

»Mit nichts.«

»Dann seid nicht so grausam.« Er tritt näher. »Behandelt mich nicht, als wäre ich einer der anderen.«

»Lief, bitte. Ihr müsst beiseitetreten. Wenn Ihr mich berührt ...«

»Dann was?«

»Dann sterbt Ihr. Ihr werdet vergiftet und sterbt.«

»Tatsächlich?«

»Ihr wisst es doch. Die Weissagung ...«

»Die Weissagung ist eine Lüge.«

Ich starre ihn kopfschüttelnd an. »Die Weissagung ...«

»Ist eine Lüge«, wiederholt er. »Nichts davon ist wahr.«

Eine Pause entsteht, und dann sage ich mit einer Stimme, die kalt ist wie Eis: »Was meint Ihr damit?«

»Ihr könnt es mir glauben. Denkt doch einmal nach, Twylla. Wie könntet Ihr ein tödliches Gift in Eurer Haut tragen, das Euch selbst nur deshalb nicht tötet, weil Ihr die richtige Haarfarbe und den Segen der Götter habt? Wie soll das möglich sein?«

»Ihr wisst nichts von den Göttern und ihren Ratschlüssen – Ihr glaubt ja nicht einmal an sie.« Ich plappere nur noch drauflos, weil mich seine Nähe und seine Worte derart ängstigen.

»Glaubt Ihr, wenn es diese Götter gäbe, sie würden es der Königin gestatten, sich so zu verhalten?«

»Ich bin die wiedergeborene Daunen. Ich wurde gesalbt. Ich habe mein Leben den Göttern gewidmet ...«

»Ihr seid nicht die wiedergeborene Daunen. So etwas gibt es überhaupt nicht. Sie haben Euch einen Titel angehängt und ein böses Gerücht verbreitet, damit die Leute aus reiner Angst gehorchen. Die Königin benutzt Euch nur.«

»Wie könnt Ihr es wagen?«, zische ich ihn an. »Ihr versteht

nicht ... wie könnt Ihr nur? Ihr seid aus Tregellan. In Lormere ist alles anders.«

»Gar nichts ist anders, Twylla. Und gerade weil ich aus Tregellan bin, weiß ich das. Auch wir hatten früher Götter. Heute kommen wir ohne sie aus, und trotzdem bricht das Land nicht zusammen; es gedeiht sogar ganz hervorragend. Versteht Ihr denn das nicht? Es ist alles nur erfunden. Ihr seid nicht von den Göttern erwählt, denn es gibt keine Götter. Es gibt kein Gift, das Ihr trinken könnt und das Euch trotzdem nicht tötet. Das sind Lügen, dreckige Lügen, und Ihr seid zu klug, um Euch davon länger täuschen zu lassen.« Er hält inne und fährt sich mit den Händen durchs Haar. »Der Morgenandorn ist kein echtes Gift. Glaubt mir, ich könnte Euch vieles über echte Gifte erzählen – meine Schwester ist Herbalistin, wisst Ihr noch? Mit diesen Lügen will man Euch bloß gefügig halten, damit Ihr immer tut, was sie von Euch wollen. Seht Ihr das nicht?«

»Schluss damit, seid still!«, schreie ich ihn an.

»Nicht, bis Ihr mir zuhört! Wenn es die Götter gibt, warum haben sie mich dann nicht längst niedergestreckt, wenn ich sie lästere? Warum werde ich nicht bestraft?«

»Ich weiß es nicht ...«

»Weil es sie nicht gibt«, platzt er heraus. »Sie wurden erfunden, damit Menschen wie die Königin über Menschen wie mir stehen können. Damit wir alle gehorsam bleiben. Das sind nur Lügen. Sorgen sich etwa die Füchse um die Götter? Habt Ihr schon einmal gesehen, dass sich die Kühe auf der Weide fragen, wie sie den Göttern gefallen könnten? Wenn es die Götter gäbe, würden alle sie anbeten. Aber nur in Lormere ist das so. Keine Götter in Tregellan. Keine Götter in Tallith. Sagt Euch das gar nichts? Es geht um Macht und Kontrolle, darum, dass keiner aus der Reihe tanzt. Menschen wie die Königin behaupten, wenn wir nicht tun, was die Götter wollen – also, was *sie* will –, seien unsere Seelen verdammt. Denkt doch nur an die vielen Morde, die sie begangen hat, und dann sagt mir, wessen Seele wohl eher verdammt ist, ihre oder Eure?«

»Ich bin die Mörderin«, schreie ich ihn an. »Ich richte die Hochverräter hin. Natürlich bin ich die Verdammte.«

»Ihr habt nie jemanden getötet«, sagt er barsch. »Das ist nicht wirklich.«

»Ihr irrt Euch.«

Er stößt einen wütenden Laut aus, schlägt mit den Händen gegen die Mauer neben meinem Kopf und ich zucke zusammen. »Was muss ich tun, um es Euch zu beweisen?«

»Ihr könnt es mir nicht beweisen.«

»Doch, das kann ich«, sagt er langsam. »Doch, das kann ich.«

Und dann beugt er sich vor und presst seinen Mund auf meine Lippen.

Kapitel 14

Ich stoße ihn so fest ich kann von mir, drehe mich um und will die Treppe hinabrennen. Aber er schlingt von hinten seinen Arm um meine Taille und hält mir mit der anderen Hand den Mund zu, sodass mein Schrei erstirbt. Ich versuche, mich aus seinem Griff freizustrampeln, aber er zieht mich in mein Gemach und tritt mit dem Fuß die Tür hinter uns zu. Dann lässt er endlich los, und ich versuche, nach seinem Schwert zu greifen. Ich werde ihn damit töten, bevor mein Gift es tut.

»Wartet!«, ruft er, fängt mich wieder ein und drückt mich gegen seine Brust. »Wartet einfach.«

»Ihr dummer, närrischer ...«, schluchze ich. »Lasst mich los, Ihr macht alles nur noch schlimmer.«

Aber er weigert sich, hält mich fest, und auch wenn meine Tritte hart gegen seine Schienbeine prallen, gibt er nicht nach. Ich warte darauf, dass er zu röcheln beginnt, zusammenbricht, heiße, klebrige Blutstropfen auf mich spuckt – aber es passiert nicht. Ich kann mich nicht aus seiner Umarmung lösen und er stirbt nicht.

Nach einer Weile lässt er los. Ich starre ihn an.

»Ich bin nicht tot«, sagt er leise. »Mir geht's gut.«
Ich schüttle den Kopf. »Nein, ihr seid jung und stark. Es dauert wahrscheinlich nur länger. Ihr sterbt.«
»Ich sterbe nicht. Ihr seid nicht giftig.«
»Das ist Wahnsinn. Ihr seid verrückt.«
»Es ist eine Lüge, Twylla«, sagt er. »Es ist nicht wahr. Schaut mich an.« Er breitet seine Arme aus und starrt mich an.
Aber ich begreife es noch immer nicht. Ich warte noch und bin fest entschlossen zuzuschlagen, sobald er hustet oder ihm der Atem stockt. Ich werde sein Schwert ziehen und ihn damit töten. Besser so als auf die andere Weise. Das Warten ist eine Qual.
»Was habt Ihr getan?«, stammle ich wieder und wieder vor mich hin.
Haut auf meiner Haut. Sein Mund auf meinem. Ich habe ihn geschmeckt und er mich. »Ihr habt mich berührt. Ich bin die Gottgleiche Daunen und Ihr habt mich berührt. Was habt Ihr nur getan?«
»Ihr seid nicht die Gottgleiche Daunen.«
»Doch, das bin ich.«
»Um Himmels willen, Twylla, es ist eine Lüge«, brüllt er. »Du bist bloß ein Mädchen.«
Ich stürze mich auf ihn, will ihn mit meinen Nägeln kratzen, schnappe mit den Zähnen nach seiner Haut, vergesse, dass ich ihn ja schon getötet habe. Ich schlage und trete und kratze so fest ich kann, und dabei schluchze ich laut. Er versucht, mich abzuwehren, aber ich trommle mit meinen Fäusten gegen seine Brust. Ich weiß nicht, warum mein Mund plötzlich seinen Mund trifft, aber schon im nächsten Augenblick klammern sich meine Finger an seinen Wangen fest, sind seine Lippen auf meine gepresst. Unsere Küsse sind heiß, feucht und wild. Unsere Zähne schlagen gegeneinander, als er gegen meinen Schreibtisch stolpert. Ich schmecke Blut auf seinen Lippen, weil ich ihn gebissen habe. Als

ich mich endlich losreiße, starrt er mich an, seine Augen dunkel, das Grün seiner Iris kurz davor, von den Pupillen ausgelöscht zu werden. Er atmet ebenso schwer wie ich und wir stehen wartend, beobachtend einander gegenüber. Er stürzt nicht zu Boden. Seine Nase blutet nicht. Noch nie habe ich jemanden gesehen, der so lebendig war.

Er macht den ersten Schritt, zieht mich an sich, schlingt seine Arme um mich und küsst meine Stirn mit derselben Wildheit, mit der ich mich in seine Umarmung fallen lasse.

Er muss mich sehr lange gehalten haben, denn als ich mein Gesicht hebe, haben sich die Schatten bereits über das heilige Bild gelegt. Wir sind jetzt auf dem Boden. Ich liege in seinem Schoß wie ein Kind. Er hat seine Arme um mich gelegt und immer wieder küsst er meinen Kopf. Er ist immer noch am Leben. Es sind gewiss schon Stunden vergangen und er ist immer noch am Leben. Er streichelt meinen Arm, meinen Rücken. Seine Finger verlassen mich keinen Moment, suchen jede Stelle nackter Haut. Ich zittere immer noch, aber ich weiß nicht, wovor ich mich fürchte.

»Twylla«, sagt er zärtlich und legt mir eine Hand aufs Gesicht.

Meine Augen weiten sich, als ich ihn anschaue. Seine Unterlippe ist geschwollen, sein Haar ist wild, steht um seinen Kopf herum ab wie ein Heiligenschein. Als ich meinen Blick wieder von ihm abwende, kann ich die Stellen an seinem Hals sehen, an denen ich ihn gekratzt habe.

Sanft bewegt er mein Gesicht zu seinem. »Geht es dir gut?«

»Und dir?«

»Mir geht es gut.« Er lächelt sanft. »Sehr, sehr gut. Und ich bin sehr, sehr lebendig.«

»Ich …« Ich weiß nicht, was mit mir ist. Ich verstehe das nicht. Es gibt nur eines, was ich mit Sicherheit weiß. »Ich habe den Prinzen betrogen. Ich bin mit ihm verlobt. Was soll ich jetzt tun?«

»Es wird alles gut werden«, sagt er. »Versprochen. Morgen wird sich alles klären. Vertrau mir noch ein wenig länger.«

Ich schüttle den Kopf, weil ich genau weiß, dass er sich irrt, auch wenn ich so sehr wünschte, dass er recht hat. Für Betrug steht der Bockshornklee, roh und bitter. Mein Sarg wird damit beladen sein.

»Sag doch was, Twylla. Sprichst du bitte mit mir?«

Ich löse mich aus seinen Armen und stehe auf. Kurz dreht sich alles. Das Gefühl von seiner Haut auf meiner Haut, das Gefühl seiner Wärme ist berauschend. Ich hatte ganz vergessen, wie tröstlich es sein kann, von einem anderen Menschen berührt zu werden. Erinnerungen überfallen mich: Meine Hand in der des Königs, als er mich zurück zu meiner Mutter brachte; der Geruch des Halses meiner Schwester, wenn ich mein Gesicht während eines Sturms dagegendrückte. Die Hitze der Handflächen meines Bruders, wenn er nach mir schlug, weil er wollte, dass ich Holunderbeeren und Kirschen mit ihm teilte. Haut auf Haut, auf *meiner* Haut. Ich wusste gar nicht, wie sehr ich danach gehungert habe.

Aber in dem Augenblick, da wir uns nicht mehr berühren, fällt mir wieder ein, wer ich bin.

Ich gehe zu meinem Spiegel hinüber. Zuerst erkenne ich das Mädchen gar nicht, das mich mit ihren von Küssen geschwollenen Lippen und ihrem zerzausten Haar anschaut. Sie sieht nicht aus wie die Auserwählte der Götter und auch nicht wie ein Mädchen, das einmal ein Königreich erben soll. Sie sieht auch nicht aus wie eine Mörderin. Im schwindenden Tageslicht ähnelt mein Haar dem Sonnenuntergang – rot und golden und aufgewühlt – und die Verwirrung überfällt mich endgültig. Das

Haar der Göttertochter. Einem Prinzen bin ich zur Gemahlin versprochen. Ich bin eine Verräterin.

»Sprich mit mir«, sagt Lief, und ich rücke schnell zur Seite, bevor er mich berühren kann. Ich muss mich auf mich selbst besinnen, in diesem Augenblick kann ich nur noch mir selbst vertrauen.

»Stoß mich nicht weg, Twylla. Bitte. Zieh dich nicht von mir zurück und tu so, als sei ich nichts.«

»Das tue ich nicht.

»Doch, das tust du. Ich habe einen ganzen Mond mit dir verbracht. Genau so warst du, als ich dich kennengelernt habe. Und dann hast du dich verändert, und das war gut so. Du bist besser als sie. Werde nicht wie die anderen.«

»Du solltest so etwas nicht sagen.«

»Twylla, du kannst doch nicht leugnen …«

»Nein, ich kann es nicht leugnen, Lief.« Ich drehe mich zu ihm um. »Ich weiß nicht, was das ist.«

Sein Gesicht verdüstert sich. »Ich weiß, es ist viel auf einmal …«

»Du weißt gar nichts! Wie könntest du? Menschen sterben, weil ich die Gottgleiche Daunen bin. Sind sie alle für eine Lüge gestorben? Und was ist mit Merek? Ich werde seine Frau sein, Lief. Ich soll ihn im nächsten Frühling heiraten. Was wir getan haben, ist Hochverrat. Und die Strafe für Hochverrat bin ich.« Ich kann nichts dagegen tun, ich muss lachen. Aber es ist ein brüchiges Lachen, ohne jede Freude. »Wie soll ich dich hinrichten, wenn du immun gegen mich bist?«

Er bleibt stumm und betrachtet mich nachdenklich mit seinen großen Augen.

»Bitte.« Ich hebe meine Hände, um ihn davon abzuhalten, mir näher zu kommen. »Ich brauche Zeit. Ich muss nachdenken.«

Er schaut mich an, bevor er sanft sagt: »Wir könnten von hier fortgehen.«

»Hast du mich nicht gehört? Ich heirate den Prinzen. Ich kann nicht fort.«

»Tu es nicht. Heirate mich. Wir können fliehen.«

»Nein, Lief. Aus tausend Gründen nein. Jetzt Lormere verlassen? Ich muss mit alledem allein fertigwerden. Ich werde jetzt ein Bad nehmen und erst wenn ich fertig bin nach den Wachen rufen. Damit bleibt dir reichlich Zeit. Sorge dafür, dass du bis dahin weit genug fort bist.«

Er starrt mich an, dann nickt er. Ich wende mich ab. Ich kann nicht mitansehen, wie er geht.

»Ich werde Euch das Wasser bringen lassen.«

Dann ist er verschwunden, die Tür fällt hinter ihm ins Schloss. Das Geräusch klingt wie ein Vorwurf.

Mein Atem geht stockend, die Gefühle schlagen wie Wellen über mir zusammen. Jedes Mal, wenn ich die Augen schließe, kommt es mir vor, als würde er mich wieder küssen. Dazu kommt das Schwindelgefühl, das Ziehen in meinem Bauch, also reiße ich sie schnell wieder auf. Ich bin schon halb bei der Tür, als jemand klopft und mich die beängstigende Hoffnung erfüllt, dass er es sein könnte. Aber es ist nicht Lief: Die Mägde haben das Wasser gebracht.

Ich warte schweigend und an die Wand gedrückt, bis mehr als ein Dutzend Dienerinnen die mit dampfendem Wasser gefüllten Kübel in die Wanne geleert haben. Was würde passieren, wenn ich eine von ihnen berührte? Würde sie zu Boden fallen? Ich weiß, sie würde schreien, aber würde ich sie töten? Was, wenn ja? Was, wenn nicht?

Als sie fort sind, ziehe ich mich aus und steige in die Wanne. Das Wasser ist so heiß, dass ich erschaudere, die Kälte in meinem Inneren umso deutlicher spüre, bevor die Wärme mich ganz erfüllt. Gut, so kann ich wenigstens dem Wasser die Schuld für meine Röte geben.

Ich starre zur Decke, lasse den Kopf auf dem Rand der Wanne ruhen, während sich meine Gedanken im Kreis drehen. Warum wirkt es bei ihm nicht? Warum bin ich für ihn nicht tödlich? All diese Männer ... sie waren alle lebendig, bis meine Haut die ihre berührte. Dann dauerte es nur Augenblicke und sie waren tot.

Ich muss an die morgige Weissagung denken. Ich werde die Prüfung nicht bestehen. Ich habe das Vertrauen der Götter gebrochen. Ich habe einen Mann geküsst, der nicht mein Verlobter ist, und ich habe die Kräfte angezweifelt, die mir verliehen wurden. Ich werde bestraft werden; das Gift wird mich doch noch töten. Und dann werden sie Lief bestrafen; die Götter werden schon dafür sorgen.

Oder nicht?

Ich steige aus der Wanne, lege mein Gewand an und setze mich vor das heilige Bild, das noch immer an meiner Wand hängt. *Seid ihr da?*, frage ich sie. Sie antworten nicht. Das haben sie nie, aber normalerwiese fühle ich einen inneren Frieden, wenn ich zu ihnen spreche. Diesmal spüre ich gar nichts.

Ich versuche, meine Angst beiseitezuschieben. Es ist immer schwieriger, mit ihnen außerhalb des Tempels zu sprechen. Ich werde die Nacht dort verbringen, sie um ihre Hilfe bitten, sie um Vergebung anflehen. Wenn ich erst einmal den Weihrauch und Naehts Brunnen um mich habe, werde ich sie auch wieder spüren können.

Aber du solltest sie immer spüren können, ganz gleich, wo du bist, sagt eine gehässige Stimme in meinem Kopf. Ich brauche eine Weile, bis mir klar wird, dass es nicht die von Lief ist, sondern die Stimme meiner Mutter.

Ich versuche, mich daran zu erinnern, was sie über die Götter gesagt hat. Sie hat darüber gesprochen, Naeht zu dienen, aber immer in abstrakten Formulierungen. Wir sind nie in den Tempel gegangen, um zu ihr zu beten. Bevor ich ins Schloss kam, war ich noch nie in einem Tempel gewesen. Und meine Mutter hat die Göttin auch nie angerufen, immer bloß gesagt, dass sie in ihrem Namen arbeite. Alles, was sie tat, war immer Naehts Wille. Aber wann hat sie je zu ihr gebetet?

»Twylla, so wie du die Gottgleiche Daunen bist, sind der König und ich die weltlichen Vertreter von Naeht und Daeg. Das Volk weiß, dass es gesegnet ist, weil wir existieren«, hatte die Königin gesagt.

Und Lief:

»Sie wurden erfunden, damit Menschen wie die Königin über Menschen wie mir stehen können. Damit wir alle gehorsam bleiben. Das sind nur Lügen.«

Oh, ihr Götter. Ich schlinge die Arme um mich, so wie Lief mich gehalten hat. Hat er recht? Weder meine Mutter noch die Königin haben je behauptet, an die Götter zu glauben. Meine Mutter braucht sie, denn wenn es keine Götter gäbe, dann auch kein Ewiges Königreich. Damit hätte die Sündenesserin keine Funktion mehr beim Trauerfest. Die Königin wiederum braucht sie, weil die Angst vor dem Tod die Menschen dazu bringt, zu gehorchen und sich anständig zu benehmen – und ihnen ein schlechtes Gewissen aufnötigt.

Was wären das für Götter, die es meiner Mutter und der Königin erlauben, mit anderen Menschen zu spielen? Und wenn es die Götter nicht gibt, wer bin dann ich, wenn nicht die Gottgleiche Daunen? Wenn ich nicht auf Geheiß der Götter töte, bin ich bloß eine kaltblütige Mörderin. Teller voller Krähen werden auf meinem Sarg stehen, es wird für gar nichts anderes mehr Platz sein.

Und doch sagt Lief, *alles* sei eine Lüge. Was meint er damit?

Als es an der Tür klopft, habe ich das Gefühl, mein Herz wolle mir zur Brust herausspringen.

»Ja«, rufe ich und versuche, mir nichts anmerken zu lassen.

Zu meinem Entsetzen ist es Lief, der ein Tablett in Händen hält.

»Dein Abendessen ist da.« Er nickt mir zu. »Ich nehme an, du willst es nicht, oder?«

»Was machst du hier? Ich habe doch gesagt, du sollst gehen.«

»Ich gehe nirgendwo hin. Ich weiß, dass ich recht habe, und morgen bei der Weissagung wirst du das auch sehen.«

»Lief, wenn dir auch nur ein wenig an mir liegt, gehst du jetzt fort.«

»Aber wenn ich fortgehe, werde ich nicht den Blick auf deinem Gesicht sehen, wenn dir klar wird, dass du dich irrst.«

»Du bist unmöglich«, fahre ich ihn an.

»Aber ich habe recht.«

Ich seufze und wende mich von ihm an. Sein Wagemut bringt mich zur Verzweiflung, zugleich aber durchfährt mich ein Schauer.

»Es nützt gar nichts, dass wir streiten, Twylla. Ich bleibe. Ich werde morgen hier sein und dich zur Weissagung begleiten. Und anschließend werde ich edelmütig deine Entschuldigung annehmen.« Er lächelt. »Aber du musst etwas für mich tun.«

»Was?«

Er reicht mir ein kleines Fläschchen. »Nimm nicht den Morgenandorn. Ich werde die anderen ablenken und du versteckst den Trank in deinem Gewand. Lege die leere Phiole ab, als hättest du sie ausgetrunken.«

»Warum?«

»Ich schwöre, es ist nicht, was du denkst. Ich werde es dir beweisen. Vertrau mir.«

»Ständig bittest du mich darum.«

»Und bislang habe ich dich noch nie enttäuscht«, sagt er eindringlich. »Ich bin draußen, falls du mich brauchst.« Er verneigt sich und schlendert seelenruhig aus dem Raum. Ich schüttle den Kopf. Er ist ein Narr.

Ich schaue auf mein Abendessen und dann wieder zum heiligen Bild hinüber. Ich möchte in meinen Tempel.

Also kleide ich mich an, werfe mir meinen Umhang über und öffne die Tür.

»Wenn du schon darauf bestehst hierzubleiben, dann begleite mich jetzt auch zu meinem Tempel«, sage ich steif.

Immerhin: Er nickt und hebt nur unmerklich eine Augenbraue. »Ja, Mylady.«

Ich bitte Lief, draußen vor dem Tempel zu warten, und schließe die Türen hinter mir. Ich entzünde den Weihrauch und sämtliche Kerzen, sodass der Raum hell erstrahlt. Dann wende ich mich dem Altar zu. Die Tünche ist hell an der Stelle der Wand, an der immer das heilige Bild hing. Alles darum herum scheint grau zu sein. Ich knie mich davor und schließe die Augen. Ich warte. *Wo seid ihr*, frage ich. *Ich brauche euch, denn ich weiß nicht weiter, weiß nicht, welchen Weg ich einschlagen soll. Ihr müsst mich führen.*

Aber da ist nichts, kein Gefühl des Friedens. Nichts fühlt sich richtig an. Wenn es die Götter gibt, dann sind sie jetzt nicht hier.

Schon wieder bin ich wach und aufbruchsbereit, noch bevor die Sonne aufgeht. Als Lief klopft, ist es immer noch ziemlich dunkel und ich stehe mit einer seltsamen Ruhe mitten im Raum. Zu meiner Überraschung habe ich gut geschlafen. Nichts hat mich aufgeschreckt, nichts mich verfolgt. Keine Träume vom Tod oder von sich umarmenden Körpern, von Verbannung oder geisterhaften grünen Augen. Keine Traumbotschaften von den Göttern. Es ist, als würde ich mir selber zuschauen, als hätte ich mit der ganzen Angelegenheit nichts zu tun.

Hier gehe ich nun, mit Lief hinter mir und dem zusätzlichen Wächter, den die Königin für meinen Weg zur Weissagung abgestellt hat. Mein Kleid schleift über den steinernen Boden, während ich die enge Treppe in die Gewölbe des Schlosses hinabsteige.

Das ganze Schloss stinkt nach der Jagd, der beißende Geruch der Hunde liegt noch immer in der Luft. Ist es wirklich erst gestern gewesen, als ich so besorgt war, dass die Königin mir meinen Wächter nehmen könnte? Das hatte ich in meiner Verwirrung wegen Liefs Worten einfach vergessen. Wie sehr ich mich getäuscht habe. Und wie angenehm überrascht sie sein wird, wenn sie herausfindet, dass Lief und ich uns selbst in die Falle hineinbegeben und ihr die Arbeit abnehmen.

Ich sollte Angst haben ... ich sollte am ganzen Leib zittern, aber ich bin wie taub, während ich darauf warte, dass Lief an die Tür klopft, um Rulf meine Ankunft anzukündigen.

Ich sitze auf dem Hocker und starre die Wand an und ignoriere alle drei Männer. Ich bin ganz gleichmütig, schließlich kann ich mir gut vorstellen, was passieren wird. Vielleicht werden die Götter mein Blut sofort zurückweisen, wenn Rulf es dem Morgenandorn hinzufügt. Vielleicht wird die Mischung schwarz werden, und Rulf wird wissen, dass ich das Königreich verraten habe. Oder die Himmel werden sich verfinstern und alle werden es erkennen. Ich hoffe nur, dass ich in jedem Fall Zeit genug habe, um mich zwischen Lief und den anderen Wächter zu werfen, damit er davonrennen kann.

Ich spanne meine Finger in meinem Schoß an, höre aber sofort auf, als Rulf missbilligend den Kopf schüttelt, während er das Messer gegen die Innenseite meines Ellbogens drückt. In der anderen Hand halte ich das Fläschchen, das Lief mir gegeben hat. Das Prickeln auf meiner Haut sagt mir, dass Liefs Blick auf mich gerichtet ist. Ich sehe gleichgültig zu, wie Rulf einen kleinen Schnitt vornimmt. Dann drehe ich meinen Arm, damit ein Blutstropfen in die bereitgestellte Schale fallen kann.

Der andere Wächter stellt sich neben Rulf, während dieser mein Blut dem Gift hinzufügt. Lief wendet seine Augen von mir ab und ihnen zu. So habe ich Gelegenheit, ihn zu mustern. Er ist blass, die Haut über seinen hohen Wangenknochen liegt eng an, die Knöchel seiner Hand treten hervor, während er das Heft seines Schwertes umfasst und wieder lockert. Er ist sich also doch nicht so sicher, dass all das nur eine Lüge ist, um das Volk zu kontrollieren. Was will er tun, wenn man uns überführt? Wird er versuchen, Rulf und den anderen Wächter niederzustrecken? Wird er versuchen, zu fliehen und mich mitzunehmen?

Rulf lässt die Phiole in meinen Schoß fallen. Ich starre sie an, aber im nächsten Augenblick ertönt ein polternder Lärm. Mir bleibt das Herz stehen. Ich habe es doch gewusst: Man hat uns entdeckt. Rulf geht durch den Raum und ich sehe zerbrochenes Glas auf dem Boden. Lief entschuldigt sich, beugt sich hinunter, um die Scherben des Glases aufzusammeln, das er zu Boden geworfen hat. Ohne darüber nachzudenken, schiebe ich die Phiole mit dem Morgenkraut in meinen Ärmel und ziehe den Korken von Liefs leerem Fläschchen. Ich lege es auf den Tisch und sehe mich wieder nach den Männern um.

»Es tut mir so leid«, sagt Lief und hebt die größte Scherbe auf. Doch Rulf scheucht ihn mit verärgert zuckenden Lippen fort.

Und dann gehen wir wieder.

Lief wartet, bis wir allein auf der Treppe zu meinem Turm sind, und streckt mir dann seine Hand entgegen.

»Gib es mir.«

Ich reiche ihm die Phiole, die ich in meinem Ärmel versteckt habe. Meine Finger streichen gegen seine. Bevor ich ihn aufhalten kann, hat er das Fläschchen auch schon geöffnet, schnuppert daran, schüttet sich den Inhalt in den Mund und schluckt ihn hinunter.

Sofort zuckt er zusammen. Ich klammere mich verzweifelt an seine Tunika, bis er meine Hände in seine nimmt.

»Das ist Eberesche«, hustet er und zieht ein Gesicht, das unter anderen Umständen komisch aussehen würde. »Eberesche in irgendeiner Flüssigkeit. Meine Mutter hat mich immer dazu gezwungen, so was zu trinken, wenn sie mich beim Fluchen erwischt hat.« Er schiebt die Phiole in die kleine Brusttasche seiner Tunika. »Es schmeckt bitter, aber es ist nichts. Ganz gewiss jedenfalls kein Gift.«

Ich ziehe meine Hände aus seinen und wende mich ab. Ich habe keinen Morgenandorn getrunken und niemandem ist etwas aufgefallen. Der Herbalist, der so gelehrt ist und so erfahren in der Weissagung, hat es nicht gemerkt, und die Götter, die jeden meiner Schritte überwachen, haben nichts getan, um mich zu strafen. Gestern habe ich einen Mann berührt. Ich habe einen Mann *geküsst* und er hat es überlebt. Und das obwohl nur die königliche Familie meine Berührung überleben dürfte. Derselbe Mann hat das Gift getrunken, das ich nun seit vier Ernten nehme, und er sagt mir, dass es nicht gefährlicher ist als die Bestrafung einer Mutter für schlimme Wörter.

Nichts von dem, was ich geglaubt habe – nichts von dem, was man mir eingeredet hat –, ist eingetreten.

Lief hat mir die Wahrheit gesagt, alle anderen haben mich belogen.

Die Götter haben mich nicht gesegnet. Ich bin nicht die Gottgleiche Daunen. Ich weiß nicht, wer ich bin.

Ich gehe an Lief vorbei, steige die letzten Stufen hinauf und betrete mein Gemach.

»Schreib Merek«, sage ich, bevor er etwas einwenden kann. Die Arme hat er schon ausgestreckt, um mich an sich zu ziehen. »Sag ihm, er soll in meinen Tempel kommen – sofort.«

Kapitel 15

Ich laufe im Tempel auf und ab und werfe der Tür wütende Blicke zu. Lief wartet draußen, bereit, Mereks Ankunft zu melden, und ich versuche, meine Gedanken zu sammeln und mich zu beruhigen. Ich muss jetzt alles wissen, die ganze Wahrheit.

»Seine Hoheit, Prinz Merek«, sagt Lief und ich drehe mich um. Merek kommt auf mich zumarschiert, sein Gesicht ein einziger Ausdruck der Sorge. Augenblicklich bekommt meine Fassade aus Selbstbeherrschung einen Riss. Aber bevor ich etwas sagen kann, ergreift Merek das Wort.

»Twylla? Du hast es also schon gehört? Ich versichere dir, es gibt keinen Grund zur Beunruhigung.« Ich bin verblüfft. Wie kann er wissen, was ich herausgefunden habe? Aber dann spricht er weiter. »Es ist ein leichtes Fieber, wahrscheinlich hat er es sich auf der Jagd zugezogen.«

»Wovon redet Ihr?«

»Der König. Hast du mich nicht seinetwegen gerufen?«

Ich schüttle den Kopf. »Was ist denn mit dem König?«

»Wie gesagt, er hat Fieber. Er wird bald wieder gesund sein. Es bedeutet natürlich, dass du morgen keine Audienz bei ihm haben wirst. Mutter hat angeordnet, dass sie verschoben wird, bis wir sicher sind, dass es sich um nichts Ernstes handelt. Aber ich gehe fest davon aus, dass er dich schon bald zu sich bestellen wird.«

Ich starre ihn mit gerunzelter Stirn an, aber das Bedürfnis, meine Wut an ihm auszulassen, hat sich gelegt.

»Es ist nicht wie bei deinem Wächter.« Er versteht meinen Gesichtsausdruck falsch. »Es ist etwas anderes. Du musst dir keine Sorgen machen. Stell dir vor, Mutter plant, morgen im Schloss zu bleiben, um meinen Stiefvater zu pflegen.« Seine Lippen verziehen sich zu einem schemenhaften Lächeln. Mehr gestattet er sich nicht, und es verschwindet auch sofort wieder, weil ich nur stumm vor ihm stehe. »Was ist denn los? Warum hast du mich hierher bestellt? Geht es um die Weissagung? Ist bei der Weissagung irgendwas vorgefallen?«

Und genau diese Frage brauche ich, um meine Wut neu zu entfachen.

»Aus welcher Pflanze wird der Morgenandorn gewonnen?«, frage ich mit kühler Stimme.

»Ich verstehe nicht.«

»Aus welcher Pflanze wird der Morgenandorn gewonnen?«, wiederhole ich. »Denn sosehr ich mich auch anstrenge, ich kann mich einfach an keine Pflanze dieses Namens erinnern. Das Gift kommt doch von einer Pflanze, oder nicht?«

»Ich ... ich bin mir nicht sicher. Ich glaube schon«, sagt er fest, aber nicht fest genug. In seinem kurzen Zögern haben sich seine Augen leicht geweitet. »Was soll denn das?«

»Als heute Morgen ein Mann meinen Arm aufgeschnitten und mir Gift zum Trinken gegeben hat, ist mir plötzlich klar geworden, dass ich gar nicht weiß, was ich da zu mir nehme. Ich weiß, wie es wirkt, aber nicht, was es ist. Und das würde ich nun gern erfahren. Man sollte mir einige der Pflanzen hierher bringen, damit ich den Altar mit ihnen schmücken kann – das wäre doch sehr passend, nicht wahr?« Jedes meiner Worte platzt abgehackt und präzise heraus. Ich klinge wie die Königin in ihren gefährlichsten Momenten, und das gefällt mir. Ich sehe, dass er es ebenfalls bemerkt und dass es seine Wirkung nicht verfehlt.

»Ich glaube nicht, dass das angemessen wäre«, sagt Merek und wendet sich halb zur Tür.

»Ich nehme an, dass es schwierig wäre, einen Altar mit einer Pflanze zu schmücken, die es gar nicht gibt«, sage ich ganz ruhig.

Er bekommt es fast nicht mit. Aber nur fast.

»Mit wem hast du gesprochen?«, fragt er. Eigentlich müsste ich mich freuen, weil es bedeutet, dass Lief recht gehabt hat und ich keine Mörderin bin. Doch stattdessen fühle ich mich wie am Boden zerstört. Ein Schmerz fährt durch meinen Kopf, der so stark ist, dass er mich fast von den Füßen fegt. »Twylla, wo hast du solche Dinge gehört?«

Ich schüttle den Kopf. »Ich musste es von niemandem hören, Merek. Ich bin einfach nicht so dumm, wie ihr alle glaubt.«

»Twylla, niemand glaubt ...«

»Ihr habt mich angelogen!«, schreie ich den Thronerben an. »Ihr habt mich alle angelogen!«

»Ich habe niemals ...«

»Ist irgendetwas von alledem wahr? Überhaupt irgendetwas? Die Weissagung? Woran sterben die Verräter in Wirklichkeit, Merek?«

Er bedeckt sein Gesicht mit den Händen. »Bitte, lass mich das erklären.« Er senkt sie wieder und streckt sie mir entgegen, um mich zu beruhigen. »Bitte.«

Die Tatsache, dass er »Bitte« sagt – mehr noch als sein Gesicht oder seine ausgestreckten Hände –, bringt mich dazu innezuhalten. Es erinnert mich daran, mit wem ich gerade spreche. Der flehende Ton klingt so falsch von seinen Lippen. Ich nicke ihm steif zu und bleibe starr stehen, während er vor mir auf und ab läuft.

»Wir ... das Königreich steckte in einer Krise. Das Volk wurde unruhig, unzufrieden. Es hätte nicht viel gefehlt und ein Aufstand wäre ausgebrochen. Wir mussten ihnen ihren Glauben zurückgeben. Es war eine der Ideen meiner Mutter.«

»Natürlich.« Mir schnürt sich die Kehle zu. »Aber wie habt ihr das zustande gebracht? Denn bis heute habe ich geglaubt, dreizehn Männern das Leben genommen zu haben. Wenn es nicht durch meine Hände geschehen ist, wie dann?«

»Sie wurden vergiftet, bevor du den Raum betreten hast«, sagt er langsam. Ich kann sehen, dass er seine Worte ebenso sorgsam abwägt wie ich meine Reaktion. Ich versuche, mein Gesicht ausdruckslos und ruhig erscheinen zu lassen. »Bei ihrer Henkersmahlzeit. Man hat eine Essenz von Oleander daruntergemischt.«

»Haben sie es gewusst?«

Er schüttelt den Kopf.

»Also sind sie alle gestorben und haben geglaubt, ich sei es gewesen. Tyrek ist mit dem Gedanken gestorben, ich würde ihn töten?«

Merek zögert und schüttelt den Kopf.

»Was soll das heißen?«

»Er allein wusste, dass du es nicht warst.«

Ich muss mich gegen den Altar lehnen, um mich aufrecht zu halten, während mein Geist versucht, die Einzelheiten zusammenzusetzen. »Deswegen musste er sterben, nicht wahr? Weil er mir irgendwann die Wahrheit verraten hätte? Er wusste ja, wie schwer es mir fiel.«

Merek blickt zu Boden. »Er wusste es. Er wollte es dir sagen.«

»Also wurde er getötet.«

»Er bildete sich ein, in dich verliebt zu sein«, sagt Merek schwach.

»Ist es Hochverrat, sich in mich zu verlieben?«

»Bitte, Twylla. Lormere steuerte auf eine Katastrophe zu. Du musst das verstehen.« Er fleht, aber ich trete angewidert einen Schritt zurück. »Das Königreich war bedroht und die Menschen brauchten ... sie brauchten eine Hoffnung, Twylla. Menschen brauchen etwas, an das sie glauben können. Und die Legende besagt, dass Daunen kommt, um Hoffnung zu bringen ...«

Auch wenn ich es schon wusste: Die Bestätigung zu hören, ist, wie im Tempel zu stehen und die Götter nicht zu spüren. Jetzt ist es Wirklichkeit.

»Ich bin also bloß ein Symbol? Die ganze Zeit über, während meines ganzen Lebens hier, bin ich bloß ein Wahrzeichen des Reiches gewesen? Warum?«

Merek sieht erbärmlich aus, sein Mund ist verzogen. »Mein Vater war gestorben. Alianor auch. Jahre waren vergangen, seit meine Mutter und mein Stiefvater geheiratet hatten, und sie hatten immer noch keine Tochter bekommen. Die Leute ... sie hatten Angst, was aus Lormere werden würde, wenn meine Mutter sterben würde und ich keine Königin hätte, mit der ich gemeinsam den Thron besteigen konnte. Da erinnerte sie sich an die alten Legenden von Daunen, an die Geschichten von der Tochter einer Göttin, die in Zeiten der Not nach Lormere kommt, um Hoffnung und Gerechtigkeit zu bringen. Und dann erinnerte sich mein Stiefvater an dich. Mit deinen roten Haaren und deiner Stimme ... es hatte ein Jahrhundert lang keine Daunen gegeben, niemand war am Leben, der sich an das letzte Mal erinnern konnte. Damals waren unsere Vorfahren im Krieg gewesen, Menschen starben – aber als Daunen erschien, erwachte Lormere wieder zu seiner alten Stärke und siegte. Weil sie dem Land den Glauben zurückgab. Wenn wir also eine neue Daunen hätten, würde das Land seinen Frieden wiederfinden. Wir konnten den Menschen das Zeichen geben, nach dem sie sich sehnten, ihnen zeigen, dass alles in Ordnung war. Außerdem brauchte ich eine Braut. Die königliche Familie war immer vom selben Fleisch und Blut – wenn es also unbedingt nötig war, dass ich eine Fremde heirate, musste sie mindestens ein Wunder sein.«

Er schaut zu Boden. »Aber wir mussten es überzeugend wirken lassen, verstehst du das denn nicht? Wir konnten kein Mädchen aus dem Volk hierher bringen, sie die Tochter der Götter nennen und ihr einfach so den Thron überlassen. Die Menschen hätten das nie akzeptiert. Wir mussten sie für alle sichtbar mit dem Göttlichen verbinden, wir mussten alles hieb- und stichfest machen.«

»Also habt ihr der Legende noch eine kleine Fußnote hinzugefügt? Die neue Daunen hat eine von den Göttern verliehene Macht und kann mit einer Berührung töten?«, spotte ich. »Das ist raffiniert, das muss man euch lassen. Wer würde schon dagegen etwas sagen, wenn man bedenkt, was die Folgen sein könnten?«

»Twylla ...«

»Ich wurde in einen Turm gesperrt, von allem ferngehalten, während ihr so getan habt, als sei ich die Auserwählte der Götter? Ihr habt mir einen hübschen Tempel gebaut und der Welt erzählt, ich sei eine Mörderin. Und weil wir alle ungebildete Bauern sind, haben wir euch geglaubt. Habe ich das richtig verstanden?«

Er seufzt. »Twylla, ich wollte es dir sagen. Aber dann habe ich meine Reise unternommen und ...« Seine Stimme verliert sich. »Es tut mir leid. Aber es war unvermeidlich. Wir wollten nicht grausam sein ...« Er hält inne, schluckt. »Du warst die Tochter einer einfachen Frau. Wir konnten nicht unsere Verlobung bekannt geben, ohne dich unantastbar zu machen. Meine Mutter hatte die Idee mit dem Morgenandorn als Beweis für deine Göttlichkeit. Die Aufzeichnungen aus der Zeit der letzten Daunen sind vage, wenn es darum geht, wie sie ihre Bestrafungen ausgeführt hat. Es fiel meiner Mutter nicht schwer, die Teile hinzuzufügen, die die Geschichte überzeugend machen würden. Wenn wir behaupteten, dass du Gift trinken kannst, würde das den Beweis liefern, dass du bist wie wir, von göttlicher Vorsehung erwählt … und somit die für mich passende Braut.«

»Aber Rulf wusste es? Und Tyrek?«

Merek wendet sich ab. »Rulf musste es wissen, aber meine Mutter ließ ihm die Zunge herausschneiden, um ihn vom Reden abzuhalten. Der Junge sollte es nie erfahren. Ich weiß nicht, wie er es herausgefunden hat. Als meine Mutter mitbekam, dass er es wusste …«

Mein Magen zieht sich zusammen, und ich muss meine Zähne aufeinanderpressen, um mich vom Würgen abzuhalten. Meinetwegen, alles meinetwegen. Einem Mann wurde die Zunge abgeschnitten und sein Sohn wurde ermordet, nur damit ich gottgleich sein konnte.

»Ich glaubte, von den Göttern gesegnet zu sein. Ihr lasst mich in ihrem Namen singen und sie in einem Tempel anbeten. Habt Ihr selbst eigentlich je an die Götter geglaubt, Merek?«

Nach einem langen Augenblick schüttelt er den Kopf. »Spielt das eine Rolle?«

»Für mich hat es das«, sage ich leise, wende mich ab und gehe an ihm vorbei.

»Wo willst du hin?« Er folgt mir.

»Zurück in meinen Turm. Ich muss nachdenken.«

»Was gibt es darüber nachzudenken?« Er hält mich auf, indem er mich kurz am Arm berührt. Ich wende mich ihm zu.

»Wie kann es sein, dass der Mann, den ich heiraten soll, zugelassen hat, dass ich mich selbst für eine Mörderin halte. Darüber muss ich nachdenken.«

»Es gehört zu Daunens Rolle. So ist es immer gewesen.«

»Aber ich bin die einzige Daunen, die von sich selbst geglaubt hat, das Fallbeil zu sein, nicht wahr?«

Merek schlägt flehentlich die Hände zusammen. »Das wenige,

was wir in den Legenden finden konnten, besagte, dass die Gottgleiche Daunen denjenigen, die Lormere vernichten wollten – den Verrätern –, den Tod gebracht hat. Meine Mutter hat das einfach wörtlich genommen, damit niemand versuchen würde, dir das Leben zu nehmen. Wenn alle glaubten, dass dir Gift nichts anhaben kann, wer würde dich dann noch vergiften? Wenn alle glaubten, deine Haut könne töten, wer würde es dann noch wagen, dir zu nahe zu kommen? Die Zeiten haben sich geändert; die Götter haben nicht mehr die Macht, die sie einmal hatten. Wir mussten sie ihnen zurückgeben.«

Ich starre ihn an, bevor ich ihm den Rücken zuwende.

»Geh nicht, Twylla, bitte. Versuch doch zu verstehen. Wir konnten es dir nicht sagen. Wenn das Königreich es glauben sollte, musstest du es auch glauben. Du warst ein Kind, als du hierherkamst, du hättest es nicht verbergen können.«

»Ich habe schon seit meiner Geburt Geheimnisse bewahrt«, fahre ich ihn an. »Ich sollte die Sündenesserin von Lormere werden, habt Ihr das schon vergessen?«

»Wenn ich hier gewesen wäre ... es wird jetzt anders werden, ich schwöre es dir. Alles wird anders werden. Keine Geheimnisse mehr.«

Weil ich unbedingt etwas zwischen ihn und mich bringen muss, bedecke ich mein Gesicht mit den Händen. So bleibe ich, die Finger als Schild, bis ich ruhig genug bin, um mit ihm zu sprechen, ohne zu schreien. »Es gibt so vieles zu verstehen, Merek. Es wird Zeit brauchen. Ich kann mich damit nicht so rasch abfinden.«

Nach einem langen Augenblick nickt er. »Du darfst mich alles fragen, jederzeit. Ich werde alles wahrheitsgemäß beantworten.«

»Habt Dank«, sage ich leise und lasse ihn allein in meinem leeren Tempel zurück.

Lief hält sich hinter mir, während wir durch das Schloss zu meinem Gemach zurückgehen. Sobald wir aber die Schwelle überschritten haben, bin ich es, die ihn gegen die Tür drückt und ihn küsst, als hinge mein Leben davon ab.

Wir knien Hand in Hand auf dem Boden und schauen einander an. Mein Körper schwirrt vor Glück über die Tatsache, dass wir uns berühren können, dass es nichts bedeutet und zugleich alles. Ich kann meine Finger nicht ruhig halten, streiche mit ihnen über seine Knöchel und über seine Handfläche, und er tut dasselbe bei mir, umspielt meine Nägel und schiebt seine Finger zwischen meine. Wir müssen beide lächeln, so sehr, dass mir schon die Wangen wehtun, aber ich kann nicht aufhören.

»Du musst mir das erklären«, sage ich.

»Du schuldest mir eine Entschuldigung«, stichelt er.

»Bitte, Lief. Sag mir, woher du es gewusst hast. Sag mir, wie du es als Lüge erkennen konntest, wenn ich es nicht konnte.«

Er lehnt sich zurück und schaut mich mit schief gelegtem Kopf an. »Twylla, ihr habt vielleicht eine hervorragende Armee hier in Lormere, aber wir in Tregellan haben die bessere Wissenschaft. Unser Wissen der Medizin und der Heilkräuter ist der euren weit überlegen. Wir wüssten es, wenn es ein Gift gäbe, das sich durch die Haut überträgt - glaub mir, wir hätten es längst benutzt. Lormere hat ein Jahrhundert ohne Daunen überlebt, bis sie zu einem Mythos wurde, zu einem Märchen wie der Schlafende Prinz oder die Lieder, die du singst. Und plötzlich gibt es wieder eine. Warum? Warum sollten die sogenannten Götter nun wieder ihre Tochter schicken? Es sei denn, es waren gar nicht die Götter, sondern jemand anderes – und zwar aus einem ganz anderen, weniger göttlichen Grund?«

Während ich darüber nachdenke, starre ich ihn an. Die Gottgleiche Daunen vor mir hat Lormere während des Krieges gerettet. Tregellan war ins Land eingefallen. Wie Merek mir erzählte, war seine Großmutter krank gewesen, und man erwartete nicht, dass sie ihre Kindheit überleben würde. War die letzte Daunen wie ich gewesen – ein Mädchen, das für den Thron vorgesehen war, falls die wahre Erbin sterben sollte? Wurde man so zur Daunen? War auch sie nur als Marionette erfunden worden, die sich als Kind der Götter ausgeben musste, um das Reich zu befrieden?

»Warum haben sie es mir nicht gesagt, als ich hierherkam?«, überlege ich. »Ich hätte doch verstanden, dass es gut wäre fürs Reich – ich habe die Königin geliebt. Warum haben sie mir nicht vertraut?«

Lief zieht mit den Fingern Kreise auf meinem Handrücken. »Ich vermute wegen des Sündenessens. Selbst jetzt scheint es dir so viel zu bedeuten, wenn du darüber redest. Es ist so ein wichtiger Teil deines Lebens, dass sie dir etwas Größeres geben mussten. Sie mussten dir eine Pflicht verleihen, die zu deiner Bestimmung werden konnte. Eine Bestimmung hättest *du* als Letzte infrage gestellt, denn du warst bereits mit einer geboren und aufgezogen worden«, sagt er leise. »Und wer würde nicht eine Bestimmung bevorzugen, bei der man in einem Schloss leben darf, statt Sünden verspeisen zu müssen?«

»Sünden verspeisen ...«, wiederhole ich. Ich hatte es ganz vergessen. Vielleicht hatte ich es mir auch verboten, mich zu erinnern, aber jetzt tue ich es.

Ich war noch klein, so klein, dass Maryl noch ein Baby war. Ich verbrachte viele Stunden damit, sie im Arm zu wiegen, sie zu beruhigen, ich tat alles, nur um dieses entsetzlich hohe, durchdringende Geschrei zu beenden, bei dem ihr Gesicht ganz rot wurde und sie ihre Knie bis zur Brust hochzog. Meine Mutter blieb immer in ihrem Zimmer, sie kam nur selten heraus, um das Baby an ihrer Brust zu stillen. Schließlich schlief Maryl ein, und ich war so erschöpft, dass auch ich in meinem Stuhl einnickte.

»Komm.« Die Tür meiner Mutter hatte sich geöffnet, also begab ich mich widerwillig in den stark riechenden Nebel ihrer Kammer hinein.

»Was wir tun«, sagte sie unvermittelt, als wären wir mitten in einem Gespräch, »ist eine uralte Tradition. Sie ist zeitlos, es hat sie immer gegeben und es muss sie auch immer geben.«

Mir fielen fast die Augen zu, während sie sprach. Die Wärme des Raums lullte mich ein.

»Vor den Göttern, vor den Königen gab es uns«, sagte sie. »Als sie sich die Welt zum Untertan machten, Stück für Stück, nahmen sie uns beiseite und erklärten uns, warum wir tun, was wir tun. Aber wir tun es nicht für sie, meine Tochter. Wir tun es, weil es jemand tun muss, denn noch vor den Göttern und den Königen gab es die Sünden. Sünden hat es immer gegeben. Verstehst du, was ich dir sagen will?«

Ich nickte, aber wie jemand, der gerade aus dem Schlaf hochschreckt, nicht, als hätte ich wirklich etwas verstanden.

»Wir sind uralt«, sagte sie. »Wir schenken ihnen Sicherheit.«

Ich wende meinen Blick von Lief, lasse seine Hand los. Es ergibt einen Sinn. Aber ich will nicht, dass es so einfach ist. Ich habe vier Jahre diesem Leben gewidmet und mich langsam darauf vorbereitet, Mereks Frau zu werden. Herauszufinden, dass das überhaupt nichts mit meiner Bestimmung zu tun hat, dass ich meine Aufgabe bloß meiner Haarfarbe und meinem Gesang und den Machtfantasien einer Wahnsinnigen zu verdanken habe, ist entsetzlich. So viele Menschen sind deswegen gestorben.

»Habt Ihr Totenspeisungen in Tregellan?«, frage ich Lief. Er nickt. »Erzähl mir, wie es bei euch abläuft.«

Er sieht verblüfft aus. »Genau wie hier, nehme ich an. Der Sündenesser isst die Speisen vom Sarg, während die Familie Abschied nimmt. Dann die Bestattung. Es ist derselbe Brauch, ein Teil der Zeremonie.«

»Nein, Lief, so funktioniert das bei uns nicht«, entgegne ich sanft. »Bei uns ist es nicht bloß Teil der Zeremonie.«

Er zuckt mit den Schultern. »Ich nehme an, das Sündenessen gehört zu den Dingen, die bei uns übrig geblieben sind, nachdem der Glaube an die Götter ausgestorben ist. Vielleicht hätte es eine zu große Veränderung bedeutet, es bei der Bestattungsfeier wegzulassen, deshalb hat man es beibehalten.«

Nur eine leere Geste. Scheinbar sind alle meine Bestimmungen wie Spinnweben, die man bei Sonnenlicht leicht wegfegen kann. »Woran glaubt man denn in Tregellan?«

»Eigentlich an nichts. Vor dem Fall des Königshauses haben die Menschen noch an die Götter geglaubt. Aber während der Revolution hat sich das aufgelöst. Die Leute hatten wahrscheinlich einfach keine Zeit mehr dafür. Aber in den kleinen Dörfern gibt es noch Menschen, die an irgendwelche Götter glauben.«

»Unsere Götter?«

»Nein. Sie glauben an die Götter des Eichenbaums und der Winterpalme.«

»Das sind eure Götter?«, sage ich. »Du nimmst mich nicht auf den Arm? Tregellan hat andere Götter als wir?«

Er nickt. »Ich nehme dich nicht auf den Arm.«

»Wie kann es denn verschiedene Götter geben, Lief?«

»Ich glaube nicht, dass es überhaupt welche gibt«, sagt er mit leiser Stimme. »Ich glaube nur, dass manche Menschen ein leichteres Leben haben, wenn sie glauben können, dass jemand über sie wacht.«

Wieder macht mein Magen einen Satz. Das war es, was meine Mutter meinte. »Ich habe nichts gespürt in meinem Tempel«, sage ich gepresst. »Nichts. Obwohl ich es wollte.«

Er zieht mich an sich und hält mich fest, während ich zu verstehen versuche, was ich immer gewusst, aber nie begriffen habe.

»Es tut mir leid«, sagt er schließlich.

Ich schüttle den Kopf.

»Was hast du jetzt vor?«, fragt er.

»Ich weiß nicht. Aber ich glaube nicht, dass ich hierbleiben und weiterhin so tun kann, als wäre ich die Tochter der Göttin.«

»Was ist mit dem Prinzen?«

»Ich ... ich kann ihn nicht heiraten. Ich kann nicht neben ihm stehen und mich ihm und seiner Familie ausliefern.«

»Nicht nach all den Lügen.«

»Und nicht, wenn ich jemand anderen liebe«, sage ich, ohne nachzudenken.

»Was?« Er setzt sich auf.

Es verblüfft mich selbst. Es rauscht in meinen Ohren und das Blut schießt mir in den Kopf, als mir klar wird, was ich gerade gesagt habe. Und wie wahr es ist. Plötzlich ist das die wahrste, sicherste Sache auf der ganzen Welt. Ich bin verliebt. Das war es, was mit mir los war. Ich habe mich verliebt. Da singe ich nun ständig von der Liebe und habe sie doch nicht erkannt.

»Ich bin in dich verliebt«, flüstere ich.

Augenblicklich presst er seine Lippen auf meine, als wolle er mir so alle meine Sorgen abnehmen, sie aufsaugen und hinunterschlucken. Ich lasse es zu, bin bereit, meine Fragen für den Augenblick aufzugeben, um ihn zu spüren, seinen Geschmack, seine Hände auf meiner Taille.

Sobald er sich von mir losmacht, vermisse ich ihn, bewege mich näher heran, verzweifelt bemüht, einen Körper zu spüren, nachdem mir das so lange verboten war. Er kommt mir entgegen, legt seine Arme um mich, und ich drehe mich um, damit ich meinen Rücken gegen seine Brust lehnen und seine Arme an mich ziehen kann. Es fühlt sich richtig an. Hier sollte ich sein.

»Was sollen wir jetzt tun?«, frage ich schließlich.

»Was meinst du?«, murmelt er an meinem Ohr.

»Was tun wir jetzt? Was passiert als Nächstes?«

»Das liegt an dir«, sagt Lief langsam. »Was möchtest du denn tun?«

»Ich weiß nicht.« Ich schüttle den Kopf. »Ich möchte fort von hier, aber das geht nicht. Ich würde nie wegkommen, nicht einmal mit deiner Hilfe. Aber wie kann ich bleiben?«

»Würdest ... würdest du mit mir kommen, wenn es einen Weg gäbe?«

Zur Antwort drehe ich mich um, ziehe sein Gesicht an meines und küsse ihn.

»Also ...« Er schaut mich eindringlich an. »War das ein Ja? Meinst du, du würdest mit mir kommen?« Er versucht, sich seine Hoffnung nicht anmerken zu lassen, aber sie steht ihm überdeutlich ins Gesicht geschrieben.

»Ich will bei dir sein.« Ich muss an die Königin denken. Sie hat so sehr versucht, mich zu ihrer Puppe zu machen, und doch hat sie mir jemanden an die Seite gestellt, der dies verhindern will. In weniger als einem Mond hat Lief ihre Arbeit von vier Ernten zunichtegemacht. Ich kann mir ihren rasenden Zorn vorstellen, wenn sie erfährt, dass wir uns ihr widersetzen. Neuerlich schmiege ich mich an ihn.

»Also, wie gehen wir weiter vor?«, fragt er.

»Wir bitten die Götter um ein Wunder.« Ich bringe ein schwaches Lachen zustande.

Ich spüre sein Grinsen an meiner Schläfe, als er meine Hände ergreift. »Vielleicht kenne ich ja einen Ausweg. Ich muss das überprüfen, aber ich weiß, dass Dimia einen geheimen Gang erwähnt hat, durch den sich die Diener früher heimlich aus dem Schloss geschlichen haben, um ins Dorf zu gehen. Morgen während deiner Audienz beim König werde ich mich davonstehlen und nachschauen, ob das stimmt.«

»Das geht nicht.« Mir fällt ein, was Merek mir im Tempel erzählt hat. »Meine Audienz beim König ist aufgeschoben worden. Er hat sich auf der Jagd ein Fieber zugezogen, und solange er sich erholen muss, finden keine Audienzen statt. Oh!« Plötzlich wird mir klar, was das bedeutet. »Wir könnten noch heute Nacht fortgehen, solange alle Augen auf den König gerichtet sind.«

»Ich bezweifle, dass das auch auf Mereks Augen zutrifft«, sagt Lief trocken. »Ich vermute, all seine Gedanken gelten dir. Außerdem weiß ich noch nicht, wo sich dieser Gang befindet oder was genau am anderen Ende ist. Und wir werden Pferde brauchen, um aus Lormere hinauszukommen. Wir können es nicht riskieren, geschnappt zu werden. Wir müssen weit fort sein, wenn sie merken, dass wir nicht mehr da sind. Weit genug, damit sie uns nicht mehr einholen können. Sie wird die Verfolgung aufnehmen, weißt du? Sie wird dich nicht einfach ziehen lassen.« Sanft drückt er meine Finger zwischen den seinen.

»Dein Glück, dass das auch für mich gilt«, fährt er fort und drückt mir einen Kuss auf mein Ohr, als wolle er ein Siegel auf seinen Schwur setzen. »Wir werden bei meiner Mutter haltmachen. Sie lebt hinter dem Westwald. Ich werde eine Nachricht vorausschicken, dann können wir dort unsere Pferde wechseln und tiefer nach Tregellan hineinreiten. Wir halten uns nördlich, Richtung Tallith. Dort werden sie uns nicht mehr erreichen können.«

Ich nicke erleichtert. »Das ist ein guter Plan.«

»Wenn ich ehrlich sein soll, Twylla, habe ich nicht zum ersten Mal darüber nachgedacht.« Er lächelt.

»Oh«, sage ich leise. Schon wieder muss ich grinsen. Ich bin nicht die Tochter der Sündenesserin. Ich bin nicht die Gottgleiche Daunen. Ich bin etwas anderes, etwas Neues, kein totbringendes Ungeheuer in einem Schloss, keine eingesperrte Nachtigall. »Wann können wir fort?«

»In einigen Tagen«, sagt er. »Länger brauche ich nicht, um alles vorzubereiten. Du musst zusammenpacken, was du mitnehmen willst, und dich bereithalten.«

»Von hier möchte ich nichts haben.«

»Umso besser für unsere Flucht.« In seiner Stimme schwingt ein breites Lächeln mit und sein Atem trifft mein Haar.

»Wir müssen aber vorsichtig sein«, sage ich, mehr zu mir selbst als zu ihm. Meine Augen schließen sich flatternd, während er meine Handrücken mit seinen langen Fingern streichelt. »Wir dürfen keinerlei Verdacht bei ihnen erwecken. Wir müssen Merek das Gefühl geben, ich hätte mich mit der Wahrheit über Daunen abgefunden. Dass ich das Geheimnis nun teile, und das gern.«

»Aber ich darf dich doch weiterhin küssen?«, fragt er. »Wenn wir allein sind?«

»Bist du so verrückt nach meinen Küssen?«

»Ich bin schon ganz verhungert.« Er grinst wölfisch. »Du weiß gar nicht, wie wunderschön du bist, oder?«

Ich winde mich in seinen Armen. »Sag so was nicht, Lief.«

»Und was, wenn doch?«

»Ich finde schon einen Weg, dich zum Schweigen zu bringen.«

»Na, nur zu!«

Ich drehe mich ihm mit leicht geöffneten Lippen zu. Während mein Herz laut in der Brust klopft, beuge ich mich vor und küsse ihn mit geschlossenen Augen. Als sich meine Lider flatternd wieder öffnen, schaut er mich an. Unsere Münder bewegen sich ganz sachte, streichen gegeneinander. Unsere Lippen öffnen und schließen sich, unsere Blicke sind fest ineinander verschränkt.

Mir wird ganz schwindlig, also mache ich wieder die Augen zu, konzentriere mich nur auf seine Berührungen, darauf, wie seine Zunge zärtlich mit der meinen tanzt.

Diesmal ist er es, der sich von mir losmacht und meine Wangen mit seinen Händen umfasst.

»Noch ein paar Tage, dann haben wir unser eigenes kleines Haus. Irgendwo, wo wir sicher sind und uns niemand etwas anhaben kann.« Er zieht meine Hand an seine Lippen und küsst sie, legt sie sich dann an sein Herz.

Unter dem Stoff spüre ich den Umriss des Glasfläschchens und fahre mit dem Finger darüber.

»Hier hast du es zurück.« Er zieht es hervor und reicht es mir. »Behalte es als Andenken.«

Ich nehme die Phiole, aber dabei verhärtet sich etwas in mir. Ich löse mich aus seinem Arm und erhebe mich, schaue das Ding an, das mein Leben in den vergangenen vier Ernten kontrolliert hat. Dann schleudere ich es mit so viel Schwung wie möglich aus dem Fenster und wende mich ihm wieder zu. Unser Kuss ist so unvermeidlich wie die Sonne, die sich über dem Westwald senkt.

Kapitel 16

Ich habe mich immer darum bemüht, niemanden jemals zu berühren, und jetzt muss ich meine Hände mit Gewalt im Zaum halten, um nicht ständig nach Liefs Fingern zu greifen. Ich habe in der vergangenen Nacht kaum geschlafen. Es hat wehgetan, ihn aus dem Raum hinauszuschicken, zu wissen, dass er sich auf der anderen Seite der Tür befindet. Es ist schlimm, dass er so nah ist und doch so unerreichbar. Es fühlt sich falsch an, ihn nicht zu berühren. Ich kann nicht abwarten, ihm wieder mit einem Finger über den Unterarm zu fahren, kann nicht abwarten, bis er wieder mit seinen wunderschönen Händen meine Handgelenke umfasst. Ich habe nicht gewusst, dass man so vieles gleichzeitig empfinden kann – Wut, Hoffnung, Angst, Sehnsucht, Freude und Sorge. Meine Gefühle führen ein Eigenleben, und ich fürchte mich davor, dass wir jemandem begegnen, der es mir ansieht und es der Königin erzählt. Sie wird es irgendwann erfahren – aber wir müssen weit genug fort sein, wenn es so weit kommt.

Die Möglichkeiten, die sich für mich neu auftun, machen mich ganz trunken. Alles scheint heller, reiner und besser. Ich weiß, was sich auf Liefs Gesicht abspielt, ohne ihn ansehen zu müssen, weiß, wohin seine Augen schauen, besonders, wenn sie sich auf mich richten. Ich spüre seinen Blick ebenso stark, wie ich zuvor seine Arme um meinen Körper gespürt habe. Wenn Wind aufkommt, schnappe ich den Geruch von Holzrauch und Zitronen auf und ich muss lächeln. Es ist sein Geruch. Wenn ich mir mit der Hand eine Strähne aus dem Gesicht streiche, rieche ich denselben Duft auf meiner Haut.

Aber da ist auch Angst. Seine Schritte auf dem steinernen Boden scheinen ständig meinen Namen zu rufen. Für jeden Twylla-Schritt mache ich zwei Lief-Schritte, und ich fürchte mich davor, dass wir unsere Täuschung damit dem ganzen Schloss offenbaren, wenn die Leute nur gut genug hinhören. Ich muss ein Doppelleben führen, so wie die Spione und Verräter, von denen ich geglaubt habe, ich hätte sie umgebracht. Aber ich bin keine Spionin. Ich befürchte, meine Gefühle so offen zur Schau zu stellen wie meinen roten Umhang. In mir sprudeln Hoffnung und Angst wie das Wasser an der Quelle von Lormere.

Ich kann nicht in meinem Gemach bleiben – trotz des Schlafmangels bin ich immer noch ruhelos. Also bitte ich Lief, mit mir in die Gärten zu gehen. Ich hoffe, dass wir dank der Kälte allein sein werden und weitere Pläne schmieden können. Doch als wir den ummauerten Teil betreten, sehe ich Merek auf einer Bank sitzen, der stumpf vor sich hin starrt, während seine Wachen an der gegenüberliegenden Seite des Gartens herumlungern. Panik breitet sich in meinem Magen aus, und ich wende mich eilig in die andere Richtung, um Lief von hier weg zu führen, aber der Prinz hat mich bereits entdeckt.

»Twylla.«

»Euer Hoheit.« Ich mache einen Knicks, um mein Gesicht zu verbergen. Ich hoffe verzweifelt, dass sich meine Angst nicht allzu deutlich darauf abzeichnet.

»Du darfst uns verlassen«, sagt Merek zu Lief.

Dieser zögert nur einen winzigen Augenblick, dann verbeugt er sich und macht auf dem Absatz kehrt. Er bleibt in einigem Abstand unter dem Torbogen zum Garten stehen und hält dort Wache. Seine Selbstbeherrschung ist wirklich bewundernswert.

»Ich ... ich hatte gehofft, dich zu sehen. Ich hatte gehofft, du würdest heute hierherkommen. Ich weiß, ich habe dir Zeit zum Nachdenken versprochen, aber ... ich möchte nicht, dass diese Sache zwischen uns steht.«

»Wie geht es dem König?«

»Besser. Man hat mir gesagt, er habe sich bereits gut erholt. Sein Appetit ist wieder da, und er hat angeordnet, dass man keinen solchen Wirbel um ihn machen soll. Ich glaube, eigentlich will er damit sagen, dass meine Mutter ihn in Ruhe lassen soll. Sie ist nicht gerade die geborene Krankenschwester.«

Ich kann ihn nicht anschauen, und nicht nur, weil ich wütend bin. »Bitte richtet ihm meine besten Wünsche aus«, sage ich. »Ich wollte Euch hier nicht stören. Ich überlasse Euch wieder Euren Gedanken.«

»Nicht, Twylla«, sagt er leise. »Mir wäre es lieber, du wärst wütend auf mich, wenn das die Dinge zwischen uns wieder begradigt. Ich habe dir gesagt, ich wolle ehrlich sein, und dazu stehe ich auch. Bitte geh nicht fort von mir.«

Wir stehen verlegen voreinander. Er wartet darauf, dass ich etwas sage, aber mir fällt nichts ein, was sich nicht nachtragend oder anklagend anhören würde. Ein kurzer Seitenblick zeigt mir, dass Lief angestrengt versucht, uns nicht zu beachten. Seine Haltung verrät mir trotzdem, dass er uns aufmerksam belauscht.

»Ich habe dich bei der Jagd vermisst«, sagt Merek schließlich.

»Ich mache mir nichts aus der Jagd«, erwidere ich tonlos.

Er seufzt und fährt sich mit der Hand durch seine dunklen Locken. »Nun, da wären wir uns wenigstens einig. Ich mache mir nämlich auch nichts daraus.«

»Nicht? Aber Ihr habt doch zur Königin gesagt, es sei ein angenehmer Zeitvertreib. Ihr habt doch nicht etwa gelogen?« Ich kann nichts dagegen tun, ich muss Salz in die Wunde streuen.

Merek nickt vor sich hin, als nähme er den Tadel bereitwillig an. »Das war keine Lüge. Aus dem Schloss heraus zu sein und frei durch die Wälder reiten zu können – ja, das war angenehm. Aber die Jagd selbst ... Mir sind die Biester, die der König seine Hunde nennt, ganz und gar zuwider. Und ich kann mir etwas Schöneres vorstellen, als irgendwelche armen Geschöpfe durch die Landschaft zu hetzen.« Er hält inne. »Vor allem wenn es sich um Menschen handelt. Damit bin ich nicht einverstanden. Unter unserer Regentschaft wird es so etwas nicht geben.«

Er schaut mich an, aber ich kann seinem Blick nicht standhalten. Nicht wenn er so spricht, nicht jetzt. Nachdem er mir eine Weile dabei zugesehen hat, wie ich die Blumen anstarre, fährt er fort.

»Wenn wir regieren, wird die Jagd nicht mehr Teil des Hofzeremoniells sein. Nicht so. Ich würde gern die Falknerei wieder einführen. Darin liegt mehr Eleganz, und sowohl die Herren wie die Damen können mit Vögeln jagen. Du hättest deinen eigenen Falken.«

Ich bleibe stumm, halte meinen Blick weiter auf die Blumen gerichtet. Dabei wünsche ich mir sehnlichst nachzusehen, ob Lief den Prinzen und mich immer noch beobachtet.

»Freust du dich auf dein nächstes Konzert? Wenn der König wieder ganz gesund ist?«

»Natürlich. Werdet Ihr wieder dabei sein?«

»Ja, das werde ich, wenn du es erlaubst.«

»Wir werden heiraten. Spielt es da eine Rolle, ob ich es Euch erlaube?«

»Für mich schon«, sagt Merek. »Und ich könnte mir denken, dass du, genau wie ich, wenigstens die Illusion schätzt, dass wir eine Wahl haben. Auch wenn es wirklich nur eine Illusion ist.«

Kurz schaue ich zum Himmel hinauf. »Ich sollte zurückgehen«, sage ich ausdruckslos. »Es sieht nach Regen aus.«

»Erlaube mir, dass ich dich später besuche«, wirft er eilig ein. »Ich werde Wein mitbringen und dann können wir uns in aller Ruhe unterhalten. Ich möchte das in Ordnung bringen, Twylla. Darf ich dich aufsuchen?«

»Wenn Ihr es wünscht.« Wenn er heute Abend kommt, kann ich wenigstens so tun, als würde ich Frieden mit ihm schließen.

»Danke.«

Wir gehen gemeinsam in Richtung Ausgang. Ich werfe einen Blick auf Lief und bemerke, dass er seine Schultern steif und gerade hält und uns den Rücken zuwendet, um unsere Privatsphäre nicht zu stören.

»Dann bis heute Abend«, sagt Merek. Ich neige den Kopf, und er verneigt sich tief, bevor er an meinem Wächter vorbeirauscht. Lief schaut ihm wütend hinterher.

Ich gehe schnellen Schrittes weiter, als wolle ich noch einmal die Gärten umrunden, und Lief schließt zu mir auf.

»Hat er vor, dich heute Abend zu besuchen?«, fragt er durch fast geschlossene Lippen.

»Ja. Er möchte, dass wir uns versöhnen.«

»Was hast du vor?«

»Ich werde ihm sagen, dass ich es verstehe. Dass er das Richtige getan hat, dass ich aber verletzt bin und verwirrt und eine Weile für mich sein möchte, um über alles nachzudenken. Ich werde ihn fragen, ob ich ihm Nachricht senden kann, wenn ich mit mir ins Reine gekommen bin. Ich bin mir sicher, dass er mir das gewähren wird.«

Lief nickt. »Und dann werden wir von hier verschwinden und er wird uns nicht mehr lästig fallen.«

Auf dem Rückweg schaue ich noch im Tempel vorbei. Heute kann ich sehen, wie schmutzig die Wände sind und wie staubig der Boden. Die Bänke sind im Vergleich dazu zu sauber, keine Kerben, keine von Betenden abgescheuerten Stellen. Es ist ein leerer Raum. Er bedeutet nichts mehr.

Ich hatte gehofft, Merek würde früh am Abend zu mir kommen. Aber ich warte vergeblich auf das Klopfen. Stattdessen tritt Lief ein, zündet meine Kerzen an und tritt so nahe wie möglich zu mir, erfüllt die Luft um mich mit seinem Geruch nach Zitronen und Leder und lässt mein Herz einen Sprung machen. Wir wagen nicht, miteinander zu reden, nicht, wenn der Prinz und seine Wache jeden Augenblick auftauchen können.

Aber als die Kerzen beinahe niedergebrannt und meine Augenlider ganz schwer geworden sind, gehe ich zur Tür und öffne sie. Lief schaut augenblicklich auf und lächelt mich an. Ich erwidere seinen Blick.

»Ich werde mich jetzt fürs Bett bereit machen«, verkünde ich laut. »Bitte sagt dem Prinzen, falls er kommen sollte, dass ich mich schon zurückgezogen habe und es mir leidtut, ihn enttäuschen zu müssen.« Dann senke ich meine Stimme und flüstere: »Außerdem kannst du ihm sagen, dass er ein ungehobeltes Schwein ist.«

»Gewiss«, sagt er und flüstert: »Deshalb habe ich auch beschlossen, für unsere Flucht sein Pferd zu stehlen.«

Während ich leise lache, hebt er seine Stimme wieder zu normaler Lautstärke. »Kann ich Euch heute Abend sonst noch dienlich sein, Mylady?«

Ganz gegen meine Worte, nicke ich beim Sprechen: »Das wäre alles. Ihr dürft Euch ebenfalls zurückziehen.« Ich neige mich seinem Gesicht zu, und er kommt mir entgegen, um mich zu küssen. Das genügt mir nicht, also trete ich vor die Tür, umfasse seine Hände und küsse ihn mit offenem Mund.

Nur widerwillig mache ich mich schließlich los und schließe sacht die Tür, nachdem sich unsere Fingerspitzen noch einmal berührt haben.

Als ich die Kerzen ausgeblasen habe und im Bett liege, umschlinge ich meine Nackenrolle fest mit beiden Armen. *Bald*, denke ich. *Ich habe es vier Ernten lang hier ausgehalten, da sind ein paar weitere Tage gar nichts.*

Ein zartes Klopfen ertönt an der Tür und dann öffnet sie sich einen Spaltbreit.

»Twylla«, flüstert Lief und ich setze mich auf.

»Ja?«

»Ich dachte mir, ich könnte deine Tür ja ein wenig offen lassen. Nur damit ich auch weiß, dass du wirklich sicher bist. Ich will dich nicht irgendwelchen Herumtreibern ausliefern, die womöglich in dein Zimmer einbrechen. Schließlich habe ich geschworen, für deinen Schutz zu sorgen, und ich möchte mir nicht nachsagen lassen, ich würde meinen Dienst vernachlässigen.«

Ich grinse breit und lasse mich wieder zurück in die Kissen sinken. »Ich bewundere dein Pflichtbewusstsein.«

»Ich bewundere deine Bewunderung für mich.«

Ich muss lachen. Dann höre ich, wie er sein Schlafbündel ausrollt und raschelnd in seine Decke steigt. Ich lege mich auf die Seite, mit dem Gesicht zur Tür. Ich kann ihn nicht sehen – der neue Mond ist nur eine dünne Sichel, die nicht hell genug scheint, um mir sein Gesicht zu zeigen. Aber ich kann hören, wie er atmet und wie sich der Stoff verschiebt, wenn er sich bewegt.

»Erzähl mir eine Geschichte.« Seine Stimme klingt gedämpft und seltsam im Dunkeln, anders als am Tag.

»Ich kenne keine, meine Mutter hat mir nie irgendwelche Gutenachtgeschichten erzählt.« Ich durchforste meine Erinnerung, aber mir fällt nur wenig ein. »Kennst du die vom Schlafenden Prinzen?«, frage ich Lief.

»Natürlich. Die kannst du dir sparen.« Ich höre sein Lächeln. »Jedem Kind in Tregellan wird diese Geschichte erzählt.« Als ich stumm bleibe, fährt er fort. »Kennst du keine anderen?«

»Ich kenne auch diese nicht«, gebe ich zu. »Zumindest nicht gut. Einer meiner Brüder hat sie mir mal vor Ewigkeiten erzählt, sogar noch vor Maryls Geburt. Aber im Augenblick stoße ich ständig auf sie. Sogar du hast sie gestern erwähnt. Ich weiß nur noch, dass es um einen Prinzen geht, der krank wird und in einen Schlaf fällt, woraufhin sein Königreich zugrunde geht.«

Ich höre, wie er sich bewegt, und im nächsten Augenblick klingt seine Stimme wieder vertrauter. Wahrscheinlich hat er sich aufgesetzt. »Ich kann sie dir erzählen, aber es ist keine schöne Geschichte. Nicht die Und-sie-lebten-glücklich-bis-ans-Ende-Geschichte, auf die ich heute Abend gehofft hatte.«

»Erzähl sie mir.«

Er atmet tief ein. »Na schön. Vor fünfhundert Ernten stand Tallith in voller Blüte. Man sagt, es sei wunderschön dort gewesen, ein goldenes Königreich, vollständig von einer Mauer umgeben und mit sieben Türmen, die für die Liebe standen, für die Schönheit, die Anmut, die Höflichkeit und ... die anderen habe ich vergessen.« Ich höre sein verschmitztes Lachen. »Na jedenfalls war Tallith uneinnehmbar. Sie verfügten über eine Medizin und eine Alchemie, die für uns heute verloren ist. Das Volk der Tallithi war gesund und wohlhabend, es gab keine Bettler und nur selten Krankheiten. Es war ein Paradies, dessen Grenze die Berge bildeten und das Meer. Doch am Ende war es auch das Meer, das den Untergang einläutete.«

»Ja«, flüstere ich. Langsam kommt die Erinnerung zu mir zurück.

»Der König von Tallith schickte seine Entdecker mit Schiffen hinaus aufs Meer, und als sie zurückkehrten, brachten sie Geschichten von fremden östlichen Königreichen und den dortigen Sitten mit. Sie brachten Gewürze und Stoffe, lauter Dinge, die man noch nie gesehen hatte. Aber sie brachten auch Ratten mit. Vorher hatte es keine Ratten gegeben in Tallith. Aber die Tiere hatten sich auf die Schiffe gestohlen, und nun kamen sie an Land und bald schon wurde das Reich von ihnen überrannt. Also schickte der König die Schiffe neuerlich auf große Fahrt und sagte, sie sollten mit einem Rattenfänger zurückkehren. Und das taten sie auch.

Der Rattenfänger kam mit seinem Sohn und seiner Tochter in Tallith an und sie wurden sogleich ins Schloss geführt. Der König versprach dem Sohn des Rattenfängers seine Tochter, die Prinzessin, zur Frau, wenn er Tallith von der Plage befreite. Aber der Rattenfänger lehnte ab. Er sagte, er würde das Land nur von den Ratten befreien, wenn er den Prinzen als Gemahl für seine Tochter bekäme. Der König weigerte sich, denn das hätte die Tochter des Rattenfängers zur Königin und zur Mutter der Thronerben gemacht, und das konnte er nicht zulassen. Aber der Rattenfänger wollte keine der anderen Reichtümer und Titel annehmen, die der König ihm bot. Nur die Hand des Prinzen für seine Tochter wollte er akzeptieren.

Doch da das Volk in Aufruhr war, weil die Ratten Speisen stahlen und das Wasser verseuchten und die Kleinkinder bissen, gab der König schließlich nach und sagte, er würde seinen Sohn mit der Tochter des Rattenfängers vermählen. Also zog der

Rattenfänger seine Flöte aus der Tasche und begann zu spielen. Bald schon kamen alle Ratten aus ihren Löchern gehuscht und folgten ihm auf seinem Weg durch die Straßen von Tallith. Als er sie alle angelockt hatte, führte er sie bis ans Meer. Er spielte weiter, und sie sprangen alle ins Wasser, wo sie ertranken. Und so ward Tallith von ihnen befreit.«

Er hält inne und ich setze mich auf. »Aber das ist nicht alles«, wende ich ein. »Ich weiß, dass der Prinz krank wird und einschläft.« Die Worte lassen mich zusammenzucken, da mir einfällt, wie Lief mir erzählt hat, dass auch Dorin vor seinem Tod in einen Schlaf gefallen war. Ich sehe ihn vor mir, wie er, ausgezehrt und verdorrt, auf seiner Pritsche liegt. Für einen schrecklichen Augenblick verwandelt er sich in Merek und dann in Lief. Ich bekomme am ganzen Körper Gänsehaut.

Lief hat mein Entsetzen nicht bemerkt. »Er wird nicht krank, Twylla. Er wird verflucht. Er fällt in tiefen Schlaf, weil ein Fluch ihn trifft.«

»Ein Fluch? Wirklich?«

»So steht es in den Büchern. Als Errin und ich noch klein waren, hat meine Mutter immer mit der Geschichte aufgehört, wenn die Ratten ertrinken. Wir haben immer geglaubt, sie habe ein glückliches Ende. Wenn auch nicht für die Ratten«, fügt er nachdenklich hinzu. »Einmal im Winter war ich krank und mir war langweilig. Da gab mir meine Mutter ihr Buch mit den alten Mythen und Legenden, damit ich mich beschäftigen konnte. Ich glaube, sie hatte gar nicht mehr daran gedacht, dass die vollständige Geschichte vom Schlafenden Prinzen darin war und ich sie lesen würde. Willst du sie wissen?«

»Ja«, sage ich. Auch wenn ich mir gar nicht mehr so sicher bin.

»Na gut. Als der Rattenfänger die Ratten ausgemerzt hatte, ging er zurück aufs Schloss, wo seine Tochter verheiratet werden sollte. Aber der König weigerte sich, seinen Teil der Abmachung einzuhalten, und versuchte, den Rattenfänger mit Geld zu bestechen. Darauf verließ dieser das Schloss in rasender Wut und verschwand. In seinem Versteck beschwor er einen Geist und wies ihn an, den König und seinen Sohn und alle seine Söhne für ihren Verrat mit einem Fluch zu belegen. Und der Geist tat, was ihm befohlen ward. Doch was der Rattenfänger nicht wusste, war, dass sich seine Tochter in Erwartung ihrer Ehe vom Prinzen hatte verführen lassen. Sie trug bereits seinen Sohn unter dem Herzen, als der Fluch wirksam wurde, und so traf es auch sie. Der König und der Prinz und die Tochter des Rattenfängers fielen in einen tiefen Schlaf, aus dem niemand sie erwecken konnte. Den König raffte es dahin und er verstarb innerhalb weniger Wochen, aber der Prinz und die Tochter des Rattenfängers schliefen weiter. Jeden Tag kam der Rattenfänger, kümmerte sich um seine Tochter und träufelte Honig und Wasser in ihren Mund, um sie und ihr ungeborenes Kind am Leben zu erhalten.

Aber es genügte nicht. Nachdem sie, immer noch schlafend, ihren Sohn zur Welt gebracht hatte, starb auch sie. Der Rattenfänger begrub sie und nahm seinen scheinbar unversehrten Enkelsohn mit sich fort. Der Prinz schlief weiter, aber um ihn kümmerte sich niemand. Er blieb so, wie er an dem Tag gelegen hatte, als er eingeschlafen war. Er wurde nur ein wenig blasser, aber er alterte nicht und starb auch nicht. Er schlief, und während er schlief, ging Tallith unter.«

Ich ziehe meine Decke enger um mich. Plötzlich ist mir kalt. »Ich kann es deiner Mutter nicht verübeln, dass sie euch dieses Ende nicht erzählen wollte.«

»Es ist noch nicht vorbei«, sagt Lief. »Etwa einhundert Ernten später verschwand ein Mädchen aus Tregellan. Sie hatte mit Freundinnen Pilze gesammelt und war im Wald vom Weg abgekommen. Man suchte überall nach ihr, konnte sie jedoch nirgends finden. Man glaubte, sie sei von Wölfen gefressen worden, bis ein Wanderprediger behauptete, er habe gesehen, wie sie einem Mann mit einer Flöte gefolgt war. Sie seien Richtung Tallith gezogen.«

»Der Rattenfänger«, flüstere ich.

»Sein Enkel«, entgegnet Lief, und mich schaudert, während ich gebannt dem nächsten Abschnitt der Geschichte folge. »Der Rattenfänger war lange schon tot, aber das Kind hatte er im Leib der Mutter, ohne es zu wissen, mit einem besonderen Fluch belegt. Denn der Junge konnte niemals sterben. Die Familie des Mädchens eilte nach Tallith, kam aber zu spät. Neben der Totenbahre, auf der noch immer der Prinz lag, fanden sie den toten Körper des Mädchens. Ihr Herz war herausgerissen und lag in den blutverschmierten Händen des Schlafenden Prinzen.«

Ich bedecke mein Gesicht mit den Händen.

»Und seitdem«, fährt Lief fort, »taucht alle hundert Jahre der Bringer wieder auf, denn so nennen sie den verfluchten Jungen mit seiner Flöte. Er zieht durchs Land auf der Suche nach einem neuen Opfer für seinen Vater. Und man sagt, wenn er ein Mädchen bringt, während die Solarislichter über den Himmel ziehen, wird der Schlafende Prinz erwachen und alle Herzen aller Mädchen im Königreich verschlingen.«

»Ich wünschte, ich hätte dich nicht darum gebeten, mir das zu erzählen«, sage ich. »Es gab kein Baby in der Version meines Bruders, keinen Bringer. Jetzt werde ich nie wieder einschlafen können.«

Lief lacht zärtlich. »Im Laufe der Jahre ist da vieles zusammengeschustert worden. Ich wette, es gibt so viele verschiedene Versionen, wie es Dörfer gibt. Das ist das Problem bei Legenden, sie verändern sich in der Überlieferung. Manche Leute behaupten, man kann den Bringer herbeirufen, wenn man sein magisches Artefakt besitzt. Aber niemand weiß, was für ein Ding das sein soll oder wie man ihn damit ruft. Und was er tun wird, wenn er auftaucht, schon gar nicht. Manche behaupten, der Schlafende Prinz könne durch Liebe geheilt werden. Und wenn der Bringer seine wahre Liebe zu ihm führt, wird er ihr das Herz nicht herausreißen, sondern sie küssen, und Tallith wird auferstehen – so gut wie neu. Andere meinen, das wären alles bloß Schauergeschichten alter Weiber, und Tallith sei gefallen, weil eine Blutseuche die meisten seiner Bewohner ausgelöscht hat. Nimm es dir nicht so zu Herzen, Liebste.«

Ich ziehe mir die Decke bis zum Kinn. »Es muss schrecklich sein, nach so langem Schlaf aufgeweckt zu werden. Alle, die er einmal geliebt und gekannt hat, sind nicht mehr da. Ich würde nicht wieder erwachen wollen an seiner Stelle. Es wäre zu traurig.«

»Ich wäre wütend, nicht traurig. Wenn ich verflucht worden wäre, fünfhundert Jahre schlafen zu müssen, weil mein Vater ein Versprechen nicht gehalten hat, würde ich die Welt dem Erdboden gleichmachen wollen. Stell dir das vor – aufzuwachen und herauszufinden, dass auf der anderen Seite des Berges irgendwelche Inzucht-Bauern ihr eigenes Königreich gegründet haben, während man mit nicht mehr als den eigenen Kleidern am Leib in einer schäbigen Ruine festgesessen hat.«

»Ich bin eine dieser Bauern«, erinnere ich ihn kurz.

»Darum geht's mir doch nicht. Du weißt, was ich von dir halte.« Ich erröte in der Dunkelheit und er fährt fort. »Ich glaube nur, dass ein Prinz so denken würde. Er schläft als Erbe eines Königreichs ein, und wenn er aufwacht, ist er bloß noch ein Bettler in einer fremden Welt. Das ist nicht sehr angenehm. Aber es spielt ja auch gar keine Rolle, es ist bloß eine Geschichte. Ein Kindermärchen.«

»Ich bin jetzt ganz froh, dass meine Mutter nicht gern Geschichten erzählt hat. Diese hätte sie uns bestimmt nur allzu gern aufgetischt. Hat deine Mutter je herausgefunden, dass du auch den Rest gelesen hast?«

»Sie hat es mitbekommen, weil sie mich eines Nachts dabei ertappt hat, wie ich Errin bewacht habe.« Ich kann wieder das Lächeln in seiner Stimme hören. »Ich hatte schreckliche Angst, der Bringer würde sie holen.«

»War sie wütend?«

»Nein. Ich glaube, sie hat sich eher gefreut, dass ich mal ruhig dagesessen und etwas gelesen habe. Ihr Vater war Buchbinder gewesen und wir hatten viele Regale voller alter Folianten und Schriften. Ich habe als Kind aber viel lieber draußen gespielt. Errin ist die gelehrsame von uns, sie steckt ihre Nase immer in irgendein Buch.«

Ich bin still. Ich sehe Lief vor mir, der im Mondlicht ein kleines Mädchen bewacht, das ihm ähnlich sieht. »Ich wünschte, ich könnte lesen«, sage ich schließlich.

»Du kannst es doch lernen. Ich könnte es dir beibringen.«

»Würdest du?«, frage ich. »Und schreiben? Könntest du mir das auch beibringen?«

»Ich kann sofort anfangen, wenn du willst.«

»Aber es ist dunkel.«

»Stimmt.« Ich höre, wie er seine Hand gegen die Stirn klatscht. »Wenn wir den Raum nur mit irgendetwas erleuchten könnten. Mit einer Kerze zum Beispiel.«

Ich ziehe die Nackenrolle unter meinem Kopf hervor und schleudere sie in seine Richtung. Als ich sein »Uffff!« höre, muss ich grinsen. Als Nächstes ertönt ein weiteres Rascheln seines Schlafzeugs und dann Schritte, die sich mir nähern.

»Ist alles in Ordnung?«, frage ich.

»Ja ...« Ich spüre, wie sich das Bett neigt, als er sich daran entlangtastet. Als er die andere Seite des Zimmers erreicht hat, höre ich, wie er mit dem Zündstein herumhantiert. Die Funken lassen mich kurz sein Profil erkennen, bevor eine Kerze flackernd zum Leben erwacht. Er hält sie sich unters Gesicht, und ich erschauere, weil Licht und Schatten ihn so anders aussehen lassen.

»Darf ich mir dein Pergament und die Feder nehmen?«

»Du darfst.«

Er holt sich das Schreibzeug und zündet noch einige weitere Kerzen an, die den Raum mit einem weichen warmen Glanz erfüllen. Dann nähert er sich dem Bett.

»Rück zur Seite.«

»Was?«

»Rück zur Seite. Sonst pass ich nicht hinein.«

»Hier? In mein Bett?«

»Warum nicht?«

»Weil ...« Ich spüre, wie meine Haut prickelt und brennt. »Weil das ein Bett ist.«

»Und weitaus bequemer als der Boden. Ich verspreche, deine Tugend nicht zu gefährden ... jedenfalls nicht mehr als sowieso schon.« Er grinst und ich versetze ihm einen Klaps.

»Na schön«, schnaube ich, rücke zur Seite und ziehe die Decke um mich.

Er setzt sich neben mich – und zwar *auf* die Decke, was mich ein wenig beruhigt, und legt das Pergament auf seine Knie. Das Tintenfass halte ich für ihn. Er taucht die Feder ein und zieht ein paar rasche Striche auf den Bogen.

»Erkennst du eines von diesen Zeichen?«, fragt er, nimmt mir das Tintenfass ab und reicht mir dafür das Pergament.

Ich spähe auf die Buchstaben.

»Nein ... Warte ... der da ist in meinem Namen.« Ich zeige auf einen langen Strich. Ich tippe auf den ersten Buchstaben des zweiten Wortes.

»Das ist ein L. Von dem hast du zwei in deinem Namen.«

»Ein L«, wiederhole ich.

»Sonst noch welche?«

Ich schaue noch einmal hin und vor lauter Konzentration legt sich meine Stirn in Falten. »Ich weiß, ich habe sie schon mal gesehen, aber ich weiß nicht, wofür sie stehen«, gebe ich verlegen zu.

»Bald wirst du's wissen«, sagt er. Er zeigt auf den ersten Buchstaben. »Das ist ein I.«

»I«, wiederhole ich. »Aber du hast doch gesagt, das wäre ein L.«

»Nein, das ist anders.«

»Aber sie sehen gleich aus. Wie können sie dann etwas anderes sein?«

»Hier ...« Er nimmt die Feder und fügt zwei kurze Striche oben und unten an das I. »Siehst du jetzt den Unterschied?«

»Ja«, sage ich, auch wenn ich nicht verstehe, was diese zwei kleinen Striche ändern sollen. »Es heißt also L I.«

»Der nächste Buchstabe ist ein E«, sagt er und blickt mich an.

»Von dem ist in diesem Wort auch noch eines«, sage ich und deute auf den letzten Buchstaben des Wortes.

»Gut.« Er strahlt mich an. »Dazwischen steht ein B.«

»LIEBE ...«, sage ich und schaue noch einmal genauer hin. »ICH LIEB... Ich liebe dich!«

Liefs Grinsen ist breiter, als ich es je zuvor gesehen habe. »Wie bist du darauf gekommen?«

»Wenn ich die Buchstaben schnell ausspreche klingt es danach. Dann ist das hier das ICH, das bedeutet LIEBE und das letzte Wort DICH?«

Er nickt. »Das stimmt. Willst du mal versuchen, es zu schreiben?«

Ich nicke und er reicht mir Tinte und Feder. Ich beuge mich über das Pergament und kopiere umsichtig die Zeichen. Es ist schwer, die Feder zu bewegen; ich kann zwar zeichnen, aber es ist doch etwas anderes, so eigentümliche Formen nachzuempfinden. Meine Buchstaben sind am Ende viel weniger schön als seine.

Trotzdem strahlt er mich an und seine Augen schimmern weich im Kerzenschein. Als ich fertig bin, nimmt er mir den Bogen sanft aus der Hand. Er pustet darauf, lässt die Tinte trocknen, bevor er das Pergament in zwei Teile reißt. Schweigend reicht er mir den Teil, den er geschrieben hat, und behält den mit meiner Anfängerschrift darauf.

»Oh«, sage ich leise und wühle unter meinen Kissen herum, bis ich seine erste Nachricht wiederfinde. Als ich sie hervorziehe, blickt er mich verblüfft an.

»Du hast sie aufgehoben?«

»Natürlich habe ich das.«

»Twy…«, beginnt er und dann erstarren wir.

Unten am Turmeingang hat sich knarrend die Tür geöffnet.

Kapitel 17

Lief springt aus dem Bett, stürzt durch den Raum und zieht sein Schwert aus seinem Schlafzeug. In meinen Ohren summt es, laut und hoch, als hätte ich sie gegen ein Wespennest gehalten.

»Wer ist da?«, ruft er. »Ich warne Euch, ich bin bewaffnet und werde Euch mit Freuden töten, wenn Ihr noch einen weiteren Schritt auf die Kammer meiner Lady zumacht!«

»Es wäre mir lieber, du würdest das nicht tun«, antwortet eine Stimme.

Ich reiße die Augen auf. »Merek?« Entsetzen erfüllt meinen Körper.

»Wer sonst?« Er kommt die Stufen herauf und stellt sich im Türrahmen neben Lief. »Verzeih, dass ich so spät noch vorbeikomme ... auch wenn du scheinbar ja noch nicht geschlafen hast.« Er nickt in Richtung der Kerzen.

»Noch nicht«, sage ich zittrig.

Merek dreht sich um und schaut Lief an, der sein Schwert mit gelangweilter Miene wieder in die Scheide steckt und sein Bettzeug von der Tür forttritt, sodass Merek eintreten kann.

»Warum war die Tür offen?«, fragt ihn Merek, und ich spüre, wie mein Mund ganz trocken wird.

»Damit die Lady entfliehen kann, wenn es nötig sein sollte«, sagt Lief, ohne zu zögern. »Ich habe sie gleich geöffnet, als ich jemanden draußen vor dem Turm gehört habe. Es war ein Vorschlag von Mylady, als ich die Position des alleinigen Wächters übernahm. Ich werde einen Eindringling aufhalten und sie wird durch den Wächterraum entfliehen und sich dort einschließen.«

Merek runzelt die Stirn. »Warum dort?«

»Weil ich dort meine Ersatzschwerter und Messer aufbewahre. Und der Raum befindet sich weiter unten, wenn nötig könnte sie von dort aus dem Fenster entkommen.«

Es erstaunt mich, mit welcher Selbstverständlichkeit er lügt, wie vernünftig er das klingen lässt. »Es schien die praktischste Art, meine Sicherheit zu garantieren«, füge ich hinzu, auch wenn meine Stimme nicht halb so selbstsicher klingt wie die von Lief und es Merek durchaus auffällt.

»Ist alles in Ordnung?«

»Abgesehen davon, dass sich mitten in der Nacht zwei Männer in meinem Gemach befinden, geht es mir ganz gut.«

Beide senken den Blick, auch wenn ich mir sicher bin, dass Lief ein Grinsen unterdrückt.

»Ich entschuldige mich«, sagt Merek. »Verzeih. Ich wollte nur nicht, dass du glaubst, ich hätte es vergessen. Ich musste meiner Mutter stundenlang aus Tallith berichten. Ich komme morgen wieder.«

»Wie Ihr wünscht«, entgegne ich.

»Nur eines noch ...« Er dreht sich um und schaut uns beide an. »Ich habe gesehen, dass es einen Riegel gibt vor der Turmtür. Vielleicht wäre es sinnvoller, den zu benutzen, statt zu versuchen, hier zu entfliehen und sich im Wächterraum zu verbarrikadieren?«

Der Riegel. Ich hatte ihn ganz vergessen. Wie konnte ich so dumm sein? »Ihr habt ganz recht. Lief, bitte legt den Riegel vor, wenn der Prinz gegangen ist.«

Beide Männer verbeugen sich und verlassen den Raum. Augenblicke später höre ich, wie unten der Riegel zuschnappt, und Lief kehrt zurück.

Wir starren einander an. Das Herz schlägt mir bis zum Hals, weil es so knapp war.

»Verzeih, Liebste.«

»Warum? Es war nicht deine Schuld. Wenn du nicht so rasch reagiert hättest ...«

»Nicht das. Ich habe ganz vergessen, ihm zu sagen, dass er ein ungehobeltes Schwein ist.«

Gegen meinen Willen muss ich lachen.

»Wir müssen vorsichtiger sein«, sagt er.

»Wie konnten wir den Riegel vergessen?«

»Vielleicht ist das ganz gut. Jetzt können wir immerhin sagen, der Turm ist nachts auf Befehl des Prinzen immer verriegelt.«

»Ja, das ist gut«, sage ich. »Weniger verdächtig.«

Lief schaut mich an und blickt dann, ungewöhnlich scheu, zu Boden. »Wenn die Tür verriegelt ist, könnten wir jede Nacht so verbringen, bis zu unserer Flucht. Zusammen. Wenn du willst. Nur, wenn du willst.«

Ich kann nicht antworten, da das Blut dröhnend durch meinen Körper rauscht. Jede Nacht mit ihm zusammen sein. In meinem Bett, er neben mir.

»Ja«, sage ich leise.

Er kommt zum Bett zurück und seine Schritte schlagen im Takt zu meinem Herzen. Dann ist er neben mir, liegt an meiner Seite. Ich lehne mich zurück und starre zum Baldachin hinauf. Nach einem Augenblick bewegen sich seine Arme. Seine Finger gleiten zwischen meine und er drückt sie leicht.

»Ist das zu viel?«, fragt er. Seine Stimme klingt belegt.

Ich traue mir das Sprechen nicht zu, also schüttle ich bloß den Kopf.

Zur Antwort beugte er sich vor und küsst meine Wange. Ich habe das Gefühl, gleich in Ohnmacht zu fallen.

»Ich werde Dimia morgen wegen des Geheimgangs fragen, während Merek bei dir ist. Du kannst mich fortschicken und dann werde ich ihn mir genauer anschauen. Und auch die Ställe.«

Ich nicke, bewege nur meinen Kopf. Ich atme kaum, völlig überwältigt davon, wie erwachsen es sich anfühlt, so neben ihm zu liegen und ihn von unseren Plänen sprechen zu hören.

»Gute Nacht, Twylla«, flüstert er in mein Ohr und dreht sich auf die Seite. Nach einem langen, angespannten Augenblick drehe ich ihm den Rücken zu und er schmiegt sich an mich. Ich kann hören, dass sein Herz ebenso schnell schlägt wie meines, und schließe die Augen. Es ist sein gleichmäßiger Atem in meinem Nacken, der mich schließlich in den Schlaf gleiten lässt.

Am nächsten Morgen erinnere ich mich einen herrlichen Augenblick lang, bevor ich ganz wach bin, an seinen Körper, der sich beim Einschlafen an den meinen geschmiegt hat. Ich muss vor mich hin lächeln, während ich die Augen geschlossen halte, damit mich das Morgenlicht nicht blendet.

»Was ist so komisch?«

Ich schlage die Augen auf. Lief sitzt im Stuhl neben mir und das Haar hängt ihm offen auf die Schultern. Ich kann nicht sprechen, bin zu erschüttert davon, dass er so hübsch aussieht mit seinem geneigten Kopf und seinen fragend erhobenen Augenbrauen.

»Wirst du's mir sagen?«, fragt er.

»Merek«, sage ich nachdrücklich.

»Merek ist komisch, das stimmt.« Er grinst mich an.

»Nein, du Narr. Merek kommt heute hierher. Er könnte jetzt bereits auf dem Weg sein.«

Lief schüttelt den Kopf. »Die Tür ist immer noch verriegelt. Ich wollte dich gerade wach küssen, wie ein Prinz im Märchen, aber dann hast du schon gegrinst wie eine Irre.« Er beugt sich vor und streicht mit seinen Lippen über meine. Seine Finger schlüpfen in mein Haar und der Kuss wird intensiver. »Jetzt sag mir, was hat dich so amüsiert?«, murmelt er dicht an meinem Mund.

»Ich bin glücklich aufgewacht«, sage ich. »Das ist alles.«

»Irgendein besonderer Grund?«

»Nichts Besonderes«, sage ich und grinse, als er meine Lippe kurz zwischen seine Zähne klemmt. »Na gut, es könnte schon einen Grund gegeben haben.«

»Wirst du ihn mir mitteilen?«

»Das wäre schrecklich indiskret. Eine Dame verrät nie ihre Geheimnisse.«

»Dann sollte diese Dame aber auch nicht davon ausgehen, dass sie ihr Frühstück gebracht bekommt.«

»Das würdest du nicht wagen.«

Sein Lächeln ist ziemlich frech. »Ach nein?«

Ich lächle ihn an, so süß ich kann. Wieder beugt er sich vor und nimmt meine Unterlippe zwischen seine Zähne, saugt daran, bevor er sich wieder losmacht und mich mit einem Stich im Magen zurücklässt.

»Sei bloß froh, dass du so schön bist«, sagt er grinsend. »Ich bin gleich wieder zurück.«

»Ja, beeil dich«, rufe ich ihm nach, lasse mich tief in meine Laken gleiten und rolle mich glücklich zusammen. Dann räkele ich mich genüsslich und strahle zum Baldachin über meinem Bett hinauf.

Es dauert tatsächlich nicht lange, bis er mit einem Tablett zurückkehrt, das er auf meinem Schoß abstellt, und mich küsst.

»Dimia ist fort«, sagt er, als ich ein Brötchen auseinanderziehe.

»Was meinst du mit fort?«

»Eine andere Magd hat dein Tablett gebracht, ein ziemlich missmutiges kleines Ding. Ich habe sie gefragt, wo Dimia steckt, und sie meinte, sie hätte das Schloss verlassen.«

»Das überrascht mich nicht«, sage ich. »Du hast ja gehört, was sie von der Königin und ihrem Bruder erzählt hat. Wahrscheinlich hat sie zusammen mit ihrem anderen Bruder entschieden, dass es das Risiko nicht wert ist hierzubleiben. Sie wollte ihn ja gerade besuchen gehen an dem Tag, als wir ... ich ...« Ich halte inne. »Vielleicht haben sie an diesem Tag beschlossen zu gehen, solange die Königin fort war.«

»Wenn es nicht umgekehrt die Königin war, die sie loswerden wollte«, sagt Lief finster.

»Ich bezweifle, dass die Königin überhaupt weiß, dass Dimia existiert. Aber was machen wir denn nun? Wie sollen wir jetzt noch den Geheimgang finden?«

»Wir bleiben bei unserem Plan. Wenn du mich fortschickst, sobald der Prinz hier ist, werde ich mich umschauen.«

Seine Worte treiben mir die Röte in die Wangen. Die Erinnerung daran, wie er mir im Dunkeln seine Pläne zugeflüstert hat, lässt eine plötzliche Hitze in mir aufsteigen.

Er grinst, als würde er genau wissen, was in mir vorgeht. »Versprich mir, dass du dich nicht in Merek verliebst, während ich weg bin.« Schnell werfe ich ihm den Rest meines Brötchens an den Kopf.

Ich habe zu viel Energie, und mein Magen ist ganz verkrampft, als ich vor meiner Stickerei sitze. Lief hockt mir zu Füßen, spult meine Seidenfäden ab und achtet darauf, dass sie sich nicht verheddern, während ich leise singe. Schließlich habe ich nichts zu tun, bis Merek sich blicken lässt. Ich versuche, mich ganz normal zu verhalten, aber ich kann mich gar nicht mehr erinnern, wie man sich normal verhält. Ich fürchte, dass ich uns verrate, weil ich zu viel lächle, wo ich doch sowohl in Trauer um Dorin als auch wütend auf Merek sein sollte. Oder dass ich Lief einfach zu oft anschaue.

Das dröhnende Klopfen unten an der Turmtür kommt dann doch viel früher, als ich es mir gewünscht hätte.

»Bereit?«, fragt Lief. Ich nicke und streiche mir das Haar zurück.

Als er den Raum verlässt, konzentriere ich mich darauf, ganz ruhig zu atmen. Ich weiß nicht, warum mich plötzlich eine derartige Panik überfällt.

»Seine Hoheit, der Prinz«, sagt Lief. Ich erhebe mich und senke gleichzeitig respektvoll den Kopf.

»Twylla.« Merek tritt energisch in den Raum. »Ich hoffe, du hattest einen erholsamen Schlaf.«

Unwillkürlich schaue ich zu Lief hinüber, der immer noch im Türrahmen steht. Merek wendet sich um und folgt meinem Blick.

»Warte draußen!« Er scheucht ihn mit der Hand fort, bevor ich ihn selbst entlassen kann. »Das geht doch gut voran«, sagt Merek, während er die Stickerei betrachtet und hinter uns die Tür schließt. »Ich bin froh, dass ich dir wenigstens in dieser Hinsicht nützlich sein konnte. Aber ich habe mich gefragt, ob ich dich vielleicht trotzdem dazu bewegen könnte, deine Arbeit zu verlassen. Die Gläserne Halle ist vollendet, und ich hatte gehofft, du würdest sie dir mit mir zusammen anschauen. Dort können wir uns unterhalten.«

»Können wir das nicht auch hier tun?«

»Natürlich.« Er runzelt die Stirn. »Aber ich hatte gehofft, es würde dir Freude machen, mit mir zu kommen. Ich habe sie auch noch nicht gesehen und ich möchte den Augenblick gern mit dir teilen.«

»Ich bin mir gar nicht sicher, worum es sich bei dieser Halle handelt.«

Seine Lippen verziehen sich. »Es ist ein Geschenk für mich, von meiner Mutter. Als sie erfahren hat, dass ich auf meiner Reise auch Tallith besuchen wollte, hat sie sich jedes Schriftstück bringen lassen, das nach dem Sturz von Tallith in Tregellan gelandet ist. Und in einem davon muss sie die Pläne für die Gläserne Halle gefunden haben. Dann hat sie sich dazu entschlossen, als Willkommensgeschenk für mich einen genauen Nachbau errichten zu lassen. Um mich zurückzulocken.« Sein Mund zuckt bitter. »Es ist, einfach ausgedrückt, eine Halle voller Spiegel. Sie sind so aufgebaut, dass sie die Wirklichkeit verzerren. Du stehst vor dem einen Spiegel, tauchst aber in vielen anderen auf. In manchen sieht man sich von hinten oder von der Seite oder aus allen denkbaren Perspektiven. Würdest du das gerne sehen? Mit mir zusammen?«

»Gewiss.« Ich streiche meine Röcke glatt und lächle ihn an. »Es klingt faszinierend.«

Er geht zur Tür hinüber, und als er mir den Rücken zukehrt, fallen meine Gesichtszüge kurz in sich zusammen.

»Ich nehme Lady Twylla mit zur Gläsernen Halle«, informiert er Lief. »Du wirst nicht gebraucht. Wir kommen später zurück.«

»Wann, Euer Hoheit?«, fragt Lief.

Merek und ich erstarren gleichzeitig.

»Wie bitte?« Mereks Stimme ist kalt, ungläubig, und auch ich funkle Lief böse an. Doch er beachtet mich nicht, hat seinen Blick fest auf Merek gerichtet.

»Wann kehrt die Lady zurück, Euer Hoheit?«

»Geht dich das etwas an?«

»Die Sicherheit von Mylady geht mich immer etwas an, Euer Hoheit. Es ist das Einzige, was mich etwas angeht«, sagt Lief einschmeichelnd.

»Nur keine Sorge, bei mir ist sie sicher«, erwidert Merek und seine Stimme ist ebenso samtig wie Liefs. »Du hast gegen mich gekämpft, und ich glaube, ich mache mir nichts vor, wenn ich sage, dass ich mich gut gehalten habe. Ich habe dich vielleicht nicht besiegt, aber ich zweifle nicht daran, dass ich Mylady verteidigen kann. Sie wird schließlich meine Gemahlin sein. Twylla ...« Er bedeutet mir zu gehen. »Nach dir.«

Ich zögere, bevor ich mich in Bewegung setze. Doch als ich seine Schritte nicht hinter mir auf der Treppe höre, drehe ich mich um und sehe, wie er und Lief sich gegenseitig anfunkeln. Keiner von ihnen bewegt sich oder sagt ein Wort, stattdessen stehen sie sich bloß gegenüber und versuchen, einander in Grund und Boden zu starren. Die Spannung zwischen ihnen ist greifbar und gefährlich; ich kann regelrecht die Funken zwischen ihnen spüren. Als sich Liefs Faust auf seinen Gürtel zubewegt, ziehe ich scharf Luft ein, und das bricht den Bann. Merek wendet sich mit schrecklicher Ruhe von Lief ab und kommt auf mich zu. Über seine Schulter hinweg kann ich Liefs Hand zittern sehen. Merek lächelt; trotz der Hitze ihres stummen Konflikts ist sein Gesicht geradezu gelassen.

»Komm, Twylla«, sagt er. Ich kann mich nur abwenden und mit ihm davongehen, meinen Turm ohne meinen Wächter zurücklassen. Wieder einmal bin ich allein mit dem Prinzen.

Wie beim letzten Mal gehen wir ohne Wache durchs Schloss und die Höflinge verbeugen sich lächelnd. Es ist erstaunlich, welchen Unterschied es macht, wenn man mit Merek unterwegs ist. Ich bin kein Ungeheuer mehr, wenn mich die Leute mit ihm sehen, und langsam mache ich mir die Rolle ihrer zukünftigen Königin zu eigen. Innerlich bin ich völlig aufgelöst, aber nach außen hin erwidere ich ihr Lächeln und neige den Kopf so anmutig wie möglich, während ich mich die ganze Zeit frage, ob Merek Liefs Verhalten erwähnen wird ... und wie ich es erklären soll. Was hat Lief sich nur dabei gedacht, Merek zu reizen, obwohl er ihm gerade die beste Gelegenheit für die Umsetzung unserer Pläne gegeben hat? Aber Merek sagt nichts, weder über Lief noch über irgendetwas anderes, während wir in Richtung der Großen Halle marschieren. Doch kurz bevor wir sie erreichen, biegt Merek nach links, führt mich einen Korridor hinunter und auf den Ostturm zu. Hier war früher das königliche Kinderzimmer. Der gesamte Ostturm war dem Prinzen, der Prinzessin und ihren Heerscharen von Dienstboten vorbehalten.

Am Eingang zum Turm, der sehr viel größer und weitläufiger ist als der meine, salutieren zwei Wächter dem Prinzen und verbeugen sich vor uns. Schweigend öffnen sie die Tür und schließen sie hinter uns.

Wir treten in ein Vorzimmer, das gerade groß genug ist, um uns aufzunehmen. Überdeutlich spüre ich, wie dicht Merek bei mir steht, als sich die Türen hinter uns geschlossen haben.

»Tritt zurück«, sagt er, und ich drücke mich gegen die Steinmauer, während er auf einen schwarzen Vorhang zugeht, der von der Decke hängt. Er hantiert daran herum, bevor er ihn beiseiteschiebt und einen weiteren Raum offenbart. »Nach dir.« Er macht einen Schritt zur Seite und ich betrete die Gläserne Halle.

Sofort sehe ich mich gespiegelt. Probeweise hebe ich eine Hand und werde von einer Bewegung rechts von mir aufgeschreckt. Das bin wieder ich, diesmal im Profil, und als ich mich umwende, um genauer hinzuschauen, fängt eine weitere blitzartige Bewegung meinen Blick ein. Da bin ich schon wieder: In einem weiteren Spiegel sehe ich meinen Rücken. Ich drehe mich hierhin und dorthin, mache einen Schritt zurück und einen Schritt vor, um zu sehen, wo ich wohl als Nächstes auftauche und welchen Teil von mir ich sehen werde. Ich kann nichts dagegen tun: Es bringt mich zum Lachen, mich überall zu sehen.

»Es geht noch weiter.« Hinter jeder Twylla steht auch ein Merek, und als ich mich nach ihm umdrehe, tun alle anderen Twyllas das auch. »Geh voran. Aber streck deine Hände aus, damit du nicht in einen der Spiegel hineinläufst. Die Halle ist als Labyrinth angelegt worden.« Er zeigt mir, was er meint, indem er mit ausgestreckter Hand an mir vorbeigeht.

Ich bin ganz sicher, dass er gegen die Glaswand laufen wird, aber er tut es nicht, stattdessen verschwindet er, als wäre er in den Spiegel hineingetreten. Ich folge ihm, und schon sind wir in einer weiteren Kammer, in der uns alle Wände spiegeln.

»Halt«, sagt er. Ich bleibe mit ausgestreckten Fingern stehen. »Schau.« Er wendet sich zur Seite und ich tue es ihm nach. Da sind wir wieder, in jeder Oberfläche. Aus jedem Blickwinkel können wir uns sehen. »Komm her. Stell dich hier hin.«

Verblüfft gehorche ich und er geht stattdessen an meine vorherige Position. Dann schnappe ich nach Luft. Von diesem Punkt aus kann ich mein Spiegelbild überhaupt nicht mehr ausmachen, dafür ist seines überall. Es sieht aus, als habe er mich umzingelt. Ich schaue den Merek an, den ich für den wahren halte. Er lächelt, tritt vor und der Kreis schließt sich enger um mich.

»Nicht!«, stoße ich aus. Es läuft mir eiskalt den Rücken herunter. Alle Mereks schütteln den Kopf.

»Kannst du nicht erkennen, wer der wahre ist?«

Ich wirble herum, als er einen weiteren Schritt auf mich zumacht, und zeige mit dem Finger auf ihn. Doch jedes Mal, wenn ich glaube, den richtigen erkannt zu haben, schüttelt er nur wieder den Kopf.

»Merek, bitte«, sage ich, während ich mich immer weiter drehe und gar nicht mehr weiß, aus welcher Richtung wir eigentlich in diese Kammer gekommen sind. »Mir gefällt das nicht.«

»Rate noch ein Mal«, fordert er.

Ich drehe mich langsam, schaue mir alle Mereks an und halte nach dem Eingang Ausschau, um mich zu orientieren. Ich mache einen kleinen Schritt nach links. Da ist tatsächlich eine kleine Lücke zwischen zwei Spiegeln, und die Spitze seiner Schulter überschneidet sie.

»Dort.« Ich zeige auf ihn, aber genau in diesem Moment sehe ich eine Bewegung hinter ihm: braunes Haar, das im Nacken zusammengefasst ist, ein grünes Wams und Kniehosen aus Leder. Ich schnappe nach Luft und Merek dreht sich um. Lief ist im Labyrinth. Er ist uns hierher gefolgt, und er hat keine Möglichkeit, sich zu verstecken. Nicht, wenn jede Oberfläche ihn verraten kann.

»Gut gemacht«, sagt Merek, runzelt jedoch die Stirn. »Was ist denn los?«

»Ich habe mich eben kurz selber gesehen. Das hat mich erschreckt«, sage ich und weiche seinem Blick aus.

»Hier drin verliert man die Orientierung«, stimmt er zu. »Komm, da ist noch mehr. Ich werde dich nicht wieder hereinlegen. Zumindest nicht absichtlich«, fügt er hinzu. Ich folge ihm, indem ich mich Schritt für Schritt vorantaste.

Während wir zwischen den Spiegeln entlangwandeln und uns immer selber sehen, versuche ich mir klarzumachen, dass Lief unmöglich hier sein kann. Schließlich hätte er an den Wächtern vorbeikommen müssen, und wir hätten gehört, wie er hereingekommen wäre.

Merek bewegt sich selbstsicher an diesem Ort. Trotz seiner Worte scheint er kein bisschen desorientiert zu sein, und ich muss mich beeilen, um ihn nicht zu verlieren, während wir durch den Saal eilen, in dem sich überall unerwartete Ecken und Klüfte auftun. Ich versuche, sie alle zu erfassen. Die Spiegel lassen den

Raum viel größer wirken, auch wenn ich weiß, dass er gar nicht so riesig sein kann. Aber immer wenn ich kurz einen abgeschnittenen Teil meines Gewandes oder Mereks Hand irgendwo aufblitzen sehe, fahre ich zusammen, wirble herum, um noch einmal genau hinzuschauen. Und jedes Mal begegne ich meinem eigenen angstvollen Gesicht.

»Gefällt es dir?« Merek bleibt in einem Raum stehen, der sich in drei verschiedene Pfade aufzuteilen scheint.

»Nein«, sage ich ehrlich. »Ich glaube nicht.«

»Mir schon«, sagt er. »An einem Ort wie diesem, wo alles offenliegt, ist keine Täuschung möglich. Ich wünschte mir, das ganze Leben könnte so sein.«

»Das geht mir genauso«, sage ich scharfzüngig. Aber dann beiße ich mir auf die Lippen, als ich sehe, wie ihm die Gesichtszüge entgleiten. »Verzeiht. Ich weiß, es ist nicht Eure Schuld. Eure Mutter wird sich freuen, dass es Euch gefällt.«

Er schnauft auf. »Ja, dazu kann sie sich selbst beglückwünschen, das muss ich ihr lassen.«

Während er spricht, taucht, wie ein Geist, Lief hinter ihm auf. Ich zucke zusammen und strecke unwillkürlich die Hand aus.

»Es schockiert dich, wie ich über meine Mutter rede, nicht wahr?« Merek missdeutet meine Geste. »Aber ich habe das Gefühl, nach deinen Entdeckungen kann ich ehrlich zu dir sein. Du weißt, was sie ist.«

Ich nicke stumm und tue so, als würde ich mich selbst im Spiegel betrachten. Dabei versuche ich herauszufinden, wo Lief steht und in welchen Spiegeln er zu sehen ist. Ich kann ihn nur vor mir sehen, direkt hinter Merek, aber mir ist klar, dass das eine Reflexion sein muss, denn mich selbst und Merek kann ich schließlich auch sehen. Ein kurzer Blick nach links und rechts offenbart nichts, und als Merek der Bewegung meiner Augen folgt, wird mir klar, dass er für ihn unsichtbar ist.

»Twylla?«

»Ja, verzeiht. Es sind diese Spiegel ...«

»Wir sind uns so ähnlich, du und ich.« Merek tritt vor. Hinter ihm sehe ich, wie sich Liefs Gesicht verhärtet und sich seine Finger auf das Schwert an seinem Gürtel zubewegen. »Wir beide mit unseren Müttern und unseren Gefängnissen und unseren Rollen. Ich hatte nie jemanden, dem ich mich anvertrauen konnte ... nun, das stimmt nicht.« Er lächelt. »Ich habe mich meinen Lehrern anvertraut und meinen Kinderschwestern, aber die gingen alle fort. Ich bin auch einsam, Twylla«, sagt er sanft.

Eine Bewegung rechts von mir lässt mich unwillkürlich herumfahren. Ich sehe Lief, den echten Lief, der so steht, dass ihn nur die Fläche hinter Merek spiegelt. Wieder folgt Merek meinem Blick, aber von seiner Position aus kann er wohl nur mich sehen.

Ich trete einen Schritt auf Merek zu, damit er sich bloß nicht vom Fleck rührt und Lief entdeckt.

»Ich habe dich aus einem bestimmten Grund hierher geführt«, sagt er. Hinter ihm zeigen sich in Liefs Gesicht all die Gefühle, die mich selbst befallen: vor allem Ungeduld und Angst.

»Oh?«

»Meine Mutter ... sie ist keine gute Königin.«

»Merek, Ihr dürft nicht ...«

»Wir können hier frei reden, wir sind allein. Und ich weiß, dass du mir zustimmst – ich habe dich seit meiner Rückkehr beobachtet. Ich habe gesehen, wie du versucht hast, Lord Bennel zu retten. Du weißt, dass sie keine gute Königin ist. Ob du es nun aussprichst oder bloß denkst, es ist trotzdem Hochverrat und die Wahrheit. Sie hungert nach Ruhm auf Kosten des Königreichs; sie beschimpft meinen Stiefvater und setzt ihn herab. Sie tötet ihre engsten Freunde. Sie ist grausam und rachsüchtig und sie ist nicht gut für Lormere. Ich kann das nicht länger mitansehen. Verstehst du, worauf ich hinauswill? Ich habe viel mitbekommen, seit ich wieder hier bin, und ich kann nicht mit gutem Gewissen zulassen, dass alles so weitergeht, um des ganzen Hofes und um Lormeres willen. Und um deinetwillen. Meine Mutter ist zu sehr das Produkt ihrer Erziehung. Ich fürchte, sie ist verrückt: Sie spricht von Reinheit und ihrem Vermächtnis, und ...« Er zögert. »Kann ich dir wirklich vertrauen?«

Er mustert mich eingehend, während ich mit angehaltenem Atem nicke.

»Ich habe darum gebeten, unsere Vermählung vorzuziehen. Meine Mutter ist geschwächt, und wenn mich meine Erinnerung nicht täuscht, hat es das noch nie gegeben. Sie hat es meinem Stiefvater gestattet, sich ihr in aller Öffentlichkeit zu widersetzen. Und sie hat auch keinen Einspruch erhoben, als ich dir ohne ihre Einwilligung deine Freiheit zugesichert habe. Wenn wir jetzt zusammenhalten, können wir das Ganze vielleicht in Ordnung bringen. Die Zeit zu handeln ist gekommen. Damit meine ich, dass wir heiraten und das Königreich übernehmen müssen. Ich kann nichts tun, solange ich nicht verheiratet bin. Und ich muss etwas tun.«

Ich starre ihn an und Lief starrt mich an und ich bin völlig hilflos.

»Aber ... Euer Erntetag ...«

»Was spielt das für eine Rolle?«, sagt er und tritt auf mich zu. »Wir sind beide erwachsen, und wir wussten immer, dass es so kommen würde. Worauf warten wir noch? Du kennst jetzt die Wahrheit über Daunen, also besteht keine Notwendigkeit, diese Täuschung weiter aufrechtzuerhalten. Ich möchte dich jetzt heiraten.« Und kaum hat er es gesagt, besiegelt er seine Worte mit einem Kuss.

Kapitel 18

Er ist kalt, so kalt im Vergleich zu Lief. Seine Lippen sind wie die Lippen einer Statue, als sie die meinen berühren. Ganz anders als Lief und die Hitze, die zwischen uns Funken schlägt, wenn wir einander nahe kommen. Merek löst sich von mir und schaut mich mit schief gelegtem Kopf an. Mein Blick schießt zu den Spiegeln. Lief ist nicht mehr da. Wo ist er hin?

»Verzeih mir, Twylla.«

Ich schaue weg. »Habe ich denn überhaupt etwas dazu zu sagen, Merek?«

»Was meinst du? Wir sind einander versprochen, so gut wie vermählt. Du warst doch dabei, du wurdest mir gegeben. Die Vermählung ist nur noch eine Formalität.«

Als ich nichts erwidere, werden seine Augen schmal. »Stoße ich dich derartig ab, Twylla? Findest du mich denn so widerwärtig?«

Ich will schon protestieren, aber er erlaubt es mir nicht.

»Lüg mich nicht an. Glaubst du, ich bemerke nicht, dass du deinem Wächter mehr Sorge und Beachtung schenkst als deinem Prinzen? Du bist nicht die Einzige, die manipuliert und benutzt worden ist. Ich hatte nie eine Wahl, wenn es um mein Schicksal ging.«

Vor einem Jahr, vielleicht noch vor einem Mond, hätte mich das gewiss berührt. Aber jetzt nicht mehr.

»So will ich uns nicht beginnen lassen«, sagt er. »Ich wusste, es würde schwer sein, dir die Wahrheit zu sagen, aber ich dachte, es würde dich glücklich machen zu erfahren, dass du nicht bist, was du geglaubt hast – eine Mörderin.«

»Könnt Ihr nicht einfach sagen, dass Ihr mich nicht wollt?«, wende ich verzweifelt ein. »Könnt Ihr mich nicht ablehnen?«

Er greift nach meinem Arm, dreht mich zu sich herum. »Um dich habe ich gebetet«, fährt er mich an. »Ich glaube nicht an die Götter, aber das hat mich nicht davon abgehalten, um dich zu beten. Jede Nacht, elf Jahre lang, habe ich in meinem Bett gelegen und die Götter gebeten, dass sie dich zu mir führen und ich dich behalten darf. Ich habe von dir geträumt. Ich habe dich singen gehört und war glücklich, dass du es sein würdest. Wenn ich schon eine Gemahlin haben muss – und glaub mir, Twylla, ich habe keine Wahl –, dann soll es keine sein, die mit mir verwandt ist. Bevor es so weit käme, würde ich mir selbst das Leben nehmen. Ich habe zwei Jahre darauf gewartet, hierher zurückzukommen, um endlich mit dir zusammen zu sein. Du wirst meine Gemahlin, und darüber bin ich froh. Ich will, dass du diejenige bist. Ich wollte nie eine andere.«

Er lässt mich los und wendet sich wieder dem Spiegel zu, bevor er ruhiger weiterspricht. »Du bist offenkundig überfordert, und das ist meine Schuld. Du hast in letzter Zeit mit vielem fertigwerden müssen. Ich lasse dich zu deinem Gemach zurückgeleiten, damit du dich vor heute Abend ausruhen kannst.«

»Vor heute Abend? Was passiert denn heute Abend?«

»Ich habe ein Festmahl anberaumen lassen, um zu feiern, dass unsere Vermählung vorgezogen wird. Ich möchte, dass es noch heute bekannt gegeben wird, solange meine Mutter geschwächt ist. Ich will eine formelle Ankündigung herausgeben. Anschließend kannst du unverzüglich in die königlichen Gemächer umziehen und dich darauf vorbereiten, meine Braut zu sein.«

Er marschiert durch die Gläserne Halle, nimmt meinen Arm und zieht mich mit, zurück auf den Vorhang zu.

»Es tut mir leid, dass du es auf diese Weise erfährst.« Er hält vor der Tür inne und ich starre ihn an. »Ich werde dir ein guter Gemahl sein, Twylla. Ich werde mich bemühen, es dir so leicht wie möglich zu machen.« Er hebt meinen Handrücken, küsst ihn und hält ihn dann an seine Wange. Seine Finger sind genauso kalt wie seine Lippen. »Jetzt ist der richtige Zeitpunkt. Wir müssen zuschlagen, solange ihr Stachel gezogen ist. Das Königreich braucht uns. Ich werde dich später aufsuchen.«

Er reißt die Tür auf und vertraut mich zwei streng dreinschauenden Wächtern an, die sich vor Merek verbeugen. Ich selbst bin so verwirrt, dass ich vergesse, mich ebenfalls zu verneigen. Aber ich nehme an, das spielt nun keine Rolle mehr.

Ich weiß nicht, wo Lief steckt, ob er noch immer in der Gläsernen Halle ist oder ob er sich aus dem Staub gemacht hat. Wenn er geblieben ist, hat er jedenfalls alles gehört.

Als ich die Tür zu meinem Turm öffne, wartet er bereits auf mich.

Es ist kein Feuer in seinen Augen, nichts, was mir an ihm vertraut wäre. Seine stumpfen Augen sind rot gerändert und seine Haare stehen ab. Die Wächter ziehen davon und ich gehe langsam auf ihn zu. Er schaut mich teilnahmslos an, bedeutet mir, an ihm vorbeizugehen, und schließt die Tür. Ich steige die Treppe hinauf und lausche auf seine langsamen und gleichmäßigen Schritte hinter mir, die gar nicht zu meinem rasenden Herzschlag passen.

»Lief ...«, beginne ich, sobald wir mein Gemach betreten haben.

»Ich nehme an, ich sollte dich jetzt *Euer Majestät* nennen.« Als er eine übertriebene Verbeugung markiert, verliere ich endgültig die Fassung und breche in Tränen aus. Ich würde alles geben für seinen Trost, aber er bietet mir keinen. Er steht vor mir und sieht mitleidslos zu, wie ich weine.

Als keine Tränen mehr kommen und er sich immer noch nicht vom Fleck bewegt hat, bleibt mir nur noch, mich von ihm abzuwenden. Ich gehe zu meiner Waschschüssel hinüber, um mir das Gesicht zu waschen. Doch plötzlich spüre ich seine Arme um mich und sein Gesicht, das sich in meiner Halsbeuge versenkt. So stehen wir, mein Rücken an seine Brust gepresst, seine Arme so fest um mich wie eine Kette aus Eisen, bis ich etwas Feuchtes auf meiner Haut fühle. Als ich mich umdrehe, schimmert sein ganzes Gesicht vor Tränen. Mir bricht schier das Herz, weil er so elend, so am Boden zerstört aussieht.

»Ich wollte dich heiraten.« Seine Stimme klingt heiser.

Mein Herz brennt unter seinen Worten. Freude und Entsetzen kämpfen in mir. »Das kannst du doch«, flüstere ich und strecke meine Hände nach ihm aus. »Wir können immer noch fliehen – wir tun es sofort.«

Er schüttelt den Kopf. »Es ist nicht genug Zeit, Twylla. Wir hätten höchstens ein paar Stunden.«

»Aber nach dem heutigen Abend haben wir überhaupt keine Zeit mehr. Wir müssen heute noch fliehen. Ich kann ihn nicht heiraten. Ich kann nicht mit ihm zusammen sein.«

»Er hat dich geküsst«, sagt Lief langsam.

»Das wollte ich nicht.«

»Ich hätte ihn umbringen können.«

»Wir gehen, Lief. Dann wird es keine Rolle mehr spielen.«

»Twylla, er ist ein Prinz. Da kann ich nicht mithalten.«

»Das hast du doch längst!«

Er zieht mich in seine Arme. Als sich unsere Münder begegnen, schmecke ich Salz auf seinen Lippen. Und ganz gleich, wie oft ich sie küsse, es kehrt immer wieder zurück, und ich weiß nicht, ob es von seinen oder meinen Tränen kommt.

»Es muss einen Weg geben«, sage ich. »Wir sind doch beide schlau. Wir sind nicht vom Schloss. Wir wissen, wie man dort draußen lebt. Hast du den geheimen Gang gefunden? Den brauchen wir doch nur. Wir können fliehen. Wir können es schaffen.«

Er nickt, lässt mich los und kehrt mir den Rücken zu. Ich sehe, wie er seine Schultern streckt und seinen zitternden Atem beruhigt. Als er sich wieder im Griff hat, dreht er sich zu mir um, und da ist es wieder – in seinen Augen –, das Funkeln des Mannes, den ich liebe.

»Morgen Nacht fliehen wir. Ich werde meiner Schwester Nachricht schicken, dass sie sich bereit machen soll.«

Mir entgleiten die Gesichtszüge und ich schüttle den Kopf. »Das geht nicht. Nach dem Festmahl soll ich in die königlichen Gemächer umziehen, um mich dort auf die Hochzeit vorzubereiten. Es muss noch heute sein.«

Er wird ganz weiß. »Können wir das riskieren? Wenn alle sich aufs Festmahl vorbereiten?«

»Können wir es riskieren, hierzubleiben und unsere letzte Chance zu vergeuden?«

Er zieht mich zurück in seine Arme und drückt mich fest an sich, sodass ich mich ganz sicher fühle. »Er darf dich nicht haben«, murmelt er dicht an meinen Lippen. »Du bist mein, Twylla, meine Geliebte. Ich werde dich nicht aufgeben, ganz gleich, wer es von mir verlangt. Ob Königin oder Prinz.«

»Ich will ihn nicht heiraten«, sage ich.

»Das wirst du auch nicht. Ich verspreche es dir. Und wenn ich mein Leben dafür geben muss.«

»Sag das nicht«, flehe ich. »Sag nicht solche Sachen.«

»Wenn sie von uns wüssten, könntest du ihn nicht heiraten.«

»Und du wärst tot.«

»Dich würden sie vielleicht nicht töten.«

»Aber das sollen sie! Ich kann jetzt nicht mehr zurück; es gibt nichts, zu dem ich zurückkehren könnte.«

Er erhebt keinen Einspruch, als ich ihn aufs Bett ziehe.

Anschließend liegen wir keuchend da, die Beine und Arme ineinander verschlungen. Sein Atem wird der meine, unsere Haut ist feucht, und wir kleben aneinander, als könne uns nichts mehr trennen. Meine Glieder fühlen sich schwer an und flüssig. Während das Licht des späten Nachmittags immer schwächer wird, würde ich mich am liebsten an ihn schmiegen und einfach einschlafen. Er streicht mit seinen Lippen über meine Stirn. Ich lächle und lege den Kopf in den Nacken, sodass wir einander in die Augen schauen können.

»Das war nicht ganz die Flucht, an die ich gedacht hatte«, sagt er sanft. »Nicht, dass ich mich beschweren würde. Geht es dir gut?«

»Sehr.« Ich lächle, und meine Haut wird heißer, als er das Lächeln erwidert. »Was die Flucht anbelangt – ich denke, wir können uns nach dem Fest aus dem Staub machen«, sage ich.

»Du hast darüber nachgedacht?« Er stützt sich auf einen Ellbogen und schaut mich mit erhobenen Augenbrauen an. »Wann hast du darüber nachgedacht?« Ein Lächeln umspielt seinen Mund.

Ich werde rot bei seiner Andeutung und ducke mich weg. »Eben gerade, als wir hier gelegen haben. Wenn ich während des Festmahls behaupte, Kopfschmerzen zu haben, darf ich mich gewiss zurückziehen. Wir machen uns davon, während die anderen feiern. Gegen Morgen werden wir bereits viele Meilen weit fort sein und sie werden es überhaupt noch nicht mitbekommen haben.

Wenn sie es entdecken, wird es zu spät sein, um uns aufzuhalten. Zumindest hoffe ich das.«

Ich beobachte, wie er sich meine Worte durch den Kopf gehen lässt.

»Komm.« Er zieht mich vom Bett und wirft mir einen Pelz um die Schultern. Es macht mich verlegen, also ziehe ich ihn enger um mich. Aber ein Blick auf sein hoffnungsvolles, freudestrahlendes Gesicht genügt mir und ich folge ihm leichten Herzens.

Er führt mich ans Fenster, schlingt seine Arme um meine Taille, legt sein Kinn auf meine Schulter und deutet auf die Sonne, die hinter den Bäumen versinkt.

»Schau, das da ist der Westwald. Dahinter liegt unser neues Zuhause, irgendwo weit entfernt dort drüben.«

Nickend lehne ich mich gegen ihn.

»Und wir fliehen schon bald. Es endet noch heute Nacht.«

»Es beginnt heute Nacht«, sage ich.

»Es beginnt heute Nacht«, stimmt er zu. »Aber in der Zwischenzeit müssen wir uns für das Festmahl bereit machen. Soll ich dir Wasser bringen lassen?«

»Nein, danke.« Ich will nicht baden, ich möchte seinen Geruch auf meiner Haut behalten.

»Soll ich dich allein lassen, damit du dich anziehen kannst?«

Ich bin versucht, ihn zu bitten hierzubleiben, aber schließlich nicke ich doch. »Es wird nicht lange dauern.«

»Ich bin draußen, wenn du mich brauchst.« Er dreht mich um, sodass er mich küssen kann, und ich bin mehr als bereit, es zuzulassen. Als ich die Augen wieder aufschlage, ist es spürbar dunkler im Raum.

»Jetzt geh«, sage ich. »Ich werde bald fertig sein.«

An der Tür verbeugt er sich vor mir. Sein Blick fängt strahlend den meinen, und ich versuche, den Schmerz zu ignorieren, der mich überfällt, als er sachte die Tür hinter sich schließt.

Heute Abend steht mir mein purpurfarbenes Gewand. Meine Wangen sind immer noch gerötet, und dazu passt das Kleid hervorragend. Statt von der Farbe in den Schatten gestellt zu werden, weiß ich sie heute für mich zu nutzen. Ich glühe vor Aufregung, meine Augen leuchten hell und meine Haut ist rein. Mir scheint, dass mir das, was wir getan haben, überdeutlich auf die Stirn geschrieben steht, aber es ist mir völlig egal. Soll der Hof doch glauben, ich sei überglücklich, mit Merek vermählt zu werden. Sollen sie glauben, das wäre der Grund, warum ich nicht aufhören kann zu lächeln, warum ich von innen leuchte. Nach heute Nacht werden wir weit fort von hier sein.

Als Lief eintritt, um mich zur Großen Halle zu geleiten, entgleiten ihm regelrecht die Gesichtszüge und ich muss vor lauter Freude laut auflachen. Ich drehe mich neckisch vor ihm und sehe zu, wie das Kleid um mich herumwirbelt. Als ich ihn küsse, hebt er die Hände und umfasst mein Gesicht. Er hält mich so vorsichtig, so zärtlich fest, dass es mir Angst macht und ich mich gegen ihn drücke. Ich will die Versicherung seines Körpers, aber zu rasch macht er sich wieder los. Wieder verdüstert sich sein Blick. In seinen Augen funkelt eine Entschlossenheit, die mich beunruhigt.

»Lass uns noch etwas länger hierbleiben«, sage ich.

»Warum?« Er grinst und ich gebe ihm einen kleinen Klaps mit der Hand.

»Weil du, sobald wir diesen Raum verlassen, wieder mein Wächter sein musst und ich die Gottgleiche Daunen. Ich will, dass wir noch ein paar Augenblicke lang Twylla und Lief sind.«

»Nach dem heutigen Abend werden wir immer und überall Twylla und Lief sein.«

»Ich weiß.« Ich strahle ihn an. »Dann lass mich noch ein bisschen üben.«

Er neigt den Kopf zur Seite und beißt sich kurz auf die Lippe. »Tanzt man eigentlich auf euren Festen?«

»Manchmal.«

»Dann singst du jetzt besser ein Lied für uns, wie sollen wir das sonst zustande bekommen?«

Die Welt scheint in strahlende Farben auszubrechen, als er mich in seine Arme nimmt, und meine Seele läuft schier über vor Freude. Ich beginne, ganz leise »So schön und fern« zu singen, und dazu wirbelt er mich durch den Raum. Mit einer Hand greift er um meine Taille, mit der anderen an meine Schulter und ich lege meine Hände auf seine Arme. Solange das Lied dauert, ist die Welt so, wie sie sein sollte, und ich könnte mich gar nicht glücklicher fühlen. Zwischendurch muss ich lachen, weil sich meine Röcke aufbauschen. Er lächelt und stimmt mit seiner lustigen, unmusikalischen Stimme ein. Wir beenden das Lied gemeinsam und danach lehnt er seine Stirn gegen meine. Wir atmen gemeinsam ein und aus, bis sich unser Herzschlag wieder beruhigt hat.

Das Gefühl der Freude bleibt, während wir zur Großen Halle gehen und den Lords, den Ladys und den anderen Höflingen ins Herz des Schlosses folgen. Alle haben ihre besten Gewänder angelegt. Die Edelsteine auf den kostbaren Seidenkleidern funkeln im Kerzenschein und die Männer stolzieren in ihren selten getragenen Kniehosen herum. Alle schwatzen, sprühen vor Aufregung, und Hände flattern wie Motten in der Luft herum, während sie sich unterhalten: Die Korridore sind erfüllt vom würzigen Aroma der Vorfreude. Alles kommt mir jetzt reizender vor, selbst das spitze Gesicht von Lady Shasta scheint mir freundlicher zu sein. Nach dem heutigen Abend werde ich sie nie wieder anschauen müssen.

Als wir uns der Tür nähern, weichen alle vor uns zurück, als wäre ich bereits gekrönt worden. Ein Höfling nach dem anderen murmelt meinen Namen und verneigt sich tief, als ich an ihnen vorbeischreite.

Merek wartet an der Tür. Ein goldener Reifen steckt in seinen dunklen Locken und über seinem samtenen Wams prunkt seine lila- und bronzefarbene Festtagsschärpe. Er bietet mir triumphierend seinen Arm und all meine Freude verfliegt. Merek und ich gehen zur Hohen Tafel, an den Tischen der Höflinge vorbei, die sich erheben und verneigen. Rechts vom König zieht er einen Stuhl hervor und ich gönne dem Prinzen ein kurzes Lächeln.

Dann wende ich mich um, verneige mich vor dem König und der Königin und nehme Platz. Die gesamte königliche Familie hat die Insignien ihrer Macht angelegt. König und Königin tragen ihre Kronen und Pelze um den Schultern und das Zepter des Königs lehnt an seinem Stuhl. Zu meiner Überraschung ist es die Königin, die einen glücklichen Eindruck macht. Der König dagegen sieht blass aus, scheint sich noch immer nicht völlig von seinem Fieber erholt zu haben. Ich hatte es andersherum erwartet, aber es ist die Königin, die mich anstrahlt, ganz stolze Mutter, als ich mich neben den König setze. Merek legt mir kurz seine Hand auf die Schulter, bevor er sich neben der Königin niederlässt, die ihm sogleich einen Kuss auf die Wange gibt. Er versteift sich, dann lächelt er schmal und die Königin wendet sich wieder mit leuchtenden Augen mir zu.

Von meinem Platz aus suche ich den Raum nach Lief ab. Die Fäden, die ich zwischen uns spüre, ziehen mich zu ihm, und so entdecke ich ihn neben dem Korridor, der zu den königlichen Privatgemächern führt. Eine Sekunde lang begegnen sich unsere Blicke, doch dann schaut er wieder weg. Auch er lässt seinen Blick, an dem ich mich kurz wärmen durfte, ruhig durch den Saal gleiten. Ich gestatte es dem Pagen, mir Wein einzuschenken, und nehme einen Schluck. Dann nicke ich den Höflingen zu, die mich allesamt anlächeln. Sie wissen, warum wir hier sind, so viel steht fest. Alle sehen glücklich und gespannt aus, warten nur darauf, ihre Gläser auf uns zu erheben – ganz anders als beim letzten Mal, als wir uns hier versammelten. Aus dem Augenwinkel sehe ich, dass der König nach der Hand der Königin greift. Sie lässt es zu und lächelt ihn an. Entweder ist sie also wirklich geschwächt oder hat sich mit der neuesten Entwicklung abgefunden.

Wir essen und trinken, und zwischen den fröhlichen Tischen wandeln Lauten- und Harfenspieler, die die Lieder des Reiches spielen, die normalerweise ich singen würde. Der König und die Königin unterhalten sich leise während des Mahls – zu leise, als dass ich etwas verstehen könnte, aber es berührt mich, dass sie so warmherzig miteinander umgehen. Vielleicht ändern sich die Dinge in Lormere ja doch zum Besseren, vielleicht brauchen sie mich gar nicht. Als die Königin dem König ein Stück des Kapauns von ihrem Teller anbietet, muss ich lächeln. Ich sehe schon vor mir, wie es eines Tages bei Lief und mir genauso sein wird. Erst als ich bemerke, dass Merek mich beobachtet und ebenfalls lächelt, wende ich mich rasch meinem Teller zu und esse weiter.

Als ich einen Seitenblick auf Lief wage, sehe ich, dass er Merek unverwandt mit engen, hartherzigen Augen anstarrt. Scheinbar macht es ihm gar nichts aus, dass es jemandem auffallen könnte.

Auf irgendein Signal hin hören die Musiker auf zu spielen und alle wenden sich der Hohen Tafel zu. Nachdem sie sich kurz angeschaut haben, erheben sich der König und die Königin und im Saal wird es still. Ich sehe, wie Lief zu mir herüberblickt. Ich schaue ihn ebenfalls kurz an, mit strahlenden Augen, um ihm zu signalisieren, dass ich mich danach sehne, weit fort von hier zu sein. Mit ihm.

»Wir danken euch, dass ihr hier heute bei uns seid«, beginnt der König. »Wie ihr alle wisst, wurde Lormere auf den stolzesten

Traditionen errichtet, auf Traditionen, die in unserer ruhmreichen Geschichte stets unsere Stärke erhalten und es uns ermöglicht haben, uns selbst treu zu bleiben. Wir haben viele Bedrohungen abgewehrt, in ferner und ganz naher Vergangenheit ...« Hier schaue ich wieder zu Lief hinüber und unterdrücke ein Lächeln, weil ich weiß, dass wir beide an Tregellan denken. »... und wir haben immer obsiegt.«

»Und so wird es auch weiter sein, aber nicht nur werden wir Gefahren abwehren, wir werden vielmehr auch weiter erblühen«, nimmt die Königin nahtlos den Faden ihres Gemahls auf. »Heute blicken wir in die Zukunft.« Sie lächelt, und schon lächelt der ganze Hofstaat mit ihr.

»Wie ihr wisst, waren die Götter so gnädig, mir sowohl einen Sohn als auch eine Tochter zu schenken. Sie haben es aber auch für richtig befunden, uns unsere geliebte Alianor wieder zu nehmen. Anfangs waren wir verzweifelt, da wir nicht verstanden, womit wir sie enttäuscht hatten. Aber die Götter haben Pläne, die wir Sterblichen schwerlich verstehen, und wenn sie mit einer Hand nehmen, geben sie mit der anderen. Uns gaben sie Twylla, die Gottgleiche Daunen, die unseren Herzen so nahe steht wie eine leibliche Tochter. Jahre nun lebt sie schon bei uns und sehnt sich, wie wir alle, nach dem Tag, an dem sie zu Mereks Gemahlin und damit auch zu unserer wahrhaftigen Tochter erkoren wird.«

An diesem Punkt erhebt sich Merek und tritt auf mich zu. Auch ich stehe auf, lasse es zu, dass er seine Hand auf meine legt, genau wie wir es vor so langer Zeit bei unserer Verlobung getan haben.

»Es ist nun unsere große Freude, euch zu sagen, dass die Zeit kommen wird, noch bevor das Jahr zu Ende geht.« Die Königin lächelt uns an. »Am letzten Tag der diesjährigen Ernte wird mein Sohn Merek sie zu seiner Braut machen, worauf ein neues Goldenes Zeitalter beginnen möge.«

Der ganze Saal bricht in Applaus und laute Jubelrufe aus; Kelche werden gehoben und schwungvoll geleert. Merek führt mich vor die Tafel, nickt dem Hofe zu und lächelt auf mich herab. Hinter uns stehen stolz und strahlend König und Königin und ich schaue zu Lief hinüber.

Er aber sieht an mir vorbei, starrt stirnrunzelnd den König an und nach und nach tut es ihm der gesamte Hofstaat gleich. Auch ich drehe mich um.

Der König steht erstarrt und mit geöffnetem Mund neben der Königin, sein Lächeln hat sich zu einer Fratze verzerrt. Als Merek und ich auf ihn zueilen, stürzt er mit einem schrecklichen Krachen auf den Tisch. Seine Hände fuchteln noch und er schlägt seinen Kelch zu Boden, bevor er direkt daneben zusammenbricht.

Dann beginnt das Geschrei.

Kapitel 19

Die Schreie ersterben so schnell, wie sie ausgebrochen sind. Die Wächter eilen mit gezückten Schwertern zum Podium, als müssten sie den König gegen einen Angriff verteidigen. Aber als sie ihn umstellen, versucht er sich aufzurappeln und gestikuliert ihnen hilflos zu.

Aus reiner Gewohnheit trete ich rasch beiseite, als sich die Wächter um uns drängen. Merek packt mich am Arm, zieht mich zurück hinter die Tafel und stellt sich als Schild zwischen mich und den Saal. Ich versuche, mich über seine Schulter hinweg nach Lief umzuschauen, kann ihn aber nicht entdecken. Die Königin kniet jetzt neben dem König, hat ihre Hand gegen seine Stirn gedrückt. Er sagt etwas zu ihr, zu leise, als dass ich es hören könnte, und Mereks Finger klammern sich so fest um meinen Arm, dass ich nach Luft schnappen muss. Unter uns schaut der gesamte Hofstaat dem Schauspiel zu. Überall dunkle, offene Münder in bleichen Gesichtern, ans Herz gepresste Hände. Sie alle starren zum Podium empor, eingefroren wie auf einem Gemälde.

Zwei der Gardisten versuchen, dem König auf die Beine zu

helfen, aber er kann immer noch nicht stehen. Sie müssen ihn an Armen und Beinen hochheben. Er sieht aus, als schäme er sich, als sie ihn aus dem Saal tragen. Die Königin starrt ihnen nach, eine Hand vor den Mund gepresst. Sie wirft Merek einen durchdringenden Blick zu und folgt dem König. Merek sieht mich mit schmalem Blick an und lässt meinen Arm los.

»Bleib hier«, sagt er. »Iss und trink nichts, aber bleib solange hier wie alle anderen. Lass dir nicht anmerken, dass es sich um etwas Ernsthaftes handelt, lass sie glauben, es wäre nichts. Sie sollen ruhig fortfahren mit dem Fest. Geh erst fort, wenn es auch der Rest des Hofes tut, und dann begib dich auf direktem Weg in deinen Turm. Hast du mich verstanden?«

Als ich stumm nicke, eilt er geschwind aus dem Raum, lässt mich auf dem Podium zurück, umgeben von Wächtern, die mich nicht aus den Augen lassen. Ich bleibe wie erstarrt stehen und schaue den Hofstaat an.

»Der König ist krank«, sage ich mit wackliger Stimme. »Es ist nichts Ernstes, den Göttern sei Dank, und Seine Hoheit Prinz Merek besteht darauf, dass wir hierbleiben und gemeinsam weiterfeiern.«

Alle schauen mich misstrauisch an und nehmen wieder ihre Plätze ein, aber niemand trinkt oder isst irgendetwas. Sie flüstern miteinander und werfen mir scheele Blicke zu. Ich setze mich wieder hin. Meine Isoliertheit auf dem Podium ist mir schmerzlich bewusst, jetzt, da sich die Wächter wieder zurückgezogen haben. Ich sehe die Diener wachsam an den Türen stehen, als wollten sie jeden Augenblick davonrennen, und ich weiß, allen anderen hier im Saal geht es ebenso. Mir ja auch. Es dauert nicht lange, bis sich der erste Gast verabschiedet. Ich bin nicht die Königin, und vor mir haben sie nicht mal halb so viel Angst wie vor ihr.

»Ich werde für die Gesundheit des Königs beten«, sagt Lady

Shasta in die Runde und erhebt sich. Der halbe Hofstaat schließt sich ihr an.

Ich schaue zur Tür hinüber und sehe, dass Lief dort steht und mich mit gerunzelter Stirn anblickt.

»Ich will dasselbe tun«, sage ich, stehe so rasch wie möglich auf und trete vom Podium herunter. Ich bewege mich so schnell, dass der Hofstaat regelrecht auseinanderstieben muss, als ich auf die Tür zurausche. Ich höre, wie jemand das Wort »Gift« murmelt. Das Raunen folgt mir aus dem Saal, und mir fällt auf, dass nach mir, trotz der Eile, in der alle eben noch waren, nun doch niemand aufbricht. Lief schaut starr geradeaus, als er neben mir auftaucht.

»Jetzt?«, fragt er leise. Ich schüttle den Kopf und schlage in verängstigtem Schweigen den Rückweg zu meinem Turm ein.

»Wann?«, fragt Lief, als wir um die letzte Ecke gebogen sind. »Twylla?«

»Merek sagte mir, ich solle direkt zum Turm gehen«, stoße ich aus, als er die Tür öffnet.

»Was spielt es für eine Rolle, was er sagt? Das könnte unsere beste Gelegenheit sein«, wendet er ein und folgt mir die Stufen hinauf. »Alle werden sich auf den König konzentrieren und …« Er fährt herum, da sich hinter uns die Tür zum Turm öffnet. »Wer ist da unten?«

Als keine Antwort ertönt, drängt Lief mich die letzten Stufen hinauf, folgt mir in mein Zimmer, zieht sein Schwert und wendet sich der Tür zu. Aber es ist Merek, der hereinmarschiert kommt, an mir und Lief vorbeigeht und sich mit dem Rücken zum Raum gegen das Fensterbrett lehnt.

»Was ist los?«, frage ich. »Was ist mit dem König?«

»Geh hinaus, aber bleib an der Tür«, befiehlt er Lief. »Lass niemanden herein.«

Lief schaut mich an und ich nicke. Er verbeugt sich steif. Dann bohrt sich sein Blick noch einmal in meinen und er verlässt das Zimmer.

»Es ist mir wichtig, dass du glücklich bist, Twylla. Und sicher«, erklärt Merek, sobald die Tür ins Schloss fällt. Er dreht mir immer noch den Rücken zu. Seine Worte klingen einstudiert, erinnern mich auf unheimliche Weise daran, wie seine Mutter immer meine Sicherheit betont.

»Ich bin beides, Merek.«

»Nein.« Er schüttelt den Kopf, dreht sich zu mir um und mir stockt der Atem. Abgesehen von zwei roten Flecken auf seinen Wangen ist sein Gesicht so bleich wie das einer Leiche, und sein Haar ist wirr, als hätte er daran gezogen. Angst überfällt mich. Er kommt zu mir herüber, nimmt meine Hände in seine, und ich muss gegen den Drang kämpfen, sie ihm gleich wieder zu entreißen. »Du verstehst nicht. Ich muss dich bitten, etwas für mich zu tun. Für uns.«

Ich schüttle verwirrt den Kopf und wieder zerrt er an meinen Händen. »Es ist wichtig. Es wird sich schrecklich anhören, aber du musst es tun, denn wenn nicht ...« Er bricht ab.

»Merek. Sagt Ihr mir bitte, was hier vor sich geht? Ihr habt mir die Wahrheit versprochen. Was soll das? Was geschieht hier?«

Merek schaut mich an und befeuchtet sich mit der Zunge die Lippen, bevor er spricht: »Ich glaube, dass meine Mutter den König vergiftet hat. Genau genommen bin ich mir sicher.«

Ich blinzle angestrengt, versuche, den Sinn in seinen Worten zu finden. »Ich verstehe nicht.«

»Wie es aussieht, hat das Gnadengesuch meines Stiefvaters für Lady Lorelle das Fass zum Überlaufen gebracht. Sie haben ja nie eine Liebesehe geführt, aber sie kann es nicht zulassen, dass er ihre Macht beschränkt. Und nun dies ... Ich bezweifle stark, dass er die Nacht überleben wird. Du warst ja da, du hast ihn gesehen.«

»Aber es ist doch gewiss das Fieber, ein Rückfall. Ein wenig Ruhe, Zeit ...«

»Ich glaube nicht, dass er je ein Fieber hatte. Ich glaube, sie hat sich beim ersten Mal nur mit der Dosis vertan und es heute Abend noch einmal versucht. Er wird den Sonnenaufgang nicht mehr erleben, Twylla.«

»Was für ein Gift? Doch nicht Oleander?«, frage ich, während mich eine Gänsehaut überläuft.

Er schüttelt den Kopf. »Ich habe keine Ahnung, aber ich werde meinen Kontaktleuten in Tregellan schreiben und ihnen die Symptome schildern. Vielleicht wissen sie, was es verursacht haben könnte.«

»Merek«, sage ich leise, »was bezweckt sie denn nur?«

»Sie hat es einfach satt, dass er nicht der Gemahl und König ist, den sie benötigt. Ich glaube, sie plant, noch einmal zu heiraten.«

»Wen?«

»Mich.«

Ich starre ihn an, während mich tiefe Abscheu ergreift. »Was meint Ihr damit? Wie könnt Ihr so etwas behaupten?«

»Weil sie es gesagt hat.« Er schlägt sich die Hand vor den Mund, als könne er die Worte zurücknehmen und in seinem Inneren einsperren.

Nie in meinem ganzen Leben, bei keiner Totenspeisung, bei keiner Hinrichtung habe ich jemals jemanden so verzweifelt gesehen.

»Ich habe gehört, wie sie es ausgesprochen hat.« Er senkt seine Hand und fährt fort. »Ich bin ihr in den Raum gefolgt, in den mein Stiefvater gebracht wurde, und habe draußen gewartet, um zu hören, was sie sagen würde. Und sie hat es ihm gesagt. Es würde bei Morgengrauen vorüber sein, sagte sie, und wenn er tot wäre, würden nur sie und ich übrig bleiben. Dass sie wisse, was sie nun zu tun hätte. Und dass es auch nicht schlimmer sei, als ihren Bruder zu heiraten.«

Ich erstarre. »Merek, was Ihr da sagt, ist ... Wahnsinn.«

»Ich bin hier nicht der Wahnsinnige!«, schreit er und ich trete erschrocken einen Schritt zurück. »Sie hat es gesagt, Twylla. Sie hat es gesagt. Sie ist die Verrückte, Twylla. Nicht ich. Sie will zwei Kinder desselben Blutes, die den Thron besteigen. Nie wollte sie etwas anderes als Lormeres Goldenes Zeitalter wieder aufleben lassen: Schwester und Bruder, König und Königin. Aber mein Vater ist gestorben und Alianor ist gestorben und weitere Kinder gab es nicht. Verstehst du denn nicht, dass sie den König dafür hasst? Sie konnte ihn nie wirklich lieben – er war ja bloß ein Cousin –, aber er hätte ihr eine Halbschwester für mich schenken können. Das heißt, dass er sie im Stich gelassen hat. Also will sie ihn loswerden und den Weg frei machen, um mich zu heiraten. Sie kann ihren Thron ohne einen König an ihrer Seite nicht halten und ich bin der letzte meines Geschlechts. Sie wird mich heiraten.«

Ich weiche vor ihm zurück, lehne mich gegen meinen Schreibtisch. »Aber ich bin doch hier. Welche Pläne hat sie denn mit mir? Plant sie, mich auch zu töten? Will sie so den Weg frei machen?«

Mereks Augen werden noch wilder. »Ich habe nicht darauf gewartet, bis sie den Befehl gibt, dich umbringen zu lassen. Sobald sich meine schlimmsten Vermutungen über ihre Pläne bestätigt hatten, bin ich direkt zu dir gekommen.«

»Bestätigt? Dann habt Ihr es schon vorher vermutet?«

»Ich habe den Verdacht schon eine ganze Weile ... Sie hat oft darüber gesprochen, wie es wäre, wenn Lormere in Zukunft ohne unser Blut regiert würde, und ob du genug Mumm hättest, Königin zu sein. Ob es richtig sei, dass sie mir eine Ehe mit jemandem aufzwingt, der so anders ist als wir ... Ich habe versucht, es dir in der Gläsernen Halle zu sagen, aber da kam es mir so melodramatisch vor. Doch jetzt, da mein Stiefvater im Sterben liegt, bin ich mir sicher, dass sie dahintersteckt. Sie hat ihren Zug gemacht, Twylla.«

»Ihr müsst es jemandem sagen.« Ich reiße mich von ihm los, wende mich der Tür zu. »Sie darf das nicht tun. Sie kann doch nicht den König umbringen – das ist Hochverrat.«

»Wem soll ich es denn sagen?«, fragt er und zieht mich zurück. »Wer hätte denn mehr Macht als sie? Wer könnte sie aufhalten?«

Ich starre Merek an, und zum ersten Mal frage ich mich, ob er nicht auch ein wenig verrückt ist. »Was sollen wir denn tun? Will sie mich vergiften oder ...« Mir kommt ein Gedanke, der beinahe Hoffnung in mir auslösen könnte. »Oder wird sie von Euch verlangen, mich für sie aufzugeben? Sollt Ihr mich das fragen?« Wenn es so wäre, würde ich frei sein, könnte mit Lief das Schloss verlassen.

Mereks hageres Gesicht spannt sich an. Die Haut strafft sich über seinen Wangenknochen und sein Mund öffnet sich zu einem stummen Stöhnen.

»Wenn ich dich aufgebe, tötet sie dich vielleicht nicht«, sagt er stockend. »Du zumindest wärest sicher. Aber es wäre mein Ende.« Er schaut mich mit geweiteten Augen an. »Ich würde mich vom Turm hinabstürzen. Meine eigene Mutter ehelichen? *Sie* heiraten?« Er schaudert. »Deshalb bin ich gekommen, um dich um Hilfe zu bitten. Ich habe ja nichts und niemanden sonst.«

Ich schaue in sein flehendes, verzweifeltes Gesicht.

»Ich habe kein Recht, irgendetwas von dir zu verlangen. Ich weiß das«, sagt er. »Mir ist auch klar, was es bedeutet, dich darum zu bitten, dich mit mir zu verbünden und mir zu vertrauen, nach allem, was ich dir verheimlicht habe. Aber wenn du mir hilfst, werde ich dir jeden Tag meine Dankbarkeit erweisen, solange wir leben. Alles, was du dir wünschst – du musst es nur beim Namen nennen und sollst es haben.«

»Was soll ich für Euch tun?«

»Sobald mein Stiefvater gestorben ist, müssen wir heiraten. Wenn ich eine Königin habe, kann ich mir die Krone nehmen und dir die deine geben. Und dann können wir meine Mutter in die Verbannung schicken, irgendwohin, wo sie keinen Schaden mehr anrichten kann.«

»Aber sie wird mich töten«, entgegne ich. »Sie wird mich töten, noch bevor wir die Hochzeit vorbereitet haben.«

»Nicht, wenn wir schnell sind.« Er greift wieder zitternd nach meiner Hand und drückt sie an seine Brust. »Wenn wir handeln, bevor sie bemerkt, was wir vorhaben. Wir können sogar so tun, als wollten wir die Hochzeit aus Respekt vor meinem Stiefvater verschieben; das wird sie von der Fährte abbringen. Sie wird dir nichts antun, solange sie glaubt, dass ihr Plan noch immer funktioniert. Zu viele Todesfälle würden verdächtig wirken. Wir werden die Täuschung nicht lange aufrechthalten.«

Die Wände des Raumes scheinen auf mich zuzukommen. »Wann?«, frage ich.

»Morgen Nacht. Ich muss nach einem Priester schicken, dem ich vertrauen kann. Aber ich weiß schon den richtigen. Wir werden auf eine große Zeremonie verzichten. Nur du und ich und die Zeugen.« Er schaut mich mit hoffnungsvollen Augen an. »Ich weiß, dass ich dich darum bitte, Hochverrat zu begehen. Aber das ist unsere einzige Chance, Twylla. Wir müssen es jetzt zu Ende bringen. Denn wenn wir es aufschieben, werden wir beide sterben. Es muss morgen geschehen.«

Morgen. Ich werde niemals frei sein, wenn ich mich darauf einlasse. Aber was, wenn nicht? Die Königin wird Merek heiraten und mich umbringen. Ich glaube, es gibt nichts, was sie nicht tun würde, um ihre Krone zu behalten. Wenn ich bleibe, werde ich Lief verlieren; ich werde mich selbst verlieren, aber wenn ich gehe, wird Merek sich das Leben nehmen. Ich weiß es. Ich kann es in seinen Augen erkennen. Wenn ich mich nicht mit ihm verbünde, tut er es vielleicht schon heute Nacht. Ich wäre seine Mörderin, wäre wieder die Scharfrichterin. Ich würde von hier fortgehen in dem Wissen, sein Todesurteil vollstreckt zu haben. Er würde sterben, damit Lief und ich zusammen sein können. Sein Leben gegen unseres.

Er durchquert den Raum und greift nach meinen Händen, bevor er sich auf die Knie fallen lässt. Dann schlingt er seine Arme um meine Taille und drückt seine Wange gegen meinen Bauch. Als ich zu ihm hinabschaue, starrt er mich an. In seinen dunklen Augen steht das Grauen. Er sieht seiner Mutter so ähnlich.

»Bitte, Twylla«, sagt er leise. »Ich kann es nicht ohne dich tun.«

»Merek …« Bevor ich noch ein weiteres Wort herausbringe, wird meine Tür aufgerissen und ein riesiger, rotgesichtiger Wächter kommt hereingestürzt. Er versucht, Lief von sich abzuschütteln, der ihn offenkundig aufhalten will. Merek springt auf die Füße, sein Gesicht ist jetzt vollständig erbleicht.

»Verzeiht, Sire«, sagt der Mann und kniet nieder. Merek schaut mich an. Seine Augen sind jetzt so stark geweitet, dass ich das Weiße rund um seine dunkle Iris sehen kann.

»Wie hast du mich genannt?«, fragt er den Wächter mit angespannter Stimme. Lief hört auf, an dem Mann herumzuzerren.

»Ich musste kommen. Ihre Majestät die Königin hat darauf bestanden«, keucht der Wächter. »Der König ist tot.« Er schaut erwartungsvoll auf, während mir seine Worte durch und durch gehen und mir in den Ohren dröhnen. »Der König ist tot«, wiederholt er, da wir ihn nur stumm anstarren. »Der König ist tot.«

Wieder schaut Merek mich an. In sein Gesicht, so hager und verzweifelt es ist, scheint das Elend eingebrannt und seine Finger ziehen den Kragen seiner Tunika zusammen wie eine Schlinge.

Die Pflicht oder die Freiheit. Sein Leben oder meines.

Wie in Trance knie ich vor Merek und vervollständige die Proklamation. »Lang lebe der König.«

Dann nicke ich ihm entschlossen zu und sein Gesicht klärt sich auf. Während er ausatmet, scheinen sich seine Züge regelrecht zu glätten. Er reicht mir seine Hand, dann nimmt er mich in die Arme und flüstert mir »Ich danke dir« ins Ohr, während mir das Herz bricht.

Ich wende den Blick ab und Merek nimmt meine Hand und küsst sie.

»Danke«, sagt er noch einmal und schaut den Wächter an. »Wir lassen die Lady nun mit ihren Gebeten allein«, erklärt er, worauf der Wächter sich vor mir verneigt, bevor er mit Merek den Raum verlässt.

Lief schaut zwischen der Tür und mir hin und her.

»Wir fliehen nicht, oder?«, fragt er tonlos.

»Lief ...«

»Du hast es mir versprochen. Du hast gesagt, du würdest ihn niemals heiraten. Du hast mich gewählt.«

Helft mir, ihr Götter. »Lief ...« Mir bricht die Stimme, und ich bekomme die Worte nicht heraus, mit denen ich mein Versprechen brechen muss. Ich kann Merek nicht im Stich lassen. Wenn ich es tue, wird er sich umbringen. Sein Tod wäre unser Fluch. Und nicht bloß unserer, sondern der des ganzen Landes. Unsere Flucht würde jeden einzelnen Menschen verdammen, der hier lebt. Aus Lormere würde ein neues Tallith werden, ein zum Untergang verurteiltes Königreich. Aber das würde Lief niemals verstehen.

Er nickt und dreht sich um.

»Bitte!«, sage ich. »Du darfst mich nicht verlassen.«

»Bitte mich nicht, dass ich hierbleibe und zuschaue, wie du ihn heiratest«, sagt er. »Du kannst nicht alles haben, Twylla.«

»Ich will nicht alles, ich will nur dich!«

»Dann komm mit mir.« Nun bricht ihm die Stimme. Ich spüre, wie mein Herz einen Sprung macht, als wolle es aus meiner Brust entkommen, ihm entgegenspringen.

»Ich kann nicht.«

»Warum? Was ist anders geworden, Twylla? Was hat er dir gesagt?«

Ich schüttle den Kopf, versuche, einen Weg zu finden, ihm zu erklären, was Merek von mir verlangt hat und warum ich es nicht ablehnen kann. Aber wieder bleiben mir die Worte in der Kehle stecken und ich starre ihn nur stumm an.

Er betrachtet mich einen langen Augenblick. »Dann heißt es also Abschied nehmen.«

Er dreht sich um und verlässt mich.

Als sich eine Stunde später die Tür erneut öffnet, erwarte ich, dass er es ist, der wutschnaubend eine Erklärung von mir verlangt. Aber es ist Merek, dessen Augen noch immer leuchten.

»Twylla?« Er eilt an meine Seite. Ich habe mich nicht vom Fleck bewegt, seit Lief mich allein gelassen hat. Behutsam führt er mich zum Bett und bedeutet mir, mich hinzusetzen. Er verschwindet wieder, kehrt aber einen Augenblick später mit einem Kelch zurück, den ich ohne zu fragen leere. Branntwein, nach dem Feuer in meiner Kehle zu urteilen. Ich hätte wissen müssen, dass es irgendeine Form von Alkohol sein würde.

»Geht es dir gut?«, fragt er und endlich schaue ich ihn an. Mein Gesicht fühlt sich schlaff an, mein ganzer Körper taub und gelähmt, als würde er mir gar nicht mehr gehorchen. Ich bin leer, kein Leben ist mehr in mir.

»Sprich, meine Liebe.«

Seine Liebe. Ich breche zusammen vor lauter Trauer. Seine Arme umschlingen mich, aber es sind die falschen Arme, der falsche Geruch, der falsche Mann.

»Meine Mutter hat sich zum Gebet an die Quelle begeben.« Sein Mund zuckt und ich erschaudere. Uns beiden ist klar, worum sie betet, warum sie sich in diesem Augenblick an eine Fruchtbarkeitsquelle begibt. »Ich habe ihr gesagt, dass wir die Hochzeit wegen der heutigen Ereignisse verschieben wollen. Sie hat ihr Einverständnis gegeben. Sie sagt, wir sollten uns Zeit lassen, solange wir bräuchten. Lormere würde es verstehen.«

Ich nicke, versuche, mich zu erheben.

Er streicht mir derartig zärtlich die Haare aus dem Gesicht, dass mir erneut Tränen in die Augen schießen. »Ich weiß, dass ich dir vorhin mit meinen Worten Angst gemacht habe. Aber alles wird gut werden, das verspreche ich dir. Alles wird so sein, wie wir es geplant haben. Ich muss dich heiraten, Twylla. Und dann werden wir unsere Krönung haben und beide in Sicherheit sein.«

Ich schließe die Augen, reiße sie aber sofort wieder auf, als Liefs bestürztes Gesicht hinter meinen Lidern auftaucht.

»Man hat nach deiner Mutter geschickt«, fährt Merek fort. »Sobald sie die Speisung abgeschlossen hat und der König verbrannt wurde, können wir heiraten. Und wenn das erledigt ist, hast du nichts mehr zu befürchten. Wir werden frei sein.«

Ich schluchze laut auf. Es überrascht mich selbst. Ich schüttle den Kopf und wende mich ab, um mich wieder in den Griff zu bekommen.

»Kann ich dir etwas zur Beruhigung holen?«

Wieder schüttle ich den Kopf und hole tief Luft. Ich habe meine Wahl getroffen und zugelassen, dass Lief ohne mich flieht. Ich habe mir das selbst angetan. »Verzeiht mir.«

»Es gibt nichts zu verzeihen. Ich weiß, ich habe in den vergangenen Tagen nur Verzweiflung über dich gebracht. Aber in Kürze werden wir sicher sein. Sobald ich gekrönt wurde, kann ich die Königin unter Kontrolle halten.«

Während er spricht, dringen seine vorherigen Worte zu mir durch. »Meine Mutter kommt hierher?«

»Sie ist die Sündenesserin und ihr Dienst muss getan werden. Möchtest du sie sehen?«

Ich zögere keinen Augenblick. »Nein, ich denke nicht. Das nützt nichts. Mein Leben ist jetzt hier.«

»Bei mir«, sagt er und macht keine Anstalten, seinen Triumph zu verbergen.

Kapitel 20

Jedes Fenster im Schloss wird bedeckt sein, über jeden Spiegel wird man schwarzen Stoff werfen. In der Großen Halle wird das Silber, das sonst auf den Tischen liegt, gegen Zinngeschirr ersetzt; jede Oberfläche, in der man sich womöglich spiegeln könnte, wird entweder mattiert oder verhangen. Die Diener und Mägde werden die ganze Nacht daran arbeiten, unsere schwarzen Gewänder, Kleider und Tuniken hervorzuholen und sie eilig anzupassen, damit wir sie am Morgen tragen können.

Und während sich das Schloss auf die Trauer um seinen König vorbereitet, bleibt Merek in meinem Gemach und spricht weiter von seinen Plänen, davon, was wir gemeinsam erreichen können. Nach Stunden bitte ich ihn endlich, mir Ruhe zu gewähren. Er nimmt mein Gesicht in seine Hände.

»Verzeih mir, meine Liebe, natürlich musst du dich ausruhen. Dein Wächter soll den Turm hinter mir abriegeln. Sag ihm, dass er niemanden außer mir einlassen darf.«

»Er ist fort«, entgegne ich matt. »Er musste zu seiner Familie zurück.«

»Dann will ich dein Wächter sein, bis wir den Thron besteigen.« Merek küsst meine Stirn. »Komm mit mir hinunter und verriegle die Tür. Ich werde dich morgen früh holen.«

Ich tue, was er mir sagt, und versuche, nicht zu erschauern, als sich seine kalte Hand zum Abschied an meine Wange legt. Meine Finger verharren auf dem Riegel. Wenn ich jetzt hinter mir abschließe, wird Lief nicht zurückkommen können. Aber dann muss ich an sein Gesicht denken, bevor er ging. Er wird nicht zurückkommen. Ich schiebe also den Riegel vor und steige langsam die Stufen zu meinem Gemach hinauf.

Der Schlaf will nicht kommen. Stattdessen rufe ich mir die ganze Nacht jedes Wort ins Gedächtnis, das Lief gesagt hat, und frage mich, ob er mich jetzt hasst. Es heißt, wenn einem ein Glied abgenommen wird, spürt man es immer noch, und genau dieses Gefühl erlebe ich jetzt. Das Wissen, dass er fort ist, nicht nur für den Moment, sondern für immer, reicht tief in meine Seele hinein und lässt mir keine Ruhe. Ich habe ihn enttäuscht und mich selbst auch. Zu wissen, dass es richtig war, ist kein Trost.

Ich sitze in der Fensternische und drücke mein Gesicht gegen den Vorhang, bis endlich die Sonne aufgeht und ich baden und mein Trauergewand anlegen kann. Ich warte auf Merek, darauf, dass er, wie angekündigt, mein Wächter wird, aber niemand erscheint. Keine Magd bringt mir Frühstück, niemand taucht auf, um über mich zu wachen oder mir zu sagen, wohin ich gehen soll. Ich warte am Fenster, sehe zu, wie die Sonne höher und höher steigt, aber noch immer lässt sich niemand blicken. Ich spiele mit der Idee, einfach hier zu bleiben und langsam zu verhungern. Ich stelle mir vor, wie jemand Jahre später nur noch ein Gerippe unter dem Fenster findet.

Aber dann überfällt mich die Wut – auf mich selbst, auf mein weinerliches Selbstmitleid. Es war meine Entscheidung! Also zwinge ich mich dazu aufzustehen. Ich streiche die Falten in meinem schwarzen Trauergewand glatt und verlasse meinen Turm, zum allerersten Mal ohne jede Begleitung.

Ich bin auf Angst und Misstrauen von Seiten der anderen Höflinge gefasst, auch darauf, beschimpft zu werden. Denn schließlich bin ich ungeschützt und mein Ruf eilt mir voraus. Ich frage mich sogar, ob mich ihr Hass nicht womöglich trösten würde, wie ein Balsam, der sich über meine Gewissheit legt, dass Lief nicht mehr da ist. Zumindest würde es mir einen neuen Schmerz geben, an dem ich mich festhalten könnte.

Aber die Korridore sind leer. Sie kommen mir riesig vor, weit wie der Ozean, von dem meine Brüder früher immer gesprochen haben. Ich durchquere sie wie Treibgut, weitab von jedem Land, jedem Anker, jedem Zuhause. Nichts, was mich halten würde. In den königlichen Gemächern, wo ich von den Wachen angekündigt werde, empfängt mich Merek mit der Königin. Sein Versprechen hat er scheinbar vergessen.

»Deine Mutter ist hier«, sagt die Königin und wendet mir ihren Blick zu.

»Twylla wünscht nicht, sie zu sehen«, erwidert Merek für mich. »Sie wird an der Speisung nicht teilnehmen.«

Die Königin schaut mich noch immer an. »Ich fürchte, du musst. Das ist der Preis dafür, in die königliche Familie einzuheiraten, Twylla. Manchmal müssen wir Dinge tun, die schmerzhaft sind. Wir stellen unsere eigenen Bedürfnisse für ein höheres Gut zurück.«

Etwas Hartes setzt sich in meiner Brust fest, wie ein schwerer Stein. Ich muss daran denken, was ich zurückgestellt habe für ein höheres Gut – und nur ihretwegen. »Ich verstehe, Euer Majestät«, erwidere ich tonlos.

Sie nickt. »Ich muss mich umziehen, besser wir beginnen früh. In der Küche hat man die Speisung bereits vorbereitet. Sobald sie vorüber ist, werden wir denjenigen finden, der das getan hat, und ihn hinrichten.«

»Habt Ihr irgendeine Idee, wer es gewesen sein könnte?«, fragt Merek mit ruhiger Stimme, doch sein Blick ist hart geworden.

»Jemand aus Tregellan«, sagt die Königin und mein Herz gerät ins Stocken. »Wer sonst würde den König von Lormere töten wollen? Ich habe schon lange vermutet, dass sie nicht so friedfertig sind, wie sie behaupten, und jetzt bin ich überzeugt. Du hast selbst gesagt, Merek, dass ihr Wissen in der Medizin und der Alchemie unseres bei Weitem übersteigt. Und jetzt ist auch klar, warum sie es nie mit uns teilen wollten. Wie es aussieht, haben sie ihre Kenntnisse missbraucht, um sie gegen Lormere einzusetzen. Das war ein kriegerischer Akt, Merek. Sie haben jemanden bei uns eingeschleust, der uns alle töten soll, aber das werden wir nicht zulassen. Wenn sie einen Krieg wollen, sollen sie ihn bekommen.«

Ich erinnere mich daran, wie Lief mir gesagt hat, dass es den Morgenandorn gar nicht gibt. Die Tregellianer kennen sich aus mit Giften, und unwillkürlich balle ich die Fäuste. Das ist Allgemeinwissen. Einem Tregellianer die Schuld in die Schuhe zu schieben, ist leicht möglich.

»Mutter, einen Krieg können wir uns nicht leisten«, sagt Merek. »Und es gibt keinen Beweis dafür, dass es ein Tregellianer war.«

»Das Gift selbst ist der Beweis«, zischt die Königin. »Tregellianer wissen alles über Gifte, es ist die Waffe eines Feiglings.«

Merek schaut mich mit gerunzelter Stirn an. »Vielleicht sprechen wir besser später darüber«, sagt er, worauf die Königin grimmig lächelt.

»Ich habe nicht vor, von irgendetwas anderem zu sprechen, bis ich die Ordnung in Lormere wiederhergestellt habe.«

Damit rauscht sie aus dem Raum, und der Schwung, mit dem sie ihr Gewand hinter sich herzieht, verleiht ihrer Drohung zusätzliche Kraft.

Merek blickt mich an. »Du hast dich gut gehalten«, sagt er leise. »Sie hat keine Ahnung.«

»Sie tut nicht einmal so, als würde sie um ihren Ehemann trauern, oder?«

Merek lacht kurz auf, ein Laut, der von den schweren Vorhängen nahezu verschluckt wird. »Warum sollte sie? Sie glaubt, an der Schwelle ihres eigenen Goldenen Zeitalters zu stehen. Ihr geht es nur um die Krone und ihren Ruhm.«

»Werden die Leute glauben, dass es ein Tregellianer war, der den König umgebracht hat?«

»Ich gehe davon aus. Würdest du an ihren Worten zweifeln, wenn ich dir nicht erzählt hätte, was ich mitangehört habe?« Meine Gedanken gleiten zu Lief hinüber, und schon spüre ich einen Schmerz in der Brust. »Außerdem ist es besser für uns, wenn sie meint, uns alle getäuscht zu haben. Lass sie nur glauben, ihr Plan würde funktionieren. Meinen Stiefvater können wir später rächen.«

Ich starre ihn an. Eigentlich kann ich immer noch nicht fassen, dass die Königin ihren Gemahl umgebracht hat und ihren eigenen Sohn heiraten will, um den Thron zu behalten.

»Wir schicken sie fort, wenn das hier hinter uns liegt«, sagt er leise. »Es gibt ein abgeschlossenes Frauenkloster am Fuße der östlichen Berge. Da kann sie den Rest ihrer Tage verbringen. Weit fort von uns.«

Er erhebt sich und gießt sich ein Glas Wein ein. Wir bleiben beide stumm in unsere Gedanken versunken, bis die Königin zurückkehrt. Ihr Gesicht ist nun von einem Schleier aus schwarzer Spitze bedeckt, der aber das Funkeln in ihren Augen nicht verbergen kann. Merek erhebt sich und tut so, als würde er mir seinen Arm anbieten. Doch als ich den Kopf schüttle, wendet er sich seiner Mutter zu. Die Königin gönnt mir ein Nicken und ich folge ihnen aus dem Raum.

In diesem Teil des Schlosses bin ich nicht mehr gewesen, seit ich ein Kind war und die Speisung für den letzten König stattgefunden hat. Er befindet sich unter den Unterkünften der Garde, in einer Krypta in der Nähe des Nordturms. Hier ist es friedlich und grabesstill, ganz anders als in meinem aufgewühlten Inneren. Ich kann mich nicht beruhigen; ich taumle von Herzschmerz zu Furcht, verspüre Trauer und Angst – an den armen toten König denke ich dabei jedoch nicht.

Meine Mutter wartet, schwergewichtig und feierlich, vor dem Sarg. Sie war schon immer dazu in der Lage, einen Raum zu dominieren, und das nicht nur wegen ihrer Leibesfülle. Mit ihrer ganzen Haltung zwingt sie die Menschen dazu, ihr alle Aufmerksamkeit zu schenken. Sogar hier, im selben Raum mit einem Prinzen und einer Königin, ist sie die wahre Herrscherin. Sie steht breitbeinig und mit über der Brust verschränkten Armen vor uns und trägt ihr übliches Schwarz. Ich hatte vergessen, wie groß sie ist. Ich mustere ihr Gesicht, versuche Spuren meines eigenen darin zu entdecken. Aber da ist nichts. Sie schaut mich nicht an, als wir eintreten, starrt nur auf den Sarg. Der Deckel ist mit dem königlichen Wappen belegt worden, und darauf findet sich eine kleine Auswahl von Speisen, weit weniger als bei dem früheren König oder bei Alianor. Das wird meiner Mutter nicht gefallen.

Wir nehmen unsere Plätze auf den Hockern ein, die man entlang der Wand bereitgestellt hat. Dann beginnt die Speisung. Meine Mutter arbeitet, wie sie es immer getan hat, langsam und methodisch. Drei Bisse Brot und dann ein Schluck Bier, eine

Portion Schinken und dann noch mehr Bier. Sie ist eine unerschütterliche Sündenesserin, pflügt sich mit der ruhigen Würde eines Ackergauls durch das Mahl. Ich sehe, wie das Fleisch an ihrem Unterarm wackelt, als sie über den Sarg hinweg nach einem Apfel greift. Das knackende Geräusch, als sie hineinbeißt, ist furchtbar. Aber dessen ist sie sich nicht bewusst, bewegen sich ihre Augen doch nur von einem Happen zum nächsten.

Immer beginnt sie auf ihrem vorgezeichneten Weg mit den kleinsten Sünden – Lügen, Täuschungen, wütende Worte – und arbeitet sich langsam zu den größeren vor. Bei außergewöhnlich langen Speisungen habe ich mir früher stets Sorgen gemacht, dass sie vor den schlimmsten Sünden bereits satt sein würde, aber das passierte nie. Es ist, als würde der Geschmack der kleineren Sünden nur ihren Appetit auf die schrecklichen steigern. Der König aber hat keine schrecklichen Missetaten vorzuweisen, bloß die üblichen. Meine Mutter bevorzugt Sünder mit einer größeren Bandbreite.

Während ich ihr bei ihrer Arbeit zuschaue, senkt sich eine innere Ruhe über mich. Die Routine der Sündenspeisung ist mir immer noch vertraut und tröstlich, trotz all der Jahre, die inzwischen vergangen sind. Denn das ist etwas, was ich kenne, etwas, das sich nicht verändern kann, nicht verändern wird. Ganz rechts von mir rutscht die Königin unruhig auf ihrem Platz hin und her. Sie kann ihre Finger nicht still halten, lässt sie wie zuckende Aale ineinandergleiten. Im Gegensatz dazu scheint sich meine Mutter immer langsamer zu bewegen. Nach einer Weile begreife ich: Es ist Absicht. Während die Königin versucht, mit ihrem Körper die Speisung voranzutreiben, benutzt meine Mutter den ihren, um sie zu verlangsamen. Sie will nicht zulassen, dass die Königin die Oberhand behält. Der Tod ist ihr Herrschaftsbereich, also wird die Speisung auch in ihrer Geschwindigkeit vonstattengehen.

Es erstaunt mich, das zu sehen. Ich wusste ja, dass meine

Mutter eine gewisse Macht hat, aber ich habe nie verstanden, wie weit sie reicht – dass sie im Schloss der Königin die Zeit zu ihrer Dienerin machen kann und nur den Befehlen der Speisung zu gehorchen hat. Welche Schlachten auch geschlagen werden, meine Mutter wird immer die Siegerin sein, solange sie ihre Rolle spielt, und das wird sie immer tun, denn nur dafür lebt sie. Eine winzige Hoffnung schleicht sich in meine Verzweiflung: Ob es mir gefällt oder nicht, ich bin die Tochter meiner Mutter, und wenn *sie* sich hier behaupten kann, kann ich es auch. Ich werde mir an ihr ein Beispiel nehmen. Ich werde meine Rolle spielen, ganz gleich, was es mir abverlangt. Und so werde ich siegen.

Merek blickt mich mit undurchdringlicher Miene an und schaut dann wieder meiner Mutter bei ihrer Arbeit zu. Die Jahre haben ihr Aussehen ein wenig verändert, ein, zwei graue Strähnen sind hinzugekommen. Und als sie die Augen zusammenkneift, um zu sehen, wie viel Bier noch übrig ist, fallen mir neue Falten auf.

Ich frage mich, wie meine Schwester heute wohl aussieht, und erst jetzt wird mir schockartig bewusst, dass sie nicht hier ist. Als Nachfolgerin der Sündenesserin sollte sie bei meiner Mutter sein und den Ablauf des Rituals so ernsthaft studieren, wie ich es früher getan habe. Ich schaue Merek prüfend an, aber er wendet seinen Blick nicht vom Sarg.

Obwohl sie sich so viel Zeit lässt, braucht meine Mutter nicht lange, um das Mahl zu beenden, in weniger als einer Stunde ist die Speisung abgeschlossen. Kaum ist es so weit, erhebt sich die Königin und verlässt ohne ein weiteres Wort den Raum.

Meine Mutter schaut Merek an, dann mich und beschließt schließlich das Ritual. »Ich schenke Euch nun Linderung und Frieden, lieber Mann. Auf dass Ihr nicht umherwandeln müsst in unseren Gassen und nicht auf weiter Flur. Für Eure Sünden verpfände ich meine eigene Seele.«

Wie immer bei diesen Worten, schaudert es mich. Wie aufs Stichwort holt Merek eine Silbermünze aus seiner Börse und reicht sie meiner Mutter. Sie nimmt sie und lässt sie in den Falten ihres Gewandes verschwinden. Dann verbeugt sie sich vor Merek und wendet sich zum Gehen.

»Wollt Ihr Eure Tochter nicht begrüßen?« Seine Stimme, die schmerzlich von den Marmorwänden der Krypta widerhallt, erschreckt mich.

Meine Mutter schaut mich an, mustert mich von Kopf bis Fuß. »Das ist nicht meine Tochter, Euer Majestät. Dafür hat Eure Mutter gesorgt an dem Tag, an dem sie sie mir genommen hat. Wie nennt Ihr sie doch gleich? Die Gottgleiche Daunen?« Die Mundwinkel meiner Mutter zucken abschätzig.

»Wo ist Maryl?«, platzt es aus mir heraus.

Meine Mutter taxiert mich, als könne sie meine Sünden erkennen, die Spuren von Liefs Händen auf meinem Körper. Dann schürzt sie die Lippen. »Sie ist tot. Das Fieber hat sie ereilt und dann ist sie gestorben.« Es liegt keine Traurigkeit in ihren Augen, als sie das sagt.

»Wann war das?«

»Vor zwei Ernten«, entgegnet sie und wendet sich an Merek. »Wäre das alles, Euer Majestät?«

Ich weiß, dass ich mir die Häme in ihrer Stimme nicht bloß eingebildet habe, als Merek meine Hand fest umfasst. »Geht«, sagt er, und das tut sie auch.

Vor zwei Ernten. Maryl ist seit zwei Jahren tot. Und niemand hat es mir gesagt.

Sobald meine Mutter fort ist, wende ich mich an Merek.

»Habt Ihr das gewusst?«

»Nein, natürlich nicht«, entgegnet er. »Ich war auf meiner großen Reise, Twylla, das weißt du doch.«

»Aber Eure Mutter hat es gewusst, nicht wahr?«, zische ich.

Er schaut mich an und nickt langsam. »Sie muss es gewusst haben. Bitte, Twylla«, wirft er ein, bevor ich etwas sagen kann. »Nicht heute. Ich habe den einzigen Vater verloren, an den ich mich wirklich erinnern kann, und wir dürfen jetzt nichts tun, um sie zu verärgern. Wir sind so nahe am Ziel, meine Liebe. Wir werden noch Gelegenheit haben, sie für all ihre Sünden zu strafen.« Er ergreift zögerlich meine Hand und drückt sie. Dann lässt er sie wieder sinken und geht davon.

Ich starre ihm nach, sprachlos über so viel Herzlosigkeit. Wie kann er derartig leichtfertig über meinen Verlust hinweggehen, wo er doch gerade selbst einen erlitten hat? Ich versuche, mir das Gesicht meiner Schwester ins Gedächtnis zu rufen, aber es gelingt mir nicht. Sie ist schon so lange verloren für mich. Die Hälfte der Zeit, die ich hier verbracht habe, ist sie schon tot. Ich habe hier gedient und gehorcht und mich mit allen möglichen Dingen abgefunden, nur weil ich glaubte, ihr das Leben damit zu erleichtern, und dabei war sie die längste Zeit tot. Niemand hat es mir gesagt. Niemand glaubte, es würde mir etwas daran liegen, es zu erfahren.

Aber andererseits: Wann habe ich denn auch gezeigt, dass mir etwas daran liegen würde?

Ich habe nie wirklich für sie gekämpft. Ich hätte mich dafür einsetzen können, sie zu sehen, hätte Merek darum ersuchen können oder den König. Wie oft habe ich denn gefragt, wie es ihr geht, jemanden gebeten, es herauszufinden, jemanden bestochen oder bedroht, damit er mir Nachricht von ihr bringt? Dass die Menschen mich fürchten, habe ich vielleicht dazu genutzt, mir ein zusätzliches Stück Kuchen bringen zu lassen, aber nie, um zu erfahren, wie es meiner kleinen Schwester geht. Ich habe nie versucht, ihr eine Botschaft zu schicken. Ich habe hier herumgesessen und mich selbst bemitleidet und darüber gejammert, sie verloren zu haben, aber ich habe nie auch nur das Geringste dagegen unternommen.

Ich wollte so dringend das Haus meiner Mutter verlassen, wollte auf keinen Fall zur Sündenesserin werden. Ich bin im Wissen gegangen, dass meine siebenjährige Schwester die Rolle übernehmen würde, wenn ich im Schloss lebe. Ich habe sie zu all den Furchtbarkeiten verurteilt, die ich selbst gehasst habe. Und ich habe mir eingeredet, dass es in Ordnung wäre, weil ich so immerhin dafür sorgen konnte, dass sie Geld geschickt bekommt. Ich habe mich selbst belogen und so getan, als würde ich für ein höheres Gut handeln. Und dabei habe ich doch immer nur an mein eigenes Elend gedacht. Selbst heute ist sie mir erst im letzten Augenblick in den Sinn gekommen.

Ich habe meine Schwester geopfert für die Chance, eine Prinzessin zu werden. Ich war gierig und egoistisch, und das habe ich hinter einer Maske aus frommem Pflichtbewusstsein verborgen. Meine Aufgabe als Daunen war mir wichtiger als sie.

Ich bin mehr das Kind meiner Mutter – mehr das Kind der Königin –, als ich mir je klargemacht habe.

Und zum ersten Mal habe ich das Gefühl, dass es nicht nur mein Schicksal ist, Merek zu heiraten. Es ist eine gerechte Strafe. Ich habe es verdient, hierbleiben und es durchstehen zu müssen. Endlich verstehe ich, worin meine Berufung liegt. Es wird Zeit, dass ich mir nicht länger wünsche, was ich nicht haben kann, und stattdessen tue, wofür ich hier bin. Ich werde Merek heiraten und Königin werden. Denn genau das habe ich verdient.

Während der Leichnam des Königs verbrannt wird, trinkt Merek Wein. Die Königin sitzt neben ihm und schreibt endlose Listen und Notizen in ein ledergebundenes Buch. Ich starre sie an und muss das starke Bedürfnis unterdrücken, sie anzuschreien oder zu schlagen. Sie muss sich krankgelacht haben, wenn sie mich beim Trübsalblasen beobachtet hat, mit meinem langen Gesicht und meinen feuchten Augen. Wie ich mich immer im Schatten gehalten habe, wie ein Gespenst, mich hinter den Göttern versteckt und mich nach etwas gesehnt habe, das es längst nicht mehr gab. Sie wusste, was für ein Feigling ich bin. Und dafür hasse ich sie mehr denn je.

Also stelle ich mir ihr Gesicht vor, wenn Merek mir die Krone aufsetzen wird. Ihre Krone. Meine Schwester ist tot und Lief ist fort. Sie hat mir alles genommen, und jetzt werde ich ihr dasselbe antun. Ich werde ihr die eine Sache nehmen, die ihr teuer ist, und dann wird sie wissen, was es bedeutet zu leiden.

Als der Schlag der Glocke verkündet, dass die Einäscherung abgeschlossen ist, zuckt die Königin mit den Schultern, als würde sie einen schweren Umhang abschütteln. Dann schenkt sie sich Wein ein, trinkt ihn langsam aus und erhebt sich.

»Ich habe einige Erlasse zu versenden«, sagt sie mit Blick auf Merek. »Du wirst ihnen dein Siegel hinzufügen müssen. Ich ordne die Inhaftierung aller Tregellianer im ganzen Land an.«

Ich starre sie erschrocken an und Merek schaut von seinem Weinglas auf. Lief. Aber nein, er ist ja schon letzte Nacht geflohen. Er wird bereits über die Grenze sein, nicht mehr einholbar.

»Ich werde den Mörder zur Strecke bringen und den König rächen«, fährt die Königin fort. Mein Entsetzen hat sie offenbar nicht bemerkt. »Twylla, ich fürchte, dass in nächster Zeit viel Arbeit auf dich zukommt.«

Ich schaue die Königin verwirrt an, bis ich begreife, dass sie meine Pflichten als Daunen meint. Merek hat ihr gar nicht erzählt, dass ich weiß, dass die Geschichte mit dem Morgenandorn eine Lüge ist. Sie will, dass ich Männer berühre, die sie bereits vergiftet hat, unschuldige Männer. »Ich werde mit Freuden die Person bestrafen, die den König umgebracht hat«, sage ich kalt. »Es wird mir sogar ein besonders großes Vergnügen sein.«

Die Königin schaut mich erstaunt an, dann nickt sie. »Es tut mir nur leid, dass der Tod meines Gemahls nötig war, damit du verstehst, wie viel du uns wert bist.« Ich weiß nicht, ob es Einbildung ist oder ein sechster Sinn, der mich eine Drohung in ihren Worten hören lässt. »Entschuldigt mich jetzt, ich habe vieles zu regeln.« Sie tritt auf die Tür zu, dreht sich aber noch einmal um. »Dein Wächter, Twylla. Er ist aus Tregellan, nicht wahr? Wo ist er jetzt?«

Merek antwortet für mich. »Er musste zu seiner Familie zurückkehren. Ich werde persönlich dafür sorgen, dass Twylla sicher ist. Da hier ein Giftmischer frei herumläuft, vertraue ich niemand anderem mehr.«

»Er ist fort?«, sagt die Königin. »Wie seltsam, dass der einzige Tregellianer im Schloss nach dem Tod des Königs so rasch verschwindet.« Sie geht, ohne noch einen weiteren Blick zurückzuwerfen. Mir tut der Kiefer weh, weil ich so angestrengt die Zähne zusammenbeißen musste, um sie nicht anzuschreien. Noch einmal danke ich der Vorsehung im Stillen dafür, dass Lief schon lange fort ist.

»Ich bin dir dankbar«, sagt Merek und dreht sich mit geneigtem Kopf zu mir um.

»Wofür?«

»Dass du getan hast, worum ich dich gebeten habe. Ich weiß, was dich das gekostet haben muss.«

»Wie Ihr gesagt habt, unsere Zeit wird kommen.«

»Nach dem heutigen Abend haben wir ein ganzes Leben.« Er lächelt.

Auch wenn ich nichts gegessen habe, spüre ich, wie sich mir der Magen umdreht. »Ich ruhe mich besser eine Weile aus«, sage ich bedacht. »Die letzte Nacht war lang und ich muss mich auf heute Abend vorbereiten.«

»Das solltest du«, stimmt er zu. »Ich bringe dich in dein

Gemach. Es ist wohl das Beste, wenn du erst einmal dort bleibst und meiner Mutter nicht zu nahe kommst. Ich habe nach einem Priester schicken lassen, den ich aus Haga kenne. Ich werde heute Abend am Wassertor auf ihn warten. Dann lasse ich dich rufen. Wir haben es fast geschafft, Twylla.«

Er nimmt meine Hand in seine und bringt mich in den Westturm, wobei er die Beileidsbekundungen der wenigen Höflinge entgegennimmt, die uns auf dem Weg begegnen. Ansonsten sagt er nichts, drückt nur dann und wann zärtlich meine Finger.

Er folgt mir in mein Gemach und prüft den Raum, schaut hinter die Vorhänge und unters Bett, wohl um sicherzugehen, dass die Königin nicht mit einem Messer darunter lauert.

»Verriegle den Turmeingang«, erinnert er mich, was ich auch tue. Doch sobald seine Schritte verklungen sind, öffne ich den Riegel wieder. Soll die Königin doch kommen und mich angreifen, wenn sie will; ich bin bereit für sie. Auf dem Weg zurück in mein Gemach sehe ich in den kleinen Raum hinein, den Dorin und Lief bewohnt haben. Dorins persönlichste Sachen liegen noch immer auf der Truhe neben dem Bett: ein kleiner Zinnsoldat und ein Messer. Ich nehme das Messer an mich. Ja, soll sie kommen. Ich schulde ihr etwas für Maryl. Und für mich selbst.

❦

Doch mein ganzer Mut verlässt mich wieder, als ich in mein Zimmer trete und sich eine Hand über meinen Mund legt. Der Angreifer schleift mich in den Raum und schlägt die Tür hinter mir zu. Ich fuchtle wie wild mit dem Messer und brülle in die Handfläche, die mich zum Schweigen bringen will. Dann aber werde ich losgelassen, und da, direkt vor mir, steht mein abtrünniger Wächter mit brennenden Augen, beißt sich auf die Lippe und starrt mich an. Ich lasse das Messer zu Boden fallen. Jeder edelmütige Gedanke daran, mein Schicksal zu akzeptieren, ist augenblicklich verflogen.

Wir blicken einander an, versuchen angestrengt, die Absichten des anderen zu erkennen.

Im nächsten Moment aber drängen sich unsere Körper aneinander. Keine Ahnung, wer sich als Erster bewegt, wer zuerst das Gesicht des anderen an sich gezogen hat. Wir spüren nur unser Sehnen, spüren, wie richtig es ist, dass wir zusammen sind, auch wenn in diesem Augenblick gerade die Seele des Königs an den Ort zieht, an den Seelen sich begeben – sei es nun das Ewige Königreich oder hinein ins Ewige Nichts.

Kapitel 21

Anschließend liegen wir, eng aneinandergeschmiegt, auf dem roten Teppich vor meinem Bett. Seine Finger gleiten über die Sommersprossen auf meiner Schulter, fahren versonnen von einer zur anderen, als würde er auf meinem Körper eine Sternenkarte nachzeichnen. Ich schaue ihn an, während er ganz versunken ist, sehe, wie sich ein Lächeln auf seinem Gesicht abzeichnet, als er ein besonders hübsches Muster entdeckt, und wie er leicht die Stirn runzelt, als er zwei Punkte nicht verbinden kann.

Wir haben beide noch nicht gesprochen, zumindest nicht mit Worten. Ich frage mich immer noch, wie ich ihm sagen soll, dass er gehen muss. Denn wenn die Königin ihn findet, wird er in jenen Kerker unter dem Schloss hinabgeführt werden, wo die Wächter ihre Messer ziehen, um die Gefangenen zu foltern. Aber wenn ich ihn warne, dann wird er vielleicht tatsächlich von mir weggehen, und das ertrage ich kein zweites Mal.

Er schaut mich an, lehnt sich vor, gibt mir einen Kuss und setzt sich schließlich auf.

»Wir müssen entscheiden, was wir tun wollen«, sagt er. »Ich

kann dich nicht verlassen, so viel steht fest, aber wenn ich bleibe, kann ich mich nicht von dir fernhalten. Und das bedeutet, dass du dem König Hörner aufsetzt.«

»Du musst fort«, sage ich leise, nachdem ich endlich meine Stimme wiedergefunden habe. »Die Königin lässt verbreiten, dass ein Tregellianer den König vergiftet hat. Bleibst du, wird man dich verhaften und verhören.«

»Dann komm mit mir. Nimm dein Leben in die eigene Hand und komm mit mir. Ich dachte, das wolltest du?« Sein Mund zuckt, während er versucht, die richtigen Worte zu finden. »Ich kann hier nicht bleiben, ganz gleich, was für einen Wahnsinn die Königin ausbrütet. Ich kann nicht dabei zuschauen, wie du die Frau eines anderen wirst. Ja, er wird verletzt sein, und ja, sie werden uns verfolgen.« Seine Worte überstürzen sich förmlich. »Aber ist es das nicht wert, wenn wir zusammen sein können? Ich glaube an uns; ich glaube, ich bin dazu bestimmt, bei dir zu sein und du bei mir. Ich würde lieber sterben, als ohne dich zu leben. Und wenn du nicht dasselbe empfindest, wenn ...« Er legt mir zärtlich einen Finger auf die Lippen, als ich versuche, ihn zu unterbrechen. »Wenn du nicht dasselbe empfindest, verstehe ich das und gehe. Ich werde dich nie wieder belästigen. Aber bitte, überleg es dir. Kannst du hier bei ihm bleiben, wenn ich dein Herz mit mir nehme?«

Ich versuche, mein Gesicht seinem Blick zu entziehen, aber er lässt es nicht zu und hebt mein Kinn, sodass ich ihm direkt in die Augen schauen muss.

»Es ist an der Zeit, dass du dich entscheidest«, sagt er leise. »Dass du nicht mehr tust, was er will oder was ich will oder was die Königin will. Du musst wählen, was *du* willst. Ihn oder mich. Für wen du dich auch entscheidest, ich werde nicht dagegen ankämpfen. Ich werde dir auch kein schlechtes Gewissen machen. Versprochen. Du hast die Wahl ... solange du dich für mich entscheidest.« Sein Lächeln ist herzzerreißend, so zärtlich, hoffnungsvoll und ängstlich.

»Ich habe es gewusst.«

Die harte Stimme der Königin reißt uns auseinander. Sie steht mitten im Türrahmen, das Gesicht ganz bleich, abgesehen von zwei roten Flecken, die auf ihren Wangen aufflammen.

Lief versucht rasch, meinen Körper mit seinem zu verdecken, um mir die Schande zu ersparen, dass die Wächter, die ihre gezückten Schwerter auf uns richten, mich sehen. Ich kann nur hinter ihm kauern, nackt und zitternd. Nein. Das darf nicht sein.

Die Königin funkelt uns an, das Gesicht von Wut und Triumph gleichermaßen erhellt. »Steht auf. Bedeckt euch«, befiehlt sie.

»Gebt uns wenigstens die Möglichkeit, uns in Ruhe anzukleiden«, sagt Lief und streckt die Hand aus, als genüge das, um sie abzuwehren.

»Was hast du für ein Recht, mich um Rücksicht zu bitten?«, fragt die Königin. »Du vergiftest meinen Gemahl und schläfst mit der Verlobten meines Sohnes und nun appellierst du an meinen guten Willen?«

»Ich habe den König nicht ge…«, setzt Lief an, aber die Königin erhebt ihre Stimme und übertönt ihn.

»Wir alle haben deine Schande gesehen; kein Kleidungsstück dieser Welt wird das Verbrechen verdecken können, das du hier begangen hast. Ihr steht beide unter Arrest wegen Hochverrates, wegen Verschwörung gegen den Thron von Lormere. Entweder ihr zieht euch rasch an, oder man ergreift euch so, wie ihr seid.«

Lief will protestieren, aber die Wächter treten vor, und ich winsle erschrocken, aus Angst, dass die Königin befiehlt, mich nackt durchs Schloss zu schleifen. Lief wendet sich mir zu, aber ich kann mich nicht bewegen. Er hilft mir auf, wobei er immer noch versucht, meine Blöße so gut es geht zu verdecken. Meine Hände zittern, und er muss mir mein Gewand überstreifen, als wäre er meine Dienstmagd. Ich sehe über seine Schulter, dass die Wächter wegschauen. Aber die Königin sieht ganz genau zu. Ein Lächeln umspielt ihre Lippen, während sie meine Demütigung auskostet.

»Ich liebe dich«, flüstert er, als er die Bänder an meinem Kleid zusammenzieht.

Als ich bedeckt bin, zieht auch Lief sich an, wobei er sich trotzig der Königin zuwendet. Er bewegt sich absichtlich langsam, wie ein Verführer, der sich nicht aus-, sondern ankleidet. Als er sich bückt, um nach seinem Schwertgürtel zu greifen, macht die Königin eine Geste und die Wächter stürzen vor. Bevor wir auch nur einen Schrei ausstoßen können, hat einer von ihnen Lief mit dem Heft seines Schwertes einen Schlag in den Nacken verpasst. Entsetzt sehe ich, wie er zu Boden geht. Sogleich beginnen zwei der anderen, ihn zu treten. Sie holen aus und lassen ihre Stiefel gegen seine Rippen und seinen Rücken knallen.

»Nein, hört auf!« Meine Stimme und meine Füße gehorchen mir wieder, und ich stürze auf sie zu, aber die Königin packt mich am Arm und zwingt mich zuzusehen, wie die Wächter Lief zusammenschlagen. Jedes Schnaufen lässt mich aufschreien, und ich versuche, mich frei zu strampeln, aber sie hält mich mit erstaunlicher Kraft fest. Einer der Wächter grinst mich von der Tür aus an, und ich fletsche meine Zähne in seine Richtung, während ich mich immer noch zu wehren versuche.

»Genug«, sagt die Königin in gelangweiltem Ton, als Lief nicht mehr stöhnt, weil er endlich das Bewusstsein verloren hat. »Bringt den Mörder fort.«

Sie packen Lief an den Armen und schleifen ihn aus dem Raum.

»Wartet draußen«, sagt sie zu den beiden verbleibenden Wachen, die sich sogleich verneigen und die Tür hinter sich schließen. Als wir allein sind, stößt sie mich von sich. Ich stolpere und lande in einer Blutlache auf dem Boden. Keuchend und mit so viel Hass wie möglich in den Augen blicke ich zu ihr auf. Sie steht da und mustert mich. Ihr Blick wandert über meinen Körper.

»Wie dumm du bist«, sagt sie schließlich. »Da hast du die Chance, einen Prinzen zu heiraten, und wirfst sie weg für einen Bauerntölpel. Aber umso besser. Du hättest eine schreckliche Königin abgegeben, bei den schlechten Entscheidungen, die du triffst.«

»Ich durfte nie eine eigene Entscheidung treffen«, fauche ich sie an.

»Du bist eine Närrin, Twylla. Du hattest immer die Wahl«, entgegnet sie wutschäumend. »Du hast dich selbst dazu entschieden, hierherzukommen, dein Zuhause und deine Familie aufzugeben. Du hast dich selbst dazu entschieden, dich mit dem Sohn eines Dienstboten anzufreunden und ihn damit zu einer Gefahr für meine Herrschaft gemacht. Und du hast dich selbst dazu entschieden, dich niederzulegen mit deinem Wächter, mit dem Mann, der meinen Gemahl umgebracht hat. Hast du ihm geholfen? Hat er seine tregellianischen Künste an dir ausgeübt, damit du ihn berühren kannst, ohne ihn zu töten?«

»Er war es nicht! Ihr wart es. Ich weiß alles über Daunen, ich weiß alles über den Morgenan…« Ich komme nicht weiter, weil sie mir mit dem Handrücken eine derartig heftige Ohrfeige versetzt, dass mir die Ohren klirren.

»Wie viel willst du deinem Hochverrat noch hinzufügen?«, zischt sie und wirft einen eiligen Blick zur Tür. Sie spielt Theater für die Wächter, die uns gewiss hören können, versucht, ihre Lügen bis zum letzten Moment aufrechtzuerhalten.

»Ihr …«, setze ich erneut an, aber sie hebt eine Hand, um mich zum Schweigen zu bringen.

»Es wird eine Verhandlung geben«, fährt sie fort. »Vor dem gesamten Hofstaat wirst du dich für das verantworten müssen, was du getan und gesagt hast. Du hast das Vertrauen des Königreichs in dich gebrochen. Für deine Verbrechen wirst du sterben und deine Sünden werden nicht verspeist. Und das wird immer noch nicht Strafe genug sein dafür, dass du die Beine breitgemacht hast für einen anderen Mann, während mein Sohn eure Hochzeit geplant hat. Während mein Sohn dich geliebt hat.«

Bei diesen Worten versiegt meine Wut und ich muss wegschauen. Das Feuer in ihren Augen ist unerträglich.

»Eine Zeit lang hatte ich geglaubt, dass du für meine beiden Kinder gut genug sein würdest«, sagt sie mit schief gelegtem Kopf, während sie mich weiter anstarrt. »Ich habe nämlich zwei Kinder, weißt du? Mein Sohn, den ich selbst geboren habe, und Lormere, dessen Herrschaft mir in die Wiege gelegt wurde. Ich habe dieses Land ebenso genährt wie meinen Sohn, und du hast sie beide betrogen. Es ist deine Schuld, dass es so weit kommen musste. Und eines Tages wird Merek das ebenfalls einsehen. Wachen!«, ruft sie, aber es ist Merek, der die Tür öffnet. Entsetzen erfüllt meinen ganzen Körper.

»Was hat das zu bedeuten?« Er funkelt seine Mutter an, dann schießt sein Blick besorgt zu mir.

»Frag sie.« Die Königin stößt mich ihm entgegen und ich breche vor Mereks Füßen zusammen.

»Twylla?«, sagt er leise.

»Sag es ihm!«, schreit die Königin. »Gesteh, was du getan hast!«

Ich kann es nicht ertragen, ihm zu erzählen, was ich ihm angetan und was ich noch vorgehabt habe.

»Mutter, genug jetzt. Ich befehle dir, mir das zu erklären.«

»Sie ...« Der ausgestreckte Finger der Königin ragt über mir wie ein Fluch. »... sie war mit ihrem Wächter zusammen. Hier in diesem Raum. Am Tag, an dem wir Abschied nehmen mussten von deinem Stiefvater. Ich habe sie hier gefunden – nackt. Sie hat dich betrogen.«

Ich schaue Merek an, sehe, wie sich die Wut auf seinem Gesicht in Qual verwandelt.

»Nein, das ist nicht wahr. Twylla, das ist doch nicht wahr, oder? Das würdest du nicht tun, nicht nach allem, was wir miteinander geteilt haben? Nach allem, was ich dir gesagt habe?«

»Es tut mir leid.« Mehr bringe ich nicht heraus. Es ist auch genug.

Er schlägt sich die Hände vors Gesicht. »Ich wusste es«, sagt er. »Natürlich wusste ich, dass er Gefühle für dich hegt. Ein Blinder hätte das gesehen. Aber du – ich dachte, du hättest verstanden. Bei den Göttern, was bin ich für ein Narr! Ich glaubte, du wärest auf meiner Seite.«

»Merek, bitte ...« Mein Flehen wird von der Königin abgeschnitten, die wieder mit erhobener Hand auf mich zustürzt. Der zweite Schlag hallt im ganzen Raum wider und seine Wucht bringt mich zu Fall. Ich hebe die Hand an meine Wange und spüre die Haut darunter brennen.

»Wage es nicht, meinen Sohn mit seinem Namen anzusprechen, du kleine Schlampe«, faucht sie mich an. »Du bist so dreist, deinen Liebhaber in mein Schloss zu holen, und dann bittest du meinen Sohn um Hilfe?«

Merek legt eine Hand auf den Arm seiner Mutter, hält sie zurück. Er schaut mich kalt an. Jetzt zeigt sein Gesicht dieselbe Ausdruckslosigkeit wie damals, als er nach Lormere zurückkam.

»Der Rauch von der Bestattung meines Stiefvaters hängt noch in der Luft. Heute Morgen hast du an unserer Seite an seiner Totenspeisung teilgenommen. Und am Nachmittag teilst du dein Bett mit deinem Wächter – in demselben Schloss, in dem ich trauere«, sagt er leise. »Du wirst des Hochverrates gegen den Thron von Lormere angeklagt.« Er wiederholt die Worte seiner Mutter. »Es kann keine Gnade geben. Das ist der Preis für das, was du mir angetan hast.« Er dreht sich auf dem Absatz um und verlässt den Raum, doch nicht so schnell, als dass ich nicht sehen würde, wie seine Schultern zittern.

»Weißt du, was mich am meisten verblüfft, Twylla?«, sagt die Königin. Sie senkt ihre Stimme zu einem Flüstern. Ihr Tonfall ist vertraulich, klingt jetzt beinahe mütterlich. Ich reiße meinen Blick von der Tür los und schaue sie an. »Dass du selbst das getan hast. Du hast ihn verloren und mir das gegeben, was ich die ganze Zeit wollte – und ich musste einfach nur zusehen. Besser hätte ich es nicht planen können. Das ist doch eigentlich ein Grund zum Feiern, findest du nicht?«

Ich sage nichts, schaue sie nur an.

»Ah, jetzt habe ich es«, sagt sie. »Wir werden dich nicht für deine Verbrechen hängen. Wir werden dich jagen. Ich werde dich höchstpersönlich in den Wald bringen.«

»Nein ...«

»Doch. Und der ganzen Hof soll es bezeugen.« Sie nickt vor sich hin. »Es könnte mir auch gefallen, wenn du zuerst zuschauen musst, wie die Hunde deinen Liebhaber zerfleischen. Vielleicht lasse ich sie aber doch lieber auf euch beide gleichzeitig los. Meinst du, er wird sich vor dich stellen, bevor sie dir das Herz herausreißen?« Sie lacht und mich schaudert es. »Wir sollten eine Wette abschließen. Wäre das nicht amüsant? Wie weit wirst du kommen, bevor sie dich erlegen? Wie lange, bis du in die Knie gehst? Warte, ich habe eine Idee ... Weißt du, was mein Vater immer getan hat? Er hat den Verurteilten die Fußsehnen durchschneiden lassen. Dann hat er ihnen eine Stunde Zeit zur Flucht gegeben. Rohese hat das abgeschafft, weil er meinte, es gäbe den Hunden einen unfairen Vorteil, aber vielleicht ist es an der Zeit, diesen Brauch wieder einzuführen.«

Sie beugt sich vor, sodass ihr Medaillon aus Tallith vor meinem Gesicht baumelt und ich nur noch den Flötenspieler und die

Sterne darauf sehen kann, während sie mir ihre nächste Drohung ins Ohr flüstert.

»Ich freue mich schon darauf, euch beide kriechen zu sehen.«

Sie richtet sich auf und rauscht aus dem Zimmer. »Bringt sie hinunter«, höre ich sie rufen.

Ich schreie auf, aber meine Stimme erstirbt, als die Wachen vortreten, mich mit Gewalt auf die Füße reißen und mit ihren groben Handschuhen meine Haut aufreiben. Meine Beine sind so schwach, dass ich mich nicht aufrecht halten kann, und so müssen sie mich halb die Treppe hinunterschleifen.

Die Korridore sind gesäumt von Höflingen, von Lords und Ladys und sogar Pagen und Dienern, die alle meinen Sturz mitansehen. Sie sagen nichts, spotten und beschimpfen mich auch nicht und keiner spuckt mich an. Sie sehen bloß schweigend dabei zu, wie ich in die Kellergewölbe gebracht werde, vorbei an den Unterkünften der Garde, den ganzen Weg bis hinab zu den Verliesen.

Die Wachen stoßen mich in eine kleine dunkle Zelle, und ich stürze auf das Stroh und die verrotteten Binsen, die den Boden bedecken. Als die Tür hinter mir krachend ins Schloss fällt und sie den Schlüssel mit furchtbarer Endgültigkeit herumdrehen, öffnet sich mein Mund zu einem stummen Schrei. Keuchend kralle ich meine Hände in das Stroh und schlage mit meinen Fäusten auf den Boden. Nur noch Angst und Schmerz sind in mir, als ich in der Dunkelheit zusammenbreche.

❦

Lediglich ein winziges Licht dringt in mein Verlies, der schwache Abglanz einer Fackel, die draußen auf dem Gang brennt. Und es ist still, abgesehen von einem gelegentlichen Wassertropfen, der von der Gewölbedecke fällt. Es sind keine Schreie zu hören, nicht einmal meine eigenen. Ich habe mir die Faust in den Mund gepresst, damit das Entsetzen nicht aus mir herausbricht.

Ich kann nirgends einen Wachtposten sehen, also umklammere ich die Eisenstäbe meiner Gefängnistür und rufe leise: »Lief? Lief, bist du da?«

Ich kann das Tier riechen, bevor es sich bewegt. Die Zelle wird vom Geruch des Todes erfüllt und rasch treibt mich mein Instinkt zurück an die Wand. Zwischen den Eisenstangen erscheint der Umriss einer Gestalt: lange, muskulöse Beine, ein flacher Kopf, der sich mir zuwendet. Viel zu viele Zähne blitzen auf, als sich das Maul öffnet. Während ich mich schweißgebadet gegen die kalte Steinmauer presse, springt das Geschöpf auf die Stäbe zu und mir entfährt ein spitzer Schrei.

Ein metallisches Krachen dröhnt durch die Zelle, als die Kreatur gegen die Tür prallt; sie wimmert, zerrt kurz an ihrer Kette. Dann starrt sie mich mit seelenlosen, leeren Augen an, bevor sie sich abwendet und davonschleicht. Sie kann es sich erlauben, geduldig zu sein. Ich bin eine bereits gefangene Beute. Ich lausche auf das Blut, das in meinen Ohren rauscht, als sich der Hund in einer dunklen Ecke niederlässt. Rasch stecke ich mir erneut die Faust in den Mund, um mich vom Schreien abzuhalten.

Ich starre in die Dunkelheit, lausche auf jede kleinste Bewegung. Dann fahre ich, so leise ich kann, mit der anderen Hand durch die trockenen Binsen. Es läuft mir eiskalt über den Rücken bei dem Gedanken an ihre faulige Klebrigkeit. Als sich mir ein Halm unter den Daumennagel schiebt, schreie ich beinahe erneut auf, aber ein rechtzeitiges Grunzen des Hundes lässt mich verstummen. Ich verharre eine gefühlte Ewigkeit, bevor ich den Halm herausziehe und die verrotteten Binsen weiter nach irgendetwas abtaste, was ich als Waffe benutzen könnte. Wieder droht mich die Panik zu überwältigen, aber ich zwinge mich, ruhig zu bleiben. Das Vieh kann durch die Gitter nicht zu mir gelangen.

Doch es bleibt die Angst, dass jemand kommen und den Hund hereinlassen könnte.

Besiegt lehne ich mich gegen die Wand und wende meine Gedanken Lief zu, der irgendwo anders festgehalten wird. Mein Herz setzt kurz aus, als mir klar wird, dass er bewusstlos sein oder im Sterben liegen könnte, nach den Schlägen, die die Wachen ihm verpasst haben. Ich hoffe es fast, denn wenn sie den Gefangenen wirklich das antun, was der Wächter mir damals erzählt hat, ist Lief so besser dran. Ich könnte es nicht ertragen, seine Schreie zu hören. Ich will nicht, dass er einer dieser Geister im Gemäuer wird. Dann wäre er besser tot.

Was er vielleicht schon ist, wie mir klar wird. Meinetwegen.

Die freie Wahl. Jahrelang habe ich mich danach gesehnt, sie mir schöngefärbt als einen Traum, der sich nie erfüllen wird. Und auch wenn es mich schmerzt, es zuzugeben, hat die Königin recht. Ich habe durchaus eigene Entscheidungen getroffen. Bloß weil sie mir nicht gefielen, habe ich sie nicht als solche erkannt. Ich habe mein eigenes Elend mit herbeigeführt, wieder und wieder. Und nun habe ich auch noch Lief mit in den Abgrund gezogen. Ich sehe wieder die Königin vor mir, das Bild des Flötenspielers ist wie eingebrannt in meinen Kopf. Wieder höre ich ihre Stimme, wie sie mir zuflüstert, dass sie sich darauf freut, uns kriechen zu sehen.

Alleingelassen in der Dunkelheit und trotz des stechenden Geruchs des Hundes, überkommt mich eine merkwürdige Ruhe. Meine Tränen trocknen und mein Herz verlangsamt seinen Schlag. Morgen um diese Zeit werde ich nicht mehr da sein. Alles, was ich bin und jemals war, wird nicht mehr existieren. Ob sich mein Geist und der von Lief wohl im Westwald wiederbegegnen und gemeinsam durch die Bäume schweben werden? Wird genug von uns übrig sein, damit wir einander erkennen? Ich frage mich, ob es meine Mutter traurig machen wird, wenn sie erfährt, dass ich tot bin. Und wie sehr das Sterben wohl wehtun wird.

Liefs Geschichte vom Schlafenden Prinzen geht mir nicht aus dem Kopf. Die Hunde der Königin werden mir das Herz herausreißen, wie es der Schlafende Prinz angeblich mit seinen Opfern tut. Ich kann es Liefs Mutter wahrlich nicht verübeln, dass sie ihm nie die ganze Geschichte erzählt hat. Der Schlafende Prinz. Aus irgendeinem Grund muss ich an die Sage denken, an den Bringer, und daran, wie er für seinen Vater die Mädchen fortführt. An die Mädchen, die sterben müssen, nur damit der Schlafende Prinz vielleicht wieder erwacht. Mädchen wie ich, die von ihrem Zuhause weggeholt und zu einer Schlossruine geführt werden, um einem Ungeheuer zum Fraß vorgeworfen zu werden. Auch ich wurde von meinem Zuhause zu einem wunderschönen Schloss geführt, um die Marionette eines Monsters zu sein. Und obwohl ich nicht mehr an die Götter glaube, stelle ich fest, dass ich nun doch zu ihnen bete.

❦

Zusammengesunken auf dem Boden, falle ich schließlich in unruhige Träume, in denen Schlafende Prinzen und Hunde und Götter immer abwechselnd über mich lachen. Ich sehe einen weißhaarigen Mann mit einer Krone, der sich vor einer in Schwarz gewandeten Göttin verneigt. Dann einen Gott, der auf einer Flöte spielt, während Hunde nach seinen Fersen schnappen und Sternschnuppen über ihm vom Himmel fallen. Dann bin ich plötzlich hellwach, schrecke auf und starre die Wand meiner Zelle an.

Bei der ersten Jagd nach seiner Rückkehr hat Merek seine Mutter nach dem Medaillon gefragt, das sie trug, nach der Münze, die er ihr aus Tallith mitgebracht hatte. Er hatte doch gesagt, dass ein Flötenspieler darauf abgebildet gewesen sei. Und sie hat ihm erklärt, sie hätte das Bild abfeilen lassen, damit das Schmuckstück besser nach Lormere passe. Aber ich habe ihn doch auf ihrem Medaillon gesehen, direkt vor meinem Gesicht: den Flötenspieler mit drei Sternschnuppen über ihm. Was hat Lief noch gesagt über die Solarislichter am Himmel? Was soll das eigentlich sein? Ich habe nie daran gedacht nachzufragen. Ist es möglich, dass es Sternschnuppen sind?

Dann gerinnt mir das Blut in den Adern.

Keine Sternschnuppen. Kometen. Ich habe Kometen gesehen in der Nacht, in der Dorin starb, drei, die am dunklen Himmel brannten. Drei Kometen. Drei Sterne auf dem Medaillon.

Am nächsten Tag, am Tag der Jagd, haben Dimia und ich im Hof Musik gehört, die Lief nicht hören konnte. Musik von einer Flöte.

Danach haben wir Dimia nie wiedergesehen.

Ist Dimia wegen der Musik fortgegangen? Ist sie dem Bringer gefolgt?

Lief hat mir erzählt, in einer der alten Versionen der Geschichte hieß es, man könne den Schlafenden Prinzen wiedererwecken. Der Bringer müsse ihm nur ein Mädchen zuführen, solange die Solarislichter am Himmel stehen. Und dass der Bringer durch ein magisches Artefakt herbeigerufen werden könne – von jemandem, der es in seinem Besitz hätte. Die Königin hat einen Anhänger, der einen Flötenspieler zeigt; einen Flötenspieler, dessen Bildnis weggefeilt war, jetzt aber wieder zu sehen ist, umgeben vom Schein dreier Kometen.

Der Anhänger ist das Artefakt, so muss es sein.

Die Königin hat den Bringer gerufen.

Kapitel 22

Ich stehe auf und laufe in der Zelle auf und ab. Mein Gewand schleift hinter mir durch die trockenen Binsen und verursacht ein unheimliches Rascheln. Auch der Hund zerrt an seiner Kette, aber ich kann darauf jetzt nicht mehr achten, nicht nach dem, was mir gerade klar geworden ist.

Gewissheit macht sich in meinem Inneren breit, und auch wenn meine Haut prickelt, gibt mir das einen gewissen Trost. Sie hat den Bringer herbeigerufen und er ist gekommen. Deswegen hat sie das Schloss räumen lassen. Sie glaubte, ich sei noch immer in meinem Turm eingesperrt und deshalb keine Gefahr. Sie hat ihn gerufen, weil sie wusste, dass die Kometen am Himmel standen. Sie hat Leute, die für sie alle Sternenbewegungen im Auge behalten und den Spuren folgen, die Naeht und Daeg über den Himmel ziehen. Also hat sie eine Jagd arrangiert, um die Männer fortzulocken. Auch ihre Hofdamen hat sie in Sicherheit gebracht. Nur die Dienstboten hat sie dem Bringer ausgeliefert.

Meine Hand fährt unwillkürlich vor meinen Mund, um mein gepresstes Stöhnen zu unterdrücken. Dimia ist tot. Die arme, harmlose Dimia. Aber was noch schlimmer ist: Stimmt die Geschichte, dass der Schlafende Prinz ins Leben zurückgeholt werden kann, wenn die Solarislichter über den Himmel ziehen, dann ist er jetzt tatsächlich wach. Aber wozu? Was will die Königin von ihm? Sie hat schließlich vor, Merek zu heiraten und nicht den Erben von Talliths Thron.

Ich durchquere die Zelle und achte gar nicht auf den Hund, der sich beinahe an seiner Kette erdrosselt, während er versucht, nach mir zu schnappen. »Merek!«, brülle ich und schlage mit den Fäusten gegen die eisernen Gitterstäbe. Als das zu sehr wehtut, mache ich mit den flachen Händen weiter. »Merek! Holt den Prinzen – den König! Bitte! Hört Ihr mich? Merek?« Ich rufe und rufe, bis ich heiser bin und meine Hände vor Schmerz pochen. Niemand antwortet mir. Ich weiß nicht einmal, ob überhaupt jemand hier unten ist. Der Hund hat seine Versuche, mich anzufallen, schon lange aufgegeben. Stattdessen stiert er mich an, als wolle er mir sagen, dass es längst zu spät ist. Verzweifelt sinke ich auf den Boden, kauere mich zusammen und zittere. Allerdings nicht wegen der Kälte.

Ich muss geschlafen haben, denn als ich die Augen öffne, steht Merek vor mir, allein, und beobachtet mich durch die Gitterstäbe. Der Hund hockt ganz ruhig neben ihm, die Kette hängt locker in Mereks Hand. Ich habe ihn nicht kommen hören, und das beängstigt mich noch mehr als Mereks ausdrucksloser Blick. Wir bleiben stumm. Mein Mund ist ganz trocken vor lauter Angst, dass er die Tür öffnen und das Biest zu mir hereinlassen könnte. Als er aus meinem Blickfeld verschwindet, rutscht mir der Magen in die Kniekehlen, aber er kehrt ohne den Hund zurück.

»Du hast nach mir gerufen«, sagt er tonlos.

Ich stehe mit verkrampften, steifen Gliedern vom Steinboden auf. »Merek – Euer Majestät –, die Königin hat den Bringer herbeigerufen.« Mich überrascht, wie ruhig sich meine Stimme anhört.

Er hebt eine Augenbraue. »Wie bitte?«

»Die Königin hat den Bringer herbeigerufen, aus Tallith. Den Sohn des Schlafenden Prinzen. Sie hat ihn geholt, und er hat eine der Dienstmägde mit sich fortgenommen – Dimia. Das Mädchen, das ihr an dem Tag nach mir geschickt habt, als Dorin starb. Der Bringer hat sie mitgenommen. Das bedeutet, dass der Schlafende Prinz jetzt wach ist.«

»Ich hätte nie gedacht, dass ausgerechnet du dich auf Wahnsinn herausreden willst«, sagt er traurig.

»Das will ich auch nicht! Ihr müsst mir zuhören – das Medaillon, das Ihr der Königin geschenkt habt, die Münze aus Tallith, sie war doch blank damals bei der Jagd, erinnert Ihr Euch? Ihr habt die Königin gefragt, ob sie den Flötenspieler und die Sterne hat wegfeilen lassen, und sie bestätigte es. Aber sie ist nicht mehr blank: Ich habe es gesehen, als sie mich überrascht hat – der Flötenspieler ist wieder darauf zu sehen.«

Merek wendet sich angewidert ab. »Was soll das, Twylla?«

»Sie hat den Bringer herbeigerufen! In der Nacht vor der letzten Jagd waren Kometen am Himmel zu sehen. Die Solarislichter. Wird der Bringer gerufen, wenn sie am Himmel stehen, dann wird das Herz, das der Schlafende Prinz verspeist, ihn wecken. Sie hat den Bringer gerufen, hat das gesamte Schloss räumen lassen, und dann ist er gekommen und hat Dimia geholt. Die Königin hat den Prinzen erweckt.«

»Und dafür hast du mich hierher bestellt? Um mir zu sagen, dass ein Kindermärchen Wirklichkeit geworden ist? Bei aller Liebe, Twylla, hast du nicht schon genug angerichtet? Leide ich noch nicht genug? Mein Stiefvater ist vergiftet worden und meine zukünftige Braut hat ... ist ... ich bin nicht für so etwas hier heruntergekommen.«

»Warum seid Ihr denn gekommen?«, entgegne ich hitzig.

»Ich glaubte, du ... du hättest eine Erklärung. Ich glaubte, du würdest mir helfen wollen, das zu verstehen.«

Unerwarteterweise fühle ich, wie mir Tränen in die Augen schießen. Wenn ich ihn so aus der Nähe anschaue, fällt mir auf, dass er älter aussieht und schrecklich müde. Und mir wird klar, dass er mir gerne glauben würde. Er will mir vergeben. Selbst jetzt noch.

»Mer... Euer Majestät, es tut mir leid. Ich habe vieles falsch gemacht, aber nie wollte ich Euch verletzen«, sage ich leise.

Er nickt. »Ich möchte gern wissen, wann es angefangen hat.«

»Am Tag vor der letzten Weissagung«, erwidere ich leise. »Am Tag der Jagd.«

»Liebst du ihn?«

»Ja«, flüstere ich.

Er blinzelt und seine Lippen sind geschürzt. Langsam lässt er sich auf den Boden gleiten. Er hockt sich mit verschränkten Beinen vor meine Zelle wie ein kleiner Junge. Einen Augenblick kommt es mir so vor, als wäre ich diejenige, die ihm Vergebung erteilt. Ich spüre das Gewicht meines alten Lebens, als wäre ich immer noch die Tochter der Sündenesserin, die Frieden schenkt und die Menschen freispricht.

»Ich würde dich immer noch heiraten.« Er kann mich nicht anschauen, starrt nur seine Füße an. »Wenn wir sagen würden, er hätte dich gezwungen, dass er dich mit Gewalt dazu gebracht hat ...« Er hält inne.

Ich lasse mich ebenfalls auf dem Boden nieder und greife durch die Stäbe nach seiner Hand. Wieder kommt es mir vor, als wäre er es, der Abbitte leisten muss, nicht ich. Als er nicht zusammenzuckt und seine Hand auch nicht wegzieht, ergreife ich so zärtlich wie möglich das Wort. »Merek, das hat er nicht.«

»Das muss man bei Hofe ja nicht wissen«, erwidert er hastig. »Vor Gericht könntest du aussagen, dass er dich überfallen hat. Dann kann ich dich begnadigen und wir können heiraten und all das hinter uns lassen.«

»Und wenn ich mich weigere?«

»Dann wirst du wegen Hochverrates zum Tode verurteilt.«

»Euch heiraten oder sterben? Was soll ich darauf antworten?«

»Sag einfach, dass du mich heiraten wirst.« Der Hauch eines Lächelns huscht wie ein Geist über sein Gesicht.

»Oh, Merek«, entgegne ich. »Ihr habt es nicht verdient, so zu leben. Ihr habt keine Braut verdient, die Euch nur heiratet, um ihre eigene Haut zu retten.«

»Ich weiß. Aber das ist nun mal die Braut, die ich will. Du bist die Braut, die ich immer wollte.« Er sieht so traurig aus, dass ich am liebsten nachgeben würde.

Aber es geht nicht und er sieht es in meinen Augen.

»Du wirst des Ehebruchs angeklagt, da du die Verlobung gebrochen hast«, sagt er, ohne mich anzuschauen. »Das ist Hochverrat, weil ich ein Prinz bin. Dein Wächter wird wegen Königsmords belangt.«

»Aber er hat den König nicht umgebracht, das wisst Ihr doch! Sie war es, das habt Ihr doch gesagt ...«

Merek fällt mir schreiend ins Wort. »Glaubst du, das macht mir etwas aus? Glaubst du wirklich, mich interessiert es, aus welchem Grund sie ihn am Ende hinrichten?«

»Aber Eure Mutter wird damit durchkommen. Und nachdem sie Lief und mich getötet hat, wird sie Euch heiraten. Und das Abkommen mit Tregellan ...«

In diesem Augenblick erst geht mir die volle Tragweite des Planes auf, den sich die Königin zurechtgelegt hat.

»Merek, Ihr müsst mich anhören. Sie hat den Bringer herbeigerufen und den König getötet, um an den Schlafenden Prinzen heranzukommen, an das letzte Mitglied der Königsfamilie von Tallith. Sie will ihren eigenen Alchemisten. Sie hat vor, ihn hierher zu bringen und dazu zu zwingen, Gold für sie herzustellen. Damit sie einen Krieg finanzieren kann, wenn sie Lief hingerichtet und das Friedensabkommen mit Tregellan gebrochen hat. Ihr habt sie doch selbst gehört: Sie sagte, es sei ein kriegerischer Akt, dass jemand aus Tregellan den König umgebracht habe, und Ihr meintet, Lormere könne sich keinen Krieg leisten. Aber wenn es seinen eigenen Alchemisten hat, dann schon. Merek, sie hat das alles geplant! Sie hat ihn geweckt, damit er ihr ureigener Alchemist wird. Fragt Dimias Bruder – Taul! Sein Name lautet Taul! Er wird Euch sagen, dass er nicht weiß, wo sie ist! Würde sie das Schloss verlassen, ohne ihrem Bruder Bescheid zu geben?« Als ich es ausspreche, weiß ich, dass es stimmt, ich spüre es in all meinen Knochen.

»Genug, Twylla.« Er erhebt sich und wendet sich zum Gehen.

»Merek, bitte! Hört mich an!«

Er wirft mir noch einen Blick zu, sein Mund ist verbissen vor Wut. »Ich habe genug gehört«, sagt er. »Deine Verhandlung beginnt morgen bei Sonnenaufgang. Schließ Frieden mit dem, was dir auch immer teuer sein mag.« Er nickt und lässt mich am Boden kniend zurück. Ich warte, bis ich ganz sicher bin, dass er nicht mehr in der Nähe ist, bevor ich meinen Tränen freien Lauf lasse.

Die Zeit vergeht, und da ich keine Sonne sehe, merke ich erst, dass der Morgen anbricht, als ich die Schritte höre, die sich meiner Zelle nähern. Ich schüttle meine Benommenheit ab, stehe auf und umfasse die Gitterstäbe. Ich atme scharf ein, als zwei

Wächter in Uniform auftauchen, der eine mit einer flackernden Fackel, der andere mit dem Schlüsselbund in der Hand. Die Zellentür wird aufgerissen und einer von ihnen bedeutet mir herauszutreten.

Ich mache nur langsame Schritte. Die ganze Nacht habe ich nachgedacht, und ich weiß jetzt, was ich zu tun habe. Ich muss dem Hof sagen, was die Königin vorhat. Selbst wenn es mich nicht rettet. Mit etwas Glück wird jemand mir glauben und womöglich kann man sie aufhalten. Die Wächter ziehen mir die Arme auf den Rücken und fesseln sie. Und bevor ich sie aufhalten kann, knebeln sie mich, indem sie mir ein dreckiges Stück Stoff um den Mund binden. Ich winde mich und versuche zu schreien, aber ich bekomme nur noch ein abgewürgtes, unverständliches Stöhnen heraus. Sie ziehen mich grob am Ellbogen, bemühen sich aber, meine nackte Haut nicht zu berühren. Ich frage mich, ob die Königin vorhat, die Daunen-Lüge bis zum letzten Augenblick aufrechtzuerhalten.

Sie führen mich von der Zelle fort, aus den Verliesen und hinauf Richtung Großer Halle. Das Licht draußen ist noch schwach, Sonnenaufgangslicht, und das Herz pocht mir wie wild gegen die Rippen. Alles ist verloren.

❦

Die Türen zur Großen Halle werden aufgeworfen, als wir uns ihnen nähern, und schon zieht man mich in den Saal. Wie beim Prozess gegen Lady Lorelle sind alle Bänke in Reihen angeordnet und dem Podium zugewandt, auf dem Merek und die Königin thronen. Die Königin bemüht sich nach Kräften, betrübt auszusehen, aber das Funkeln in ihren Augen verrät sie. Neben ihr sieht Merek aus wie jemand, der nichts mehr hat, für das es sich zu leben lohnt. Seine königliche Schärpe hängt schief über seiner Brust, während ihm die Haare wild um das verstörte Gesicht stehen. Ich frage mich, was er wohl tun wird, wenn Lief und ich tot sind und die Königin ihre Pläne gänzlich in die Tat umsetzt.

Als ich vor das Podium geführt werde, höre ich hinter mir einen Kampf. Ich drehe mich um und sehe, wie Lief hereingeschleift wird. Auch er ist geknebelt worden, zudem sind seine Augen blau und geschwollen. Er scheint nach den Schlägen, die er einstecken musste, kaum aufrecht stehen zu können, und ich mache einen Schritt auf ihn zu, doch einer der Wächter zieht mich zurück. Ich kann nur hilflos zusehen, wie Lief sich aufzurichten versucht, als sein Wächter ihn loslässt.

»Ein trauriger Tag für Lormere«, sagt die Königin, sieht aber alles andere als traurig aus. »Kummer ist mir in meinem Leben nicht fremd. Ich musste bereits mitansehen, wie eine Tochter und zwei Ehemänner vor mir ihre ewige Ruhe gefunden haben. Und doch ist keiner dieser Verluste zu vergleichen mit der tiefen Erschütterung, die ich empfunden habe, als ich das Mädchen, das wir Daunen nennen, auf einem Lager mit ihrem Wächter gefunden habe.«

Lief schaut mich an, seine Augen voller Schmerz, als der ganze Hofstaat in laute Rufe ausbricht.

»Wie kann das sein?«, brüllt eine Stimme aus der Menge, während eine andere uns anschreit: »Bei allen Göttern!«

»Daunen!«, wehklagt jemand, und sofort stimmen andere ein, rufen »Daunen, Daunen, Daunen«, bis ich es nicht mehr ertragen kann.

Die Königin wirft mir einen triumphierenden Blick zu, bevor sie die Stimme erhebt und den Aufruhr zum Verstummen bringt: »Ich weiß, dass es tief schmerzt, von einer Hochstaplerin betrogen worden zu sein. Es ist schwer, von einem derart teuflischen Betrug hören zu müssen, aber wir müssen der Wahrheit ins Auge sehen. Wir alle müssen es bezeugen.

Ich war es, die die beiden fand, nackt in ihrem Zimmer, nur wenige Stunden nach der Bestattung des Königs. Sie ist des Ehebruchs schuldig, sie hat den König betrogen und euch alle. Aber es kommt noch schlimmer. Denn der Mann, mit dem sie sich auf dasselbe Lager legte, ist der Mann, der den König umgebracht hat!«

Ein dumpfes Rumoren erfüllt den Saal wie Donner, als die Höflinge miteinander zu tuscheln beginnen. Ich werfe den Kopf hin und her, versuche, den Knebel abzuschütteln, um die Wahrheit zu sagen.

»Ihr habt gesehen, wie der König bei unserem Festmahl zusammengebrochen ist. Er wurde vergiftet. Er starb, nur Stunden später, in Agonie. Denn dieser Mann, dieser Tregellianer ...«, sie zeigt auf Lief, »... hat ihn vergiftet. Er ist ein Spion aus Tregellan, und hätte ich ihn nicht im Bett entdeckt mit Twylla, so hätte er zweifellos auch mich und den Prinzen vergiftet. Er muss sein heimtückisches Wissen genutzt haben, um der Gottgleichen Daunen beiwohnen zu können, ohne ihrem Gift zum Opfer zu fallen. Sie verfügen über derartige Kenntnisse, die Tregellianer. Und auch wenn es mir schwerfällt, es einzugestehen: Ich kann nicht einmal sicher sagen, dass das Mädchen nicht beteiligt war an seinem Plan. Dass sie ihn nicht ermutigt hat zu seinen Schandtaten und sich ihm selbst als Belohnung angeboten hat.«

Lief gibt keinen Ton von sich, starrt die Königin nur mit unverhohlenem Hass an. Ich weiß, dass er es nur noch schlimmer macht, weil er nicht einmal versucht zu protestieren. Also wehre ich mich umso mehr, schreie unter meinem Knebel und versuche, mich von den Wachen loszureißen.

Merek, der bis zu diesem Augenblick nur zur Tür gestarrt hat, schlägt mit der flachen Hand auf die Tafel und bringt den noch immer tuschelnden Hofstaat ebenso zum Verstummen wie mich.

»Twylla, ist es jetzt wirklich Zeit für diese theatralischen Gesten?«, fragt er langsam und schaut mich eindringlich an.

Theatralische Gesten.

Was hat er noch gesagt, nachdem ich für seinen Stiefvater gesungen hatte?

Es ist doch immer eine Freude, einen Nachmittag zu verbringen, an dem keine theatralischen Gesten nötig sind, findest du nicht auch?

Ich schaue ihn an. Er schiebt seine Schärpe zur Seite und bringt so eine kleine goldene Blume an seiner Brust zum Vorschein. Löwenzahn. Deshalb also hing die Schärpe so schief – er hat versucht, sie zu verstecken. Er blinzelt einmal in meine Richtung, und damit ist mir alles klar.

Er hat mir also doch geglaubt.

»Dies ist eine Gerichtsverhandlung«, fährt Merek fort. »Keine künstlerische Darbietung. Also werden wir uns entsprechend benehmen. Schickt den ersten Zeugen herein!« Der Königin entgleiten die Gesichtszüge. »Den was?«

»Den ersten Zeugen. Ich habe einen Arzt aus Tregellan hergebeten, damit er uns seine fachliche Einschätzung geben kann. Ich will mir nicht nachsagen lassen, mein erstes Urteil als König sei nicht gerecht herbeigeführt worden. Ich kann auch Gnade walten lassen.«

Hinter meinem Knebel muss ich beinahe lächeln.

»Das kommt nicht infrage!« Die Königin erhebt sich. »Natürlich wird er seinen Landsmann verteidigen. Sie haben sich schließlich alle gegen Lormere verschworen. Merek, das werde ich nicht zulassen.«

Lief wendet sich mir zu, in seinen Augen ein verblüffter Ausdruck. Hinter mir entsteht Unruhe, auch die Königin bemerkt es. Sie versucht, den Hofstaat mit einem strafenden Blick einzuschüchtern, aber der Zweifel ist gesät und hat sich bereits ausgebreitet. Das weiß sie und sie seufzt vernehmlich.

»Na schön«, sagt sie. »Lass deinen Zeugen kommen. Aber bedenkt«, sagt sie an den Hof gerichtet, »dass er nicht unbefangen sein wird.«

Die Wachen reißen die Tür auf und führen einen kleinen dunkelhäutigen Mann mit kurzem schwarzem Haar herein. Er verneigt sich vor der Königin und Merek und versucht angestrengt, nicht zu Lief und mir herüberzusehen.

»Ihr seid Arzt, doch ich kann Euch keinen Körper geben, den Ihr untersuchen sollt. Aber jeder hier im Saal hat mitangesehen, wie mein Stiefvater zusammengebrochen ist. Später ist er gestorben. Ich würde Euch gern seine Symptome schildern, und ich möchte, dass Ihr dem Hof mitteilt, welche Schlüsse Ihr daraus zieht. Könnt Ihr das tun?«

»Ja, Euer Hoheit«, sagt der Arzt.

»Meinen Stiefvater überfiel eine plötzliche Schwäche in den Beinen. Er verlor die Kontrolle über seine Gliedmaßen, konnte weder stehen noch sich ohne Hilfe fortbewegen. Diese Schwäche breitete sich über seinen gesamten Körper aus, bis er nicht einmal mehr sprechen konnte. Kurz darauf ist er gestorben.«

Der Arzt räuspert sich und nickt. »Euer Hoheit, für mich hört es sich an, als habe das Gehirn seiner verstorbenen Majestät einen Anfall erlitten.« Die Königin lehnt sich vor und der Arzt tritt einen Schritt zurück. »Wird der Strom, mit dem das Blut ins Gehirn fließt, unterbrochen, ist es möglich, dass ein Mann seine Gliedmaßen nicht mehr bewegen kann. Er mag es versuchen, aber sein Körper wird ihm nicht gehorchen. Schließlich stirbt er, weil das Blut nicht dorthin fließen kann, wo es benötigt wird.«

»Und wie kommt es zu einem solchen Leiden?«, fragt Merek.

»Auf ganz natürlichem Wege«, erwidert der Arzt und der gesamte Hofstaat schnappt hörbar nach Luft. »Es kann jedem passieren, jederzeit.«

»Lügen!«, schreit die Königin. »Es war Gift!«

»Ich bezweifle, dass er sich täuscht, Mutter. Er ist Arzt. Ihr würdet also sagen, dass es sich um einen natürlichen Tod gehandelt hat?« Merek wendet sich wieder dem sichtbar beunruhigten Tregellianer zu.

»Das würde ich, Euer Majestät.«

»Dann akzeptiere ich Euer fachmännisches Urteil.«

»Das ist absurd«, faucht die Königin. »Das tregellianische Gift, das aus der Bisamwurzel gewonnen wird, führt zu einer Lähmung der Nerven und zum anschließenden Atemstillstand. Nur eine winzige Menge genügt, um einen erwachsenen Mann zu töten. Dieser Tregellianer ...«, sie zeigt auf Lief, »... hat es dem König verabreicht, und er ...«, sie gestikuliert in Richtung des Arztes, »... versucht, ihn zu decken.«

»Woher kennt Ihr denn die Bisamwurzel, Mutter?«, fragt Merek ruhig. Der Saal hält den Atem an. »Wo habt Ihr so genau erfahren, dass sie Lähmung und Atemstillstand hervorruft? Ein sehr genaues Fachwissen für jemanden, der die Heilkunst selber nie betrieben hat.«

Er hat sie in die Falle gelockt.

Die Königin zögert einen Augenblick zu lange, bevor sie zur Antwort ausholt. »Unser Herbalist, Rulf, hat mir eine Passage in einem seiner Bücher gezeigt. Ich habe ihn wegen meiner Befürchtungen befragt und er hat sie mir bestätigt. Daher kenne ich die Ausdrücke. Ich habe direkt zitiert.«

»Zeigt mir Euren Anhänger.«

»Was?«

»Zeigt mir und dem Hof Euren Anhänger.«

»Merek, das ist nicht der richtige Zeitpunkt für ...« Merek beugt sich vor und reißt an ihrer Kette, sodass er den Anhänger aus ihrem Mieder hervorzieht. Die Königin versucht, sich zu befreien, aber Merek lässt nicht los. Sie ist gezwungen stillzuhalten, während die Kette ins weiße Fleisch ihres Halses schneidet und ihr Sohn die glänzende Münze begutachtet.

»Bei der Jagd, unmittelbar nach meiner Rückkehr, habt Ihr mir gesagt, Ihr hättet das Bild wegfeilen lassen, damit das Schmuckstück besser nach Lormere passt.« Er hält die Münze hoch und ich kann den Flötenspieler darauf erkennen. »Dann hat Lord Bennel mich gefragt, ob ich den Schlafenden Prinzen gefunden hätte. Kurz darauf habt Ihr ihn töten lassen, angeblich, weil er Twylla beleidigt hat. Aber war das wirklich der Grund, Mutter? Oder war es die öffentliche Erinnerung an den Schlafenden Prinzen, die Euch so verärgerte?«

»Was soll das?«, zischt die Königin. »Hast du den Verstand verloren?« Sie zieht sich ruckartig zurück, und Merek sieht kalten Blickes zu, wie der Anhänger wieder in die Falten ihres Kleides fällt.

»Ich habe Abgesandte nach Tallith geschickt. Sie sollten innerhalb eines halben Mondes zurück sein, und sie werden mir berichten, ob die Leiche eines Mädchens neben einer leeren Totenbahre in der Ruine des Schlosses von Tallith liegt. Ich habe überdies meine eigene Wache angewiesen, das Schloss zu verriegeln und mir mitzuteilen, falls eine Kreatur in uralter Kleidung versuchen sollte, sich Einlass zu verschaffen, um sich eine Geliebte zu holen. Der stumme Herbalist, den Ihr in den Gewölben eingesperrt habt, ist befragt worden und Eure Gemächer werden in diesem Augenblick durchsucht. Ich rufe meine nächste Zeugin, Lady Twylla.«

Die Höflinge bemühen sich nicht länger, Ruhe zu bewahren. Ich kann hinter mir hören, wie die Leute quietschend die Bänke verschieben, während sie auf die Füße springen, um mich besser sehen zu können – die Angeklagte, aus der plötzlich eine Zeugin geworden ist. Der Wächter, der mich festhält, zieht mir den Knebel aus dem Mund. Jetzt erst fällt mir auf, dass sein Gesicht dieselbe Herzform aufweist wie das von Dimia. Es ist Taul.

Ich spüre die Blicke des ganzen Saales auf mich gerichtet.

»Twylla, wenn du so gut wärest und dem Hof mitteilen würdest, was du herausgefunden hast«, sagt Merek.

Die Königin sieht beinahe amüsiert aus, aber ich spreche laut und deutlich. Meine Gesangsstimme dringt durch den ganzen Raum.

»Ihr habt den Bringer herbeigerufen.« Ich sehe die Königin an, sehe, wie meine Worte kurz den Hohn auf ihrem Gesicht vertreiben. »Der Anhänger, den Ihr tragt, ist sein Artefakt, und in der Nacht, in der die Solarislichter über den Himmel zogen, habt Ihr ihn beschworen. Am folgenden Tag habt Ihr alle aus dem Schloss gelockt, damit er sein Werk verrichten konnte. Ich habe die Musik gehört. Ich habe eine Dienstmagd gesehen, die unter seinen Bann geraten ist.« Ihr Kiefer zuckt, aber ich fahre fort, indem ich ihr jedes Wort entgegenschleudere wie ein Messer. »An dem Abend, als der Prinz bekannt gegeben hat, dass wir heiraten würden, habt Ihr den König vergiftet und versucht, den Mord meinem Wächter anzuhängen, um einen Krieg mit Tregellan beginnen zu können. Ihr wollt den Schlafenden Prinzen als Euren persönlichen Alchemisten haben, der Euch das Gold herstellt, das Ihr für Euren Feldzug braucht. Für das neue Goldene Zeitalter von Lormere.« Dass sie außerdem plant, Merek zu heiraten, lasse ich aus und er schenkt mir einen dankbaren Blick.

Als ich zu Ende gesprochen habe, verfällt der Hof in tödliches Schweigen. So viel habe ich mit meinem Gesang nie erreicht.

Dann spricht die Königin. »Erwartest du ernsthaft, dass der Hof der kindischen Geschichte einer Hure Glauben schenkt? Das ist ein Märchen. Das ganze Königreich weiß, dass der Schlafende Prinz bloß ein Märchen ist.«

»Und was ist mit der Gottgleichen Daunen?«, entgegne ich. »Weiß das ganze Königreich, dass auch sie nur ein Märchen ist?«

Ich spüre, wie sich die Zuschauer noch angespannter recken.

»Blasphemie«, zischt die Königin.

»Es gibt keinen Morgenandorn. Die Weissagung ist eine Täuschung. Ich habe niemanden hingerichtet«, sage ich schließlich. »All das habt Ihr Euch ausgedacht. Ihr wisst es, Merek weiß es, Rulf weiß es. Tyrek ist dafür gestorben. Lief brauchte kein Gegengift für den Morgenandorn, weil eine solche Pflanze gar nicht existiert. Ich bin nicht giftig, bin es nie gewesen. Es war alles Lüge, von Anfang an. Gebt es zu.«

Die Lautstärke des Wutgebrülls, in das der Hof ausbricht, ist erstaunlich, aber die Schreie der Königin übertönen es dennoch. »Du bist wahnsinnig. Meinen Sohn hast du vielleicht verhext, aber du kannst nicht alle zum Narren halten. Mein Volk ...« Doch der Königin wird das Wort abgeschnitten, als ein Wächter – derselbe, der uns berichtet hatte, dass der König gestorben war – mit einer kleinen Glasphiole in den Saal gestürmt kommt. Sofort legt sich eine unheilschwangere Stille über den Raum.

»Vergebt mir, Sire.« Er beachtet die Königin gar nicht und kommt schlitternd vor Merek zum Stehen. »Dies wurde im Schrank der Königin gefunden, in ihrer Schmuckschatulle.« Die Phiole ähnelt ganz genau derjenigen, aus der ich bei der Weissagung trinken muss.

Merek gibt ihm mit einem Nicken zu verstehen, sie dem nervösen Arzt zu reichen, der nur einmal daran riecht und Merek groß anschaut.

»Bisamwurzel, Euer Majestät. In einem starken Alkohol aufgelöst.«

»Das wurde mir untergeschoben!« Die Königin springt auf die Füße. »Ihr beide wollt mich aus dem Weg räumen, du und deine Hure. Nehmt den Prinzen gefangen!«, schreit sie. Aber die Wachen rühren sich nicht vom Fleck.

»Ich muss Euch nicht aus dem Weg räumen. Euer Gemahl ist

tot, Ihr könnt den Thron ohne einen König ohnehin nicht halten. Daran hättet Ihr denken sollen, bevor Ihr ihn umgebracht habt.« Merek wirft den Blick auf seinen Hofstaat. »Ich klage die frühere Königin des Hochverrates gegen den Thron von Lormere an – meinen Thron«, fügt er ganz ruhig hinzu. »Erhebt jemand Einspruch gegen die Anklage? Kann irgendjemand ihre Unschuld beweisen?«

Die Königin ist neben Merek erstarrt. Sie stiert uns mit geballten Fäusten an, und ich erwarte jeden Augenblick, dass sie davonlaufen wird. Doch dann entspannt sie ihre Finger und streicht sich ihr Gewand glatt. Ihr Blick verhärtet sich und sie schaut Merek an.

»Und wie willst du regieren ohne eine Königin? Auch du kannst den Thron nicht allein besteigen. Es sei denn ...« Sie wirft mir einen hasserfüllten Blick zu. »Es sei denn, du hast vor, die Dirne zu begnadigen und sie trotz allem zu ehelichen?«

»Sie hat kein Verbrechen begangen«, entgegnet Merek, dessen Stimme nur leicht ins Schwanken gerät. »Ich bin jetzt der Regent von Lormere, und ich verkünde hiermit, dass von ihr kein Verbrechen gegen den Thron begangen wurde.«

Die Königin hebt eine Augenbraue. »Du willst sie also immer noch? Und das, obwohl ich gesehen habe, wie die falsche Schlange diesen Kerl umschlungen hat, während er ...«

»Ruhe!«, brüllt Merek.

Die Königin mustert ihn mit erhobenen Brauen. »Du wirst dich bei mir entschuldigen, Merek. Für all das – für deine Unbeherrschtheit und deine grausamen Worte und deinen heimtückischen Plan.«

»Das werde ich nicht.« Mereks Stimme klingt jetzt merkwürdig abwesend.

Die Königin lächelt ihn voller Zuneigung an. »Du brauchst mich, Merek. Der Schlafende Prinz wird hierherkommen. Du brauchst mich, um ihn zu kontrollieren. Ich habe das Artefakt. Wer weiß, was er sonst anrichten wird?«

Merek schaut sie an – der ganze Hof starrt zu ihr hinüber –, und ich sehe, wie er ins Wanken gerät.

»Das Artefakt ruft nur den Bringer herbei«, sage ich, auch wenn ich nur halb sicher bin, dass das stimmt. »Mit dem Schlafenden Prinzen hat es nichts zu tun. Es wird ihn nicht kontrollieren.«

»Wage es nicht, zu mir zu sprechen.« Die Königin wirbelt herum und funkelt mich an. Ich trete einen Schritt zurück, aber meine Worte haben genügt, um Merek wieder zu sich zu bringen. Noch einmal greift er nach der Halskette, diesmal aber mit so viel Wucht, dass sie reißt. Im nächsten Augenblick baumelt die Münze in Mereks Hand und Prinz und Königin schauen sie mit großen Augen an.

»Nun habe ich das Artefakt«, sagt Merek. »Wenn es also irgendeine Wirkung auf ihn haben sollte, werde ich derjenige sein, der ihn kontrolliert. Ich werde es sein, der mit ihm spricht.«

»Er wird dich abschlachten!« Die Königin bricht in haltloses Gelächter aus. »Glaubst du, du könntest mit ihm verhandeln? Du meinst, weil du mit dem Rat von Tregellan zu Abend gegessen hast, wirst du in der Lage sein, mit dem Schlafenden Prinzen zu reden? Er hat fünfhundert Jahre lang geschlafen. Er ist erwacht und hat nichts mehr vorgefunden! Alles, was er gekannt hat, ist fort: seine Familie, sein Reich. Er wird sich nicht hinsetzen und mit dir ein Glas Wein trinken, du dummer Junge! Du hast ja keine Ahnung, wie man ein Königreich regiert, geschweige denn, wie man es gegen ein Ungeheuer verteidigt. Du brauchst mich.«

»Nein«, sagt Merek mit toter Stimme. »Von Euch brauche ich nur noch eines: dass Ihr aus meinem Angesicht verschwindet. Aus meinem Schloss. Aus meinem Leben. Ich verurteile Euch zum Strang, an dem Ihr hängen sollt bis zu Eurem Tode.«

Die Worte hallen von allen Wänden des Saales wider.

Das Lächeln entgleitet dem Gesicht der Königin wie heiße Butter von einem Messer.

»Was?«

»Die Strafe für Hochverrat ist der Tod. Das wisst Ihr.« Merek schaut sie bei diesen Worten nicht an.

»Du kannst mich nicht aufhängen, ich bin die Königin.«

»Nein, meine Frau wird Königin sein. Und Ihr werdet nicht meine Frau sein. Ihr seid eine Verräterin.«

»Ich bin deine Mutter.«

Der Hof hört schweigend zu. Auch Lief und ich stehen starr da und sehen die beiden an. Der Wächter, der mich festgehalten hat, lässt mich los, und als ich mich umdrehe, sehe ich, dass noch andere an der Tür aufgetaucht sind. Und warten.

»Um Frieden mit Euch selbst zu schließen, bleibt Euch Zeit, bis meine Männer mit dem Leichnam des Mädchens zurückkehren. Sind sie wieder hier, ist Eure Zeit abgelaufen. Bringt sie in eine Zelle«, befiehlt er den Wächtern. Sie treten vor, jeder scheint begierig darauf, derjenige zu sein, der sie ergreift. Ich bin froh, als es Taul ist, der ihr die Hände hinter den Rücken zieht. Sie ist wieder starr wie eine Statue und leistet keinerlei Widerstand, als man sie vom Podium herunterführt. Dabei aber wendet sie ihren Blick nicht von Mereks Gesicht ab, sosehr er auch versucht, ihr auszuweichen.

»Nehmt der Lady und dem Wächter die Fesseln ab«, sagt Merek.

»Wartet!«, ruft die Königin, als meine Handgelenke befreit werden. Alle schauen sie an, wie sie mit wild funkelnden Augen im Türeingang steht. »Ich bin nicht die einzige Böse in diesem Spiel, nicht war, Lief? Na los, erzähl Twylla doch, wie du hierhergekommen bist!«

»Führt sie mir aus den Augen«, befiehlt Merek. Die Wächter zerren die Königin davon, doch ihr wahnsinniges Gelächter hallt noch in meinen Ohren wider.

Verwirrt wende ich mich Lief zu und unter mir bricht der Boden weg. Sein Gesicht ist so bleich, dass seine Verletzungen regelrecht zu leuchten scheinen. Er sieht nicht aus wie ein Mann, der gerade begnadigt, sondern wie einer, der auf ewig verurteilt wurde.

»Was meint sie damit?«, frage ich ihn.

Er starrt zu Boden und in meiner Brust verspüre ich einen scharfen Schmerz. So muss es sich anfühlen, wenn einem das Herz bricht.

Kapitel 23

»Hinaus!« Merek wendet sich dem Hofstaat zu. »Hinaus mit euch, lasst uns allein.«

»Was meint sie?«, frage ich Lief erneut, aber er schaut mich nicht an. Ich trete einen Schritt vor, und schon im nächsten Moment springt Merek vom Podium, um mich davon abzuhalten, auf Lief loszugehen. Er hält mich fest, bis sich der Saal vollständig geleert hat und sich hinter uns dreien die Türen schließen.

Merek schaut Lief an. »Was hat meine Mutter gemeint, Wächter? Was hast du getan? Hast du ihr geholfen, den Bringer zu rufen? Hast du ihr geholfen, meinen Stiefvater zu vergiften? Ist doch etwas Wahres daran, dass es ein Tregellianer getan hat, wie sie sagt?«

»Nein«, erwidert er leise. »Nein, ich schwöre, dass ich nichts damit zu tun habe. Weder mit dem König noch mit dem Schlafenden Prinzen.«

»Was ist es dann, Lief?«, frage ich. »Was hat sie gemeint?«

Er schüttelt den Kopf.

»Entweder du sagst es uns, oder ich lasse die Königin hierher zurückbringen, damit sie es uns sagt«, fordert Merek brüsk. »So oder so, wir werden es herausfinden.«

Lief schließt die Augen, und mir scheint, dass wir alle drei den Atem anhalten. »Ich habe für die Königin gearbeitet.«

»Aber das wusste ich doch – sie hat dich beauftragt, mich zu beschützen«, sage ich ratlos.

»Nein, Twylla. Ich wurde beauftragt, dich zu verführen. Um zu verhindern, dass der Prinz dich heiratet.«

Es ist wie damals, als ich erfuhr, dass Tyrek tot war. Alle Farben sind verschwunden, und ich höre nichts mehr, nur noch seine Worte: »Ich wurde beauftragt, dich zu verführen.« Immer wieder und wieder gehen sie mir durch den Kopf. Ich kann aber keinen Sinn in ihnen erkennen und dann fühle ich Mereks Arme um mich. Er hält mich fest, weil meine Beine unter mir nachgeben. Ich richte mich auf und klammere mich an Merek, während ich Lief anschaue, den Mann, den ich liebe.

»Sie hat dich beauftragt, mich zu verführen?«

Er nickt ein Mal. »Damit dich der Prinz auf keinen Fall heiraten könnte.«

»Ich verstehe das nicht«, sage ich leise.

Lief atmet tief ein und schaut mich an. »Ich habe dir erzählt, dass ich der Sohn eines Bauern bin. Das stimmt, und es stimmt auch, dass mein Vater tot ist. Aber mein Urgroßvater war Heerführer der tregellianischen Armee und meine Familie lebte am Hofe unseres Königs. Bis zum Krieg. Er wurde nach dem Krieg gegen Lormere umgebracht.«

Meine Augen weiten sich bei seinen Worten.

»Nach dem Krieg hat das Volk revoltiert. Die Menschen gaben dem König und den Überresten des Heeres die Schuld an ihren Verlusten und sie begannen einen Aufstand. Der Mob brachte die königliche Familie und ihre Unterstützer in seine Gewalt, auch meinen Urgroßvater. Sie wurden geköpft, jeder Einzelne von ihnen, und meine Urgroßmutter musste mit ihrem Sohn fliehen, um demselben Schicksal zu entgehen. Sie musste sich eine falsche Identität zulegen, um für die Sicherheit meines Großvaters sorgen zu können. Sie heiratete einen Bauern, weit unter ihrem Rang als Hofdame – aber was hatte sie für eine Wahl? Sie hatten keine gemeinsamen Kinder, und daher ging der Bauernhof an meinen Großvater, dann an meinen Vater. Und all das wegen Lormere.«

»Ich verstehe das nicht«, sage ich noch einmal und spüre, wie Mereks Griff fester wird. Lief schaut an mir vorbei, ist nicht länger in der Lage, mir in die Augen zu sehen.

»Als mein Vater starb, hatten wir nichts mehr. Meine Mutter haust in einer Hütte am Ende der Welt und meine Schwester kann nicht einmal mehr vor die Tür gehen, da die Menschen, die dort leben ...« Er muss schlucken. »Es ist alles die Schuld von Lormere. Nur wegen der Königin und ihrer Familie bin ich nicht auch an einem Hof aufgewachsen. Ich hätte ein Gelehrter werden können, statt heimlich lesen lernen zu müssen. Ohne Lormeres Krieg hätte es keinen Aufstand gegeben. Dann wäre ich jetzt wie er.« Er nickt grob in Mereks Richtung. »Also bin ich hierhergekommen, um das Schloss auszurauben. Ich wollte einbrechen und mitnehmen, was ich tragen konnte, es mit nach Hause nehmen und verkaufen. Uns damit wenigstens zum Teil ein Leben ermöglichen, wie es sein sollte.«

Sein Blick huscht kurz zu mir herüber, bevor er sich wieder zu Boden senkt. Seine Finger nesteln unruhig an seiner Tunika.

»Ich wollte Geld. Genug, um wenigstens unseren Bauernhof zurückzukaufen, damit wir wieder auf die Füße kommen. Aber ich wurde geschnappt und ins Verlies geworfen. Ich dachte, mit mir wäre es aus – ein Tregellianer, der beim Diebstahl im Schloss erwischt wird. Aber dann kam eure Königin zu mir. Jemand musste ihr die Sache gemeldet haben. Sie bot an, mich laufen zu lassen und mir viel Geld zu zahlen, wenn ich dich für sie loswerden würde. Ich musste dich nur dazu bringen, dich in mich zu verlieben, und dich davon überzeugen, mit mir zu fliehen. Ihn zu verlassen. Ich habe zugestimmt. Die Königin entließ deinen anderen Wächter, dann wurde ein Probekampf anberaumt, und den habe ich gewonnen.« Er zuckt arrogant mit den Schultern. »Ich hätte Gold bekommen und meine Rache an Lormere und die Königin selbst hätte mir dabei geholfen.«

Ich hebe eine Hand, um ihn vom Weiterreden abzuhalten. »Das kann nicht wahr sein.«

Lief verzieht das Gesicht. »Ich sollte dich zur Flucht überreden, und wenn du zugestimmt hättest, hätte ich ihnen gesagt, wann und wie sie uns fangen können. Du wärest in Ungnade gefallen und fortgeschickt worden und mich hätte man bezahlt. Aber ich habe gesehen, wie der Prinz dich angeschaut hat. Ich wusste, er würde dir verzeihen und dich doch noch dazu bringen hierzubleiben. Er würde gewinnen, seine Sorte gewinnt immer. Aber ich dachte, vielleicht würde er dich nicht mehr wollen, wenn ... wenn du nicht mehr rein wärest, wenn ihm jemand in dieser Hinsicht zuvorgekommen wäre. Wenn ein einfacher Mann dich zuerst gehabt hätte.«

Ich stürme aus dem Saal, weil ich mich selbst schützen muss vor dem, was er sagt. Mir ist schlecht von seinen Worten. Blindlings stürze ich den Korridor entlang, bis ich zusammenbreche, hilflos gegenüber dem Aufruhr in meinem Inneren, und mich auf den Boden übergebe.

Eine kühle Hand legt sich auf meinen Nacken. Zum ersten Mal bin ich dankbar für Mereks kalte Haut, die das Feuer schwächt, das in mir wütet. Lief hat mich benutzt. Er hat behauptet, mich zu lieben, hat mit mir das Bett geteilt, und die ganze Zeit über hat er geplant, die königliche Familie zu zerstören, nur um seine Rache zu bekommen.

Ich lehne mich zurück, und Merek schaut mich an, während er mir zärtlich mit dem Ärmel seiner Tunika den Mund abwischt. Das Würgen hat mir Tränen in die Augen getrieben, und auch die wischt er fort.

»Ich schulde dir Dank«, sagt er leise. »Ganz Lormere schuldet dir Dank. Es tut mir leid, dass ich dich in der Annahme gelassen habe, ich würde dir nicht glauben. Aber dort unten in den Verliesen standen die Wachen hinter der Ecke und haben auf mich gewartet. Ich wusste nicht, ob ihnen zu trauen war, also musste ich es aussehen lassen, als würde ich dich für eine Lügnerin halten. Einer von ihnen war Taul, und er hat mir später bestätigt, was du über seine Schwester gesagt hast. Beim Essen habe ich dann die Kette meiner Mutter gesehen, und auch das war genau, wie du es mir berichtet hattest. Also habe ich nach dem Arzt schicken lassen, von dem ich gehofft hatte, er würde rechtzeitig hier sein, um Dorin zu helfen. Ich wusste, dass sie das Gift irgendwo versteckt haben musste, darum habe ich den Stummen verhaftet – er muss es ihr gegeben haben. Als sie sich für die Verhandlung bereit gemacht hat, haben meine Männer ihre Räume durchsucht. Es tut mir leid, dass ich es dir nicht sagen konnte. Aber es war nötig, dass sie selbst vor allen Leuten in die Falle tritt, sodass sie es nicht mehr leugnen konnte – und sich auch nicht mit weiteren Morden retten konnte.«

»Er hat mich angelogen«, flüstere ich, ohne zur Kenntnis zu nehmen, was Merek gesagt hat.

»Ich hatte keine Ahnung, was deinen Wächter anbelangt. Es tut mir so leid.«

»Dorin«, sage ich. »Wenn er nicht gestochen worden wäre, hätte das niemals funktionieren können. Er hätte Lief niemals in meine Nähe gelassen.«

»Twylla ... ich bin mir nicht sicher, dass er an dem Stich der Biene gestorben ist.«

»Was meint Ihr?«

»Ich kann es nicht sicher sagen, aber ich hege den starken Verdacht, dass auch er vergiftet wurde. Von ihr. Um dich in Liefs Arme zu treiben. Als ich feststellte, dass er im Sterben lag, sagte mir einer der Heiler, er habe sich schon erholt gehabt. Sie seien sich eigentlich sicher gewesen, er würde wieder gesund werden. Dann ging es aber rapide bergab. Ich wollte dir das nicht sagen. Es schien mir sinnlos. Aber jetzt glaube ich, dass sie ihn hat vergiften lassen.«

Etwas in mir wird zu Eis, nein, zu Eisen. Es ist alles so raffiniert ausgeheckt.

»Wenn sie Dorin einfach entlassen hätte, wäre ich erschüttert gewesen«, sage ich, und meine Stimme klingt, als käme sie von weit her. »Ich hätte niemandem mehr vertraut. Ich hätte meinen alten Wächter nie im Stich gelassen. Aber so war er krank und Lief konnte eine tröstende Schulter anbieten ... Ich glaubte schließlich, Dorin würde Lief vertrauen, und deshalb vertraute ich ihm auch.«

»Was kann ich für dich tun?«, fragt Merek und ich schaue ihn an. »Was würde dich glücklich machen?«

»Dass ihr Körper brennt und ich zusehen kann.«

Merek sackt die Kinnlade herunter.

»Ich meine es ernst. Sie hat den beinahe Toten zum Leben erweckt, um einen Krieg zu beginnen. Sie hat meinen Wächter und Euren Stiefvater und zahllose andere Menschen getötet. Sie ist wahnsinnig.«

Merek schaut mich an, als sei ich eine Fremde.

»Aber lasst sie nicht hängen«, fahre ich fort. »Gebt ihr eine Dosis von dieser Bisamwurzel. Ich will, dass sie mitbekommt, wie sie stirbt.«

»Du meinst das nicht ernst?«

»Oh doch, Merek, das tue ich. Das tue ich wirklich.«

Und so ist es auch. Zum ersten Mal in meinem Leben wünsche ich mir, dass jemand stirbt. Und ich will, dass sie leidet. Aber sie wird doch niemals genug leiden für das, was sie Dorin angetan hat. Und Merek. Und mir.

»Warum?«, frage ich ihn. »Warum hätte sie sich solche Mühe geben sollen? Warum übergab sie mich nicht einfach dem Bringer und wäre mich auf diese Weise losgeworden?«

»Wie sollte sie? Sie hatte sich selbst in die Falle geführt. Jahrelang hat sie dem Königreich eingeredet, dass du die Retterin bist, von den Göttern geschickt, um meine Braut zu werden – die Hoffnung von Lormere. Wenn du fort gewesen wärest, hätte es einen Aufstand gegeben, und die Leute hätten versucht, dich zu finden. Ich wäre als Erster losgezogen. Sie hat dich zu wichtig gemacht, um dich einfach töten zu lassen.«

Ich muss an den armen König denken, der trotz seines Titels und trotz seines Blutes nicht wichtig genug war. »Also wollte sie mich diskreditieren? Meinen Ruf zerstören?«

Merek nickt. »Ich habe dir ja gesagt, die Menschen brauchen etwas, an das sie glauben können. Sie haben ihren ganzen Glauben auf dich gerichtet, und sie musste ihn erst zerstören, bevor sie dich ausschalten konnte. Wärest du gestorben, ganz gleich unter welchen Umständen, hätten die Menschen geglaubt, Lormere sei verflucht, und die Götter hätten sich von uns abgewandt. Das ganze Land wäre auseinandergefallen. Aber wenn sich herausstellte, dass du gar nicht wirklich Daunen bist, konnte sie dich loswerden. Sie hätte den schweren Schlag abmildern können mit der Nachricht, dass Lormere nun zur Alchemie fähig sei. Und dich hätte sie den Wölfen vorgeworfen.«

Ich nicke, bin aber kaum fähig, ihm zu folgen.

Merek fährt fort. »Ich habe dir gesagt, dass sie mich aufgefordert hat, alles hierher zu bringen, was ich über Tallith finden konnte. Ich glaubte, sie würde sich nur für die Alchemie interessieren. Ich glaubte, sie würde unsere Gelehrten zwingen, diese Kunst zu studieren. Das schien mir nicht weiter schlimm, ich wollte ja selbst dieses Wissen haben. Aber ich Narr brachte ihr alles, was ich auftreiben konnte, auch das Artefakt. Genau darauf muss sie gehofft haben, ist es doch viel besser, einen Alchemisten auf magischem Wege herbeizurufen, als mühsam die Regeln dieser Kunst zu entziffern. Dann musste sie sich nur noch meinen Stiefvater vom Hals schaffen, Tregellan beschuldigen, mich heiraten und so die Blutreinheit wahren. Und dann hätte sie den Schlafenden Prinzen dazu gezwungen, ihr Gold zu machen.«

Ich schlinge die Arme um meinen Oberkörper, als könne ich mich nur so davon abhalten, vollständig auseinanderzubrechen.

»Was sollen wir mit dem Wächter machen?«, fragt Merek behutsam. »Er hat nach wie vor Hochverrat begangen. Du bist offensichtlich die unschuldige Partei in alledem.«

Das stimmt nicht. Ich habe Lief in mein Bett geholt, nachdem ich mit Merek in der Gläsernen Halle war. Und das sage ich ihm auch.

Er schluckt, schüttelt aber den Kopf. »Du bist nicht dafür verantwortlich. Du bist nur eine Figur in ihrem Spiel gewesen. Aber ich folge deinem Willen, und wenn du ihn ebenfalls hinrichten willst, werde ich den Befehl dazu geben.«

Nein. Das ist mir sofort klar. Ich kann ihn nicht tot sehen. Ich weiß, was er getan hat – er hat es mir mit seinen eigenen Worten gesagt –, aber trotz allem will ich nicht, dass er stirbt. Und ich hasse ihn auch nicht.

Denn ich kann es einfach nicht glauben, sosehr ich mich auch bemühe. Ich kann es nicht. Mein Herz gibt mir schreiend zu verstehen, dass er lügt, dass er gar nicht dazu in der Lage gewesen wäre ...

»Was würde es schon bringen, ihn hinzurichten?«, murmle ich. »Der Schaden ist angerichtet.«

Mereks Kiefer spannt sich an. »Es wäre die gesetzmäßige Strafe für seine Verbrechen. Es sei denn ... es sei denn, dass sich herausstellt, dass er nicht erfolgreich gewesen ist mit seinen Absichten.«

»Was meint Ihr?«

»Wenn sich zeigt, dass er es nicht geschafft hat, uns zu trennen, und wir weiter unseren gemeinsamen Weg der vergangenen vier Ernten fortsetzen ...«

Ich lächle traurig.

»Ich brauche dich«, sagt er. »Der Schlafende Prinz wird kommen. Und sie hat recht. Ich kann nicht allein mit ihm fertig werden. Ich brauche dich, um meine Mutter aufzuhalten, ich kann ohne dich nicht gegen ihn kämpfen.«

»Vielleicht will er gar keinen Krieg. Vielleicht will er einfach nur verstehen, was mit ihm passiert ist.«

»Du kannst mir glauben: Kein Prinz würde tatenlos mitansehen, dass man ihm sein Schloss nimmt, kein Mann würde das tun. Denk nur an deinen Wächter – was er alles unternommen hat, nur weil er seinen Bauernhof verloren hat. Stell dir vor, was er erst tun würde, wenn man ihm ein ganzes Königreich geraubt hätte.« Er hält inne. »Wir waren noch nicht auf dieser Welt, als der Schlafende Prinz das letzte Mal wach war. Damals war Lormere bloß eine Ansammlung kleiner Gebirgsdörfer. Und jetzt sieh uns an: Städte, Siedlungen, eine Hauptstadt und ein Schloss. Uns geht es gut. Wir sind alles, was Tallith einst war. Glaubst du ernsthaft, dass er nicht versuchen wird, es uns zu nehmen? Dass er nicht der Ansicht ist, ein Recht darauf zu haben? Du hast meine Mutter gehört – ich kann als König nur regieren mit einer Königin an meiner Seite. Lormere wird mich als seinen Herrscher brauchen. Sei meine Königin, Twylla. Bleib an meiner Seite und regiere mit mir, hilf mir, Lormeres Sicherheit zu halten.«

»Merek, das Volk wird Euch als seinen König akzeptieren, mit mir und ohne mich.« Ich greife nach seiner Hand. »Was heute passiert ist, wird mehr als genügen, um sie davon zu überzeugen, dass sich die alten Gebräuche ändern müssen. Die Lords werden sich hinter Euch stellen. Die Menschen werden Veränderung akzeptieren, wenn Ihr ehrlich zu ihnen seid. Sagt ihnen die Wahrheit. Sagt ihnen, dass er kommt und dass sie Euch vertrauen müssen, damit Ihr sie schützen könnt.«

»Alles soll ich ihnen sagen, auch die Wahrheit über dich und Daunen?«

Ich denke einen Augenblick nach. »Nein. Lasst das langsam in Vergessenheit geraten. Das haben sie nicht verdient.« Eine Röte legt sich auf seine Wangen, und bevor ich seine Hand loslasse, drücke ich sie noch einmal kurz. »Seid als König gut genug, dann werden sie nicht zu den Göttern beten müssen. Enttäuscht sie nicht. Sagt ihnen, dass Ihr sie liebt und dass Lormere und Ihr sie immer an die erste Stelle setzen werdet. Dafür braucht Ihr mich nicht.«

»Aber ich will dich.« Er lächelt mich an. »Nicht nur, um mich zum König zu machen. Ich habe dich immer gewollt. Trotz allem bist du noch immer die Braut, die ich mir erwählen würde.«

Er ist so ernst, so aufrichtig. Ich wäre gut für ihn, würde seine Temperamentsausbrüche zügeln und seine Kälte erwärmen. Er braucht jemanden, den er lieben, eine Königin, mit der er sprechen kann. Ich könnte diese Frau sein und wir könnten einfach alles auf uns zukommen lassen. Und wenn der Krieg tatsächlich kommt, wäre es doch gewiss besser, wir würden uns ihm gemeinsam stellen? Lormere ist auch meine Heimat.

Ich lege meine Hände auf seine Wangen und sage behutsam: »Ich möchte gern darüber nachdenken. Ich würde gern mit einer Entscheidung zu Euch kommen, die ich selbst getroffen habe, ich ganz allein. Nicht weil man mir Versprechungen gemacht hat oder weil ich mich damit an der Königin rächen kann. Und nicht wegen eines Krieges. Wenn ich zu Euch komme, dann weil ich

Euch wähle, aus keinem anderen Grund. Ich möchte nicht, dass Ihr jemals an mir zweifeln müsst.«

Er sieht niedergeschlagen aus, nickt aber. »Ich habe elf Jahre darauf gewartet, dass du mich rettest«, sagt er leise. »Dann kann ich wohl auch noch etwas länger warten.«

Ihn retten. Er glaubte, ich würde ihn retten. Die Vorstellung, eine Heldin zu sein, ist so verführerisch, dass ich ihm am liebsten gleich sagen würde, dass ich ihn heiraten will.

»Was machen wir also mit dem Wächter?«, fragt er und durchbricht meine Gedanken.

»Ich würde gern mit ihm reden. Danach schickt ihn fort. Verbannt ihn aus Lormere. Und droht ihm mit dem Tode, falls er jemals zurückkehrt.«

Merek nimmt meine Hand von seinem Gesicht und küsst sie. »Du würdest mir eine gute Königin sein«, murmelt er. »Ich werde draußen in den Gärten warten, wenn du dich entschieden hast.«

Er hilft mir auf die Füße, betrachtet mein Gesicht und streicht mir das Haar glatt, bevor er mich in die Große Halle zurückkehren lässt. Ich schließe hinter mir die Tür und wende mich Lief zu.

Er steht noch immer vor dem Podium, die Hände vor der Brust verschränkt, als wäre er seit meiner Flucht aus dem Saal erstarrt. Ich verharre an der Tür, und quer durch den Raum treffen sich unsere Blicke. Wir mustern einander, ringen um Überlegenheit. Doch ich lasse mich nicht lange darauf ein, setze mich auf eine der Bänke und warte.

»Es tut mir leid«, sagt er schließlich.

»Was tut dir leid?«

»Alles.«

Ich nicke. »Ich habe nicht gewusst, dass sie mich so sehr gehasst hat.«

Er schaut zu Boden, bevor er etwas sagt. »Das hat sie nicht, zumindest nicht immer. Ich glaube, sie hat sich selbst gehasst.«

Gegen meinen Willen schaue ich ihn an. »Was meinst du damit?«

»Sie ist gescheitert. Sie hielt sich für verflucht. Erst stirbt ihre Tochter, dann ihr Ehemann. Anschließend konnte sie kein weiteres Kind zur Welt bringen. Sie wollte nur ihren Thron behalten und die größte Königin werden, die Lormere je gehabt hat. Sie hat sich selbst dafür gehasst, dich zu brauchen.«

Ich presse meine Zähne zusammen, bevor ich antworte. »Und hast du gewusst, dass sie vorhatte, Merek an meiner Stelle zu heiraten? Hat sie dir das erzählt, als ihr eure Pläne ausgeheckt habt? Ihren eigenen Sohn. Sie plante, mich aus dem Weg zu räumen, um ihren eigenen Sohn zu heiraten. Und um einen Krieg mit deiner Heimat anzuzetteln. Gegen dein Volk. Hat sie dir gesagt, dass sie das vorhatte? Lief, sie hat ein Ungeheuer zum Leben erweckt und nun sind wir alle in höchster Gefahr. Was sollen wir tun, wenn der Schlafende Prinz kommt? Hast du darüber je nachgedacht?«

»Ich wusste nichts davon. Und es ist mir auch egal, was die wahnsinnige Königsfamilie von Lormere oder irgendwelche anderen gekrönten Häupter tun.«

Ich erhebe mich und trete auf ihn zu, die Hände starr am Körper. »Was habe ich dir getan, Lief? Was habe ich – Twylla – getan, dass du so entschlossen warst, mich zu zerstören? Oder war ich nur ein unwichtiges Opfer in eurem Krieg?«

»Ich kannte dich nicht, als das alles begann«, sagt er.

»Und jetzt? Jetzt kennst du mich also in- und auswendig? Bei den Göttern, Lief, ich habe dir geglaubt!«

Er schaut zu Boden, schüttelt den Kopf.

»Du hast meine ganze Welt zerstört. Nicht das Königshaus von Lormere, sondern mich. Und währenddessen hast du so getan, als würdest du mich lieben.«

»Das war keine Lüge«, erwidert er. »Ich habe nicht gelogen, als ich sagte, dass ich dich liebe. Nicht am Schluss.«

»Du lügst mich auch jetzt noch an!«, brülle ich.

Er starrt mich an, und ich weiß genau: Wenn er mich jetzt in seine Arme nimmt, werde ich nicht stark bleiben können. Ich wende mich rasch ab, mache einen Schritt hinter eine Bank.

»Ich habe versucht, es dir im Garten des Herbalisten zu sagen, konnte es aber nicht. Seitdem habe ich es jeden Tag versucht. Wenn uns die Flucht geglückt wäre, hätte ich es dir gestanden.«

»Wie kannst du mir so ins Gesicht lügen?«

»Ich habe begonnen, dich zu lieben«, ruft er flehentlich. »Das ist die Wahrheit. Es war nicht von Anfang an so, aber jetzt ist es wahr. Ich war nicht ehrlich zu Beginn, aber am Ende habe ich dich nicht verraten. Ich wäre mit dir geflohen. Ich wollte es. Ich bin deinetwegen zurückgekehrt, nicht wegen des Goldes oder meiner Rache. Deinetwegen.«

»Du wagst es ...«

»Es ist wahr«, entgegnet er rasch. »Ich war hin- und hergerissen. Du hast irgendetwas Gutes getan und dann habe ich meine Abmachung mit der Königin bereut. Dann aber hast du dich anders verhalten, so wie damals zu Dimia, und ich dachte, ich könne den Plan durchziehen. Aber als ich gesehen habe, wie er dich in der Gläsernen Halle geküsst hat, wurde mir klar, dass ich dich liebe, dich wirklich liebe. Und dass ich das Leben, das wir zwei uns ausgemalt hatten, wirklich wollte. Mit dir.«

»Oh, ihr Götter.« Ich greife mir an den Bauch, als sich mir bei der Erinnerung erneut der Magen umdreht. »Das waren alles Lügen. Deshalb wolltest du nicht gleich in der ersten Nacht mit mir fliehen! Du musstest mir erst meine Ehre rauben – und sichergehen, dass sie uns auch dabei erwischt.«

»Aber das habe ich nicht getan! Ich habe mich in dich verliebt! Wir waren an jenem Nachmittag das erste Mal so zusammen und ich habe der Königin nichts gesagt! Ich hätte dich damals verraten können und habe es nicht getan. Ich wäre mit dir geflohen nach meiner Rückkehr. Ich war dazu bereit!«

»Aber du hast es ihr gesagt! Sie hat uns erwischt! Oh, Ihr Götter!«, stoße ich gequält aus, als mir die Wächter in den Sinn kommen, die uns abgeführt haben. Sie trugen Handschuhe, damit sie mich berühren konnten. Sie waren vorbereitet und wussten, dass sie mich abführen mussten. Seinetwegen. »Du wusstest, dass sie kommen würde. Du hast dich mit mir niedergelegt und wusstest, dass sie auftauchen und uns finden würde, nackt, wie wir waren. Du hast mich entehrt.«

»Das habe ich nicht getan! Ich hatte vorgehabt, dich aufzugeben, diese ganze Sache mit uns beiden hinter mir zu lassen, aber ich konnte es nicht. Ich bin zurückgekommen, um dich mit mir fortzunehmen. Ich hätte dir auf unserer Flucht alles gesagt. Ich wusste nicht, dass sie kommen würde. Bitte, Twylla, du musst mir glauben.«

»Wie soll ich dir noch irgendetwas glauben? Du lügst, du hast die ganze Zeit gelogen. Nur beim Lügen bist du ehrlich.«

»Aber du liebst mich trotzdem. So wie ich dich trotz allem liebe. Wir können das schaffen, Twylla. Ich weiß, es hat nicht gut begonnen mit uns, aber es kommt doch nur darauf an, wie wir es beenden, oder? Bleib bei mir, ja?«

Was für große Augen er hat, grün wie das Eisfeuer am winterlichen Himmel, und, unfähig, seinem Blick standzuhalten, wende ich mich ab.

Ein Geräusch auf dem Korridor lässt uns zusammenzucken und Lief ergreift seine Chance. Er stürzt um den Tisch herum und packt mich.

»Twylla, meine Twylla. Ich schenke dir den Rest meines Lebens. Es gehört dir, nur dir. Ich werde jede Stunde jedes Tages damit verbringen wiedergutzumachen, was ich dir angetan habe, bis zu meinem Tod. Aber du musst es mir erlauben. Und wenn Krieg ausbricht, wirst du hier nicht sicher sein, er kann dich nicht schützen. Ich kann es und werde es tun. Nur vergib mir. Erlaube, dass ich mich dir beweise.«

Nein, er kann mir das nicht antun. Er kann nicht einfach sagen, dass es ihm leidtut und mich um Verzeihung bitten. Nicht jetzt. Zum ersten Mal in meinem Leben bin ich in der Lage, über mein Schicksal wirklich selbst zu entscheiden. Ich weiß, was geschehen ist, nichts ist mir mehr verborgen. Ich kann selbst wählen, was als Nächstes passiert. Doch was für eine Wahl – zwischen dem dreisten Lügner, den ich törichterweise liebe, und dem gebrochenen Prinzen, der glaubt, ich könne ihn retten.

Noch einmal schaue ich in Liefs Augen.

Wer wird mich retten?

Epilog

In den Geschichten aus alter Zeit ist ein Held jemand, der mit gezücktem Schwert und edelmütiger Miene herbeigeritten kommt, den Drachen tötet und die Prinzessin befreit. In den Geschichten aus alter Zeit scheint es der Prinzessin nie in den Sinn zu kommen, dass sie vorsichtig sein sollte, wenn sie sich der Gnade derjenigen ausliefert, die es von Anfang an nicht gut mit ihr meinen.

Ich lebe nicht in einer Geschichte aus alter Zeit.

Als das Feuer niederbrennt und das Licht von draußen nicht mehr zum Lesen genügt, werfe ich ein weiteres Scheit in die glühende Asche in meiner kleinen Feuerstelle. Und während die Flamme aufsteigt und gierig an den Fasern des Holzes leckt, begebe ich mich in meine kleine Küche und bereite mir etwas zu essen zu – nichts Besonderes, nur Brot und den cremigen, salzigen Käse, den man hier in Tregellan herstellt. Ich esse langsam, schmiere mit einer Hand den Käse auf das Brot und halte mit der anderen mein Buch, in dem ich weiterlese.

Als ich fertig bin, schiebe ich den mit Krumen bedeckten Teller geistesabwesend beiseite. Nur kurz halte ich inne, als sich die Flammen darin spiegeln und meinen Blick auf sich ziehen. Einen Augenblick starre ich den silbernen Metallteller an, wie er sich im Feuerschein in Gold verwandelt und die Erinnerung an frühere Zeiten in mir wachruft. Mir läuft es eiskalt den Rücken herunter. Schnell stelle ich den Teller weg, schüttle die Vergangenheit ab und wende mich wieder der Geschichte zu. Ich habe inzwischen schon all die alten Sagen gelesen – »Rotes Blut und Schmutziges Gold«, »Die Winterhexe«, »Der Scharlachrote Varulv« – aber ich will immer mehr. Nach ausgedachten, unmöglichen Dingen sehne ich mich – aber Geschichten, die aus den Seiten in meine Welt eintreten, kann ich nicht gebrauchen. Etwas wie »Der Schlafende Prinz« kommt für mich nicht infrage.

Merek sagte, er würde mir schreiben, und ich habe ihm versprochen zurückzukehren, falls der Schlafende Prinz jemals in Lormere auftauchen sollte. Aber inzwischen sind schon Monate vergangen und ich habe noch keine Nachricht von ihm erhalten. Nur für den Fall passe ich immer aufmerksam auf, wenn irgendwelche Neuigkeiten aus Lormere erzählt werden, auch wenn unser kleines Dorf so weit weg ist von meiner früheren Heimat, wie man sein kann, ohne sich schon in Tallith zu befinden. Niemand hier weiß, wer ich bin oder wer ich war, und so will ich es auch. Ich bin ein unbeschriebenes Blatt.

So langsam glaube ich, dass der Schlafende Prinz doch tot ist, dass der Fluch irgendwie gebrochen wurde und seine Geschichte endlich ein Ende gefunden hat. Ich weiß, das ist Wunschdenken, eine Angewohnheit, die ich längst hätte aufgeben sollen, aber jeder Tag ohne Nachricht lässt mich etwas entspannter, etwas freier werden. Etwas glücklicher.

Einige Leute aus dem Dorf haben mich in letzter Zeit zum Essen eingeladen – es macht ihnen Sorgen, dass ich hier so ganz allein lebe. Aber bislang ist es eine zu große Freude, in meinem eigenen kleinen Häuschen zu bleiben, mit meinen eigenen Büchern, und nur zu tun, was ich möchte. Ich habe gelernt, dass allein sein und einsam sein nicht dasselbe ist. Früher war ich stets umgeben von Menschen und trotzdem einsam. Und jetzt bin ich allein und war noch nie so zufrieden. Kürzlich ist mir aufgefallen, dass ich ständig summe, eine Melodie, die ich noch nie gehört habe. Ein neues Lied. Mein eigenes. Ich muss mir bei Gelegenheit einen Text dazu ausdenken und aufschreiben.

Ich lächle noch einmal meinen kahlen Garten an, dann aber ziehe ich die Vorhänge zu und schließe die Welt aus. Im kommenden Frühjahr werden wilde Blumen vor meinem Fenster wachsen.

Ich habe mich in meinem Sessel eingekuschelt, lese beim Schein des Feuers und der wenigen Kerzen, die ich angezündet habe. Mir fallen die Augen zu, wegen der Wärme, vielleicht liegt es aber auch am Wein, an dem ich beim Lesen genippt habe. Also schiebe ich mein Lesezeichen zwischen die Seiten und lege das Buch ab. Es ist wohl doch besser, ins Bett zu gehen, statt am nächsten Morgen mit einem steifen Nacken und einem gegen die Rippen gedrückten Buch zu erwachen. Ich will gerade die Kerzen ausblasen, als es an der Tür klopft. Ich erstarre.

Ich kenne dieses Klopfen. Einen strahlenden, wunderschönen Mond lang habe ich dieses Geräusch jeden Tag gehört. *Rap, taptap.* Es ist mir so vertraut wie der Klang meiner eigenen Stimme.

Ich sollte Entsetzen empfinden, Wut, Hass. Dieses Klopfen sollte mir nicht willkommen sein.

Aber meine Müdigkeit ist wie weggeblasen und ich fühle nur Hoffnung. Und dann öffne ich die Tür.

Danksagungen

Ich hoffe, es hat euch Spaß gemacht, diese Geschichte zu lesen. Wenn ja, solltet ihr wissen, dass die folgenden Menschen eine große Rolle gespielt haben, um dieses Buch möglich zu machen.

Meine Agentin, Claire Wilson, von der Agentur Rogers, Coleridge and White. Danke für alles. Und ich meine ALLES. Du bist schlicht und einfach die Beste. Ich könnte sämtliche Superlative der Welt benutzen und immer noch nicht erklären, wie grandios du bist. All das würde nicht passieren ohne dich. Und du, Lexie Hamblin, bist ebenfalls wundervoll. Danke euch beiden.

Ich danke allen bei Scholastic UK, besonders aber meiner Lektorin Genevieve Herr. Du hast dich von Anfang an für diese Geschichte eingesetzt (und für mich), ich kann also zweifelsfrei sagen, dass auch ohne dich nichts von alledem möglich wäre. Aus diesem und zahlreichen anderen Gründen stehst du ganz oben auf meiner Liste. Genau wie Sam Selby Smith, der mich auf so unglaubliche Weise unterstützt hat. Emily Lamm danke ich für die Hilfe beim Lektorat, Jamie Gregory, der mich mit seinem wunderschönen Cover-Motiv zum Weinen gebracht hat, und Rachel Philips, meiner stets geduldigen Pressebetreuerin. Ich danke dir und entschuldige mich.

Mallory Kass bei Scholastic Inc. Eine Lektorin zu haben, die die Geschichte vollkommen versteht, ist brillant; zwei zu haben, ein absoluter Traum. Ich weiß nicht, wer den Ziegenbock geopfert hat, damit er für mich in Erfüllung gehen konnte, aber auch an denjenigen vielen Dank. Ich habe ein außerordentliches Glück. Dank an den ganzen Verlag für die Team Lief/Team Merek-Debatte. Ich hätte gern T-Shirts und Abzeichen. Vielleicht auch Fähnchen. Oder Kotflügel-Sticker.

Dank an Robin Stevens, der mir sagte, diese Geschichte sei es wert, erzählt zu werden, als ich dachte, sie sei das Schlechteste, was jemals jemand geschrieben hätte. Du hattest recht. Wieder einmal. Ich bin gern auf dieser Achterbahnfahrt mit dir zusammen.

Dank an Liv Goldsmith, die diese Geschichte als Allererste gelesen und mir auch als Allererste überaus harsche Beschimpfungen zugeschickt hat. Es hat mich sehr zum Lachen gebracht.

Dank an Jules Blewett-Grant, die mich in ihrem Zuhause, in ihrer Familie und in ihrem Leben einquartiert hat und die besten Yorkshire-Puddings aller Zeiten macht.

Dank an Emilie Lyons, meine gefährlichste Freundin. Wenn ich Sirius Black bin, bist du James Potter. Als ich die ersten Korrekturabzüge dieses Buches erhielt, fuhr Emilie mit mir nach Paris und wir nahmen sie mit hinauf auf den Eiffelturm und stießen mit Champagner darauf an. Sie steuerte auch noch etwas Brie bei, aber das habe ich ihr inzwischen verziehen.

Dank an Jim Dean, der alles daran setzte, ein Vorexemplar zu ergattern, es liebte und darüber schwärmte. Oft. Ich bin sehr froh, dich kennengelernt zu haben, und noch froher, dass wir Freunde geworden sind. Auch wenn du ein Hufflepuff bist.

Dank an all meine Freunde, ihr seid wunderbar, aber besonderer Dank gilt Adam R., Alexia C., Alice O., Catherine D., Denise S., Emma G., Gary M., Lauren J., Nicole K., Pe M., Rainbow R., Sophie R. und Stine S. für eure Freude, eure Begeisterung und Ermutigung und dafür, dass ihr mich so oft dazu gebracht habt, dass ich mein grunzendes Lachen loslasse. Ich hab euch lieb. Beschwert euch bei Jeff Goldblum. Weil er Jeff Goldblum ist, das muss als Grund reichen.

Wenn es jemanden gibt, den ich vergessen haben sollte, verzeiht mir, nächstes Mal seid ihr dabei. Das sollte nicht wie eine Drohung klingen.

Wenn euch diese Geschichte nicht gefallen hat, gebt ruhig den oben genannten Leuten die Schuld. Vor allem aber mir, doch der ganze Haufen hat mich schamlos unterstützt und ermutigt.

Eine letzte Bemerkung:
Sollte jemand mit den viktorianischen Bezeichnungen für Pflanzen vertraut sein, möge er doch bitte die entsprechenden Stellen dieses Buches noch einmal lesen und mir sein Wissen zukommen lassen.

Tallithisches Meer
TAL
Stadt Tallith
Mee
Scarron
Tremayne
TREGELL
Tremearisches Meer
Newtown
Tyrwhitt
Fluss Penaluna
Penaluna
Tressalyn
Fluss Penn
Pender